KB206950

나는 평양성 성루에 내 활을 걸고,
대동강 물로 내 말의 목을 축이게 할 것이다.

후백제의 한

후백제의 한

초판 1쇄 인쇄 · 2025년 5월 28일
초판 1쇄 발행 · 2025년 5월 31일

지은이 · 이길환
펴낸이 · 한봉숙
펴낸곳 · 푸른사상사

주간 · 맹문재 | 편집 · 지순이 | 교정 · 김수란 | 마케팅 · 한정규
등록 · 1999년 7월 8일 제2-2876호
주소 · 경기도 파주시 회동길 337-16 푸른사상사
전화 · 031) 955-9111(2) | 팩스 · 031) 955-9114
이메일 · prun21c@hanmail.net
홈페이지 · http://www.prun21c.com

ISBN 979-11-308-2277-8 03810
값 22,000원

이 책은 2024~2025년도 세종시문화관광재단의
전문예술창작지원사업(다년지원)에 선정되어 발간되었습니다.

소설로 읽는 역사 5

후백제의 한

이길환 역사소설

작가의 말

세종시 운주산 중턱 삼천굴 앞에 앉아 있다. 나당연합군에 패배한 백제의 잔류 세력이 이곳으로 와서 저항하였으나, 신라군에 포위되자 노약자와 부녀자, 어린아이들이 삼천굴로 들어가 피신하고 있었다. 하지만 겁에 질린 아이들이 울음을 터뜨리는 바람에 발각되었고, 신라군이 몰려와 입구에 장작을 쌓아놓고 불을 질러 안에 있던 사람들이 몰살당했다는 전설이 내려오는 곳이다. 삼천굴의 길이가 무려 삼천 미터나 되어 입구에서 불을 피웠는데 운주산 반대편으로 연기가 나갔다는 곳이다.

삼천굴 앞에 앉아 자세히 보니 이곳은 동굴이 아니라 장마 때마다 힘차게 솟구쳐 흐르는 물살에 바위 조각이 조금씩 떨어져 나가면서 생긴 큰 틈새일 뿐이었다. 그러니까 동굴이 아니라 계곡의 굽이진 부분이 동굴 입구처럼 파인 것이다. 시에서도 '삼천굴 입구'라는 푯말을 삼천굴이 있는 등산로에 세워놓더니 검증되지 않은 사료(史料)임을 알고 푯말을 회수하였다.

이처럼 역사에는 고증이나 검증되지 않은 것이 많다. 이 작품을 쓰려고 많이 뛰어다녔다. 인터넷으로 자료를 검색하고, 국립세종도서관에 가서 자료를 찾아보고, 현장 답사를 통해 더욱 리얼리티하게 묘사하려고 했

다. 다만 분단되어 대동강을 거슬러 올라가 평양성을 답사하지 못한 것이 아쉬웠다.

이토록 고생한 덕분에 한 시대를 정리하는 책이 되었다. 더욱 치밀하고 세밀하게 다루고 싶었지만, 방대한 분량이라 끝날 곳에서 알맞게 정리했다.

이 책이 발간되기까지 도움을 주신 세종시문화관광재단과 푸른사상사 편집부 분들께 깊은 감사를 드린다.

2025년 5월
세종시 운주산에서
이길환

차례

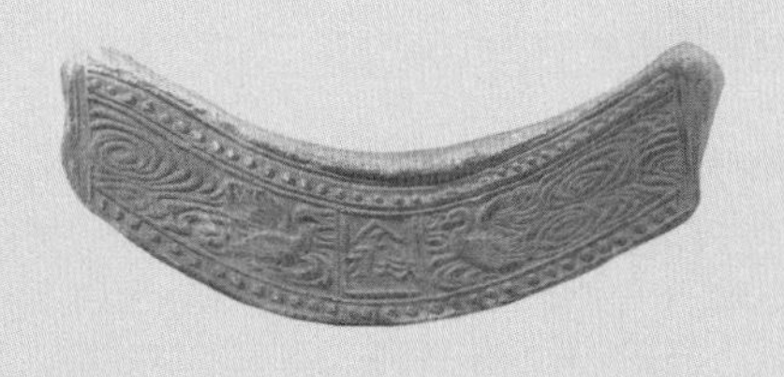

등장인물

아자개(阿慈介) : 사벌주 성주. 견훤의 아버지

상원부인(上院夫人) : 아자개의 첫째 부인

견훤(甄萱, 867~936) : 아자개의 맏아들. 후백제 건립

능애(能哀) : 둘째 아들

대주도금(大主刀金) : 딸

남원부인(南院夫人) : 아자개의 둘째 부인

용개(龍蓋) : 셋째 아들

보개(保介) : 넷째 아들

소개(紹介) : 다섯째 아들

황후 박씨 : 견훤의 첫째 부인

신검(神劍) : 견훤의 맏아들

양검(良劍) : 둘째 아들

용검(龍劍) : 셋째 아들

고비녀(古比女) : 견훤의 애첩

금강(金剛) : 넷째 아들

능예(能乂) : 막내 아들

쇠복(衰福) : 딸

능환(能奐) : 견훤의 책사

최승우(崔承祐) : 견훤의 책사

기타 후삼국의 인물들.

프롤로그

신라의 삼국통일 후, 국토는 대동강 이남으로 급격히 줄었으나 삼한의 통일이라는 의미 있는 역사가 쓰였다. 신라는 북원경(원주), 서원경(청주), 중원경(충주), 남원경(남원), 금관경(김해)의 5소경과 한주(서울 · 경기), 삭주(원주), 명주(동해안), 웅주(충청), 전주(전북), 무주(전남), 상주(대구), 강주(창원), 양주(부산)의 9주를 두어 호족들을 통치하며 삼한을 다스렸다. 이렇게 29대 무열왕(654~661)부터 51대 진성여왕(887~897)까지 대동강에서 원산만에 이르는 남쪽을 무려 243년 동안 통치했지만, 일각에서는 통일신라라고 의미를 부여하는 것을 거부하는 학자도 있다. 이는 대동강 이북에 발해가 건립되었기 때문이다. 발해도 우리의 영토로 보아야 하므로 신라의 통일은 진정한 영토 통일이 아니라는 것이다.

발해는 대조영(大祚榮)이 고구려 유민들과 말갈족을 유입시켜 건국하였다(698). 나당연합군에 패한 고구려를 당나라는 직접 다스리려 했다. 그러나 곳곳에서 유민들이 당에 저항하자 당나라는 고구려가 부흥할까 두려워 이십만여 명의 고구려인을 당으로 끌고가 황무지에 버려둔다. 고구려 유민들은 황무지에서 고달프고 처참하게 살게 되었고, 이때 대조영도 고구려 유력층으로 분류되어 당나라 영주(營州)로 끌려간다. 696년 영주에서는 당의 지나친 억압에 거란족이 반란을 일으켰고, 혼란의 틈을 타 고구려 유민 지도자 걸걸중상(乞乞仲象)과 말갈족의 족장 걸사비우(乞四比羽)가 영주에서 탈출을 감행하고, 측천무후의 회유책에도 불구하고 동쪽으로 이동하여 당나라 우록금위대장군 이해고(李楷固)가 이끄는 당군과 전투를 벌인다.

이 전투가 바로 발해 건국의 전초전이 된 천문령 전투이고, 이때 걸사비우와 걸걸중상이 죽고 대조영이 남아 고구려 유민과 말갈족을 이끈다. 대조영은 698년에 천문령 전투에서 당나라 추격군을 격파하고 동모산에서 진국을 건국한다. 당의 북진정책을 위협하는 돌궐과 동맹을 맺고 당을 견제하는 세력으로 자리 잡는다. 대조영은 705년에 당과 화친을 맺고, 당나라는 713년에 대조영을 발해군의 고왕(高王)으로 책봉한다.

통일신라는 북으로 발해와 국경을 마주하고 있었고 발해는 서북으로 당과 거란, 동북으로 말갈족과 북경을 마주하고 있었다. 고구려의 영토보다 1.5배, 신라의 영도보다 세 배는 큰 영토를 확보한 발해는 우리 민족이 고구려를 계승 발전한다는 데 큰 의미가 있게 되었다.

하지만 발해는 10세기 초에 갑자기 멸망한다. 9세기 말부터 10세기 전반의 동북아시아는 하나의 전환기였다. 안사의 난 이후 쇠퇴하기 시작한 당나라는 황소의 난을 겪으면서 멸망하였고(907) 시라무렌강 강가에서 발흥한 거란이 점차 세력을 확장하면서 발해를 위협하고 있었다. 이때 통일신라도 쇠락하여 후삼국의 혼돈을 겪으며 후백제와 태봉이 세력을 다툰다. 태봉(泰封)은 901년 궁예가 세운 나라다. 궁예는 895년 철원을 중심으로 국가 체제를 갖추기 시작했다. 세력을 확장하여 예성강

이북의 삼십여 개 성을 점령하였으며, 898년 도읍을 송악으로 옮겼다. 이어 강원도와 경기도, 황해도와 충청북도 대부분을 차지했다. 이를 기반으로 901년 나라 이름을 후고구려라 했다. 904년에는 나라 이름을 마진으로 바꾸고, 연호를 무태라 하였다. 905년에 다시 철원으로 도읍을 옮기고 연호를 성책이라 했으며, 911년에 나라 이름을 태봉, 연호를 수덕만세라 했다가 914년에 연호를 정개로 고쳤다.

태봉은 신라를 공격하여 상주까지 진출했으며, 후백제와 운주, 웅주를 경계로 여러 차례 교전했다. 그 결과 후 삼국 가운데 가장 강성했다. 그러나 궁예가 전제왕권을 강화하자, 이에 반발한 왕건 등에 의해 918년 멸망했다.

한편 후백제는 900년 견훤이 세운 나라로 신라, 태봉과 함께 후삼국을 이룬다. 견훤은 상주의 농민 출신으로 군인이 되었다가 신라 하대의 혼란 속에서 무리를 모아 서남 지역의 반란 세력으로 등장한다. 892년 무진주(광주)에서 나라를 세우고 900년에 완산주(전주)로 도읍을 옮기고 나서 나라 이름을 백제라 하고 백제의 부흥과 신라 타도를 표방했다(역사에서는 먼저 있던 백제와 구분하여 후백제라고 한다). 견훤은 후백제를 세운 이래 무려 35년간이나 집권하며 권세를 누리다 그의 아들 신검의 반란으로 최후에는 비참하게 생을 마감한다. 신검이 반란을 도모하지 않았다면 후백제의 멸망은 그리 빨리 오지 않았을 것이다.

1

사벌주(沙伐州)

사벌주

신록이 물들자 들녘에는 파종하기 위해 밭갈이가 한창이었다. 힘센 황소가 목에 멍에를 짊어지고 황무지 같은 밭을 묵묵히 걸어가면 뒤에서 쟁기를 쥐고 소를 모는 아자개(阿慈介)의 손놀림도 빨라졌다. 그는 사래 긴 밭을 아침부터 갈며 황소와 씨름하는 중이었다. 대대로 물려받은 땅이지만 척박한 땅이라 가을에 추수해도 수확은 기대에 훨씬 못 미쳤다. 게다가 나라에서 세금을 많이 거둬가서 땅을 가지고 있어도 노비와 같은 삶이 이어졌다. 그 때문에 그는 손수 쟁기를 손에 쥐고 소를 몰고 있었다. 노비를 부리면 그만큼 식솔이 더 늘어나 가뜩이나 어려운 형편에 가세가 더 기울 게 분명했다.

"워 — 워."

아자개는 소를 세우고 잠시 숨을 돌렸다. 이슬이 마르기 전에 들에 나왔는데, 벌써 해가 중천에 떠올라 메마른 땅에 햇살을 꽂고 있었다. 작년에도 가뭄과 기근이 오더니 올해도 그럴 듯했다. 벌써 삼 년째 가뭄이었다. 가뭄 때문에 곡식을 심어도 싹이 트지 않았고, 저수지와 개울물이 말라 논에 댈 물이 없었다. 연속해서 흉작이 들어서 먹을 것이 없는데 관아에서는 할당된 양을 채워야 한다며 곡식을 내놓으라고 윽박질렀다. 관군들이 텅 빈 곡간을 살펴보고 뒤주까지 열어본 뒤에도 곡식을 빼돌리지 않았나 의심하며 장독대도 뒤지고 헛간의 짚단까지 들춰본 다음에야 돌아갔다.

"새참 드셔요."

아자개의 첫 번째 부인인 상원부인(上院夫人)이 대바구니에 보릿겨로 만든 주먹밥 한 덩이와 마실 물을 내려놓고 그를 불렀다. 그는 황소의 고삐를 밭이랑 옆의 참나무 가지에 매어놓고 어슬렁거리며 상원부인 앞으로 다가왔다. 황소에게도 먹이를 줘야 하기에 고삐를 길게 늘어뜨려 억새잎이나 뜯게 하고, 밭둑 넘어 버드나무 밑으로 오자 상원부인이 자리를 마련하고 앉아 그를 기다리고 있었다.

"애는 어쩌고 온 게요?"

"요 숲에다 뉘였어요. 막 잠이 들었으니 걱정하지 마셔요."

"숲에 짐승이 많은데."

"요 앞이니 괜찮아요."

상원부인이 아자개에게 주먹밥을 들려주고 황소가 쟁기를 끌고 지나간 밭이랑을 보며 한숨을 지었다. 밭이랑에 먼지가 폴폴 날리고 있었다. 이제 파종을 해야 하는데, 비가 오지 않으니 환장할 일이었다. 비가 오지 않아 제때에 파종하지 못하면 곡식이 익기도 전에 무서리가 내려서 한 해 농사를 다 망치게 마련이었다.

"관아에서는 기우제라도 지내야지 뭐 하고 있는지 모르겠어요."

"그러게 말이야. 없는 곡식이나 내놓으라고 윽박지르질 않나, 죽은 사람에게도 세금을 물리지 않나. 나라가 어찌 되려고 이러는지 원."

그때, 숲에서 잠을 자던 아이가 배고픔에 못 이겨 잠에서 깨었다. 하기야 어미의 젖을 빤 지도 한참 지났으니 허기가 몰려올 시간이었다. 아이가 막 자지러지게 울음을 터뜨릴 때였다. 숲에서 커다란 호랑이 한 마리가 나타나 어슬렁거리며 내려와 아이의 옆에 눕더니 아이에게 젖을 물렸다. 아이는 며칠을 굶은 것처럼 호랑이 젖을 빨았다. 아이가 젖을 빨고 있는 동안 호랑이는 마치 제 자식에게 젖을 물리는 것처럼 편안하게 앉아 있었다. 한참 동안 호랑이 젖을 빨던 아이가 배가 부른지 젖을 입에서 떼었다.

그때 상원부인이 아기에게 젖을 물리려고 숲으로 들어오다 이 희한한 광경을 보았다. 호랑이는 인기척에 슬며시 자리에서 일어나 숲으로 올라가며 모습을 감추었다. 상원부인이 얼른 아기를 안았다. 어린것이 살이 포동포동 찌고, 골격이 듬직한 게 첫눈에 보아도 장수 감이었다. 상원부인이 한달음에 달려가 아자개에게 자기가 본 것을 말했다. 아자개는 상원부인의 말을 듣고 크게 기뻐하며 아이가 이다음에 큰 인물이 되리라 생각했다.

이미 신라는 쇠락하고 있고, 북으로는 발해가 나라를 위협하고 있었다. 때는 헌강왕(憲康王, 875~886) 시기, 통일 이후 240여 년이 흐르는 동안 백성들이 평온한 삶을 누렸는데, 지금은 도성의 민가 지붕을 모두 기와로 덮고, 숯으로 밥을 지으며 사치가 극에 달했다.

"내가 보기엔 견훤이는 커서 임금이 될 상이야."

"아휴, 그런 소리 말아요. 누가 들으면 역모죄로 삼대가 능지처참당한다니까요."

"아, 이 산속에서 듣기는 누가 들어."

"낮말은 새가 듣고 밤말은 쥐가 듣는다잖아요."

"허, 참 걱정도 팔자고만."

아자개는 조정에 불만이 많았다. 백성들은 기근으로 허기져 궁핍하게 살고 있는데, 조정 대신들과 호족들은 기름진 고기에 허연 쌀밥과 곡주로 배불리 먹고 놀았다. 헌강왕은 경문왕(景文王)과 문의왕후(文懿王后) 사이에서 태어난 아들인데, 어려서부터 총명하여 책 읽기를 좋아했고, 어린 나이에 즉위하여 숙부 김위홍(金魏弘, ?~888)이 섭정하였으나 태평성대를 이루었다. 그러나 지방의 하층민과 지배층의 괴리는 더욱 깊어졌다.

"얼른 밭이나 마저 갈아요."

"어허, 이리 줘봐. 나도 안아보게."

"안 돼, 젖 더 물려야 해요."

"호랑이 젖을 많이 먹었다며."

"그래도 사람 젖하고 같아요?"

"농사는 지어야 뭐 하나. 추수하면 세금으로 다 빼앗길 것을."

상원부인이 아이를 안고 산에서 내려가자 아자개는 다시 밭을 갈았다. 긴 이랑을 따라 둑이 만들어졌고, 그 둑에 콩을 심을 생각이었다. 산에는 꾀꼬리가 날고 있었다. 녹음이 짙어져 논에는 모내기가 한창이고 밭에는 벌써 콩을 심은 곳도 있었다. 아자개는 황소를 몰아 밭을 갈고 있지만, 마음은 여전히 상원부인과 아기에게 가 있었다. 젖먹이 어린것이 어찌나 장사처럼 생겼는지 장딴지가 다른 젖먹이들에 비해 두 배는 되는 듯했고, 골격이 우람한 게 커서 꼭 장수나 임금이 될 상이었다. 아들 견훤이 커가는 모습을 보면 아무리 고된 일을 해도 힘들지 않았다.

— 내가 아들을 위해서라도 장군이 되어야 하는데, 처량하구나.

그는 혼자서 푸념했다.

— 내가 이래 봬도 신라의 왕족이었거늘, 나를 따르는 무리가 없으니 참으로 비통하구나. 한낱 밭이나 갈고 있을 때가 아니거늘, 때를 잘못 만난 탓이로구나.

아자개가 푸념하는 사이에 황소는 어느새 사래 긴 밭을 다 갈고 마지막 이랑을 만들고 있었다. 중천에 뜬 해도 슬슬 서녘으로 기울고 있었다. 아자개는 밭을 다 갈자 황소의 멍에를 벗기고 쟁기를 지게에 얹었다. 한낱 밭이나 갈고 있는 자신이 처량하여 눈물이 나왔다.

아자개는 신라 진흥왕의 후손이었다. 진흥왕의 삼남 구륜(仇輪)이 그의 증조부였다. 구륜의 손자 작진이 왕교파리라는 여인을 아내로 맞아 원선(元善)을 낳았는데, 그가 바로 아자개다. 그러나 일각에서는 그게 아니라는 학설도 있다. 견훤의 후손이 지었다는『이제가기(李磾家記)』에는 진흥왕－구륜－선품－작진－견훤이라고 쓰여 있는 계보가 있지만 다른 것을 떠나 진흥왕은 576년에 사망했고, 아자개는 900년경에 활동한 인물이니 삼백 년이 넘게 나는 시대 차이와 인간의 수명을 생각하면 당연히 아자개는 현손일 수 없어서 이 계보는 정확하지 않다는 것이다. 하지만 지금은『이제가기』가 현존하지도 않고 다른 학설로 아자개의 선대에 대해서는 여러 설이 있는데, 부여 씨의 후손이며 의자왕(義慈王)의 아들 부여융의 직계 8대손이라는 설도 있다.

— 내가 왕족의 후손임에도 한낱 쟁기질이나 하고 있으니 하늘에 부끄럽구나.

아자개는 황소를 앞세우고 지게에 쟁기를 얹어 지고 산에서 내려왔다. 마을은 여느 때처럼 평온하고 아이들이 동네 마당에서 제기차기를 하고 있었다. 아자개는 황소를 몰고 가며 아이들에게 비키라고 소리쳤다. 아이들이 마당 끝으로 우르르 몰려갔다. 대문을 열고 들어가 지게를 바쳐놓고 아자개는 황소를 외양간에 매어놓고 여물을 주었다. 아침에 무쇠솥에 짚과 콩깍지, 겨 한 바가지와 마른 넝쿨 줄기를 넣고 푹 끓인 것을 한 동이 여물통에 넣어주자 황소가 급하게 여물통을 비웠다. 황소가 없으면 농사일도 못 할 일이었다. 그만큼 황소는 힘이 세어 논이든 밭이든 갈아엎었다.

세월은 청산유수같이 흘러 어느새 견훤이 태어난 지 십 년이 흘렀다. 그사이에 아자개는 선산을 개간하여 농토를 크게 늘리고 머슴 서넛을 두고 집도 두 채나 갖고 있었다. 견훤은 어려서부터 총명하더니 열 살의 나이에 칼 쓰는 법과 창 쓰는 법, 활 쏘는 것까지 두루 섭력하여 골목대장을 하고 있었다. 아자개는 그사이에 둘째 아들 능애(能哀)와 딸 대주도금(大主刀金)을 낳았고, 남원부인(南院夫人)을 두 번째 아내로 맞이하여 용개(龍蓋), 보개(寶蓋), 소개(小蓋)까지 아들을 내리 낳았다. 이로써 그의 자식은 오남 일녀가 되었고, 뙈기밭이나 부쳐 먹던 소농에서 머슴까지 둔 대농으로 바뀌었다.

"애들도 무탈하게 크고, 내가 이젠 더 바랄 게 없네."

"바랄 게 없긴요. 관아에서 수시로 나와 뜯어가는데, 언제까지 참아야 합니까?"

"그야, 세금이라는데 어쩌겠소."

"세금이요? 그게 세금 걷는 겁니까."

"……."

"도적이 그보다 낫겠습니다."

"에헴."

상원부인의 말도 일리는 있었다. 관아에서 세금이라고 뜯어가는 것이 도가 지나쳤다. 한 해 농사를 지으면 절반이나 나라에 바쳐야 했다. 백성들이 바친 곡식과 가축으로 왕족들은 술과 고기로 배를 채우고 향락에 빠져 지냈다. 잘 될 나무는 떡잎부터 알아본다고, 나라가 번성하려면 궁에서 절제하고 백성들의 존엄을 받아야 하는데, 헌강왕은 호화로운 생활 때문에 백성들의 원망만 사고 있었다.

"처용무만 해도 그래요. 조정에서 정사를 어찌 돌보기에 밤늦도록 가무와 노랫소리가 끊기지 않는단 말입니까?"

이 무렵 나라에는 처용무(處容舞)가 유행하고 있었다. 『삼국유사』에 의하면 헌강왕 시절, 도성에서 해내(海內)까지 이르는 동안 기와집과 담장이 이어졌고, 초가는 하나도 없었다. 풍악과 노래가 길에 끊이지 않았고, 풍류는 사철 풍요로웠다. 어느 날 대왕이 개운포(開雲浦, 울산)에 출두하였다. 개운포에 머물다 돌아올 때 잠시 물가에서 쉬고 있는데, 구름과 안개가 홀연히 나타나 자욱하여 한 치 앞도 볼 수 없었다. 이에 대왕이 좌우에 물으니 일관이 아뢰기를 동해 용왕님의 조화이니 좋은 일을 행해야 풀릴 것이라고 했다. 그리하여 관원에게 근처에 절을 세우도록 명하였다. 왕이 명령을 내리니 구름이 걷히고 안개가 흩어졌다. 그로부터 그곳을 개운포라 하였다. 동해 용왕이 기뻐하며 일곱 아들을 데리고 나타나

왕을 찬양하고 춤과 음악을 하였다. 그중 한 아들은 임금을 따라 입궁하여 정사를 보좌하였다. 이름이 처용이라 하였고, 왕이 미녀를 처로 삼게 하여 그에게 머물게 하였다. 급간(級干, 신라 시대 십칠 관등 가운데 아홉째 등급의 벼슬로 육두품 이상의 신분만 오를 수 있었다)이란 벼슬을 주었는데, 그의 처가 매우 아름다워 역신이 흠모하여 사람으로 변신하여 밤에 몰래 그의 집에 가서 동침하였다. 처용이 집에 들어와 두 사람이 누워 있는 것을 보고 노래를 부르고 춤을 추며 집을 나갔다.

서라벌 밝은 달에
새도록 노니다가
들어서 내 자리를 보니
가라히 너히러라.
둘은 내해였고
둘은 뉘해어니오.
부디 내해언마는
빼앗긴 것을 어찌할꼬.

이때 역신이 현형(現形)하여 앞에 꿇어앉아 가로되 '내가 공의 아내를 사모하여 과오를 범하였으나 공이 노하지 아니하니 감격하여 아름답게 여기어 차후 공의 형용을 그린 것만 보아도 그 문에 들어가지 않겠노라' 하였다. 이로 인하여 나라 사람들이 처용의 형상을 문에 붙여 악귀를 몰아냈으니 이것이 벽사진경(辟邪進慶)이다. 왕이 이미 돌아와 영취산 동림에 승지를 택하여 절을 세우고 망해사 또는 신방사라고 이름하였다.

상원부인은 처용무를 달가워하지 않았다. 역신을 쫓는 풍속에서 유래되어 문 앞에 엄나무 가지를 매달아놓는 일이 마을마다 유행했지만, 그녀는 그 풍속도 미신이라 믿었다. 역신이 눈에 보이지도 않는데, 문에 가시가 많은 엄나무를 걸어놓는다고 해서 못 들어올 리가 없었다.

"쓸데없이 나랏일에 이래라저래라하지 마시오."

"왜요? 관아에 잡혀가 곤장이라도 맞을까 봐요?"

"부인이 그런다고 뭐가 달라지겠소."

"조정에서 하도 유희만 즐기니 한심스러워서 그럽니다."

하기야 아자개도 조정에 대해 불만이 없는 것도 아니었다. 태평성대를 누리고 있지만, 헌강왕은 자주 연회를 베풀고 도성의 길마다 풍악과 노래가 흘러나와 매일 잔칫날이었다. 나라가 편안해야 고을이 편안하고 고을이 편안해야 백성이 편안한 법인데, 조정에서는 연일 무도회나 열고 국력은 쇠약하여 호족들이 들고 일어날 기세였다. 그런데도 뭘 믿고 저리도 가무에 치중하는지 모를 일이었다. 이에 지방 호족들의 불만이 많았고, 일부는 반란을 꾀하려는 움직임도 보였다. 그러나 세금을 많이 걷어갈 뿐 사벌주(沙伐州)는 평온하여 아자개는 조정을 믿기로 했다.

"이러다가 나라가 망하는 거 아니에요?"

"나라가 망하다니."

"북쪽의 발해라는 나라는 힘이 엄청 강하다면서요. 요동까지 점령한 나라인데 남으로 밀고 내려온다면 당해낼 수 있겠어요?"

"설마 전쟁이 날라고."

상원부인의 말을 그렇게 넘겼지만 내심 아자개도 걱정이 컸다. 나랏

일에 참견하거나 관여할 위치도 아니고 그럴 여력도 없지만, 그는 조정에서 허구한 날 풍악을 울리며 유희를 즐기는 것이 탐탁하지 않았다.

"얏. 하 얏."

"합. 이 얏."

마당에서 견훤과 대주도금이 목검으로 칼싸움을 하고 있었다. 대주는 여자아이지만 선머슴처럼 전쟁놀이나 활쏘기를 좋아했다. 아자개는 그런 대주가 앞으로 여장군이 될 것이라며 기뻐했지만, 상원부인은 여자는 여자다워야 한다며 대주를 야단치곤 했다.

"무예(武藝)란 무도(武道)에 관한 재주이다. 또한, 무도란 무사가 마땅히 지켜야 할 도리다. 어려서부터 무예를 익히면 심신이 편안하고 훗날 나를 보호하고 나라를 구하는 데 일조할 것이다. 알겠느냐?"

"예, 아버님!"

"예, 무예를 갈고 닦는 일에 게을리하지 않겠습니다."

"오냐, 오냐, 과연 내 아들과 딸이다."

아자개는 견훤과 대주에게 참나무를 베어 도끼로 쪼고 대패로 밀어 목검을 만들어주었다. 견훤이 목검을 들고 만족해하며 산으로 뛰어올랐다. 그 뒤를 대주가 따랐다.

산에는 조무래기들이 많이 모여 있었다. 아이들은 신라 진영과 발해 진영으로 편을 나눠 전쟁놀이를 했다. 야산의 저편 바위에 진지를 구축하고, 이편에도 바위에 진지를 구축하여 상대편의 손이 바위에 닿으면 진지가 함락되는 놀이였다. 당연히 견훤은 대주와 같은 편이었고, 날렵하게 산을 오르내리며 적을 유인하고 상대편 진지 앞에서 적을 교란했다. 목검이나 창이 상대방의 몸에 닿으면 승부가 나기 때문에 상대방이 휘두르는 목검을 피하며 재빨리 파고들어 상대의 몸에 목검을 대야 하는데, 견훤은 우람한 체격으로 그냥 달려들어 상대편을 무력화시켰다. 견훤과 대주가 있으면 언제나 싸움은 시시하게 끝났다. 아침부터 시작된 싸움이 무려 일곱 번이나 시작되는 동안 견훤과 대주가 속한 신라 진영이 한 번도 패하지 않고 전쟁놀이는 막을 내렸다.

아이들은 지쳐 있었다. 야산이라지만 이쪽과 저쪽의 진영이 삼백여 보가 넘었고, 구릉지가 많아 그냥 오르기도 힘든 곳이었다. 그런 산에서 뛰고 뒹굴고 했으니 지칠 법도 했다.

"나는 무예를 익혀 장수가 되겠다."

"오라버니의 뜻이 그러하시다면 저도 장수가 되겠습니다."

"너도?"

"예, 그러니 같이 무예를 익히시지요."

"그러자꾸나."

시시하게 전쟁놀이를 끝내고 산에서 내려온 견훤은 앞으로 장수가 되겠다는 꿈을 키웠다. 자신이 생각해도 머리 쓰며 공부하는 것보다 병과에 응시하여 장수의 길로 가는 것이 바람직하다고 생각했다. 그러려면 우선 무예를 닦아야 했다. 무예의 근원부터 시작해서 검, 창, 활, 사용법을 알고 배워야 했다.

"무예라면 이 책이 참고될 듯합니다."

둘째 능애가 말했다. 능애는 견훤이나 대주처럼 무예에 소질이 없고 소심하여 책 읽기를 좋아하고 한시나 지으며 사는 것을 낙으로 삼고 있었다. 능애가 견훤에게 내민 것은『무오병법(武烏兵法)』이었다.

"아니, 이건."

"그렇습니다. 대사 무오가 지은 병법서입니다."

"이걸 어떻게 구했느냐?"

"난전에 갔다가 우연히 발견하여 사 왔습니다."

이때 아자개가 이 모습을 보고 다가와 웬 책이냐고 물었다. 책을 확인한 아자개도 깜짝 놀랐다. 표지에『무오병법』이라는 글씨가 선명하게 남아 있었고, 비교적 깨끗하게 보존되어 있었다.

"어디 좀 보자."

아자개가 책을 받았다.

"아니, 이건 진본이 아니냐?"

"그런 것 같습니다."

『무오병법』은 대사(大舍) 무오(武烏)가 지은 것으로 총 열다섯 권이었다. 무오는 이 책과『화령도(花鈴圖)』라는 두 권의 책을 지어 당시 임금이었던 원성왕(785~798)에게 바쳤는데, 그 책이 구십 년이 흐른 뒤에 우연히 아자개의 아들 능애의 눈에 띄어 아자개의 손에 들어갔다.

아자개는『무오병법』을 꼼꼼히 살피었다. 병법에는 각종 무예와 말 다루는 법까지 상세하게 적혀 있었다. 아자개는 병법을 익히며 견훤과 대주에게 전수하기 시작했다. 병법은 배우면 배울수록 재미있었다. 아자개가 주도하는 병법서 읽기와 무예는 몇 달간 계속되었다. 그사이에 견훤과 대주는 몰라보게 칼 쓰는 솜씨와 장검을 휘두르는 솜씨가 달라졌다. 총 열다섯 권의『무오병법』을 몇 달 만에 독파하는 것은 불가능한 일이지만 무(武) 자도 모르고 무작정 무예를 배운다고 달려들 때와는 확연히 다른 모습이었다.

"무예를 배우려면 도천지장법(道天地將法)을 따라야 하느니라."

아자개가 견훤과 대주를 앞에 세워놓고 말했다. 도(道)는 명분, 즉 전쟁을 일으키더라도 어떤 명분이 있어야 하고, 천(天)은 적당한 시간, 즉 전쟁을 일으킬 시기를 잘 선택해야 하고, 지(地)는 주변 환경, 즉 매복이나 기습에 유리한지 보아야 하고, 장(將)은 장수, 즉 전쟁에 나가는 장수의 역량을 고려해야 한다는 뜻이다. 그리고 법(法)은 상벌 체계를 말한다. 전과를 올리면 마땅히 상을 내리지만 적을 알고도 패하면 벌을 받고 죽음을 면치 못한다는 얘기다. 아자개는 끝부분에 힘을 주어 말했다. 견훤과 대주가 힘차게 말했다.

"잘 알겠습니다, 아버님."

"그래, 그래, 장수란 그렇게 힘이 있어야지."

아자개는 견훤과 대주가 무예를 익히는 것을 몹시 대견해했다. 이제 이 지방 사벌주에서는 견훤과 대주를 당해낼 사람이 없을 정도로 남매의 무예는 날로 늘어갔다. 일 년 만에 『무오병법』 열다섯 권 중에 절반이 넘는 여덟 권을 떼었다. 앞으로 일 년만 더 무예에 정진하면 『무오병법』을 완전히 뗄 수 있었다.

원래 『무오병법』은 대사 무오가 지어 원성왕께 바쳤고, 그 공으로 굴압현(屈押懸, 황해북도 금천군) 현령에 임명되었다. 대사(大舍)는 십칠 관등 중에 열두 번째 관등이고, 대사제(大司祭) 또는 한사(韓舍)라고도 하였다. 이 관등은 사두품이 승진할 수 있었던 최고 관등으로서, 대사 이하의 복색은 황색(黃色)이었다.

"무오가 살던 곳이 한주 굴압현이다. 그곳은 이곳과 달리 평야가 많은 곳이라 병법이 다소 평야 지형으로 써졌을 것이다. 이 때문에 이곳의 지형과 맞지 않는 곳이 있으니 그것을 참조해야 한다. 알겠느냐?"

굴압현은 신라 광역 행정구역인 9주 5소경 중의 하나인 한주에 소속된 부소갑(扶蘇岬)의 강음현(江陰縣)으로, 강서(江西)라고도 한다. 고을 서쪽 9리에 천신산(天神山)이 있고, 동쪽 8리에 고성산(古城山)이 있다. 북동부는 높고 남서부로 가면서 낮아지고 구릉지가 많다. 북동부는 아호비령산맥의 말단부가 뻗어내려 송악산(488미터)과 봉명산(411미터) 등 낮은 산들이 서해 쪽으로 뻗어 있고, 남부와 서부에는 충적평야가 펼쳐져 있다. 예성강과 한강이 남쪽에서 만나고, 그 지류인 죽배천과 금성천이 합류하면서 풍덕벌, 신광벌, 섬성벌을 이루었다. 낮은 들과 비옥한 토양, 알맞은 기후 때문에 벼농사가 잘 되었고, 옥수수와 콩, 보리, 밀 등의 작물도 잘 자라서 풍족한 생활을 했다.

금(金)나라 시인 장한(張瀚)이 이렇게 읊었다.

> 산관(山館)이 시원스러워 이렇게도 맑은데
> 이경(二更)의 베개와 대자리에 가을 기운이 생기네
> 서쪽 창가 시 읊기에 매우 좋으니
> 솔바람 소리 듣고 또 빗소리 듣는다

또 장녕(張寧)의 시도 전한다.

> 흔들흔들 깃발 멀고 높은 데 올라앉아
> 세어보니 나그네의 길 두 달이나 되었구나
> 방초 무성하여 간 곳마다 푸르고
> 초목은 산과 그림같이 마주 사람 대하니 한가롭네

일 년 중 좋은 경치 봄은 어느새 저물었네
천 리나 먼 사신 걸음 객은 아직 돌아가지 못하네
어젯밤 꿈에는 분명 귀국하여
전일 그대로 대궐 안에서 신하들 반열에 서 있었네

이곳에서 병법서를 집필한 무오는 평야와 강, 산이 어우러진 지형과 지세(地勢)를 보며 병법을 구상하여 원성왕에게 바쳤으리라.

"그 부분은 이미 간파했으니 염려 놓으시지요, 아버님!"

"맞습니다. 평야 지대에서는 시야가 확보되어 기마병이 우세하나 이곳처럼 산세가 많은 곳에서는 기마병도 기습을 당하면 쓸모없는 병사들입니다."

"좋다. 그리 알았으면 너무 병법에만 의존하지 말고 창조적인 병법도 연구해보아라. 그래야 나라를 지키고 저 먼 대륙까지 진격하지."

"하오나, 나라가 점점 기울고 있습니다."

"언제나 나라는 흥망이 있는 법이다. 후일을 도모하면 된다."

"후일이라면……."

"나라가 기운을 다하면 또 다른 나라가 생기는 법이다."

"하면, 반란을 일으키잔 말입니까?"

"못할 것도 없지 않으냐?"

"아버님!"

"그러다가 삼족이 망합니다."

"듣기 싫다. 이제부터 사병을 거느릴 것이다."

"사병을요?"

견훤과 대주는 심히 놀랐다. 아무리 나라가 점점 쇠퇴한다고는 하나 아자개가 대놓고 반역을 하겠다고 나서자 지레 겁부터 났다. 다행히 주변에는 아무도 없었다. 누군가가 엿듣고 관아에 밀고한다면 능지처참을 당할 것이다. 이미 처형된 시신을 다시 처형하는 무서운 형벌을 어찌 감당하려고 아자개는 사병을 키우겠다는 것인가. 견훤은 아무리 아버지의 자식이나 그것만은 거역하고 싶었다.

헌강왕이 죽고 정강왕(定康王, 886~887)이 즉위하였다. 정강왕은 경문왕의 둘째 아들이고, 형인 헌강왕이 후사 없이 죽자 그 뒤를 이어 즉위하였는데, 887년(정강왕 2년) 황룡사(皇龍寺)에 백고좌(百高座)를 베풀어 청강(聽講)하였으며, 이찬 김요가 일으킨 난을 평정하였다. 887년 7월에 재위 이 년 만에 죽으면서 누이동생 진성여왕에게 전위하였다.

이 무렵 아자개는 불과 삼 년 만에 부농이 되어 사병까지 거느리고 있었다. 상원부인에게서 얻은 견훤과 능애, 대주는 물론 남원부인에게 얻은 용개, 보개, 소개까지 무럭무럭 자라서 청년으로 성장해 있었다.

"좌로 돌아 내리쳐!"

"얏!"

"우로 돌아 앞으로 찔러!"

"얏!"

"뒤로 돌아 옆으로 내리쳐!"

"얏!"

아자개의 집 뒤란 마당에서는 오십여 명의 장졸들이 군사 훈련을 받고 있었다. 훈련을 시키는 사람은 바로 아자개였다. 아자개는 평소에는 노비나 머슴으로 가장해서 농사일을 하게 했고, 사람들의 왕래가 없는 초저녁부터 밤늦게까지 횃불을 밝히고 무예를 익히게 했다. 이 때문에 관아에서는 아자개가 사병을 키우고 있다는 것을 전혀 눈치채지 못했고, 아자개도 사병들에게 입단속을 단단히 해두어 평범한 부농의 집으로 보였다. 그러나 아자개의 집에는 곡식으로 가득 차 있어야 할 곳간에 창과 검, 활이 쌓여 있었고, 커다란 자물쇠로 문이 잠겨 있었다. 게다가 병기를 관리하는 사람이 머슴 복장을 하고 있었지만, 눈빛이 예사롭게 빛났고 품속에는 유사시에 여차하면 날리려고 표창을 숨기고 있었다.

그러나 견훤은 이들이 하나도 두렵지 않았다. 그의 나이 열여덟이었지만 이미 무오병법까지 익혔기에 웬만한 병사 열 명쯤은 한 번에 쓰러뜨릴 수 있었다. 게다가 아무도 견훤을 함부로 대하지 않았다. 다만 견훤은 아버지가 사병을 거느리고 있다가 역적으로 몰려 처형당할까 봐 그게 두려웠다. 만약에 누군가가 아버지를 관아에 밀고하여 관군이 쳐들어온다면 집안이 풍비박산 나는 것은 물론이고 목숨까지도 부지할 수 없는 일이었다. 게다가 견훤 자신은 이제 아버지의 곁을 떠나 군에 들어가고 싶었다. 군에서 일하며 자신의 삶을 살고 싶었다.

"아버님, 군에 들어가려 합니다."

"신라군에 들어가겠다고?"

"예, 저도 이제 제 삶을 살 때가 된 듯합니다."

"안 된다. 지금 조정은 지방 호족들을 다스리지 못해 세금이 걷히지 않고, 도성의 곡간이 비어 나라 재정이 엉망인데 군에 가서 뭘 어쩌겠다는 것이냐. 그냥 눌러앉아 있거라. 내가 다 생각이 있다. 기회를 봐서 사벌주를 손아귀에 넣을 테니 기다리란 말이다."

"아버님, 그것은 반역이옵니다."

"이놈의 자식이 아직도 내 말을 못 알아듣겠느냐?"

아자개의 고집은 완강했다. 훗날에 마치 천하를 얻을 것처럼 견훤을 훈계했다. 하지만 견훤은 자신만의 길을 가고 싶었다. 호족은 지방의 일개 세력에 불과할 뿐이다. 그런 호족의 밑에서 일하느니 견훤은 국가에 몸담고 싶었다.

"이곳 사벌주는 삼한 시대 진한의 사벌국(沙伐國)이었어. 그런데 신라 첨해이사금(247~261) 때 석우로가 사벌국을 정복하고 주를 설치했어. 그러니 사벌주는 신라에서 독립되어야 한다, 그 말이지."

"그것은 635년의 일입니다."

"어쨌거나 신라가 사벌국을 점령했잖아."

"그건 삼한 시대이오니 지금과 연관 지으시면 안 됩니다."

"왜 안 돼?"

"신라의 영토에서 독립한다면 반란을 일으키는 것이고 진압되면 뒷일을 어찌 감당하시려고 그러십니까?"

"어허, 그래도 이놈이."

"전 신라군에 지원하여 서라벌로 가겠습니다."

"고얀 놈, 어디 맘대로 해보거라."

견훤이 군문(軍門)에 들어가려고 하자 아자개가 그러려면 부자간의 인연을 끊자고 고래고래 소리 질렀다. 하기야 견훤도 아자개의 심정을 이해 못 하는 게 아니었다. 그러나 큰일을 도모하려면 언제나 위험이 따르는 법이라 매사에 신중해야 하는데, 아자개는 아무 준비도 없이 고작 사병 몇십 명으로 사벌주의 성주가 되려 하고 있다. 견훤은 아버지가 반란을 일으켰다가 실패하면 자신도 꿈을 펼쳐보지 못하고 역적의 아들이라 하여 목이 달아날 것이 자명하다고 생각했다.

추수가 끝난 들판이 하나둘 비워졌다. 가으내 추수하느라 농사일에 매달렸던 사병들도 무서리가 내리고 가을이 깊어지자 다시 무기를 잡았다. 곧 겨울이 들이닥칠 것이므로 부지런히 땔감을 해 오는 머슴들도 많았다. 견훤은 이제 사벌주를 떠나야겠다고 생각했다. 신라군에 들어가 그동안 닦은 무예를 발판으로 명장이 되겠노라고 자신에게 다짐했다.

"아! 이 땅 사벌주."

견훤은 자신이 태어나서 지금까지 살아온 사벌주를 머릿속에 그렸다. 십팔 년 동안 살아온 땅이 마치 한 폭의 동양화처럼 그려졌다. 농사꾼의 아들로 태어나 어머니가 숲에 눕혔을 때, 호랑이가 다가와 젖을 물리던 모습, 소를 모는 아버지를 따라 산으로 들로 나다니던 모습, 대주와 함께 무예를 익히던 모습, 뒷산에서 전쟁놀이하던 모습, 아버지가 부농으로 가문을 일으킨 모습, 모습, 모습, 모습, 들이 견훤의 머릿속에 자꾸 떠올랐다. 이곳 사벌주는 동북으로는 한주, 삭주, 명주, 서남으로는 웅주, 전주, 강주, 양주로 둘러싸인 곳이었다. 북서로 오봉산, 속리산, 천봉산, 소머리 산, 채릉산, 노악산, 천마산이 있고 남서로는 백악산, 성봉산, 갑장산, 소서산, 백원산, 할미산, 원장산이 있어 요새 중의 요새였고, 예로부터 많은 세력이 탐내는 곳이었다.

견훤은 이제 사벌주를 떠나 서라벌로 가려고 한다.

2

원종 애노의 난

원종 애노의 난

진성여왕이 즉위하자 견훤은 사벌주를 떠나 서라벌로 가서 군문(軍門)에 들어갔다. 서라벌에 들어선 견훤은 눈이 휘둥그레졌다. 사벌주에서 보지 못했던 기와집들이 즐비했고, 난생처음으로 궁에도 들어가보았다. 군인이라는 신분 때문에 자유롭지 못했지만, 휴가를 얻어 서라벌 난전에도 가보고 바다를 보고 돌아오기도 했다. 처음 보는 바다였다. 물이 저렇게 많은 것은 처음 보았다.

견훤은 궁을 지키는 군졸로 배정되었다. 도성에서 궁으로 들어가는 문을 지키는 문지기였다. 일이 힘들지 않았고 배불리 먹을 수 있었다. 그러나 교대 전까지 창을 들고 서 있어야 하는 일이라 한참 있으면 종아리가 아렸다. 게다가 한겨울이라 추위도 만만찮은 복병이었다. 하지만 교대를 하면 방에서 화롯불을 쬐며 편하게 지낼 수 있었다. 견훤은 틈이 날 때마다 무예에 관한 책을 읽고 동작을 따라 했다. 무예를 익히면 여왕을 모시는 호위무사가 될 수 있다고 생각했다.

신라에서는 십육 세부터 육십 세까지의 남자는 정남(丁男)이라 하여 농민 신분으로 농번기에 농업에 종사하다가 농한기에는 군사 훈련을 받았고, 그 지역에서 반란이나 외세의 침입으로 전쟁이 나면 징집되어 전쟁에 참여해야 했다. 또한, 육정과 십정이 있었다. 육정은 삼 년간 상비군으로 근무하는 정남 병력으로 구성된 부대였는데, 서라벌에 한 부대, 그 밖의 큰 주에 한 부대씩, 대당(서라벌 소재), 상주정, 신주정, 비열홀정, 실직정, 하주정, 이렇게 육정을 두었다. 구성 무관으로는 장군, 대관대감, 대대감, 제감, 감사지, 소감, 화척, 군사당주, 대장척당주, 보기당주, 흑의장창말보당주, 군사감, 대장대감, 보기감이 있다. 이 중 기병을 연상시키는 직책은 보기당주와 보기감뿐이며 그나마 각 당에 4~6명이 배정되었다.

십정은 음리화경, 고량부리정, 거사물정, 삼량화정, 미다부리정, 남천정, 골내근정, 벌력천정, 이화혜정, 이렇게 열 개가 있는데, 초기에는 음리화삼천당, 삼천당으로 호칭하였고, 후기에 십정으로 개편되었다. 삼천당의 구성 무관들은 대대감(기병), 소감(기병), 화척(기병), 삼천당주, 삼천감, 삼천졸 등이 있는데, 기병직이 많이 있으므로 보병 위주 부대인 육정을 보좌하는 기병 부대였다.

"웬 눈발이 이리도 거세게 퍼붓는다냐?"

한반도의 남부 지방이지만 엄동설한에는 서라벌에도 눈발이 거세게 내렸다. 헌강왕 이후 국력이 쇠퇴하기는 했지만, 적은 북방 멀리에 있어서 태평성대는 여전히 이어지고 있었다. 견훤은 강풍이 몰아치는 것도 아랑곳없이 휴가를 얻으면 멀리 토함산에 올라 혼자 무예를 연마했다.

토함산(745미터)은 태백산맥의 한 줄기인 해안산맥 중의 한 산인데, 해안산맥은 중앙산맥의 동쪽에 있는 해안을 따라 연속되는 구릉선 산맥으로 굴아화(屈阿火, 울산)에 이른다. 해안산맥 중에서 토함산을 최고점으로

하며 동해안을 따라 남북으로 달리는 산맥을 토함산맥이라고도 부른다. 견훤을 토함산을 오를 때마다 새로운 감회를 느끼곤 했다. 기암절벽과 풍치가 좋아 심신을 수련하기에 안성맞춤이었다. 게다가 토함산에는 석굴암이 있었다. 견훤은 이따금 석굴암 내무로 들어가 부처님께 예불을 올리곤 했다.

"부처님이시여! 저에게 큰 가르침을 주십시오."

견훤은 비록 지금은 궁문이나 지키는 졸병에 불과하지만, 나중에는 장군이 되게 해달라고 부처님께 빌었다. 이상한 일이었다. 견훤이 석굴암 내부에서 부처님께 예불을 올리면 부처님께서 만연의 미소를 짓는 듯했다. 견훤은 석굴암의 내부를 찬찬히 둘러보았다.

석굴암은 751년(경덕왕 10년)에 당시 재상이었던 김대성이 창건하여 774년(혜공왕 10년)에 약 23년 만에 완성되었다. 건립 당시에는 석불사라고 불렀다. 토함산 중턱에 백색 화강암을 이용하여 인위적으로 석굴을 만들고, 내부 공간에 본존불인 석가여래불상을 중심으로 그 주변에 보살상과 제자상, 역사상, 천왕상 등 총 40구(軀)의 불상이 조각되었다. 석굴의 구조는 입구인 직사각형의 전실(前室)과 원형의 주실(主室)이 복도 역할을 하는 통로로 연결되어 있으며, 360여 개의 넓적한 돌로 원형 주실 천장을 교묘하게 구축하였다. 석굴의 입구에 해당하는 전실에는 4구씩 팔부신장상을 두고 있고, 통로 좌우 입구에는 금강역사상을 조각하였으며, 좁은 통로에는 좌우로 2구씩 동서남북 사방을 수호하는 사천왕상을 조각하였다. 주실 입구에는 좌우로 팔각의 돌기둥을 세우고 주실 안에는 본존불이 중심에서 약간 뒤쪽에 안치되어 있다. 주실의 벽면에는 입구에서부터 천부상 2구와 보살상 2구, 나한상 10구가 채워졌고, 본존불 뒷면 둥근 벽에는 가장 정교하게 조각된 십일면관음보살상이 서 있다.

"아, 이게 바로 얼굴이 열한 개라는 십일면관음보살이구나."

견훤은 십일면관음보살상에 큰절을 백팔 번이나 하며 앞으로 큰 인물이 되게 해달라고 간절히 빌었다. 궁문이나 지키려고 서라벌에 온 게 아니므로 부처님의 힘을 빌려서라도 견훤은 큰 인물이 되고 싶었다.

"꼭 소원성취하게 하여주십시오."

백팔 번의 큰절을 끝내고 견훤은 십일면관음보살상을 올려보았다. 견훤의 바람을 알고 있는지 옅게 미소를 띠고 있었다. 원래 십일면관음보살상은 불경 중에『십일면신주심경(十一面神呪心經)』을 근거로 했다고 한다.『십일면신주심경』에 의하면 앞의 삼 면은 자상(慈祥, 자비로운 모습)인데 선한 중생을 보고 자심을 일으켜 이를 찬양함을 나타내는 것이다. 왼쪽의 삼 면은 진상(瞋相)으로 악한 중생을 보고 비심(悲心)을 일으켜 그를 고통에서 구하게 함을 나타낸 것이다. 오른쪽의 삼 면은 백아상출상(伯牙上出相, 흰 이를 드러내며 미소 짓는 모습)으로, 이는 정업(淨業)을 행하고 있는 자를 보고는 더욱 불도에 정진하도록 권장함을 나타내는 것이다. 뒤의 일 면은 폭대소상(暴大笑相)으로 착한 자, 악한 자 모든 부류의 중생들이 함께 뒤섞여 있는 모습을 보고 이들을 모두 포섭하는 대도량(大度量)을 보이는 것이며, 정상의 일 면 불면상(佛面相)은 대승근기(大乘根機)를 가진 자들에게 불도의 구경(究竟)을 설(說)함을 나타낸 것이다.

토함산은 어머니 같은 산이었다. 견훤은 사벌주에 계신 어머니가 생각나면 토함산에 오르곤 했다. 석굴암에 들러 예불을 올리고 산 정상에서 무예를 연습하면 하루 해가 짧았다. 궁에서 도암산까지의 거리도 만만찮았다. 그러나 견훤은 자신의 앞날을 생각하면 이 정도는 아무것도 아니라고 생각했다.

이얏!

하합!

견훤은 토함산 정상에서 열심히 무예를 익혔다. 천년 묵은 황장목(黃腸木) 앞에서 목검을 휘두르기도 했고, 서녘 저편으로 날아가는 기러기의 행렬에 활을 쏘기도 했다. 하지만 먼 거리여서 화살이 기러기의 행렬까지는 날아가지 못했다. 혼자서 무예를 익히면 마음이 편했다.

"또 토함산에 다녀오는 길인가?"

궁에 돌아오자 궁문을 지키는 병졸이 물었다. 견훤은 고개만 끄덕였다. 큰 뜻을 품고 서라벌에 왔지만, 고작 궁문이나 지키는 병졸이라 자꾸만 괜히 고향을 떠나왔다는 후회가 밀려왔다. 차라리 아버지를 도와 일꾼이나 관리하며 농사나 지으며 살면 뱃속이 편하지 않을까 생각했다.

"자네, 사벌주에서 왔다고?"

"그렇습니다."

"거기는 산으로 둘러싸인 곳이 아니던가?"

"그렇습니다. 그곳에서 농사를 짓다 자원해서 왔습니다."

"무예는 좀 배웠나?"

"딱히 스승님을 모신 적은 없지만 조금 할 줄 압니다."

"그럼, 이번에 무예 대회가 있는데 한번 나가보거라."

"예, 그런 것이 있습니까?"

"한 해에 한 번 있는 행사다. 우승하면 무관으로 임명되고 벼슬이 내려진다."

"아, 그렇습니까."

어느새 봄이 되었다. 지독하게 몰아치던 한파가 물러가고 봄 냄새가 풍겼다. 궐 안팎에는 무예 대회를 개최한다는 안내문이 나붙었다. 견훤은 그 공고를 보며 마음이 설렜다. 마치 무예 대회가 자신을 위해 마련된 것만 같았다. 하지만 경솔하게 생각할 일이 아니었다. 신라 전국에서 내로라하는 무사들이 총출동하는 대회이므로 신중히 처신해야 했다. 첫 출전부터 고단수와 맞부딪쳐 폐한다면 영원히 궁문을 지키는 졸병에 머무를 것이다. 견훤은 틈날 때마다 토함산을 찾아 무예를 연마했다.

무예 대회는 아침 일찍부터 시작되었다. 전국에서 모여든 무사들이 삼백여 명이나 되었다. 구름처럼 몰려든 무사들을 보며 견훤은 혀를 내둘렀다. 무예 대회를 처음 보고 처음 참가하지만, 이 정도로 규모가 클 줄 몰랐다. 오늘과 내일은 승자를 가리고 모레 우승자를 가린다. 그러니까 삼백여 명이 일대 일로 무예를 겨뤄 절반이 오늘 탈락하고 다시 내일 절반이 탈락하고 모레 우승자를 가리는 방식이다. 심판은 궁에서 군사를 관리하는 병부에서 맡았다.

"앗!"

"이얏!"

궁 안에 무예를 겨루는 기합 소리가 쩌렁쩌렁하게 울렸다. 첫날은 병부에서 나온 대신들만 무예 대회를 참관하였다. 병부에서 참가자들의 조를 짜고 순번을 정해서 한 명씩 나와 대련을 하는데, 무기는 목검을 사용했다. 목검을 휘두르다 상대편의 몸에 맞으면 경기가 끝난다. 그 때문에 서로 목검에 맞지 않으려고 방어를 하며 빠르게 공격을 했다. 견훤은 스무 번째 경기를 치르게 되었다. 상대방은 웅주에서 온 청년이었다. 몸이 마르고 고집에 세어 보이는 청년인데 견훤을 노려보고 있었다. 견훤은 천천히 나가 그를 맞았다.

"핫!"

"네 이놈!"

경기는 시시하게 끝났다. 경기 시작과 동시에 상대편이 견훤에게 목검을 휘두르며 다가오자 견훤이 목검 아래로 몸을 낮춰 그의 허리를 베어버렸다. 순식간에 일어난 일이었다. 경기를 구경하던 사람들이 일제히 함성을 질렀다. 이렇게 단 몇 초 만에 끝난 경기는 처음이었다. 사람들이 이구동성으로 견훤이 누군지 물었다. 단 몇 초 만에 견훤은 사람들의 입에서 오르내리는 명사가 되었다.

"대단하구먼. 대단해."

"저자가 누구인가?"

"궁문을 지키는 견훤이란 자라는군."

"틀림없이 저 사람이 우승하겠구먼."

"그러게 말일세."

사람들의 예측대로 견훤은 단시간 내에 상대방을 제압하고 승승장구하여 결승까지 나갔다. 결승전에는 진성여왕까지 관전하였다. 견훤은 진성여왕을 처음 보았다. 여왕답게 얼굴이 박처럼 희고 금 장식을 해서 화려했다. 게다가 인품이 있어 보이고, 여왕이라 그런지 무엇인가 끌어당기는 힘이 있어 보였다. 견훤은 저리도 아름다운 여왕을 가까이서 뵙자 절로 마음이 설렜다.

병부령이 무예 대회의 결승을 알리자 무사가 앞으로 나왔다. 견훤보다 한 척이나 더 큰 키에 덩치가 묵은 느티나무 같았다. 저리도 덩치가 크면 몸이 둔하게 마련인데 놈은 행동도 민첩하여 도시 단점을 찾을 수 없을 듯했다. 어떻게 올라온 결승인데, 여기서 절대로 무너질 수 없다. 견훤은 어금니를 악물었다. 여덟 번을 대적하는 동안 저리도 센 난적을 만난 적은 없었다. 물론 전 경기에서도 저렇게 체격이 크고 민첩한 상대를 만나 고전을 했었지만, 이번만큼은 쉬운 상대가 아니었다. 병부령이 경기 시작을 알리자 상대편이 기세 좋게 목검을 휘둘렀다.

"얏!"

놈이 휘두르는 목검을 견훤이 막았지만, 위력 때문에 목검이 힘없이 뚝 부러졌다. 그만큼 놈이 휘두르는 목검은 위력이 대단했다. 견훤의 목검이 부러져 땅에 떨어지자 놈이 가뭄에 단비를 만난 것처럼 사정없이 목검을 휘두르며 앞으로 나왔다. 견훤은 이때를 노려 놈이 휘두르는 목검을 피해 몸을 공중의 날려 발등으로 놈의 안면을 강타했다. 놈이 주춤하며 움찔하자 견훤이 다시 공중으로 몸을 날려 발꿈치로 머리통을 찍었다. 놈이 힘없이 땅바닥으로 푹 고꾸라졌다. 견훤이 놈이 잡고 있던 목검을 빼앗아 목에 선을 그었다. 사람들이 일제히 함성을 질렀다.

"와~ 대단하구먼, 대단해."

"하! 맨손으로 저 큰 무사를 때려눕히다니!"

"맨손으로 거인을 때려눕히다니!"

사람들의 우렁찬 함성에 궁이 떠나갈 듯했다. 바로 그때였다. 땅바닥에 고꾸라져 있던 놈이 정신이 드는지 서서히 일어나 목검을 잡고 뒤에서 견훤을 힘껏 내리쳤다. 그러나 고함을 치며 쓰러지는 것은 바로 그놈이었다. 견훤은 바람의 움직임까지 감지하고 있었다. 놈이 목검을 내리치는 순간 날렵하게 피하며 견훤은 몸을 날려 놈의 안면에 발 뒤꿈치를 꽂았다. 놈이 다시 땅바닥으로 고꾸라져 일어나지 못했다. 사람들이 다시 환호성을 터뜨렸다.

"견훤이라 하였느냐?"

"그렇사옵니다, 여왕 폐하."

"무예가 아주 뛰어나구나. 앞으로 나를 호위하는 호위무사가 되어라."

"……."

"어떠냐?"

"충성을 다하겠습니다."

"좋다. 나의 호위무사가 되어라."

"예, 여왕 폐하."

병부령의 안내를 받아 진성여왕 앞으로 다가가자 진성여왕이 자신을 호위하라고 명령했다. 견훤은 자신이 바란 대로 일이 술술 풀려서 날아갈 듯이 기뻤다. 궁문을 지키는 병졸에서 여왕을 모시는 호위무사가 되었으니 나름대로 서라벌로 와서 출세를 했다고 생각했다.

진성여왕(眞聖女王)은 이름은 김만(金曼)이고, 신라 51대 임금이며, 세 번째이자 마지막 여왕이다. 887년 7월에 병으로 죽은 작은오라비 정강왕 김황(金黃)의 뒤를 이어 즉위하여 897년 6월에 조카 효공왕(孝恭王) 김요(金嶢)에게 왕위를 물려줄 때까지 9년 11개월간 신라를 다스렸다. 그녀는 제48대 임금 경문왕의 딸이다. 그녀 위로 두 오라비가 있었는데, 큰 오라비인 김정(金晸)이 제49대 임금 헌강왕이다. 헌강왕이 죽을 때 그의 유일한 혈육인 요가 너무 어렸으므로 아우 황이 뒤를 이었다. 그러나 정강왕이 불과 일 년 만에 죽으면서 누이동생 만에게 왕위를 물려준다. 정강왕이 죽기 전에 '누이동생 만이 총명하며, 선덕여왕과 진덕여왕의 정례도 있으니 잘할 것이다' 하며 후계로 지명하였다. 이로써 진덕여왕이 승하한 654년 이후 233년 만에 신라는 다시 여왕을 맞이하였고, 그녀의 치세 이후 한반도에는 다시 여왕이 나오지 않았다.

한편 사벌주에서는 이상한 기류가 흐르고 있었다. 견훤이 서라벌로 떠난 지 어느덧 이 년이나 지났다. 그동안 사벌주는 적당한 기온과 비가 적당한 시기에 와줘서 이 년 연속 풍년이었다. 하지만 농사를 지으면 관아에서 세금이라고 무리하게 걷어가는 바람에 농민들의 삶은 좀처럼 나아지지 않았다. 이 무렵 아자개는 점점 더 사병을 거느리며 풍요롭게 살고 있었다.

"애노(哀奴)라 하옵니다."

"원종(元宗)이라 하옵니다."

"그래, 어쩐 일인가."

농민인 원종과 애노가 아자개를 찾아왔다. 평범해 보이지만 두 사람의 눈빛만은 예리하게 빛났다. 아자개는 침착하게 그들을 맞았지만, 무엇인가 불길한 예감이 들었다. 애노가 먼저 말했다.

"거병을 하려 합니다."

"거병이라니?"

"지금의 세상을 바꿔보려 합니다."

"뭐, 뭐야?"

아자개는 깜짝 놀랐다. 그러나 이미 예견된 일이었다. 이미 농민들이 도탄에 빠져 죽기를 각오하고 항쟁하려고 기회만 엿보고 있었다. 하지만 아자개는 그들의 말에 동조할 수 없었다. 아들 견훤이 궁으로 들어가 여왕 폐하의 호위무사로 있는데, 난에 가담했다가 성공하더라도 견훤이 해를 입지 않을까 걱정이었다.

"난, 중립을 지키겠다."

"아니 됩니다. 우리가 거사하는 것은 어르신을 성주로 모시기 위함입니다"

"글쎄, 난 아들놈이 궁에 있어서 함께 할 수 없단 말이야."

"그러시면 군량미라도 대주시지요."

"……."

아자개는 말문이 막히었다. 견훤이 사벌주에 남아 있다면 망설임도 없이 난에 가담하여 세상을 바꿔보겠지만, 견훤이 진성여왕의 호위무사로 있는 한 그럴 수 없는 일이었다. 나 하나 잘 살려고 아들을 버릴 수 없는 일이기에 아자개는 중립을 지키며 기회를 보기로 했다. 하지만 원종과 애노는 배운 것 없는 농부라 난을 일으켜 신라에서 독립한다 해도 백성을 다스릴 위인이 못 되었다. 글도 제대로 읽을 줄 모르고 덕망이나 인품이 높은 것도 아니었다. 이 때문에 원종과 애노는 아자개를 끌어들이려는 것이다. 아자개는 이미 머슴으로 위장한 사병들이 오십여 명이나 있었고 비록 여자이긴 하나 무예가 출중한 대주도금이 있었다. 농민으로 구성된 난군(亂軍)은 무기도 변변찮아서 곡괭이와 낫, 쇠스랑, 삽, 따위로 무장해야 했다.

"거사 일을 잡아서 알려드리겠습니다."

"아 글쎄, 난 참여할 수 없다니까."

"그래도 함께하셔야 합니다."

"내가 일어나면 우리 견훤이가 죽임을 당해."

"어쩔 수 없이 희생도 따르는 법입니다."

"비밀로 해주게. 내 군량미는 내어주겠네."

원종과 애노가 돌아가자 아자개는 큰 근심이 생겼다. 거사는 자신도 예전부터 꿈꾸고 있던 일이지만 이제는 사정이 달라졌다. 견훤이 궁에 있는 이상 거사는 물 건너간 일이었다. 만약에 아자개가 원종과 애노와 함께 난을 일으키면 궁에 있는 견훤은 금방 포로가 되어 목이 달아날 것이다. 아자개는 한숨을 내쉬었다.

— 이 일을 어쩐다.

"아버님, 무슨 근심이라도 있으신가요."

"대주야! 마침 잘 왔다."

아자개는 대주에게 원종과 애노가 왔다 갔음을 알려주었다. 대주도 심히 놀라는 표정이었다. 오라비를 위해서 난에 개입하지 말자고 대주도 말했다. 지금의 정치는 썩어서 신물이 나지만 오라비를 봐서라도 참아야 한다고 대주는 오히려 아자개를 위로했다.

그러나 상원부인은 달랐다. 자신이 낳은 자식이지만 아비의 명을 거역하고 서라벌로 떠난 견훤을 용서할 수 없다고, 난을 일으켜 사벌주의 성주가 되어야 한다고 아자개를 부추겼다. 견훤이는 제 발로 사벌주를 떠나 서라벌로 갔으니 제 운명을 제가 알아서 해야 한다고 우겼다.

"아니 그러니, 대주야?"

"오라버니를 미워하지 마셔요."

"제 맘대로 하는데 어찌 안 미워하겠느냐?"

"……."

한편, 원종과 애노는 은밀하고 치밀하게 거사를 준비하고 있었다. 고을마다 돌아다니며 농민들을 설득하여 거사의 타당성을 설명하고, 날짜가 확정되면 민첩하게 모이기를 당부하고 있었다. 이 고을 저 고을을 돌아다니며 일일이 농민들을 설득시켜야 했기 때문에 첩자가 관아에 밀고할 위험도 컸다. 이 때문에 무기를 따로 마련하지 않았다. 집에 있는 농기구는 의심을 피할 수 있으므로 그것을 들고 봉기할 생각이었다. 쇠스랑이나 곡괭이가 일상에서는 땅을 파고 긁는 용도로 쓰이지만, 들고 일어서면 무기가 되었다.

"이 정도면 한 사오백 명은 될 듯합니다."

"그러게나 말입니다. 꼭 성공해야 할 텐데."

"첩자가 있나 잘 보아야 합니다."

"내가 보기엔 없는 것 같습니다."

원종과 애노는 거사 일을 추수가 끝난 뒤로 잡기로 했다. 아무래도 그게 편했다. 농번기에 거사하면 참여하는 농민의 수가 적고, 군량미의 조달도 어려울 것이다. 게다가 시기가 좋지 않았다. 여름에는 무더위와 폭우로 서로가 힘든 싸움이 될 것이고, 겨울에는 한파로 동상에 걸려 역시 어려운 시기였다. 이 때문에 원종과 애노는 추수가 끝난 후, 추위가 몰아치기 전에 거사를 일으켜 신라로부터 독립할 생각이었다. 그 시기라면 군량미도 풍부하고, 일손이 없어 농민들이 많이 참여할 듯했다.

"여왕 폐하! 정치를 그리 하시면 안 되지 않습니까?"

견훤은 진성여왕의 호위무사로 있었지만, 서서히 불편해졌다. 여왕이 정치에는 관심이 없고 사치와 향락만 일삼고 있었다. 더욱이 기가 막힌 것은 숙부인 김위홍이 여왕을 대신해서 정사를 보고 있었다. 이에 견훤이 여왕에게 진언하였으나 꾸지람만 들었다.

"너는 호위무사가 아니냐? 내 일에 참견 말아라."

"하오나 폐하, 위홍은 숙부이옵니다. 숙부와 어찌……"

"네 이놈. 파직을 당해야 정신을 차리겠느냐?"

"……."

견훤은 아무리 생각해도 여왕의 심리를 알 수 없었다. 위홍은 희강왕의 손자이고, 신무왕의 외손자, 경문왕의 동생이다. 아버지는 의공대왕(懿恭大王)으로 추봉된 아찬(阿飡) 계명이고, 어머니는 광화부인(光和夫人)이다. 872년(경문왕 2년) 상재상(上宰相) 이찬으로서 황룡사 구층목탑을 다시 짓는 총책임을 맡았고, 조카인 헌강왕 때는 상대등이 되어 정사를 도왔다. 왕명을 받고 대구화상(大矩和尙)과 함께 신라의 향가를 모아 『삼대목(三代目)』이라는 향가집을 만들었다. 상대등, 병부령 관직에 있다가 최고 관직인 각간에 올라 정사를 좌지우지하였다. 각간이란 관직명은 원래는 '주다(酒多, 술이 많음)'라고 했다. 파사이사금(婆娑尼師今)이 사냥을 나갔다가 한기부를 지날 때, 그곳에 사는 이찬 허루(許婁)가 음식을 대접하고 잔치를 베풀었다. 이 자리에서 이찬 마제와 허루의 갈등이 있었고, 파사이사금은 마제의 딸을 태자비로 삼는 한편 허루에게는 이찬 위에 있는 주다의 직위를 주었다. 이를 뒤에 각간이라고 불렀다.

그러나 문제는 진성여왕이었다. 진성여왕이 숙부인 위홍을 진심으로 사랑하여 틈만 나면 궁으로 위홍을 불러들였고, 여왕이 야음을 틈타 궁녀로 변장하여 궁 밖으로 나가 위홍의 집으로 갔다. 견훤은 여러 번 여왕을 미행했었다. 그날도 달도 뜨지 않는 칠흑 같은 밤이었다. 풀벌레 소리가 이따금 들리는 밤이었다. 비가 오려는지 먹장구름이 하늘을 까맣게 덮었다. 여왕의 처소에 불이 켜져 있어서 견훤은 여왕이 처소에 있는 줄 알았다. 그러나 불은 켜져 있는데 인기척이 없어 문 앞에 가보았다. 역시 인기척이 없어 견훤이 폐하를 불렀으나 대답이 없었다. 결국 견훤이 여왕의 처소 문을 열어보자 빈 방이었다. 그때 한 여인이 마당을 지나 궁문으로 가는 것이 보였다. 견훤은 조용히 여인의 뒤를 밟았다.

"서찰을 전하러 가는 길이니 궁문을 여시오."

"뉘 댁에 가는 길이오."

"각간 위홍께 가는 길이오."

"위홍이라면 여왕보다 더 높으시다는……"

문지기가 냉큼 궁문을 열어주었다. 견훤은 좀 더 있다 밖에 볼일이 있다고 궁문을 나왔다. 어둠 속이었지만 견훤은 여인이 여왕임을 쉽게 알아차렸다. 여왕이 궁녀로 변장을 하고 궁을 나온 것이다. 여러 개의 기와집을 지나 골목을 돌고 다시 큰길로 나와 대궐 같은 기와집에 머물렀다. 문지기가 여인을 보고 급히 인사를 하고 문을 열었다. 견훤은 여인이 안으로 들어가는 것을 보고 모퉁이를 돌아 몸을 날려 월담을 했다. 과연 소문대로였다. 여왕이 위홍과 연애를 한다는 소문이 대신들 입에서 파다하게 오르내려도 견훤은 그렇지 않으리라 생각했다. 그냥 숙부님이니 아버지처럼 대하리라 생각했다. 하지만 그게 아니었다. 여인이 안으로 들어서자 마침 여인을 기다리고 있던 위홍이 여인을 감싸 안았다. 반가운 인사가 아니었다. 서로 껴안고 볼에 입을 맞추는 모습을 견훤은 똑똑히 보았다.

"여보, 오늘도 보고 싶어 혼났사옵니다."

"그래, 잘 왔다. 들자."

위홍이 여왕의 손을 잡고 별채의 안으로 들어갔다. 견훤은 이참에 둘의 관계를 똑똑히 확인하고 싶어 창문으로 다가가 문풍지에 침을 바르고 살짝 구멍을 냈다. 궁녀는 어느새 옷을 벗고 있었다. 진성여왕이었다. 여왕은 옷을 벗고 위홍에게 와락 안기었다. 어찌 이럴 수 있을까. 위홍은 아내도 있고, 숙부이며, 나이 차이가 이십 년이나 났다. 아무리 근친 간의 결혼이 유행한다지만 이런 일은 있을 수 없는 일이었다. 위홍과 여왕이 옷을 벗고 서로 간절히 보고 싶었다고 말하고 이내 호롱불을 끄고 이불 속으로 들어갔다. 그리고 여왕의 신음이 들렸고, 위홍이 거칠게 숨을 몰아쉬었다. 견훤은 둘의 관계를 확인하고 다시 몸을 날려 월담을 했다. 둘의 관계가 정사(情事)를 나누는 관계임을 확인한 견훤은 화가 머리끝까지 났다. 마음 같아서는 당장이라도 위홍의 목을 베어버리고 싶었다. 그러나 여왕이 저리도 좋아서 죽을 지경이니 견훤도 어쩔 수가 없었다.

"누구냐?"

월담을 하여 막 위홍의 집을 빠져나올 때였다. 마지막 남은 담을 넘으려다 견훤은 순찰하던 사병에게 발각되었다. 견훤은 자신도 모르게 칼을 뽑았다. 사병이 고함을 치자 주위에서 벌떼처럼 사병이 몰려들었다. 곳곳에 횃불이 밝혀지고 견훤은 고스란히 자신이 노출되었다.

"웬 놈이 이곳에 들어왔느냐?"

"죽기 싫거든 비켜라."

"포박하라?"

"핫—"

견훤이 날렵하게 칼을 휘두르자 사병들이 추풍낙엽처럼 나가떨어졌다. 사병들은 칼 한번 써보지 못하고 바닥에 나뒹굴었다. 견훤은 이때를 틈타 월담하여 궁으로 돌아왔다. 칼을 맞은 사병들은 칼등으로 맞아서 모두 살아 있었다. 사병들은 위홍에게 자객이 들었다고 알리지 않았다. 자객 한 명에게 사병 열두 명이 나가떨어지자 자객이 들었다고 알리면 자신들만 불호령을 맞을 게 뻔했기 때문이다.

여왕은 다음 날 위홍과 함께 입궐하였다. 여왕은 이런 일이 빈번하였다. 궁궐의 자신의 처소로 위홍을 끌어들여 여왕과 위홍이 연애를 한다는 소문이 기류처럼 흘러 다녔다. 하지만 근친 결혼이 유행하는 풍속 때문에 여왕과 위홍을 욕하지는 않았다.

"어찌 아버지와 같은 사람과 연애를 한단 말입니까."

"뭐라? 호위무사 주제에 감히 나를 훈계하려는 게냐?"

"밤낮없이 정사(政事)를 봐도 모자라거늘 어찌 사사로운 정사(情事)에 빠져 나라를 망치려 하십니까?"

마침 대전에는 여왕 혼자 있었다. 견훤은 작심하고 여왕에게 정사를 돌봐야 한다고 말했다. 임금의 주체인 여왕은 뒷전에 있고 위홍이 임금 노릇을 하고 여왕과 정을 통하니 나라가 망하는 길로 기고 있다고 견훤은 생각했다.

"날 사랑하는 것이냐?"

"아닙니다. 전 그저 나라가 망할까 걱정돼서 그립니다."

"뭐라? 네 놈이 정령 죽고 싶은 게냐."

"참됨을 진언한 것뿐입니다. 내치시려거든 내치십시오."

"네 이놈, 궁을 떠나거라. 네놈의 무예를 높이 사서 서남 지방으로 발령을 내주마."

"그리하겠습니다. 저도 여왕 폐하의 못된 짓을 안 보고 그게 편하옵니다."

"이놈이 끝까지. 병부에 가서 임명장을 받아 당장 떠나거라."

"그릇된 정치를 하시려거든 빨리 죽으십시오."

"괘씸한 놈."

견훤은 자리를 박차고 대전을 나왔다. 문란한 생활을 하는 여왕을 이제 보필하고 싶지 않았다.

견훤이 떠났어도 여왕은 대전에서 한동안 난동을 부렸다. 괘씸한 놈, 감히 나를 능멸해? 나를 사랑하지도 않으면서 왜 나를 모욕하는 거냐? 분이 풀리지 않아 여왕은 견훤을 국왕을 모독한 죄를 물어 옥에 가두려다 멀리 떠나가면 그만이다 싶어 어금니를 악물었다.

"서남 지방의 관리로 떠나라는 어명입니다."

병부로 가서 어명을 전하자 병부에서는 이미 어명이 도달하였는지 쉽게 발령장을 내주었다. 견훤은 말 한 필을 받아 군졸 십여 명을 거느리고 서남 지방으로 떠났다.

밤낮없이 말을 몰아 서남 지방에 이르자 이곳은 서라벌과 너무도 달라 있었다. 바다에 왜구가 들어와 노략질해도 막아낼 힘이 없었고, 전쟁이 없는데도 병사들은 못 먹고 병들어서 싸울 기력이 없었다. 게다가 세금을 바치느라 곡간마다 텅 비어 있었다. 견훤은 우선 군을 정비하였다. 힘이 있어야 싸움도 할 수 있는 법이다. 견훤은 정신이 해이해진 병사들의 군기부터 잡았다.

"왕명을 받고 이곳으로 부임한 견훤이다. 이곳은 왜구가 출몰하여 약탈을 일삼는다고 하니 경계를 더욱 강화하고 화살을 많이 확보하라."

"굶어서 서 있기도 힘든데 무슨 놈의 경계여."

"뭐라 했느냐?"

"굶어서 서 있기도 힘들것소."

"뭐라?"

견훤이 칼을 뽑아 병사의 목을 내리쳤다. 병사가 짧은 비명을 지르며 쓰러졌고 목에서 붉은 피가 솟구쳤다. 이를 본 병사들이 민첩하게 움직였다. 처음으로 해보는 훈련이었다. 견훤은 병사들에게 창 쓰는 법, 활 쏘는 법을 일일이 알려주었다. 창은 검보다 길어서 달려오는 적을 쉽게 찌를 수 있었다. 허기진 병사들에게 돼지를 잡아 먹이고 기운이 돋도록 푹 쉬게 하였다. 병사들의 피로가 풀리면 바다로 출병할 생각이었다. 병사들은 쉬면서 참죽을 베어다 화살을 만들었다. 대장간에서 화살촉을 만들고 화살 끝에 깃털을 달아 화살이 바람을 타고 더 멀리 날아가도록 했다. 견훤은 병사들의 움직임을 보고 마음이 흐뭇해졌다.

"뭐라? 견훤이가 서남으로 발령받아 궁에서 나갔다고?"

사벌주의 아자개는 궁에서 온 연통을 받고 뛸 듯이 기뻤다. 원종과 애노가 찾아와 거사에 동참해달라고 했으나, 궁에 있는 견훤이 때문에 별반 반기지 않았었다. 하지만 이제 방해물이 없었다. 사벌주에서 난을 일으켰다가 실패하더라도 서남에 가 있는 견훤에게는 해가 되지 않았고, 설령 궁에서 견훤을 해치려는 낌새가 보이더라도 도망칠 시간이 충분하였다.

어느새 무서리가 허옇게 내리고 들녘은 탈곡하여 텅 비었다. 그러나 농민들은 여전히 허기에 시달렸다. 향락과 사치를 일삼던 궁에 곡간이 비자 호족들에게 세금을 걷으라고 닦달했고, 관아에서 직접 나와 농민이 애써 수확한 곡식을 몽땅 털어갔다. 농민들은 수확해도 하나도 기쁘지 않았고, 긴긴 겨울을 어떻게 날지 막막하기만 했다.

"놔라, 이놈들아. 내 목숨이나 다름없는 곡식이다."

"끌고 가서 물고를 내버려."

곳곳에서 농민들의 곡성이 울려 퍼졌다. 관아에서 군졸들이 나와 고을마다 돌아다니며 곡식과 가축을 닥치는 대로 약탈하였다. 곡식을 빼앗기지 않으려고 매달리는 농민을 관아로 끌고 가 곤장으로 쳐서 병신을 만들어 보내기도 했다. 사람들은 언제 관아에서 군졸들이 들이닥칠지 몰라 초조하고 불안한 나날을 보내야 했다.

"이렇게 당하고만 있지 말고 우리도 관군과 한번 붙어봅시다."

"그럽시다. 이래 사나 저래 사나 어차피 죽을 목숨인데 원수나 갚고 죽읍시다."

"그럽시다."

"어서 가서 곡괭이든 쇠갈퀴든 가지고 나오소."

"알았네, 얼른 갔다 오겠네."

농민들의 원성이 하늘을 찔렀다. 이 때문에 원종과 애노는 겨울이 오기 전에 거사를 일으키려던 계획을 앞당겨 마침내 봉기하고 말았다. 때는 889년(진성여왕 3년)이었다. 사벌주 둔치의 광장에는 오백여 명의 농민이 각자 연장을 들고 집결해 있었다. 원종이 먼저 나무로 만든 작은 연단에 올라 거사의 당위성을 말했다.

"의병 여러분, 우리는 그동안 세금이라는 명목으로 관군에게 수탈만 당했습니다. 우리는 관군의 노예가 아니며, 엄연한 이 나라 백성입니다. 백성이 있어야 나라가 있고 임금이 있거늘, 우리는 무참히 짓밟혔습니다. 이에 우리는 거사를 하여 세상을 바로잡고자 합니다."

"옳소. 옳소."

이어 애노가 나섰다.

"우리는 뜻을 같이한 동지입니다. 이제부터 죽어도 함께 죽고 살아도 함께 살 것입니다. 세금을 못 내 아내가 노비로 팔려가고, 아이들이 굶어 죽는 세상은 인간이 사는 곳이 아닙니다. 이제부터 인간답게, 인간으로 대접받으며 사는 세상을 엽시다."

"와!"

"자, 나를 따르시오."

원종과 애노가 외치자 농민군들이 일제히 함성을 지르고 행군을 시작했다. 오백여 명이나 되는 농민군은 관아를 향하여 진격해 나갔다. 관에는 겨우 삼십여 명의 군졸이 상주해 있으므로 농민군의 상대가 안 되었다. 길을 따라 긴 행렬이 이어졌다. 각자 쇠스랑과 도끼, 낫과 곡괭이, 삽, 등으로 무장을 하고 있었고, 더러는 대나무로 만든 활을 지니고 있었다.

"뭐라고? 반란이 일어났다고?"

"그렇사옵니다, 현감 나리."

"어서 관군을 모으고 궁으로 파발을 띄우거라."

"예, 현감 나리."

원종과 애노가 행군하자 멀리서 이 모습을 본 군졸이 관아로 달려가 현감에게 고했다. 현감이 즉사 관군 동원령을 내렸으나 겨우 서른 명에 불과했다. 이때 말 한 필을 타고 군졸 한 명이 남쪽으로 내달려나갔다. 궁으로 반란을 알리러 가는 군졸이었다. 원종과 애노가 추격을 하려 했으나 이미 재를 넘어 사라진 뒤였다.

"창고를 열어 곡식을 배고픈 백성들에게 고르게 나눠주거라."

"예, 대장님."

관아는 텅 비어 있었다. 농민군이 몰려오자 관군은 멀리 줄행랑을 치고 말았다. 원종과 애노는 곡간을 열어 백성들에게 곡식을 나눠주라고 명하였다. 곡간을 열자 서라벌로 보내려고 쌓아놓은 곡식이 가득 들어차 있었다. 농민의 피였다. 농민군에 의해 관아가 접수됐다는 소문이 퍼지자 배고픈 백성들이 인산인해를 이루었다. 농민군들이 곡식을 백성에게 나누어주었다. 어차피 백성의 것이었다.

"피 한 방울 흘리지 않고 관아를 접수했으니 오늘은 푹 쉬어라."

원종과 애노가 이끄는 농민군은 경계 병력만 남기고 관아에서 휴식을 취했다. 언제나 불편한 관아였는데, 관아에서 휴식을 취하자 정말로 세상이 변한 듯했다. 죄지은 일이 없어도 끌려와 곤장을 맞고 바른 말을 해도 이실직고하라고 윽박지르는 바람에 거짓을 토해내고 누명을 쓰던 관아였다. 그런 관아가 이제 내 집처럼 편안했고 누구나 현감의 자리에 앉아보고 으쓱댔다. 정말로 관군이 물러가자 더 이상 들볶이는 일도, 빼앗기는 일도 없었다. 궁으로 보내야 한다며 관군이 멀쩡한 황소를 끌고 가기도 했고, 돼지를 우마차에 태워가기도 했는데, 이제 어디에도 관군이 보이지 않았다. 백성들은 관아에서 풀어준 쌀로 모처럼 만에 허연 쌀밥을 먹었다.

농민군은 여러 날 동안 관아에서 편하게 쉬었다. 아낙들이 관아로 몰려와 밥을 짓고 고깃국을 끓였다. 하루하루가 잔칫날이었다. 관혼상제가 없어도 관아에서의 생활을 즐겁고 기쁘고 한편으로는 언제 관군이 쳐들어올지 몰라 긴장의 연속이었다. 만약에 농민군보다 더 많은 관군이 온다면 관아는 포위되고 죽음을 맞이할 것이다.

한편, 궁에는 사벌주에서 달려간 전령이 도착하여 사벌주에 반란이 일어났음을 고하였다. 병부에서 즉시 진성여왕께 알리고, 출정을 준비하였다. 그러나 신라는 많이 쇠약해져 있었다. 여왕이 국사를 제대로 돌보지 않고 위홍에게 위탁하여 몇몇 친인척이 높은 벼슬을 독식하고 있었고, 지방 호족들의 반발로 세금이 걷히지 않아 재정이 몹시 어려웠다. 이 무렵 여왕은 깊은 실의에 빠져 있었다. 자신이 흠모했던 위홍이 일 년 전, 888년(진성여왕 2년) 봄에 여왕의 침실에서 죽어 나왔다. 이에 여왕이 비통하여 몇 날 며칠을 울다 대신들의 반대에도 불구하고 혜성대왕(惠成大王)이란 존호를 추증하였다. 이는 만천하에 그가 지신의 남편이었음을 공표한 것이나 다름이 없었다.

"세상에 남자가 없어 아버지나 마찬가지인 사람과 관계를 맺고 지아비로 받아들여. 진짜로 안 된 것은 위홍의 아내인 부호부인이지. 그래도 조카딸이라고 친자식처럼 키웠을 텐데 말이야."

백성들이 수군댔고 이때부터 신라는 급속히 붕괴하는 수순을 밟아나갔다. 더욱이 위홍이 죽은 뒤 진성여왕은 마음을 잡지 못하고 밤마다 화랑 출신 젊은 미소년을 침실로 끌어들여 음탕한 짓을 일삼았다. 이를 대신들이 지켜보았고, 소문은 일파만파로 번져 장안에 여왕의 부정을 알리는 벽보가 나붙게 되었다. 여왕이 밤마다 죽은 위홍을 못 잊어 미소년을 침실로 불러 관계를 맺으니, 위홍이 지하에서 웃을 일이라고, 다라니(陀羅尼)의 은어가 나붙었다.

나무망국 찰리나제 판니판니소판니 우우삼아간 부이사파사
南無亡國刹尼那帝判尼判尼蘇判尼于于三阿干鳧伊娑婆訶

벽보를 받아본 진성여왕은 학자들에게 해석하여 올라라고 명하였다. 이에 학자들이 보니, '찰리나제'란 여주(女主) 즉 진성여왕을 말하며, '판니판니소판니'란 두 소판(蘇判)을 일컫는데, 이는 곧 벼슬의 이름이었다. '우우삼아간'은 폐하의 서너 명 충신이고, '부이사파사'는 부호부인을 뜻한다. 이는 곧 폐하의 총신 몇몇 무리가 국정을 좌지우지한다는 얘기다. 이에 분노한 여왕이 명을 내려 범인을 색출하라고 했으나 딱히 짚이는 곳이 없어 대신들은 이 정도 문장이면 필시 글을 잘 짓는 문인의 소행으로 보고 현세를 떠나 합천에서 은거하고 있는 왕거인을 지목했다. 여왕이 대노하여 당장 왕거인을 잡아오도록 명하였다. 궁으로 압송된 왕거인은 무죄를 주장했으나 범죄 사실과는 관계없이 여왕은 누구라도 자신의 권위에 도전하는 자를 응징하기 위한 희생양으로 왕거인을 감옥에 가두었다. 왕거인은 너무도 비통하고 억울하여 감옥의 벽에 시 한 수를 새겨 넣었다. 이 시가 바로 분원시(憤怨詩)였다.

연단의 피어린 눈물 무지개가 해를 뚫고

추연이 품은 원한 한여름에도 서리 내린다

燕丹泣血虹穿日 鄒衍含悲夏落霜

지금 나의 불우함도 그것과 같으니

하늘이여 어찌하여 아무런 징조도 없는가?

今我失途還似舊 皇天何事不垂祥

왕거인은 하늘의 무심함을 탓하며 통곡했는데, 그날 밤 갑자기 서라벌 시내가 떠나갈 듯 천둥벼락이 몰아치더니 엄청나게 큰 우박이 내렸다. 여왕은 요란한 천둥 소리에 두려워 떨다가 병이 들었는데, 왕거인을 석방하고 죄인들에게 대사면령을 내려 민간인 육십여 명에게 승려가 되는 것을 허락하고 나서야 몸을 회복할 수 있게 되었다. 그만큼 신라는 여왕의 측근들에 의해 정권이 유린당하고 국력이 쇠약해지고 있었다.

3

혼돈의 땅

혼돈의 땅

"뭐라? 사벌주에서 반란이 일어났다고?"

"그러하옵니다, 여왕 폐하!"

사벌주에서 출발한 파발이 서라벌에 당도하여 마침내 여왕에게 반란이 일어난 것이 고해졌다. 여왕은 심히 당황하는 기색이었다. 북원(원주)에서 일어난 양길의 난도 진압을 못 하고 있는데, 사벌주에서 또 반란이 일어났다니, 여왕은 화가 머리끝까지 올라왔다. 가뜩이나 조세가 걷히지 않아 나라 사정이 어려운데, 지방 호족들이 충성은 고사하고 반란을 일으키니, 여왕은 반란을 진압하고 주동자를 참형하여 다시는 반란이 일어나지 못하게 할 작정이었다.

"지난번에는 양길이가 북원에서 반란을 일으키더니 이번에는 사벌주냐?"

"그러하옵니다."

"내 이번에는 본때를 보여주마. 주동자가 누구라고 하더냐."

"원종과 애노라는 자라 하옵니다."

여왕은 두 주먹을 쥐고 몸을 부르르 떨었다. 위홍의 죽음으로 몹시 슬

펴하며 지낸 일 년 사이에 지방 호족들이 말을 듣지 않아 여왕은 사자를 파견하여 조세를 걷는 데 박차를 가했는데, 그게 반감을 일으킨 모양이었다. 하지만 반란을 제때 진압하지 못하면 또 다른 반란이 일어나고 민심은 더욱 흉흉해져 걷잡을 수 없이 번져나갈 것이다. 여왕은 급히 나마(奈麻) 영기(令奇)를 찾았다.

나마는 나말(奈末)이라고도 부르는데, 유리이사금(儒理尼師今) 때 제정되었다고도 하고, 법흥왕 7년(520)의 율령 공포 때 제정되었다고도 한다. 유리이사금 시기의 대세력에 부속된 가신(家臣) 중에 실무를 관리하는 기능을 맡은 자의 명칭에서 연유한 것이다. 『직관지(職官志)』를 통해 살펴보면, 중앙 관부 대부분에 배치된 중간 관아층 및 전문 지식인 혹은 기술 전문직을 대변하는 관등으로 분리되며, 신라의 관직 체제 중에서 대사(大舍), 주서(主書), 좌(佐) 등과 같은 실무행정을 담당하던 계층의 관등을 나타낸다. 또한, 나마는 진골, 육두품 외에 오두품도 받을 수 있으며, 바로 아래 관등인 대사(大舍)와는 큰 차이가 있었다. 이른바 특진제도로 중위제도(重位制度)가 설치되어 중나마(重奈麻)에서 칠중나마(七重奈麻)까지 있었다.

"영기는 들어라!"

"예, 여왕 폐하!"

"지금 즉시 군사를 이끌고 사벌주로 가서 원종과 애노의 난을 제압하고 두 놈을 끌고 오너라!"

"예, 여왕 폐하!"

영기는 여왕의 명을 받고 사벌주로 군사 오천을 이끌고 출병하였다. 실로 오랜만의 출병이었다. 무기조차 제대로 갖지 않은 농민군이라 쉽게 진압할 수 있을 듯했다. 영기는 단숨에 사벌주로 달려갔다. 하지만 서라벌에서 사벌주까지는 결코 녹록잖은 거리라 군사들이 싸움도 하기 전에 지쳐갔다. 더욱이 지름길로 오느라 험난한 산을 계속 넘어서 낙오자도 속출했다.

"저기가 사벌주로군."

영기는 마침내 사벌주 땅에 닿았다. 여느 지방과 별반 다른 게 없는데도 왠지 오싹한 기분이 들었다. 긴 행군으로 군사들은 지쳐 있었고 사기도 많이 떨어졌다. 영기는 일단 군사를 정비하고 하룻밤을 쉬게 하였다. 날이 밝는 대로 농민군의 상태를 파악하고 일전을 벌여 원종과 애노를 사로잡아 서라벌로 압송할 방침이었다.

한편 농민군은 진작부터 관군이 오고 있다는 첩보를 받고 진을 치고 기다리는 중이었다. 비록 연장으로 무장을 했지만, 며칠 동안 관아를 접수하고 술과 고기로 배를 채운 농민군은 그 기세가 하늘을 찌를 듯했다. 오백 명에서 봉기한 농민군은 어느새 관군과 같은 오천의 군사로 불어나 있었고 일사천리로 움직였다. 게다가 농민군은 이곳의 지리에 밝아 지형을 이용한 기습 공격과 매복에 유리한 고지를 점령하고 있었다.

"마침내 우리의 원수 관군이 사벌주로 들어왔다. 그동안 저놈들이 어떻게 했는가? 추수도 하기 전에 세금으로 낼 곡식을 할당했고, 세금을 못 내면 아내를 노비로 만들고, 가족은 생이별하여 뿔뿔이 흩어지고, 소와 돼지를 빼앗겨 목숨을 버린 자가 어디 한둘이었는가? 이제 우리의 원수를 갚을 기회가 왔노라?"

"와~"

"당장 진격하여 요절을 냅시다."

"와~"

농민군이 깃발을 치켜들고 우레와 같은 함성을 질렀다. 농민군은 금방이라도 관군에 달려갈 기세였다. 이에 사기가 꺾인 영기는 주춤하며 떨고 있었다. 수적으로는 같으나 아무리 생각해도 농민군을 당해낼 재간이 없었다. 낫과 곡괭이, 삽 따위로 무장을 했지만 길게 뻗은 나무막대 끝에 부엌칼을 매달아서 긴 창보다 더 위협적이었다. 이 때문에 기병으로도 진압할 수 없었다. 또한, 비록 대나무를 휘어서 서툴게 만든 활이었지만 맨 앞에는 궁수들이 포진하고 있었다. 여왕에게는 자신만만하게 원종과 애노를 생포하여 오겠다고 했지만, 막상 사벌주에 와보니 농민군은 섣불리 상대할 대상이 아니었다. 하늘을 찌르듯이 사기가 충전해 있는 적에게 대들었다가 몰살을 당하기 안성맞춤이었다.

"왜 전쟁을 하지 않는 것이오?"

영기가 머뭇거리자 촌주(村主)인 우연(祐蓮)이 나섰다. 우연은 촌주로서 이 영역을 다스리고 있었는데, 농민군의 반란을 일으키자 혼자서 진압할 방도를 생각하다 관군이 오자 합류하여 혈전을 준비하고 있었다. 그러나 영기가 농민군의 기세에 눌려 싸움 한번 제대로 못 하고 뒷걸음 치는 것을 보고 독단적으로 농민군을 칠 계략을 세웠다. 영기를 따르는 군사들이 쉽게 움직이지 않아 자신이 거느리는 군사 백여 명을 농민군으로 위장시켜 야음을 틈타 농민군 진영으로 들어가 원종과 애노의 목을 끊어놓으면 농민군이 사기를 잃고 우왕좌왕할 것이고, 그사이에 관군이 밀어붙이면 대승을 할 수 있을 듯했다.

"모두 농민군 옷으로 갈아입고 나를 따르라."

"예!"

옆 사람의 얼굴조차 알아볼 수 없는 칠흑 같은 밤이었다. 우연은 농민군으로 위장한 백여 명의 군사를 이끌고 농민군 진영으로 낮게 엎드려 기어나갔다. 초저녁부터 시작한 작전은 어찌나 느리게 이동했는지 자정이 되어서야 농민군 진영으로 들어올 수 있었다. 그만큼 미동도 없이 들어왔기 때문에 정찰병이 눈치챌 리가 없었다. 우연은 우두머리의 막사가 어디 있는지 몸을 일으켜 주변을 살폈다. 그때였다. 정찰병이 우연을 발견하고 암호를 불렀다. 아마도 정찰병만 아는 암호가 있는 모양이었다.

"거북이?"

"……."

암호를 알 리 없는 우연은 잠시 머뭇거렸다. 그리고 표창을 꺼내 막 던지려는 찰나였다. 정찰병이 두 번째로 암호를 물었고 잠시 주춤하는 사이에 어디선가 불을 단 화살이 허공으로 날아올랐다. 그것을 신호로 우연이 숨어 있는 곳으로 화살이 날아들기 시작했다. 농민군은 야음을 틈타 우연이 올 것을 미리 알고 매복을 하고 있었다는 듯이 대낮처럼 불을 밝히고 화살을 퍼붓더니 '와~' 하는 함성과 함께 에워싸고 연장을 휘두르는 바람에 우연은 칼 한번 제대로 써보지 못하고 죽고 말았다.

다음 날, 춘주 우연이 전사했다는 말을 들은 영기는 싸움 한번 해보지 않은 체 말머리를 돌려 서라벌로 향했다. 이미 긴 행군 때문에 군사들이 지쳐서 전의를 상실했고, 농민군의 기세가 너무 강해 대적해봐야 패할 것은 자명한 일이었다. 게다가 이미 군량미까지 떨어져 민가에 가서 비럭질해다 군사들에게 밥을 먹여야 했다. 농민군은 허연 쌀밥에 고깃국으로 삼시 세끼를 먹으며 힘을 키우는데, 관군은 멀건 죽도 없어 민가로 나가 동냥을 해야 했다.

"조금만 더 가면 서라벌이다. 거기에 가면 굶지는 않을 것이다."

영기는 지친 군사들을 이끌고 겨우 서라벌로 돌아왔다. 오천의 병사가 떠났지만 수십 명은 싸움도 안 했는데 배고픔을 참지 못하고 무기를 버리고 민가로 도망쳤고, 몇 명은 병으로 길가에서 죽었다. 이러니 관군은 허수아비나 다름이 없었다. 원종과 애노가 먼저 관군을 공격하고 서라벌로 내려오지 않은 게 그나마 다행이었다.

"뭐라! 영기 장군이 싸움 한 번 안 하고 그냥 돌아왔다?"

"그러하옵니다, 여왕 폐하."

"촌주 우연이 그런 영기를 보다못해 단독으로 출병하였다가 전멸했다고?"

"그러하옵니다, 여왕 폐하."

"지금 당장 영기를 잡아들여라!"

"예, 여왕 폐하."

진성여왕은 화가 머리끝까지 나 있었다. 감히 어명을 무시하고 싸움 한 번 못 하고 말머리를 돌려 궁으로 왔다는 것을 도저히 용서할 수 없었다. 가뜩이나 왕권에 도전하는 무리가 많아 심기가 불편한데 이참에 왕의 위상을 높이려고 여왕은 날이 선 눈으로 영기를 기다렸다.

"여왕 폐하, 찾아 계시옵니까?"

"네 이놈. 영기야! 네가 감히 어명을 어기고 말머리를 돌려 궁으로 왔느냐?"

"농민군이 워낙 강해서 어쩔 수 없었습니다."

"뭐라! 네놈이 죽어야 정신을 차리겠구나!"

"우리 군사는 긴 행군 때문에 식량도 떨어지고 기력이 없어서 도저히 싸울 수가 없었습니다. 믿어주십시오!"

"뭣들 하느냐? 당장 저놈의 목을 치지 않고."

영기는 단칼에 목이 달아나고 말았다. 여왕은 죽은 위홍과 나눈 정사와 외로움을 참지 못하고 미소년들을 침실로 끌어들여 추락한 여왕의 이미지를 회복하고자 영기의 목을 단칼에 내리쳤다. 목이 잘린 영기의 모습을 보자 대신들이 움찔하며 서로 눈치만 보았다. 여왕은 촌주 우연의 죽음을 애도하며 그의 아들에게 촌주의 뒤를 이으라고 명하였다. 그러나 촌주의 아들은 겨우 열 살밖에 안 된 아이였다. 그만큼 신라에는 인물이 없었다.

"이제야 군사들이 제대로 훈련을 하는구먼."

견훤은 이제야 왜구와 맞설 군사를 보유하게 되었다. 처음 이곳으로 부임해 왔을 때는 오합지졸(烏合之卒)의 병사였으나 훈련을 거듭하자 마침내 정예병들로 거듭 태어났다. 매일 아침에 십여 리를 달리고 밥을 먹으니 밥이 입에 척척 달라붙었고, 몸도 순발력이 빨라졌다. 날렵한 몸에 기세를 더해 산속에서 육탄전 훈련과 무예로 몸을 단련하니 군사들은 사기가 충전하였다. 견훤은 이제 왜구를 퇴치하기에 앞서 마지막 점검을 하고 있었다. 왜구는 배를 타고 들어와서 잠깐 사이에 노략질하고 다시 바다로 나가는, 치고 빠지는 전략을 세우고 있으므로 아군도 그에 상응하는 계략이 필요했다. 기습하든 매복을 하든 왜구를 제압하려면 특별한 작전이 필요했다.

"바다에서 직접 올라오려면 마을이 머니 필시 놈들은 바다와 강이 만나는 합수머리에서 강을 따라 오를 것이다. 마을이 가깝고 노략질할 것이 많으니 놈들은 분명히 그 길을 택할 것이다."

"그렇사옵니다."

"좋은 방도가 없는가?"

"강폭이 좁은 곳에 매복해 있다가 화공을 쓰는 것이 어떨는지요."

부하가 진언하자 견훤은 고개를 끄덕였다. 그러나 왜구의 퇴로를 막아야 완전히 토벌할 수 있었다. 견훤은 강의 이쪽에서부터 저쪽까지 삼끈으로 엮은 밧줄을 물속으로 연결해서 왜선이 지날 때 밧줄을 감아 배를 전복시키는 수단을 취했다. 왜선이 화공을 당하면 바다로 퇴각할 것이 자명했고, 왜구를 완전히 토벌하지 못하면 언제 또 왜구가 출몰할지 모르는 일이었다.

"자, 실전처럼 해보자."

견훤은 아침부터 강을 찾았다. 왜구가 올 만할 길목을 찾아 화공으로 무장한 병사들을 매복시키고 강 아래쪽 물속에 밧줄을 드리우고 감기를 되풀이했다. 유속이 빠르지 않은데도 떠내려보낸 통나무는 제때 밧줄에 걸리지 않았다. 반나절 동안 연습을 거듭한 끝에 떠내려오는 통나무를 속속 밧줄에 걸 수 있었다. 훈련이 왜구에 노출되지 않게 화공 연습을 주로 밤에 은밀하게 했다. 불화살이 강의 중간까지 날아가니 양쪽에서 공격하면 왜선이 피할 곳은 없는 듯했다. 하루도 쉬지 않고 몇 날을 계속 훈련하자 이제 왜선이 밤에 와도 전멸시킬 수 있었다. 그러나 왜선이 꼭 이곳으로 온다는 보장이 없고, 정탐하지 않아서 규모도 파악되지 않았다.

"우리 군이 나약하여 그동안 왜구는 마음 놓고 제집 드나들듯이 노략질을 해왔습니다. 이번에도 틀림없이 안심하고 들어올 것이니 강가에 매복했다가 모조리 수장시켜는 게 어떻습니까?

"물론 좋은 생각이다. 하지만 왜구의 규모를 모르니 은밀하게 정찰병을 보내 왜구의 동향을 수시로 보고하라!"

"예, 알겠습니다."

"또한, 유비무환이란 말이 있지 않은가? 미리 밧줄을 강물 속에 숨기고 적이 오기 전에 화공을 준비하고 매복하라."

"예, 그리하겠습니다."

왜선은 그로부터 이틀 뒤에 모습을 드러냈다. 정찰병의 보고에 의하면 왜선 스무 척이 바다에 모습을 드러냈는데, 강과 만나는 합수머리에서 막 뱃머리를 돌려 강으로 거슬러 오는 중이라고 했다. 견훤은 즉시 전투 태세에 돌입했다. 강폭이 좁은 곳의 양쪽 갈대밭에 화공 부대를 심어놓고 그 아래에는 밧줄을 물속에 숨겨놓아 퇴로를 막을 생각이었다.

왜선은 언제나 그랬듯이 유람을 하듯 강물에 미끄러지듯 한가롭게 올라오고 있었다. 관아까지 쳐들어가 노략질을 해도 단 한 번도 신라군과 싸운 적이 없었다. 왜구가 몰려오면 관군이 지레 겁을 먹고 도망쳐서 텅 빈 관아에서 식량과 보물들을 쓸어 담았다. 왜구는 이번에도 신라군이 대적하지 못할 줄 알고 대낮에 배를 몰아오고 있었다. 몇 개월 동안 노략질을 일삼아도 신라군은 똥줄이 빠지도록 줄행랑만 쳤다. 관아에서 무기와 식량을 수레에 싣고 배로 옮기고 민가를 불태우고 아낙들을 인질로 끌고 가도 관군은 멀찌감치 달아나서 오지 않았다.

강은 때마침 불어오는 남풍 탓에 왜선은 순조롭게 강을 거슬러 올라오고 있었다. 이제 조금만 더 올라오면 왜선은 사정권 안에 들어오고 밧줄이 가라앉은 물 위를 지나갈 것이다. 견훤은 왜선의 끝단이 매복한 군사의 지점을 완전히 통과할 때까지 기다렸다가 신호가 올라오면 일제히 공격하라고 명하였다. 병사들이 숨죽이고 왜선이 지날 때만 기다리고 있었다. 죽음의 문으로 왜선이 들어오는 것을 하늘도 아는지 바람마저 멈춰 사위는 고요한 침묵만 흘렀다. 바로 그때였다. 왜선의 끝단이 막 병사들이 매복한 지점을 지나는 순간, 허공에 연기를 물고 화살 하나가 솟아올랐다. 이 신호를 시작으로 강 양편에서 함성과 함께 불이 붙은 화살이 강의 중앙으로 날아들기 시작했다. 갑자기 날아오는 불화살에 왜구는 손 한번 쓸 새 없이 돛이 불타고 배가 전소되기 시작했다. 불길을 피해 강물로 뛰어든 왜구의 몸에도 화살이 꽂혔다.

"배를 돌려라!"

"……."

"매복이다!"

"……."

"후퇴하라!"

"……."

적장이 강물이 쩌렁쩌렁하게 외쳐도 대답하는 왜구가 없었다. 그만큼 불길이 너무 거세어 왜구는 허둥대다 강물로 뛰어들었고, 세 척의 배만 겨우 불길을 피해 하구로 뱃머리를 돌렸다. 그러나 겨우 화염에서 빠져나가 안도하는 찰나에 갑자기 뱃머리가 허공으로 솟구치더니 이내 배가 강물에 고꾸라지고 말았다. 이십여 척의 왜선이 한 척도 빠져나가지 못하고 강물에 수장되고 말았다. 강의 양편에서 승리를 자축하는 함성이 터졌고, 강에는 왜구의 시신이 즐비하게 늘어져 있었다.

"뭐라? 견훤이가 왜구를 전멸시켰다고?"

"그렇사옵니다, 여왕 폐하."

궁에서는 견훤의 전과에 진성여왕이 크게 기뻐하였다. 양길의 난과 원종과 애노의 난 때문에 민심은 궁을 돌리고, 호족들의 편에서 저울질하는 마당에 때맞춰 견훤이 승전보를 보내오자 여왕은 견훤에게 비장(裨將)이라는 벼슬을 내렸다.

그러나 비장이란 막비(幕裨), 막객(幕客), 막빈(幕賓), 좌막(佐幕)이라고도 부르며, 절도사 등의 밑에서 상관을 보좌하는 직책이므로 견훤은 벼슬을 받고도 심기가 불편하였다. 말이 고을 책임자지 왜구가 오면 줄행랑치는 놈들을 상관으로 모신다는 게 영 찜찜했다.

"내가 왜 비장이란 벼슬을 받아야 하느냐? 나도 엄연한 장수이거늘."

"그러게나 말입니다. 여왕 폐하께서 뭔가 혼동하신 모양입니다."

그러나 이상한 일이 일어났다. 진성여왕이 견훤에게 분명히 비장이라는 벼슬을 내렸지만, 백성들은 그를 장군이라 칭하며 따르기 시작했다. 견훤이 지나가면 저기 장군님 오신다, 소리쳤고, 견훤은 그 소리를 들을 때마다 어깨가 으쓱해졌다.

"장군, 큰일이 났습니다. 사벌주에서 반란이 일어났답니다."

"뭐야! 사벌주라면 아버님이 계신 곳이 아니냐?"

"그렇습니다, 장군."

"주동자가 누구라더냐?"

"원종과 애노이온데, 춘주 우연이 전사하여 그의 아들을 춘주에 임명하고 영기 장군이 싸움 한 번 안 해보고 말머리를 돌려 궁으로 와서 여왕 폐하께서 목을 베었다 하옵니다."

"뭐라? 그럼 사벌주의 반란을 진압하지 못했단 말이야?"

"그렇습니다, 장군."

견훤은 이상하게도 원종과 애노가 일으킨 반란을 진압하지 못했다는 말에 희열을 느꼈다. 지난번에는 북원에서 양길이 반란을 일으키더니 이번에는 사벌주라. 같은 해에 두 곳에서 반란이 일어나도 진압을 못 하는 것을 보면 신라는 이미 망국(亡國)이나 다름없는 듯했다.

한 해가 지나고 또 한 해가 지나자 서남 지방은 나날이 평온한 생활이 거듭되었다. 노략질을 일삼는 왜구를 격퇴하자 서남의 곡창지대는 기다렸다는 듯이 연이어 풍년이었고, 백성들은 조세도 감면받으며 호강을 누리고 있었다. 백성들은 연일 풍년가를 부르며 편안을 즐겼고, 고을마다 웃음소리가 그칠 날이 없었다. 반면에 같은 나라이지만 서라벌을 위시하여 양주, 강주, 삭주, 한주는 모두 수년째 흉작이 들었다. 이 때문에 조세가 걷히지 않았고, 궁도 핍박한 생활을 해야만 했다. 조세가 걷히지 않아 대신들에게 줄 녹이 없고, 강압적으로 세금을 걷다 보니 반란이 일어나 진퇴양난에 부딪혀서 궁에서는 이러지도 저러지도 못하고 있었다. 이런 상황인데 엎친 데 덮친 격으로 북원을 점령한 양길이 891년(진성여왕 5년) 겨울에 그의 부하 궁예를 보내 기병 백여 명으로 하여금 북원 동쪽 부락과 명주(溟洲) 관내 주천 등 십여 개의 군현을 습격했다.

"이게 다 견훤 장군님 덕이구먼."

"암, 그렇지. 그렇고말고. 지금까지 왜구가 노략질했다면 목숨도 부지하지 못했을 거야. 아니 그런가?"

"그렇고말고."

"벌써 왜구를 무찌른 것이 몇 번째여."

"이렇게 승승장구한 일이 있었나?"

견훤은 가는 곳마다 환영받았고, 따르는 무리가 점점 많아졌다. 여러 번 왜선을 불태우고, 육지로 올라온 왜구의 목을 베었다. 왜구는 이제 아예 서남 지방에 발을 붙이지 못했다. 견훤이 이곳으로 오기 전에는 왜구들이 밤낮없이 출몰하여 양민을 죽이고 소와 돼지를 끌고 가는 일이 반복되어도 관아에서 이를 제압하지 못했었다. 하룻밤 사이에 가축들이 모두 사라지고 집이 불탔다. 처녀들이 왜구의 손에 끌려가고, 이를 만류하는 아비의 목이 베어졌다.

"궁에서는 뭐 하는지 모르겠소."

"그러게나 말이오."

"왜구가 들끓어도 소탕은커녕 개미 새끼 한 마리도 안 보이니 말이오."

"소식 못 들었소? 사벌주에서 반란이 일어나 군사들이 진압하러 갔다가 그냥 돌아왔다는구먼."

"그런 일이 있었는가?"

"그러니 날렵한 왜구를 어떻게 당해내겠소."

"그럼, 언제까지 왜구에 당하기만 할 거야?"

"난들 아나. 우리도 더 피해를 보기 전에 산속으로 들어가야 하지 않겠나."

견훤이 오기 전에는 민심이 땅에 떨어져 헤어나지 못하고 있었다. 그러나 지금은 사정이 완전히 달랐다. 견훤이 연속해서 왜구를 격파하자 민심이 신라를 떠나 견훤에게 쏠렸고, 양길과 원종과 애노가 반란에 성공하자 자신도 은연중에 나라를 세우고 싶은 욕심이 생겼다.

때는 892년(진성여왕 6년)의 봄이었다. 견훤은 무진주(광주)에 터를 잡고 봉기한다. 이때 수달 장군이 견훤을 맞았지만 패하여 견훤의 수하로 들어가고 만다.

"여러분은 신라에 버림받은 백성들이다. 왜구가 노략질해가고 무참히 사람을 죽여도 관군은 저 살기에 급급해 도망치는 나라가 어찌 나라라 할 수 있겠는가? 이제부터 여러분이 주인이 되는 나라를 세워보려 하니 뜻있는 자는 나를 따르라?"

"와!"

견훤이 신라에 반기를 들고 봉기하자 많은 백성이 그에 동조하여 달포 사이에 그를 따르는 무리가 오천여 명이 넘었다. 이에 견훤은 무진주를 공격하여 호족으로서의 기반을 잡고 세력을 점점 넓혀나간다.

그러나 이때까지만 해도 한 개의 나라를 완성한 것은 아니고, 무진주를 점령했어도 당장 신라와의 적으로 돌변하지는 않았다. 그 예로 견훤이 스스로 왕이라고 지칭하지 않고, 신라서면도통지휘병아제치지절도독전무공등주군사행전주자사겸어사중승상주국한남군개국공식읍이천호(新羅西面都統指揮兵馬制置指節都督全武公等州軍事行全州刺史兼御史中丞上柱國漢南郡開國共食邑二天戸)이라고 지칭하며, 견훤은 길고 복잡한 이칭호를 통해 통일신라와의 연관성을 부정하지 않으면서 또 한편으로는 자신의 권위를 드러냈다. 이러한 점은 궁예가 자신의 세력을 과시하기 위해 신라에 대한 적대감을 노골적으로 드러내고, 스스로 거침없이 왕이라 칭한 것과는 대조적이다. 또한, 견훤이 892년(진성여왕 6년)에 무진주에서 봉기했음에도 정작 후백제를 세운 것은 900년(효공왕 4년)이고 보면 장장 팔 년 동안 후백제 건국을 위해 힘을 모았음이 짐작된다.

궁에서는 여전히 진성여왕이 향락과 사치로 일관하고 있었다. 화랑 출신의 미소년을 뽑아 은밀하게 자신의 침실로 불러들여 정사를 나눈 다음 높은 벼슬을 주고 자신의 주위에 두고 있었다. 이 때문에 대신들은 불만이 많았고, 왕명을 거역하는 일도 허다했다. 진성여왕은 위홍이 죽은 다음부터 더욱 정치에는 관심이 없고 몰락의 길로 가고 있었다.

"견훤이 무진주를 공격하였다고?"

"그렇사옵니다, 여왕 폐하."

"괘씸한 놈, 그동안 왜구를 소탕하여 벼슬을 내려주었는데, 간이 부었구나. 당장 군사를 보내 견훤을 궁으로 압송해오너라. 내 심히 문초하겠다."

"분부대로 거행하겠습니다, 여왕 폐하."

여왕의 명에 군사들이 급히 무진주로 떠났다. 그러나 그것은 조무래기들에 불과했다. 신라는 이미 국력을 잃어 군사를 움직일 힘도 없었다. 견훤이 무진주에서 오천의 병사를 거느리고 진을 치고 있는데, 견훤을 잡으러 가는 군사는 이백여 명도 안 되었다. 여왕은 심히 낙심하였다. 비록 한때 자신의 호위무사였고, 자신을 업신여기고 진언을 늘어놓았지만, 위홍이 죽자 마음이 참담하여 다시 견훤을 불러 사벌주의 반란을 진압하고 궁에서 생활하게 하고 싶었다. 그러나 견훤이 그새를 못 참고 무진주를 공격한 것이다. 어찌 신라의 장수가 신라를 공격할 수 있단 말인가? 여왕은 견훤의 배신에 치를 떨며 믿을 사람이 없다고 신세를 한탄했다.

— 내가 인복이 지지리도 없어서 이렇게 힘이 없구나.

여왕은 하늘이 자신은 버렸다고 생각했다. 그렇지 않고서야 사랑했던 위홍이 갑자기 죽고, 미소년들과 부적절한 관계를 갖는다는 소문이 대신들 사이에서 오르내리고 있단 말인가. 남자인 왕이 후궁을 들이는 일이나 여왕이 미소년을 침실로 들이는 게 무엇이 다르단 말인가? 왕은 남자이기에 아무리 후궁을 들여도 문제가 없고, 여왕은 미소년과 하룻밤을 보낸 게 그리도 큰 흉이란 말인가? 궁에 머물며 화랑의 정신으로 정사를 돌보게 한 것이 무슨 문제란 말인가? 근친간에 결혼이 유행하는 나라에서 아버지처럼 포근하고 친근감 있는 숙부 위홍을 흠모하고 사랑한 것이 무슨 잘못이란 말인가? 여왕은 아무리 생각해도 자신의 잘못을 알 수 없었다.

이때 당나라에서 유학을 끝내고 돌아온 최치원(崔致遠)이 여왕의 앞에 나타났다. 최치원은 본관은 경주(慶州), 자는 고운(孤雲), 또는 해운(海雲)이며 경주 사량부(沙梁部) 출신 견일(肩逸)의 아들이다. 신라 골품제에서 육두품으로 신라의 유교를 대표할 만한 많은 학자를 배출한 최씨가문 출신이다. 최치원이 868년(경문왕 8년)에 12세의 나이로 당나라에 유학을 떠날 때, 아버지 견일은 그에게 십 년 내에 과거에 합격하지 못하면 내 아들이 아니다, 라고 독려했다. 당나라에 유학한 지 칠 년 만인 874년에 18세의 나이로 예부시랑(禮部侍郞) 배찬(裴瓚)이 주관한 빈공과(賓貢科)에 합격하였다. 그 후, 당나라에서 십칠 년간 머물며 여러 직책과 많은 저서를 남기도 885년 29세의 나이로 신라에 돌아와 헌강왕에 의해 시독겸한림학사수병부시랑지서서감사(侍讀翰林學士守兵部侍郎知瑞書監查) 겸(兼) 한림학사에 임명된다. 그 후, 대산군(大山郡, 전북 태인), 천령군(天嶺郡, 함양), 부성군(富城郡, 서산) 등의 태수(太守)를 역임했고, 시무책(時務策) 10여 조를 894년(진성여왕 8년)에 올렸다.

여왕은 크게 기뻐하였다. 최치원이 십 년 동안 중앙의 관직과 지방관직을 역임하면서 중앙 진골 귀족의 부패와 지방세력의 반란 등 사회 전반에 대한 모순을 직접 보고 구체적으로 개혁의 방향을 모색하자, 진성여왕은 그를 육두품의 신분으로는 최고의 관등인 아찬(阿飡)에 올렸다.

"정말 이대로만 한다면 왕권이 강화되고 지방 호족을 제압할 수 있다는 것이지요?"

"그렇습니다, 여왕 폐하."

"내, 그리만 된다면 죽어도 여한이 없겠소."

"시무책 십여 조가 시행만 된다면 나라가 바로 설 것입니다."

그러나 최치원의 시무책 십여 조는 실현될 수 없었다. 그의 정치적 개혁안이 진골 귀족들에게 받아들여질 리 만무했기 때문이다. 자신이 올린 시무책 십여 조가 이행되지 않자, 최치원은 왕실에 크게 실망하고 좌절감을 느껴 사십여 세 장년의 나이로 관직을 버리고 소요자방(逍遙自放)하다가 마침내 은거를 결심했다. 당시의 사회적 현실과 자신의 정치적 이상과의 사이에서 빚어지는 심각한 고민을 해결하지 못하고 결국 은퇴의 길을 택하지 않을 수 없었던 것이다.

만고의 자연이 만든 모습 사람이 갈고 닦은 것보다 나아

높고 높은 꼭대기에 푸른 소라처럼 섰구나
계곡 물살 따위야 영영 범접할 수 없고
한가로운 구름만이 자주 스쳐 가네
높은 그림자 바다에 돋은 해 늘 먼저 맞고
위태로운 모습은 꼭 밀물에 떨어질 듯하네
아무리 옥을 많이 품은들 누가 돌아볼까?
세상 모두 제 몸만 돌볼 뿐 변화를 비웃었지
萬古天成勝琢磨 高高頂上立靑螺
永無飛溜侵凌得 唯有閒雲撥觸多
峻影每先迎海日 危形長恐墜潮波
縱饒蘊玉誰回顧 擧世謀身笑卞和

— 최치원, 「산정위석(山頂危石)」

최치원이 은거하며 즐겨 찾은 곳은 경주의 남산(南山), 강주(剛州, 의성)의 빙산(氷山), 합천(陜川)의 청량사(淸凉寺), 지리산의 쌍계사(雙溪寺), 합포현(合浦縣, 창원)의 별서(別墅), 동래(東萊)의 해운대(海雲臺) 등이었다. 만년에는 모형(母兄)인 승 현준(賢俊) 및 정현사(定玄師)와 도우(道友)를 맺고 가야산(伽倻山) 해인사(海印寺)에 들어가 머물렀다. 해인사에서 언제 세상을 떠났는지 알 수 없으나 그가 지은 「신라수창군호국성팔각등루기(新羅壽昌郡護國城八角登樓記)」에 의하면 908년(효공왕 12년) 말까지 생존했던 것은 분명하다. 그리고 그 뒤의 행적은 전혀 알 수 없으나, 물외인(物外人)으로 산수간에서 방랑하다가 죽었다고도 하며 또는 신선이 되었다는 속설도 전해오고 있다. 그러나 자살한 것이 아닌가 하는 새로운 주장도 있다.

진성여왕의 명을 받고 무진주로 떠난 군사들은 어느새 견훤이 머무는 곳까지 당도하였다. 그들은 서라벌을 떠나 밤낮없이 달려 닷새 만에 견훤이 진을 치고 있는 무진주에 닿아 견훤을 압송할 준비를 하고 있었다. 그런데 아무리 보아도 무진주에 주둔한 군사들이 너무 많아 이상한 생각이 들었다. 무진주에만 오면 순순히 견훤이 걸어 나와 포박을 받을 줄 알았는데, 견훤은 무진주 저 성 위에서 큰소리치고 있었다.

"어인 군사들인가?"

"우리는 궁에서 도적 견훤이를 잡아서 압송하라는 여왕 폐하의 어명을 받고 온 순사들이오. 견훤이는 냉큼 나와 오라를 받으시오."

"뭐라? 나더러 오라를 받아라?"

"그렇소, 어명이오."

"하하, 아직도 신라에 왕권이 남아 있었던가?"

"무슨 소리요?"

"겁도 없이 여기까지 왔으니 네놈들부터 오라를 받거라."

그때였다. 갑자기 성문이 열리더니 군사들이 벌떼처럼 뛰쳐나와 궁에서 나온 군사들을 겹겹이 에워쌌다. 삽시간의 일이었다. 어명이라고 하면 사시나무 떨듯이 무릎을 꿇고 오라를 받을 줄 알았는데, 뭔가 잘못돼도 한참 잘못되었다.

"오느라 고생이 많았다. 목을 내놓겠느냐? 내 수하가 되겠냐?"

마침내 견훤이 모습을 드러냈다. 키가 구 척이나 되었고, 몸집이 웬만한 장수보다 수려하였다. 군사들은 칼 한번 써보지 못하고 두 손을 들었다. 견훤이 서라벌에서 여기까지 오는 동안 지쳤으니 배불리 먹고 쉬라고 군사들을 독려했다. 군사들이 크게 기뻐하며 견훤에게 폐하라 불렀다.

"폐하라? 그거 듣던 중 반가운 소리구먼."

"폐하!"

"하. 하. 하. 그래, 듣던 중 반가운 소리야!"

견훤이 군사들에게 술과 고기를 내주었다. 무진주는 평온함의 연속이었다. 견훤을 체포하여 압송하려던 군사들이 견훤에게 투항했다는 파발을 접수했음에도 궁에서는 다시 견훤을 포박하러 오지 않았다. 궁에서도 무진주를 포기한 모양이었다. 견훤은 죄수들을 다시 심문하여 억울하게 옥살이를 하는 죄수들을 사면하고, 세금을 깎아주었다.

"저 여인은 누구요?"

어느 날 견훤은 길을 지나가 춘주의 동향과 민심을 알아보려고 현에 들렀다. 동헌에서 현감과 마주 앉아 이야기를 나누는데, 동헌 저편 뜰에서 있는 여인을 보고 견훤이 물었다. 여인은 고운 저고리와 치마를 입고, 머리칼을 동여매고 있었는데, 마치 한 마리의 학이 비상하는 듯 보였다.

"맏며느리입니다만."

"아, 그렇소? 맏며느리면 임자가 있는 몸이구려."

"아니옵니다. 혼례를 치르고 얼마 있다가 아들이 그만 객사하는 바람에 홀몸이 되었지요. 아직도 자식놈이 죽은 게 믿기지 않아 저렇게 오매불망 기다리고 있답니다."

"허 참, 안됐구려."

"안됐고말고요. 어차피 자식놈이 죽어서 땅에 묻었으니 다 잊고 친정 집으로 돌아가서 새 출발을 하라고 타일러도 죽어도 이 집안에 뼈를 묻겠다고 돌아가지도 않고 저리도 슬픔에 잠겨 있으니 보는 제가 안타깝지요."

"거, 참. 저리도 고운 여자가 안됐구먼."

견훤은 여인을 한동안 바라보았다. 아무리 보아도 미운 곳이라고는 털끝만큼도 없었다. 이때 여인도 고개를 돌려 견훤을 바라보았다. 견훤은 가슴속에서 무엇인가 커다란 것이 꿈틀대고 있음을 느꼈다.

—아, 저리도 아름다운 이가.

견훤은 크게 숨을 들이마셨다. 어찌 아름다운 여인이 이곳에. 바로 그때였다. 여인이 동헌으로 걸어와 견훤에게 인사를 하였다. 견훤은 이게 꿈인가 생시인가 생각했다. 여인이 말했다.

"박씨라 하옵니다."

"아, 난 이 무진주의 성주 견훤이오."

"동헌에 들렀으니 술 한잔 올리겠습니다."

여인이 주안상을 봐왔다. 전 한 접시와 동동주 한 주전자였다. 여인이 시아버지께 먼저 술을 올리고 견훤의 잔에 술을 따랐다. 술잔을 든 견훤의 손이 까닭 없이 떨렸다. 여인이 수줍은 듯 고개를 숙이고 다소곳이 상 앞에 앉았다. 견훤은 단숨에 술잔을 비웠다. 여러 잔의 술을 연거푸 마시자 여인이 마치 선녀와 같아 보였다. 이때를 기다렸는지 현감이 말했다.

"거두어주십시오."

"예? 뭐라 하셨습니까."

"제 며느리를 거두어주십시오. 어차피 아들이 죽어서 청상과부가 된 몸인데, 앞날이 구만리같이 남아 있는 여자가 혼자 몸으로 산다는 것은 힘겨운 일입니다. 가슴에 얼마나 많은 한을 품고 살아가야겠습니까? 아니 그렇습니까?"

"어허, 나야 좋지마는."

견훤은 뛸 듯이 기뻤다. 우연히 현에 들렀다가 절세미인을 얻었으니 견훤은 천하를 다 가진 것처럼 기뻤다. 이 여인만 곁에 있으면 뭐든 원하는 것이 다 이뤄질 듯했다. 그길로 견훤은 여인을 데리고 무진주 자택으로 돌아왔다. 여인은 보면 볼수록 아름다웠다. 이목구비가 선명했고 얼굴이 박꽃처럼 하얗다. 견훤은 이 여인을 볼 때마다 체통도 없이 웃었다.

"아이, 서방님. 누가 보옵니다."

"어허, 내 집에서 내 맘대로 못한단 말이오?"

견훤은 시도 때도 없이 여인을 찾았고 궁합이 좋은지 밤낮없이 살을 나누었다. 밖은 벌써 추위가 몰려오고 있었다. 녹음방초가 사라지더니 어느덧 무서리가 내리고 눈발이 휘날렸다. 견훤은 하인들이 군불을 지핀 방에서 여인과 함께 이불을 덮고 눕기를 좋아했다. 여인을 안고 있으면 자신도 모르게 힘이 불끈 솟아났다. 여인은 마법과도 같은 존재였다. 수박처럼 둥근 여인의 젖무덤과 긴 머리칼, 붉은 입술과 맑은 눈, 어느 것 하나 예쁘지 않은 곳이 없었다.

"아룁니다. 여왕께서 승하하셨답니다."

"뭐라?"

"진성여왕께서 승하하셨답니다."

"흠, 기어이 저렇게 가는구먼."

견훤은 진성여왕이 죽었다는 전갈을 받고도 하나도 슬프지 않았다. 정사는 돌보지 않고 환락에 빠져 지내더니 결국 저렇게 가고 만다는 생각뿐이었다. 사실 진성여왕의 죽음은 이미 예견된 일이었다. 최치원이 올린 시무책 십여 조가 진골의 세력들에 의해 받아들여지지 않자 여왕은 더 이상 정치에 대해 노력하지 않았고, 일 년 뒤인 895년(진성여왕 9년) 10월에 큰오빠인 헌강왕의 서자 김요(金嶢)를 태자로 책봉했다.

예전에 헌강왕이 사냥 구경을 하다가 길가에서 한 여인을 보았는데, 자태가 아름다웠다. 왕이 마음속으로 그녀를 사랑하여 수레에 태우고 행재소에 와서 야합(夜合)했는데, 바로 임신하여 아들을 낳았다. 그가 장성하자 체격이 크고 용모가 걸출하므로 이름을 요(嶢)라고 했다. 진성여왕이 이 말을 듣고 궁에 불러들여 그의 등을 어루만지면서 '나의 형제자매의 골격은 다른 사람들과 다른데, 이 아이는 등에 두 뼈가 솟아 있으니, 정말 헌강왕의 아들이다'라고 말하고 곧 관리에게 명하여 예를 갖추어 높이 봉했다.

한편 『삼국유사』 「거타지조」에는 이찬 양패가 왕의 막내아들이라고 기록되어 있다. 그러므로 진성여왕에게는 최소한 두 명의 아들이 있었으리라 추측되지만, 그녀는 자기 아들을 후계자로 삼지 않았다. 이는 당시에 왕의 위치가 얼마나 고난을 겪었던가를 보여주는 대목이다. 왕의 권위가 땅에 떨어져 대신들과 진골 세력은 물론 지방호족들조차 통제할 수 없었고, 이를 원망하며 여왕은 자기 아들이 아닌 조카에게 보위를 물려줬으리라 생각된다. 어쨌든 897년 6월 1일, 여왕이 태자에게 왕위를 물려주면서 신하들에게 말했다.

"근년 이래 백성이 곤궁하고 도적이 벌떼처럼 일어난다. 이는 나의 부덕한 탓이다. 어진 사람에게 왕위를 넘겨주기로 결정했다."

진성여왕은 이와 함께 당나라에 사신을 보내 조카 요의 인품이 신라의 종실을 일으킬 만하니 그로 하여금 나라의 재난을 진정시키고 있다고 전했다. 그 후 진성여왕은 북쪽 궁궐로 거처를 옮기고 반년 동안 태상황으로 머물다 그해 12월 4일 승하했다.

"진성여왕이 승하하였으니 예를 갖추거라."

"명을 받들겠습니다."

"수레에 쌀과 비단, 소고기를 싣고 궁으로 가서 장례를 돕고 오너라!"

"분부대로 거행하겠습니다."

견훤은 진성여왕의 승하에 서라벌로 조문을 보냈다. 수레 두 대에 쌀과 비단, 소고기를 가득 실은 행렬이 서라벌로 떠나는 것을 보며 견훤은 눈시울을 붉혔다. 한때 자신이 섬기던 여왕이었고, 멀리 궁을 떠날 때도 이렇게 서운하지 않았었는데, 막상 승하했다는 소식을 접하자 공연히 눈물이 났다.

— 사내대장부가 눈물을 흘리다니.

견훤은 스스로 위로하며 먼 산을 바라보았다. 여왕이 승하하여 하늘도 원망스러운지 서녘에서 먹장구름이 몰려오고 있었다. 견훤은 자신이 생각해도 여왕의 길이 몹시 험난했으리라 생각했다. 북원에서 양길이 반란을 일으켰고, 사벌주에서 원종 애노가 반란을 일으켰고, 무진주에서 자신이 일어났으니 여왕은 혼돈에 혼돈을 거듭했으리라. 견훤은 난세를 극복하리라 두 주먹을 거머쥐었다.

여왕이 승하하자 전국 각지에서 약속한 것처럼 반란이 일어났다. 송악(왕건), 철원(궁예), 포천(성달), 북원(양길), 명주(순식), 상주(아자개), 안동

(원봉), 괴산(신훤), 성주(양문), 전주(견훤), 강주(왕봉규), 영천(능문), 죽주(기훤), 청송(홍술), 실로 난세 중에 난세였고 혼돈의 땅이었다.

— 이 난국을 어떻게 헤쳐나간다?

전국 각지에서 반란이 일어나자 신라는 서라벌을 위시한 주변으로 국토가 급격히 줄어든 반면, 북쪽과 서남 지방에서는 강력한 세력이 형성되어가고 있었다. 견훤은 긴 침묵에 잠겼다. 천년 사직 신라가 점점 나락으로 떨어지고 있는 것이 아쉬워서가 아니라 저 많은 호족을 어떻게 제압하고 멀리 요동으로 뻗어 나갈까 궁리하는 중이었다. 견훤은 사내대장부가 칼을 뽑았으면 대국을 건설하려는 야망이 있어야 한다고 자신에게 말하고 있었다.

4

신검의 탄생

신검의 탄생

"여기가 완산주(전주)냐?"

"그렇사옵니다."

견훤은 무진주에 머물다 능환(能奐)과 함께 완산주로 암행을 나갔다. 그동안 서남쪽은 왜구 토벌과 임무차 무수히 나돌았지만, 완산주는 처음이었다. 완산주는 북으로는 만경강이 흐르고 남으로는 신평, 운암, 산내로 길게 섬진강이 흐르고 있어 요새이면서도 평야 지대라 가가호호마다 대를 이어 농사에 전념하여 부족한 것 없이 사는 곳이었다. 견훤은 완산주의 지리와 특성을 면밀히 살피고 있었다.

완산주는 다른 곳과 달리 평범하면서도 이상한 기운을 느끼게 했다. 서라벌에서 여기까지, 그리고 궁예가 터를 닦고 있는 철원에서 여기까지 수백 리에 이르기 때문에 적과 직접 대치하는 일도 없었다. 견훤은 가만히 생각해보니 여기가 천하의 명당처럼 느껴졌다. 옛날 백제 초기에는 위례성이 너무 북쪽에 있어 고구려의 침략으로 개로왕이 전사하지 않았던가? 견훤은 이참에 도읍을 완산주로 옮겨 둥지를 틀고 싶었다.

"견훤 장군이다!"

바로 이때였다. 한 무리의 군중들이 견훤을 알아보고 소리쳤다.

"견훤 장군님이시다!"

"견훤이 누구여?"

"왜구를 무찌르고 무진주에서 스스로 왕이라고 칭하는 사람 말이야!"

"아! 저 사람이 견훤이여?"

"어디, 나도 좀 보자."

삽시간에 군중들이 몰려들었고, 누군가가 외치자 주위는 함성으로 가득 찼다.

"견훤 장군 만세!"

"만세!"

"견훤 황제 만만세."

"만세."

이때 견훤이 나서며 말했다.

"아, 그만, 그만. 나는 오늘 감격했노라. 내 이곳 완산주는 처음 와보지만 나를 이렇게 성대히 환영해주고 황제라 칭하니 기쁘기 그지없도다. 이에 내가 여기에 도읍을 정하고 나라를 열리라."

견훤은 실제로 무진주에서 완산주로 도읍을 옮기고 나라를 세워 이름을 백제라 한다. 때는 900년(효공왕 4년)이었다. 견훤은 나라 이름을 백제라고 지은 것을 이렇게 말하고 있다.

— 내가 삼국의 기원을 상고해 보면, 마한(馬韓)이 먼저 일어났고 후에 혁거세(赫居世)가 발흥했으므로 진한(辰韓)과 변한(卞韓)이 따라서 일어났다. 이에 백제는 금마산(金馬山)에서 개국해 육백여 년이 지났는데, 총장(總章) 연간(年間)에 당 고종이 신라의 청원을 받아들여 장군 소정방

에게 선병(船兵) 십삼만여 명을 이끌고 바다를 건너게 하고, 신라의 김유신도 황산을 거쳐 사비에 이르기까지 휩쓸어 당군과 합세하고 백제를 공멸했다. 지금 내가 도읍을 완산에 정하고, 어찌 감히 의자왕의 숙분(宿憤)을 씻지 아니하랴.

견훤은 이어 중국 남쪽에 있는 오월국(吳越國)에 사신을 보내 후백제 건국을 인정받았다. 외교적으로 국가의 정통성을 인정받고자 한 것이다.

그런데 견훤은 왜 굳이 당나라가 아닌 오월국에 공인받으려 했을까? 이것은 당시 당나라의 사정과 무관하지 않았다. 당나라는 중앙관리들의 권력 다툼과 환관들의 횡포로 국정이 문란한 가운데, 황소(黃巢)의 난이 일어나 망국의 길로 접어들고 있었다. 오월국은 당나라 말기에 당나라 절도사(節度使) 전류(錢鏐)가 세운 나라로, 당나라가 망하고 송나라가 중국을 다시 통일할 때까지 칠십여 년간 계속된 혼란기에 번성했던 5대 10국 중 하나이다. 오월국은 청자의 원조국으로 알려졌으며, 백제의 유민들이 세운 나라라는 설도 있다.

"옹애~ 옹애~"

완산주가 떠나갈 듯이 아이의 울음소리가 자지러지게 울렸다. 견훤의 아내 박씨가 낳은 아이였다. 아이는 우렁차게 울다 옹알이하며 박씨와 눈이 마주치자 생끗생끗 웃었다. 평범한 아이였다. 몸집도 견훤처럼 우람하지 않았고, 보통이나 왜소한 편이고, 손과 발도 평범했다. 그러나 견훤은 이상한 생각이 들었다. 방금 태어난 아이에서 피비린내가 났기 때문이었다. 이상한 일이었다. 갓 태어난 아이의 몸에서 그런 냄새가 나다니? 견훤은 이상한 생각이 들어 간밤의 꿈을 되새겨보았다.

산달이 얼마 남지 않는 박씨는 유모와 아랫것들을 데리고 별채에서 아기 낳을 준비를 하고 있으므로 견훤은 혼자 안채에서 잠을 청했다. 박씨가 산통이 있다고 해서 견훤은 초조하게 기다리다 머루주 두어 주전자를 비우고 잠이 들었다. 그리고 얼마쯤 지났을까? 꿈속에서 아이가 나타나 울고 있었다. 가여운 것. 아이는 며칠을 굶었는지 초췌한 모습에 살이 없어 보였다. 그런 아이가 꿈에 나타나 아버지라고 부르며 견훤의 옷소매를 잡는데, 견훤은 그 더러운 꼴로 나타나 날 아버지라고 부르다니, 하고 아이를 내치었다. 아이가 땅에 고꾸라졌는데 하필이면 머리가 주춧돌에 맞아 이마에서 피가 흐르고 있었다. 아이는 피를 흘리며 견훤을 노려보고 있었다.

— 이런 고얀 놈.

견훤은 아이를 잡으려고 손을 뻗다 잠에서 깨었다. 두 손이 허공을 헤매고 있었다. 참으로 재수 없는 꿈이었다. 박씨가 산통이 와서 아이를 낳으려는 이때 하필이면 그런 더러운 꿈이 꿔지나 싶었다. 견훤은 몸을 일으켜 갈증부터 해소했다. 술을 마신 탓인지 눈을 뜨자마자 입안 가득 가래가 고여 있었고, 목이 타들어갔다. 요강에 가래를 뱉어내고 물 한 바가지를 단숨에 비웠다.

— 재수 없는 꿈이었어.

어느새 새벽이 오고 있었다. 닭 울음소리가 들려왔다. 견훤은 사람을 불러 별채의 소식을 물었다. 초저녁부터 산통이 있었는데 아직까지 아기가 나오지 않았다고 했다. 견훤은 그 말을 듣고 아직도, 하고 혼자서 내뱉었다. 문득 불길한 예감이 들었다. 산통이 초저녁부터 시작되었는데, 닭이 울 때까지 아기가 나오지 않는다. 필시 사산(死産)을 하거나 어미가 죽을 팔자인 모양이었다. 그때였다. 별채에서 급히 연락이 왔는데, 건강한 사내 아기를 순산했고 산모도 안전하다는 전갈이 왔다. 견훤은 그때야 안도의 한숨을 내쉬었다. 꿈은 반대라더니 사실인 모양이었다.

"이리 주시오. 내가 안아보리다."

날이 밝자 견훤은 별채로 가서 박씨를 위로했다.

"첫애를 낳느라 고생하였소."

"아니옵니다, 폐하. 마땅히 할 일을 한 것뿐이옵니다."

"허허, 겸손하기는. 내게 왕자를 주었으니 이보다 더 기쁜 일이 어딨겠소."

"망극하옵니다."

"아니, 그런데 아이의 몸에서 피 냄새가 나오."

"네, 피 냄새라니요?"

또 꿈을 꾸고 있는 것인가? 견훤은 아이를 안고 있으면서도 달갑잖았다. 덩치도 보잘것없고 모든 게 평범해 보이는 아이는 몸에서 이상한 냄새까지 풍기고 있었다. 유모가 견훤이 안은 아기를 받아 박씨의 품에 안겼다.

"말씀이 과하십니다. 갓 태어난 아기의 몸에서는 원래 젖비린내가 나는 것입니다."

"그런가? 내가 어젯밤에 꾼 꿈 때문에 예민한 것 같소."

"……"

"미안하구려."

견훤은 다시 안채로 와서 아이의 이름을 지으려고 고민을 하고 있었다. 비록 풍채는 왜소하나 장차 이 나라의 왕이 될 아기이므로 이름을 그럴싸하게 짓고 싶었다. 견훤은 여러 가지 이름을 생각해보았으나 딱히 떠오르는 것이 없어 관상쟁이를 궁으로 불러들였다. 관상쟁이는 아기의 얼굴도 보지 않고 장차 이 나라에서 대를 이어 보위에 오를 사람이라고 하자 대뜸 태룡(太龍)이라 지으라고 권했다.

"태룡은 클 태 자에 용 용 자를 쓰니 커다란 용이란 뜻으로 권좌에 앉은 것이지요."

"내가 아직 권좌에 있는데 벌써 이름을 그렇게 지을 필요가 있겠소?"

"하오면 태천(太天)이나 태해(太海)라 하면 어떨는지요. 태천은 클 태 자에 하늘 천 자이오니 큰 하늘, 역시 권좌에 앉은 모습이고, 태해 역시 클 태 자에 바다 해 자이니 큰 바다라 하여 세상을 다스리는 격이지요."

"네 이놈, 감히 내 앞에서 반란을 꾀하려 함이냐?"

"예? 무슨 말씀이신지?"

"내가 시퍼렇게 살아 있는데 감히 네놈이 권좌를 논해?"

"예? 그런 것이 아니옵고."

"여봐라, 게 아무도 없느냐? 이 역적 놈을 당장 끌어다 목을 베어라!"

관상쟁이는 끌려가 목이 달아났다. 견훤은 관상쟁이가 어명에 따라 처형되었어도 분이 가시지 않았다. 아기의 이름을 지으라고 했더니 자신이 시퍼렇게 살아 있는데, 권좌를 논하다니, 괘씸한 놈. 견훤은 그때야 문득 아기의 몸에서 난 피비린내를 생각했다. 아기가 태어나자마자 피를 보다니, 이는 필시 아기가 커서 칼을 잘 쓰는 사람이 되리라는 뜻이라고 확신했다.

"그래, 이거다. 신검(神劍)이라고 지어야겠다."

견훤은 그길로 박씨를 찾아갔다.

"아기의 이름을 신검이라고 지었소."

"신검이 뭡니까."

"하늘이 내린 검인데 어때서요."

"전, 검 자만 들어도 등골이 오싹합니다."

"어허, 검을 잘 써야 천하를 호령하는 것이오. 아니 그러냐, 신검아?"

아기는 견훤이 하는 말을 알아듣는지 못 알아듣는지 생글생글 웃고 있었다. 견훤은 그런 아기를 보며 만족의 미소를 지었다. 자신이 지은 이름이지만 그럴싸한 것이 좋았다. 앞으로 난세를 헤쳐나가려면 칼을 잘 써야 했기 때문에 그 이름이 적당하다고 견훤은 생각했다. 신검, 신검이는 저 발해를 무너트리고 요동까지 뻗어 나가 제국을 건설하리라 견훤은 믿었다.

사벌주에서는 원종과 애노의 난이 성공하여 감히 관군이 접근하지 못하고 있었다. 사벌주에는 예전처럼 관군에게 곡식을 빼앗기거나 관아로 끌려가 몰매를 맞는 일이 없어졌다. 신라에서 분리되자 백성들의 곡성이 사라졌고, 고을마다 근심이 없어졌다. 백성들이 난을 일으킨 원종과 애노를 향해 만세를 부르며 자유를 만끽했다.

"상보 어른께서 이 사벌주를 맡아주셔야겠습니다."

"내가? 난 한 일도 없는데 왜 내게 사벌주를 맡겨."

"상보 어른이야말로 사벌주의 주인이십니다."

"하, 나야 좋지만은……."

"부탁입니다. 꼭 맡아주십시오."

"정 그렇다면야."

원종과 애노가 찾아와 사벌주를 맡아달라고 청하니 거절할 수 없어 아자개는 수락하고 말았다. 아자개는 이로써 어엿한 사벌주의 성주가 되었다. 상원부인도 어서 성주가 되라고 아자개의 등을 떠미는 바람에 아자개는 가만히 앉아서 성주가 되었다.

"대주야, 네가 사벌주군을 통솔하거라."

"제가요?"

"왜, 싫으냐?"

"원종과 애노 장군이 있지 않습니까?"

"걔들은 배운 게 없어. 계략을 잘 짜고 군사를 움직여야 하는데, 걔들은 군법을 몰라서 군을 통솔할 수 없어. 사벌주는 저기 백제와 신라, 태봉으로 가는 길목이라 호시탐탐 노리는 국가가 많은데 지략이 없는 자에게 군권을 맡길 수 없어서 그런다."

"하오나 아버님, 저들이 난을 일으켜 세운 성입니다."

"누가 세웠건 어떠냐? 지금이 중요하지."

"……."

대주는 난감했다. 원종과 애노가 난을 일으킬 때도 신라군을 얕잡아 보면 안 된다고 뒤로 물러나 있었는데, 저들이 난을 성공시켜 세운 성을 아버님이 물려받고 자신에게 군을 통솔하라고 하자, 저들이 이에 불만을 품고 다시 들고 일어날지도 모르는 일이었다. 게다다 궁예라는 자가 나라를 세우고 남으로 내려오기 때문에 적잖은 위협이 되었다.

사실 궁예는 신라의 왕자라는 고귀한 신분이었다. 아버지는 47대 헌안왕이나 48대 경문왕이라고 기록되어 있으며, 태어난 날이 단오였다. 태어날 때부터 치아가 나 있었으며, 집 위로 흰빛이 하늘에 뻗치는 불길한 징조가 있어 높은 곳에서 던져 죽이려는 것을 유모가 가까스로 받아 데리고 도망쳤다. 이때 유모가 실수로 떨어지는 아기를 받다가 눈을 찔러 애꾸가 되었다. 유모가 어린 궁예를 안고 담을 넘다가 눈을 찔렸다는 설도 있다. 궁예는 어려서부터 성격이 괄괄한 탓에 늘 말썽을 피우고 다녔다. 그러다 어느 정도 큰 후 유모가 출생의 비밀을 털어놓자 출가하여 세달사(世達寺)라는 절에 들어가 중이 되었다. 법명을 스스로 선종(善宗)이라 하고 장성할 때까지 그곳에서 지냈는데, 계율에 따라 주의하지 않고, 담기(膽氣)가 있었다. 이후 궁예는 세달사에서 나와 도적 기훤의 부하로 들어가 무술을 익히고, 다시 양길의 부하로 들어가 영토 확장을 한다. 그런 궁예가 어느새 커서 사벌주까지 위협하고 있었다.

당시의 호족들을 살펴보면 삭주(태봉)의 궁예와 송악군(고려)의 왕건, 취성군의 황보제공, 패강진의 박지윤, 유금필, 정주현의 유천궁, 북원경의 양길, 명주의 김순식, 전주(후백제)의 견훤, 승평군의 박영규, 금성군의 오다련, 상주의 아자개, 강주의 차윤웅, 왕봉규, 금관경의 김관인, 소충자, 소율희, 양주(신라)의 김부, 중원경의 유긍당, 대록군의 임언, 서경의 금융, 무주의 지훤, 골암성의 윤선, 웅주의 홍기, 고사갈이성의 홍달, 압해현의 능창, 호족들의 무풍지대(無風地帶)였다.

사벌주 주막에는 며칠 전부터 하릴없이 주막에 묵으며 거리를 서성이는 두 명의 젊은이가 있었다. 평범한 외모에 평범한 체구의 두 젊은이는 허름한 옷을 입고 있어서 언뜻 보기에는 농민이나 평민처럼 보이는데,

눈매만큼은 매의 눈을 하고 있었다. 이들이 며칠 전 사벌주에 나타나 주모에게 말했다.

"길을 가는 나그넨데 며칠만 유하고 갑시다."

"며칠씩이나요?"

"그렇습니다. 요즘 같은 난세에 그저 유랑이나 하며 다니는 것이 제일 속 편하지요. 안 그렇습니까, 주모."

"에이고, 난 그런 거 모르니께 돈이나 내쇼."

"어따, 그 인심 한번 고약하구려. 누가 떼먹을까 봐 그러슈?"

젊은이가 바지춤에서 은자 서너 냥을 꺼내 주모에게 쥐여주었다. 주모는 깜짝 놀랐다. 이 정도 돈이면 며칠이 아니라 보름 동안 먹고 잘 돈이었다. 주모가 며칠만 묵고 간다며 웬 돈을 이리 많이 내느냐고 묻자 젊은이는 눈 하나 깜작 않고 은자 두 개를 더 주며 물었다.

"혹시 이 사람들을 아쇼?"

그가 내민 것은 원종과 애노의 초상이었다. 주모는 흠칫 놀랐다. 반란을 일으킨 원종과 애노를 찾다니, 필시 첩자가 아닐 수 없었다. 그러나 주모는 돈에 넘어가 아무렇잖게 말했다.

"알다마다요. 가끔 여기도 와서 술을 마시고 가죠."

"아, 그래요. 허면 예서 있으면 자연히 만나겠구먼."

"왜 그러시죠?"

"아니요, 옛날 친구를 찾아온 것뿐이오."

두 젊은이가 주막에 묵은 지 이틀 만에 원종과 애노가 주막에 나타났다. 이들은 평소에 군사들을 훈련시키고, 농번기에는 군사를 풀어 농사일도 도와주고 있었다. 오늘도 원종과 애노는 성으로 들어가 아자개에게 주변 호족들의 상태와 군사의 동향을 말하고 나오는 길이었다. 원종과 애노는 사실은 아자개가 베푸는 연회나 호족들의 집에서 약주를 나눌 뿐, 주막에는 오지 않았다. 그러나 이 주막은 난을 일으키기 훨씬 이전부터 드나들던 곳이라 지금도 가끔 들러 국밥이나 말아 먹고 가곤 했다. 원종과 애노가 주막에 나타나자 주모가 젊은이를 보며 턱 끝을 원종과 애노 쪽으로 밀었다. 이 신호를 보고 두 젊은이가 기다렸다는 듯이 원종과 애노가 앉은 편상으로 다가갔다.

"형님, 오랜만입니다."

"누구요?"

"하, 저는 이 고장에서 살다 객지로 나갔는데, 워낙 호족들이 득세를 부려서 다시 이곳으로 왔습니다. 앞으로 잘 부탁드립니다요."

"그런가? 반갑구먼."

"형님, 제 술 한잔 받으십시오."

"그래, 오냐."

원종과 애노는 별 의심 없이 젊은이가 따라준 탁주를 받아 마셨다. 이미 국밥으로 허기를 채워 배가 불쑥 나왔음에도 술은 뱃속으로 잘도 기어들어갔다. 원종과 애노는 벌써 취해 머리가 몽롱하였다. 그런데도 두 젊은이는 자꾸 술을 권했다. 보아하니 체구도 작고 옷차림새도 평범하고 검도 가지고 있지 않아 원종과 애노는 마음놓고 그들이 따라주는 술을 받아 마셨다. 그런데 이상하게도 두 젊은이는 술을 아무리 마셔도 취하지 않는 것이었다. 이미 주모에게 부탁해서 맹물에 밀가루를 풀어 막걸리처럼 뿌연 물을 다른 주전자에 받아 마시고 있었던 것이다.

얼마쯤 술을 마셨을까? 신시(申時, 오후 3~5시)에 시작한 술자리가 유시(酉時, 7~9시)에 끝났다. 무려 다섯 시간 동안 여러 주전자의 술을 비우며 원종과 애노는 난을 일으켰던 경위와 사벌주의 성주 아자개에 관해 얘기했고, 두 젊은이는 생전 들어보지도 못한 남쪽의 어느 성에서 살았다는 얘기를 했다. 바다에 나가 그물을 던지면 사람 키만 한 물고기가 올라온다고 했다. 해초를 건져 국을 끓이면 오장육부가 다 시원하다고 했다. 바다의 끝까지 가면 왜나라가 있다고 했다. 원종과 애노는 두 젊은이의 말발에 시간이 흐르는 줄도 모르고 있었다.

"시간이 벌써 이렇게 됐나. 그만 일어나세."

"그러게나. 어서 가세."

"저희는 주막에서 묵으니까 바래다드리겠습니다."

"아닐세. 혼자 갈 수 있네."

"아닙니다, 취했습니다."

두 젊은이가 각자 원종과 애노를 부축하며 주막집을 나섰다. 이미 해시(亥時)가 다가오고 있어 주위는 칠흑으로 물들어 있었다. 주막을 돌면 곧 민가가 나오는데, 민가에 가기 전에 작은 논밭이 있고, 개울과 대나무가 자생하는 숲이 있었다. 원종과 애노가 막 대나무 숲을 지날 때였다. 갑자기 두 젊은이가 부축하던 손을 놓고 원종과 애노를 길바닥에 내동댕이쳤다. 취중에 위협을 느낀 애노가 말했다.

"무슨 짓인가?"

그때 두 젊은이가 발목에서 단검을 빼들었다.

"네 이놈, 내가 누군지 아느냐?"

"반란을 일으킨 두목이지 누구긴 누구냐?"

"제발, 살, 살려주십시오."

원종과 애노는 겁에 질려 몸을 사시나무 떨듯이 떨었다. 그러나 잠깐이었다. 바람을 가르는 칼 소리가 들리는가 싶더니 어느새 원종과 애노는 심장에 칼을 맞고 고꾸라지고 말았다. 찰나처럼 짧은 시간이었다. 두 젊은이는 원종과 애노가 죽었는지 확인하기 위해 재차 목덜미에 칼을 꽂고, 유유히 어둠 속으로 사라졌다.

"뭐라? 원종과 애노가 피살됐다고? 어느 놈의 소행이냐?"

다음 날 아침에 이곳을 지나던 농부가 원종과 애노의 시신을 발견하고 곧바로 현감에게 고했고 현감이 아자개에게 달려가 알렸다. 아자개는 화가 머리끝까지 나서 즉시 원종과 애노의 죽음에 대해 진상을 밝히라고 명하였다. 그러나 성에서 군사까지 나와 조사를 했지만 이미 두 젊은이는 행방이 묘연한 상태였다.

"네 이년. 이실직고하지 않으렷다."

"참말입니다. 쇤네는 모르는 일입니다."

"안 되겠다. 매우 쳐라."

"아이고, 사람 살려!"

주모가 성안으로 잡혀와 아자개가 보는 앞에서 곤장을 맞았다. 이때 대주가 나서며 가로막았다. 곤장을 세 대나 맞은 주모는 벌써 입에 거품을 물고 축 늘어져 있었다. 대주가 찬물을 바가지로 떠서 주모의 머리에 부었다. 주모가 신음을 토해냈다. 정신이 드는 모양이었다.

"이보시오. 사실대로 말해보시오."

"난 모르는 일입니다. 웬 젊은이 두 명이 며칠만 묵어 간다고 주막에 들렀는데, 원종과 애노가 죽기 전날 밤에 그 두 젊은이와 술을 마셨습니다. 이 고장 사람이라고 형님, 아우 하더니 젊은이가 자기는 술이 약하니 맹물에 밀가루를 넣어 뿌옇게 만들어 내오라고 하더군요. 밤늦게 취해서 바래다준다며 나가기에 저는 그냥 방에서 잤습니다. 그리고 아침에 일어나보니 간밤에 두 젊은이가 안 들어왔는지 인기척이 없어서 방문을 열어보니 아무도 없었습니다. 정말입니다."

"신라에서 보낸 자객이 분명하오. 군사를 풀어 뒤를 쫓으시오."

대주가 직접 말을 타고 군사를 데리고 신라 방면으로 쫓았으나 한나절을 달려도 두 젊은이는 보이지 않았다. 두 젊은이는 야음을 틈타 이미 사벌주를 빠져나간 것이 분명했다. 대주는 다시 말머리를 돌렸다.

"이렇게 허망하게 갈 줄이야. 그러려고 내게 성주가 되도록 했단 말인가? 이렇게 허망하게 가려고."

아자개는 원종과 애노의 장례를 성대하게 치러주었다. 닷새 동안 성 안에서 근조의 예를 갖추고 소와 돼지를 잡아 그들의 넋을 위로하고 성 밖 양지바른 민둥산에 묘를 크게 쓰고 비석을 세워 비문을 새겨 넣었다. 이로써 원종과 애노는 사상 처음으로 농민 반란을 일으킨 역사를 뒤로하고 무덤에 묻힌다.

세월이 흘러 견훤은 신검에 이어 박씨로부터 양검(良劍), 용검(龍劍)을 차례로 얻는다. 신검의 나이 이제 열 살이 되었고 제법 똑똑한 게 글도 읽고 무예도 배우고 있었다. 이 무렵 견훤은 다시 무진주 호족의 여식 승평부인 고비녀(姑比女)를 후궁으로 맞아 넷째 아들 금강(金剛)과 막내 아들 능예(能乂), 딸 쇠복(衰福)을 얻는다. 그 후 견훤은 애첩을 둘이나 더 얻어 아들딸 넷을 더 낳으니, 견훤의 부인과 애첩은 모두 네 명에 자식은 열 명에 이르렀다.

"신검아! 이게 무슨 책인 줄 아느냐?"

"처음 보는 책이옵니다."

"그럴 테지. 이 책이 바로 대사 무오가 지은『무오병법』이다. 내가 이 책으로 무예를 연마했으니 너도 이 책을 보고 무예를 연마하여 큰 인물이 되어라. 알겠느냐?"

"예, 아버님."

신검은 견훤이 건네준 병법을 받아들었다. 모두 열다섯 권이었다. 신검은 매일 병법을 보며 무예를 익혀나갔다. 견훤이 그랬던 것처럼 병법의 글자 하나하나도 놓치지 않고 배워나갔다. 병서에는 다음과 같이 씌어 있었다. 시계(始計, 근본 시계의 처음, 근원), 작전(作戰, 필요한 조치로 방법을 구함), 모공(謀功, 술책. 계략), 군형(軍形, 군의 형태), 병세(兵勢, 병사의 세력), 허실(虛實, 비어 있는 것과 차 있는 것. 허증과 실증), 군쟁(軍爭, 군의 싸움), 구변(九變, 아홉 가지로 변하는 술책), 행군(行軍, 군의 이동), 지형(地形, 땅의 형상), 화공(火攻, 불로 공격), 구지(九地, 땅의 가장 낮은 곳. 적에게 발견되기 어려운 깊숙한 곳), 용간(用間, 간첩을 이용하는 것).

병법에는 각기 작은 제목이 있고 그 제목들을 일일이 소개하고 있었다. 신검은 하루도 빠짐없이 병서를 읽고 몸을 단련했다. 시계에는 처음의 근원이 있어야 하므로 무념의 상태에서 적을 살펴야 했다. 즉 적이 없지만 있고, 있으면서도 없는 게 적이었다. 그러므로 적은 아무 때나 오고 아무 때나 간다. 이러한 적을 잡는 것이 작전이었다. 작전에는 여러 가지 묘책이 필요하고 그 묘책은 날개를 단 짐승처럼 수시로 변하고 적이 모르게 은폐돼야 했다. 이것을 모공이라 하는데, 술책과 계략이 맞아떨어져야 적을 함정에 빠뜨릴 수 있다. 매복을 수없이 당해봐야 적을 알 수 있는 것처럼 적을 매복으로 끌어들이기 위해서는 계략을 잘 짜고 미끼를 잘 던져야 한다. 또한, 적의 군영(軍營)을 잘 살펴 기병과 궁수, 보병의 규모를 잘 파악해야 유리한 고지에 오를 수 있고, 병사의 사기나 허와 실을 보아야 한다. 병력이 실제보다 많이 부풀려 있는가? 군의 이동은 적절한가? 화공을 퍼부을 수 있는가? 첩자를 활용할 수 있는가? 신검은 갑자기 한꺼번에 많은 것을 걷고 있었다.

간첩에는 향간(鄕間, 고장 주민), 내간(內間, 적의 관리), 반간(反間, 이중첩자), 사간(死諫, 허위 사실을 믿게 하여 전파함), 생간(生間, 정탐 후 살아 돌아와 그 내용을 보고함) 등이 있는데, 말 그대로 향간은 지역 주민을 이용하여 적의 동향과 경계 등을 빼 오고, 내간은 적의 관리를 이용하여 적의 내부를 알아내는 것이라 반간 같은 이중첩자가 있으므로 신중을 기해야 했다. 또한, 허위 사실을 믿게 소문을 내는 것이나 적의 깊숙이 들어가 정탐을 하는 일 등이 만만찮은 일이지만 그것을 활용하면 적을 쉬게 알 수 있었다. 신검은『무오병법』이 너무 재밌어서 열다섯 권이나 되는 병서를 일 년 동안 익혀나갔다.

그 무렵 견훤이 이끄는 군사는 신라의 서남 지방을 공략하여 여러 성을 접수하고 있었다. 하지만 대야성 전투에서는 실패를 보고 말았다. 견훤이 이끄는 군대는 대야성 주변의 성들을 차례로 접수했지만, 대야성 만큼은 아무리 공략을 해도 떨어지지 않았다.

"질진 전투로군, 저 대야성을 함락해야 서라벌로 가는데 말이야."

"적이 워낙 완강하게 버티고 있어서 그렇습니다."

"그걸 누가 모르나. 어째서 적이 저리도 완강하게 나오냐 그 말이야."

"신라는 쇠락으로 가고 있으나, 저렇게 훌륭한 장수들이 아직 남아 있습니다."

"다시 한번 총공격을 해봐?"

"쉽지 않은 싸움입니다. 그냥 돌아가시죠?"

"에헴, 여기까지 와서 돌아가다니."

901년 8월, 견훤은 군사를 일으켜 신라의 대야성을 공격하러 나섰으나 함락시키지 못했다. 8월의 무더위와 기습 폭우로 군사들의 사기는 땅에 떨어졌고, 성을 공격하면 할수록 성벽도 오르지 못하고 우왕좌왕하는 군사가 많았다. 성 위에서 화살을 쏘아대고 돌덩이를 날려 군사들의 피해가 속출했고, 겨우 사다리를 놓고 성벽으로 기어 올라가면 뜨거운 물이나 기름이 쏟아졌다. 가만히 서 있어도 땀이 비 오듯이 쏟아져 군사들은 무기를 내려놓고 개울에 가서 물을 마시고 쉬었다. 아무리 호통을 쳐도 군령을 어기는 군사가 많아 통제가 제대로 되지 않았다.

결국, 견훤은 군사를 돌려 정비하고 다시 성을 치려 했으나 능환이 만류하는 바람에 훗날을 기약하고 말머리를 돌려 금성(나주) 남쪽으로 향했다. 나주 남쪽은 아직도 신라 진영이었다. 하지만 군사들은 이미 지쳐 있어서 많은 성을 빼앗지 못하고 연해변의 부락을 습격하여 약탈하여 돌아왔다. 결국, 견훤은 대군을 이끌고 나갔다가 도적처럼 약탈만 하고 돌아왔다.

"아니, 견훤이 대왕이라면서 도적이잖아."

"그러게 말일세. 신라군보다 더한 폭정일세."

"그러면 우리 스스로가 이 땅을 지켜야겠군."

"그러게 말일세."

견훤의 약탈은 그 지방의 호족 세력에 큰 반발을 불러왔다. 한 나라를 다스린다는 군주가 조그마한 촌락을 약탈이나 한다는 게 말이 안 되었다. 호족들은 견훤에게 크게 실망하여 다시 신라 쪽으로 마음이 돌아서고 있었다.

이 무렵 북원의 호족인 양길의 수하에 있던 궁예가 마침내 독립하여 후고구려(마진)를 세웠다. 궁예는 처음부터 끼가 있었다. 야사에 따르면 궁예는 세달사에 들어가 중이 되었음에도 육식을 서슴치 않았고, 심지어 다른 승려 동료에게까지 강제로 먹인 적도 있었다고 한다. 하루는 궁예가 밤늦게까지 돌아오지 않자, 평소에 궁예에게 골탕을 먹었던 스님들이 모여 궁예에게 앙갚음하려고 궁예 몫의 밥을 뭉쳐서 방바닥에 버렸다. 그 후 궁예가 돌아와 밥을 찾자 바닥에 떨어진 밥을 먹으려고 하는데, 궁예는 의외로 화내지 않고 말없이 도로 방을 나가더니 우물에 가서 물을 한 두레박 퍼다가 다짜고짜 방바닥에 들이부었다. 당황하여 스님들이 따지고 들자, 궁예는 태연하게 '물에 밥 말아 먹는다'라고 했다고 한다. 그 후로 스님들이 다시는 궁예에게 찍소리 한번 못 했다고 한다.

궁예가 세달사에서 지내던 중 하루는 까마귀가 바리때 안에 무엇인가를 떨어뜨리고 날아간 일이 있었다. 바리때에 까마귀가 떨어뜨리고 간 것은 점을 칠 때 쓰는 상아로 만든 산가지였는데 거기에는 왕(王) 자가 새겨져 있었다. 여기서 궁예는 자신이 범상치 않은 인물이 될 것을 예감했다고 한다.

891년(진성여왕 5년), 궁예는 세달사에서 나와 죽주에서 한창 이름을 날리던 기훤의 휘하로 들어갔다. 그러나 기훤은 궁예의 재능과 인물됨을 알아주지 않았다. 궁예는 더 이상 기훤의 휘하에 있어 봐야 가망이 없다는 사실을 직감하고, 함께 기훤의 밑에서 활동했던 청길, 신훤, 원회 등과 함께 몰래 친분을 맺고 이듬해 기훤의 곁을 떠나 북원에서 위세를 떨치는 양길에게 들어갔다.

양길의 부하가 된 궁예는 양길의 병력을 이끌고 892년까지는 치악산 석남사에 머물며 신라의 주천, 나성, 울도, 어진 등 십여 개의 군현을 공략했다. 이중 어진은 지금의 경상북도 울진군으로, 동해 연안까지 강원도 지역을 정복한 셈이다. 여러 성을 정복한 궁예는 견훤이 후백제를 세웠다는 소식을 듣고는 자신도 자립할 시기가 왔다고 생각하여 이 년 만인 894년에 대관령 건너 명주(강릉)의 귀부를 받아냈다. 이때 궁예를 따르는 무리가 사천오백여 명이었으니, 기훤에서 양길로 갈아탈 때처럼 양길의 군사를 일부 흡수해온 것이다. 궁예는 '사졸과 함께 고생하며, 주거나 빼앗는 일에 이르기까지도 공평무사하였다'는 평을 들을 만큼 민심을 어루만졌다. 이에 호족들에게 수탈을 당한 백성들이 호족들에게 질려 궁예를 따르는 무리가 많아졌다.

당시 명주의 성주는 김순식으로, 그의 조상 김주원(金周元)은 신라 무열왕의 직계 자손이었다. 김주원은 원성왕과의 왕위계승전에서 패한 뒤에 화가 자신에게 미칠 것을 두려워해 명주로 내려가 명주군왕(溟州郡王)이라 자처했다. 김주원 이후 그의 아들 김헌창(金憲昌)이 내전 규모의 대규모 반란을 일으켰다가 토벌되었고, 김헌창의 아들인 김범문(金梵文)도 반란을 일으켰다가 실패했는데도 불구하고 김주원의 자손들은 명주를 통치하며 백 년 이상 권력을 누리고 있었다. 918년 왕건의 정변으로 궁예가 몰락하고 고려가 건국되었는데도 김순식은 무려 십 년을 왕건에게 항복하지 않고 버티다가 928년 1월에 가서야 완전히 투항했다. 당시 궁예의 실력으로 명주를 얻기는 어려웠을 것이다. 일반적으로 김순식이 기득권을 보장받는 대신 명주를 궁예에게 바쳤을 것으로 추정한다.

이후 장군을 자칭하며 한때 주군이었던 양길로부터 독립된 세력을 구축한 궁예는 898년까지 지금의 강원도 북부와 패서(평안도) 지역, 대동강 이북 일부까지 세력을 넓혔다. 이 시기에 궁예에게 항복한 호족들로 박지윤, 황보제공, 유천궁 등이 있었고, 훗날 고려 태조가 되는 왕건의 아버지 왕륭도 있었다.

궁예는 897년 왕륭의 영토인 송악을 수도로 정하고, 그의 아들 왕건을 이인자 격으로 중용하기 시작한다. 북원 양길은 궁예의 독자 행보에 분노하여 삼십여 개 성의 병력으로 궁예를 습격하려 했지만, 궁예가 이를 예견하고 선제공격을 가해 양길의 진영을 깨트렸다. 그리고 899년에는 본격적으로 양길과 대립하기 시작하여 비뇌성 전투에서 양길이 이끄는 군대를 완전히 격파하고 이듬해인 900년에는 왕건을 지휘관으로 하여 청주, 충주에 있던 양길의 잔당 청길(淸吉), 신훤(申萱) 등을 토벌하여 소백산 이북의 영토를 거의 장악했다.

901년 스스로 왕위에 올라 국호를 고려(高麗)라 하고 지금의 개성시에 해당하는 송악을 수도로 삼았다. 궁예가 '고려'라는 국호를 쓴 것은 송악을 비롯한 경기도 북부 지역과 황해도를 아우르는 패서 지역 호족과 백성들을 옛 고구려 남부 지역으로, 고구려 유민을 의식하고 있었기 때문에 그들의 지지를 얻으려는 측면이 강했던 것으로 보인다. 실제로 고구려계 호족의 수장이라고 할 수 있는 왕건은 이 시절 승승장구해 나갔다.

903년, 궁예는 고려(후고구려)를 어느 정도 안정시킨 뒤, 왕건으로 하여금 수군을 이끌고 백제의 후미 금성(나주)을 치라 명한다. 당시에는 후고구려 수군이 막강해서 송악 인근의 해상권을 장악하여 오월로 가는 백제군의 배를 나포하고 해적을 소탕하는 등 전과를 올리고 있었다.

궁예의 명에 왕건은 군사 이천오백여 명을 이끌고 금성을 공략하기 위해 송악에서 배를 출발시켰다. 왕건이 이끄는 군선(軍船)은 훈풍을 타고 물 위에 떠 있는 수십 마리의 백조처럼 남으로 조용히 떠내려가고 있었다. 하지만 먼 바다로 나가 우회를 하고 있으므로 아무도 군선을 보지 못했다.

"뭐라! 고려군이 어딜 내려와? 배를 타고 우리의 후미인 금성을 정복했다고?"

"그렇사옵니다, 폐하."

"놈들이 어찌 그곳까지 올 수 있었단 말이냐?"

"우리가 방심하는 사이에 허를 찔렀습니다."

"어허, 이거야 원."

송악의 저 먼바다에서 내려온 왕건이 이끄는 군선은 율도를 지나 목포(木浦, 영산포)로 들어오고 있었다. 먼 뱃길이었음에도 군사들은 기친 기색이 없이 남쪽의 세상을 신기한 듯 바라보고 있었다. 군선은 마침내 바다를 뒤로하고 영산강을 거슬러 올라가고 있었다. 이제 금성이 코앞이었다. 영산강은 전라남도 담양군 용면 용연리 용추봉(龍湫奉, 560미터)에서 발원하여 광주, 나주, 장성, 화순, 영암을 지나 영산강 하굿둑에서 서해로 유입되는 강으로 길이가 380리에 이른다. 군선이 목포에 닿자 왕건은 닻을 내리고 군사들에게 상륙하여 하루를 쉬라고 명하였다. 이제 금성이 코앞이므로 풍랑의 위험은 없었다. 게다가 이곳은 아직 견훤의 세력이 미치지 못하는 곳이므로 적의 척후병도 없었다.

"경관이 좋은 곳이로군."

왕건은 뭍으로 나와 마을까지 들어갔다. 마침 목이 말라 우물을 찾고 있는데, 저쪽에서 오색 구름이 걸려 있어 왕건은 기이하다 여기고 그곳에 가보니 마침 우물이 있고, 우물가에서 아리따운 여인이 혼자 빨래를 하고 있었다. 왕건이 다가가 물을 청하니 여인이 바가지에 물을 떠서 버드나무 잎을 한 장 따서 물 위에 띄워 건네주었다. 급히 마시면 체하니 천천히 마시라는 뜻이었다. 왕건은 여인의 지혜에 감탄하여 다시 천천히 여인을 보니 비록 평범한 옷을 입고 있었으나 가냘프고 얼굴이 예뻤다. 왕건은 송악에서 물길로 여기까지 오느라 여자를 한 번도 품어보지 못했으므로 와락 성욕이 일었다.

"나는 수군장군(水軍將軍) 왕건이오."

"예? 장군이라고요?"

"그렇소. 그대는 몸이 가냘프면서도 이쁘장하구려. 나와 사귀겠소."

"그러잖아도 꿈자리가 이상하더니만."

"꿈자리가 왜?"

"아닙니다."

"이리 와보시오."

"아이, 아니 되옵니다."

"내, 그대에게 첫눈에 반했구려."

왕건은 여인을 끌고 우물 옆의 숲으로 들어갔다. 숲에는 마침 농부가 낮잠을 자려고 펴놓은 돗자리가 있었다. 밀짚으로 엮은 윤기가 빛나는 돗자리였다. 왕건은 여인을 그곳에 눕히고 여인의 전신을 더듬기 시작했다. 애욕에는 항상 성급함이 따르기 마련이었다. 저고리를 벗겨 여인의 따스한 젖가슴을 만지고 치마를 벗기고 속옷마저 훑어내렸다. 여인이 귓속말로 수군장군이라 몸을 허락한다고 했다. 여인은 서해의 용이 자신의 몸속으로 들어오는 꿈을 꾸었는데, 필시 수군장군의 몸이 자신에게 들어오는 것이라 여겼다. 한참을 여인의 몸을 애무하던 왕건은 지체 없이 여인의 음부에 자신의 성기를 꽂았다. 그리고 격렬하게 몸을 움직여 정액이 힘차게 뿜어져 나올 찰나에 왕건은 아무래도 신분이 미천한 여자를 건드리는 듯해 성기를 여자의 음부에서 빼냈다. 정액이 몸 밖으로 분출되었다. 이때를 기다렸다는 듯이 여인이 정액을 한 움큼 집어 자신의 음부 속으로 밀어 넣었다.

"미안하게 됐구려."

"아닙니다. 이제부터 수군장군님은 제 서방님이십니다."

"누구 맘대로 서방이라는 거요?"

"정을 나누지 않았습니까?"

"난 그런 적 없소."

"너무하십니다."

왕건은 숲에서 나와 군사가 있는 곳으로 급히 걸어갔다. 근본도 모르는 여인과 정사를 나눈 것을 왕건은 후회하고 있었다. 잠시 정신이 나간 모양이었다. 아무리 여인의 품속이 그립다지만 미천한 여인과 함부로 정사를 나눈 것이 왠지 께름칙했다.

"오시느라 고생 많으셨습니다."

영산포에는 금성의 호족 오다련(吳多憐)이 마중 나와 있었다. 왕건과 오다련은 서로 친한 사이였다. 왕건은 송악을 거점으로, 오다련은 영산포를 거점으로 해상무역을 주도하여 서로 의지하며 지내고 있었다. 하지만 해상에서는 자주 만났지만, 뭍에서는 처음이었다. 또한, 금성을 공략하라는 궁예의 명을 받고 왕건은 은밀히 밀사를 보내 오다련의 심중을 떠보았다.

"아주 잘 오셨습니다. 자, 가시지요."

"이리 반겨주시니 고마울 따름입니다."

"뭘요, 서로 돕고 살아야지요."

"포구가 참 요새입니다. 이리도 물이 깊으니 신라도 백제도 얼씬 못 하나 봅니다."

"여부가 있겠습니까? 하지만 안심하면 안 됩니다. 신라야 어차피 저무는 나라이고, 견훤이 호시탐탐 이곳을 노리고 있어서 저도 군사를 키우는 중입니다."

"잘하셨습니다. 이곳의 안녕은 제가 보장해드리리다."

"고맙습니다."

오다련은 왕건의 말이 고맙기만 했다. 신라가 세력이 약화되어 걱정을 하던 판에 이렇게 왕건이 먼 길을 마다 않고 달려와 자신을 지켜주니 고마울 따름이었다.

사실 오다련은 해상 무역으로 큰 부를 축적하고 있었다. 조상 대대로 금성(나주)을 중심으로 해상 세력을 키워 멀리 오월국과 무역을 활발히 하고 있었고, 견훤이 후백제를 세우기 훨씬 이전부터 독자적인 행보를 이어가고 있었다. 이 때문에 견훤도 오다련과 손잡고 세력을 키워가려 했으나 오다련은 어찌 된 영문인지 견훤을 피하며 경계하더니 마침내 금성이 태봉에 귀속되고 말았다. 왕건은 금성에 처음 출전하면서도 오다련의 도움으로 십여 개 현을 쉽게 접수했다.

"자, 어서 듭시다. 여기가 내 집이오."

"아, 대궐처럼 크고 웅장합니다."

"과찬의 말씀입니다."

오다련은 집에서 연회를 베풀었다. 멀리서 물길을 헤치고 온 왕건과 휘하 장수들에게 술과 고기를 대접했고, 군사들에게도 고깃국을 끓여 후하게 대접했다.

바로 그때였다. 오다련과 왕건이 앉아 겸상하고 있는데, 곱게 꽃단장을 한 여인이 왕건이 앉은 곳으로 오고 있었다. 여인의 걸음걸이가 마치 깃털이 나는 것처럼 가뿐했으며, 품위 또한 단정하고 비단으로 차려입은 옷맵시가 눈이 부실 지경이었다. 왕건은 넋 놓고 여인을 바라보았다.

—아니, 이럴 수가?

왕건은 스스로 놀랐다. 그의 앞에 다가온 여인은 바로 아까 우물가의 숲에서 자신이 범했던 여인이 아니던가? 왕건은 여인에게 미안하고 송구하여 어쩔 줄 모르고 있었다. 여기서 이렇게 만날 줄 알았다면 여인을 범하지 말았어야 했는데, 하고 후회해봐야 이미 지나간 바람이었다. 하지만 여인은 아무런 표정이 없었다. 우물가에서 빨래를 할 때는 허름한 옷차림이었는데 지금은 비단옷으로 치장하여 귀부인처럼 보였다.

"아, 인사하시지요. 제 여식입니다."

"예, 여식요?"

"뭘 그리 놀라십니까?"

"아니, 아닙니다."

"허허, 저 이마에 흐르는 땀 좀 봐."

왕건은 여인의 눈을 뚫어져라 보고 있었다. 신분이 천한 여인인 줄 알았는데, 여인이 오다련의 여식이라니? 도무지 믿기지 않았다. 평민처럼 허름하게 차려입고 우물가에서 빨래하던 여인이 호족의 친딸이라는 게 아무래도 믿기지 않았다. 왕건은 여인의 손을 와락 잡았다. 여인도 이미 왕건의 몸이 자신에게 들어온 것을 알고 환하게 미소를 지었다. 이 모습을 보고 오다련이 둘이 아는 사이냐고 물었고, 여인이 고개만 끄덕였다. 이로써 둘의 관계는 끊으려야 끊을 수 없는 사이가 되었다.

이 여인이 바로 장화왕후(莊和王后) 오씨다. 사서에 의하면 오씨는 나주 출신으로 할아버지는 오부돈(吳富伅)이고 아버지는 오다련군(吳多憐君)이며 대대로 목포(영산포)에 살았다. 다련군은 사간(沙干) 관등을 지닌 연위(連位)의 딸 덕교(德交)와 혼인하여 오씨를 낳았다. 일찍이 오씨가 포구의 용이 뱃속으로 들어오는 꿈을 꾸고 놀라 깨어 부모에게 꿈 이야기를 하였는데 부모도 이를 기이하게 여겼다. 얼마 뒤 왕건이 수군장군으로 나주에 출전하여 배를 영산포에 정박시키고 시냇물 위를 바라보니 오색 구름이 서려 있어 그곳으로 가보니 왕후가 빨래를 하고 있었는데, 태조가 그녀를 불러 잠자리를 같이하였다. 그러나 태조는 오씨가 가문이 미천한 탓에 임신시키지 않으려고 돗자리에 사정하였는데, 오씨가 즉시 이를 자신의 몸에 집어넣어 마침내 임신하고 아들을 낳으니 그가 바로 혜종(惠宗, 912~945)이다.

혜종은 얼굴에 돗자리 무늬가 새겨져 있었는데, 세상 사람들은 혜종을 '주름살 임금'이라 불렀다. 항상 잠자리에 물을 가져다두었고, 큰 병에 물을 담아두고 팔 씻기를 즐겨 하므로 용의 아들이라 할 만하였다. 혜종이 나이 일곱 살이 되자 태조는 그가 왕위를 계승할 덕성을 가졌음을 알았지만, 어머니의 출신이 미천해 왕위를 계승하지 못할까 염려하여 낡은 상자에 자황포(柘黃袍, 고려 시대 임금이 입던 붉은 관복)를 넣어 왕후에게 내려주었다. 왕후가 이를 대광(大匡) 박술희(朴述熙)에게 보내자 박술희가 태조의 의도를 알아차리고 그를 태자로 세우자고 건의하였다. 왕후가 죽자 시호를 장화왕후라고 하였다.

5

후삼국

후삼국

"신검아! 이번에는 네가 한번 출정을 해봐라!"

금성(나주)이 후고구려의 손아귀에 들어가자 견훤은 속이 뒤집히는 듯했다. 손 한번 써보지 못하고 금성을 내주다니, 다 그놈의 호족 오다련 때문이었다. 오다련 그놈이 후고구려와 손잡고 금성으로 군사를 끌어들여 금성이 후고구려로 넘어갔다. 견훤은 울화가 치밀고 도저히 그냥 넘어갈 수 없었다.

"예로부터 금성은 우리 백제국의 영토였노라. 그런 영토가 후고구려국에 넘어가다니, 참으로 어이없는 일이다. 신검아! 네가 가서 오다련이와 왕건이 놈의 목을 가져오너라!"

"예, 아버님. 즉시 거행하겠습니다."

신검은 능환과 함께 군사를 이끌고 금성으로 향했다. 금성에는 노령산맥의 줄기가 옥산(335미터), 금성산(450미터), 신걸산(368미터), 백룡산, 덕용산, 월연대 등이 솟아 있으며, 이 산들은 모두 구릉성 산지로 높이가 500미터에 이르지 못한다. 월정봉(270미터), 재신산(135미터) 등 비교적 낮은 구릉들이 서쪽에 있고, 동쪽은 평야 지대를 이루고 있다. 이 때문에 신검은 동쪽으로 들어가는 곳은 평야가 넓어 노출이 심하므로 서쪽으로 들어가며 매복 작전을 펼 생각이었다.

신검이 이끄는 군사들은 금성을 우회하여 서쪽으로 들어가고 있었다. 금성은 무진주와 가깝고 도읍인 완산주까지 위협하고 있어 반드시 정복해야 할 땅이었다. 신검이 이끄는 삼천여 군사는 남으로 내달려 마침내 금성 인근에 도착했다.

"경계를 철저히 하고 군사를 쉬게 하라!"

"예, 장군."

신검은 척후병을 보내 적의 동태를 살피게 했다. 적을 알아야 내가 이길 수 있기 때문이다. 완산주에서 정읍, 고창, 장성, 무진주를 지나 금성까지 오는 동안 군사들도 지쳐 있었다. 신검은 금성 인근의 평지에서 야영하고 날이 밝는 대로 금성으로 들어갈 생각이었다. 이곳은 지형이 평지지만 산으로 둘러싸여 있어서 경계만 잘 서면 군사들이 안전하게 편히 쉴 수 있는 곳이었다.

"장군, 적진 깊숙이 가보았으나 별다른 동향은 없습니다. 우리가 온 것을 모르고 있는 듯합니다. 성문이 굳게 잠겨 있고 성 위에서 병사들이 보초를 서고 있었습니다."

"그래, 알았다. 가서 쉬어라."

"예, 장군."

고요한 밤이었다. 사방이 칠흑 같은 어둠으로 덮여 있어 한 치 앞도 분간할 수 없는 밤이었다. 신검은 이 기회에 야음을 틈타 기습을 하려다 그만두었다. 굳게 닫힌 적의 성문을 열려면 성벽을 기어 올라가 보초병들을 제거하고 들어가야 하는데, 실패하면 성벽에 오른 군사들이 몰살당하는 일이었다.

신검은 조용히 잠을 청했다. 긴 행군이라 피로가 누적되었음에도 쉽사리 잠이 오지 않았다. 금성을 도모해야 하는데 도시 자신이 없었다. 병법을 익혀서 군사의 움직임은 잘 알고 이지만 처음 전쟁에 출전하는 길이고, 더구나 지척에 있는 적의 규모나 세력 따위가 하나도 접수된 게 없었다. 왕건이라 했던가? 그자를 한 번도 보지 못했으니 무엇을 알고 그자의 목을 베어버린단 말인가? 참으로 답답하구나. 신검은 쉽사리 잠을 청하지 못하고 이부자리에서 뒤척이고 있었다. 늦은 밤인데도 풀벌레 소리가 은은하게 들려왔다.

— 돌아가라, 돌아가. 여기는 네가 올 곳이 아니다.

새벽녘이었다. 겨우 잠이 들었는데, 웬 노인이 나타나 신검에게 돌아가라고 외치며 손을 내저었다. 신검이 그게 무슨 소리냐고 노인에게 물었지만, 노인은 그 말을 하고 홀연히 사라졌다. 신검은 노인을 뒤쫓아가며 노인을 잡으려고 팔을 뻗었는데 아무리 달려가고 팔을 뻗어도 노인이 잡히지 않았다. 신검은 이부자리에서 허우적거리다 잠에서 깨었다. 불길한 꿈이었고, 불길한 예감이었다. 신검은 하필이면 결전이 있는 날 이런 꿈이 꾸어졌다고 넋두리했다.

날이 밝자 신검은 군사들을 이끌고 금성 앞에 진을 치고 있었다. 그러나 성안에서는 아무런 기척이 없었다. 이상한 일이었다. 적이 성 밖에서 진을 치고 있어도 성안에서는 아무런 반응이 없다면 싸움을 할 의지가 없다거나 기습을 노리는 것이 분명했다. 갑자기 성문이 열리고 기병들이 달려 나온다면 아무리 궁수로 무장을 했어도 치명적일 수밖에 없다. 기병이 바람처럼 달려오면 이백여 보 떨어져 있다 해도 궁수가 활을 두

발도 채 쏘기 전에 목이 달아날 것이다. 게다가 신검은 기병에 대해 준비를 하지 않았다. 기병을 막으려면 장창을 땅에 박아 말의 급소를 찔러야 하는데, 신검은 완산주에서 여기까지 장창을 들고 행군하는 것은 무리다 싶어 궁수와 병사만 이끌고 왔다.

얼마쯤 기다리고 있었을까. 성 위에 군사들이 가득 올라와 함성을 지르기 시작했다. 족히 이천은 넘어 보였다. 신검은 성을 바라보며 망설였다. 공격하면 승산이 없어 보였다. 적들은 위에서 화살과 돌, 뜨거운 물, 불덩이를 마구 쏟아 붙 것이고 아군은 성을 오르기도 전에 시체가 성벽 밑에 수북이 쌓일 것이다.

— 이 일을 어찌한다.

이때 능환이 말했다.

"전면전보다는 뒤로 물러나 매복을 노리는 것이 좋겠습니다. 저들을 성 밖으로 불러내 매복 장소로 유인하여 치면 승산이 있습니다."

"누가 그걸 모르오? 저들을 어찌 성 밖으로 불러낸단 말이오."

"성으로 들어가는 보급로를 차단하고 버티면 저들도 어쩌지 못할 것입니다."

"그걸 말이라고 하시오? 여기는 곡창지대요. 저 성안에 군량미가 몇 년 치 쌓여 있는지 어찌 아시오? 그 방법을 쓰다간 우리가 군량미가 바닥나 굶어 죽을 것이오."

바로 이때였다. 성문이 열리고 말 한 필이 노란 깃발을 달고 달려 나왔다. 성문 저쪽에서 먼지를 일으키며 달려오는 말을 보고 궁수가 활을 겨누자 신검이 이를 물렸다. 노란 깃발이라면 평화를 상징하는데 적은 싸울 의사가 없는 모양이었다.

"이게 무엇인가?"

"장군님이 보낸 친서이옵니다."

적군 병사는 신검에게 죽간(竹簡)한 개를 주고 돌아갔다. 신검은 죽간의 내용을 눈으로 읽었다. 전면전을 치르면 양측 모두 피해가 심각하니 사나이 대 사나이로서 승부를 걸어보자는 내용이었다. 그리고 맨 끝에는 결투를 신청한 장수가 왕건이 아니라 박술희로 되어 있었다.

"박술희라! 박술희가 누구인가?"

"박술희라면 궁예의 부하인데, 그자가 어찌 여기에 있습니까?"

"그걸 내가 어찌 알겠소. 그자가 결투하자는구만."

"응하시게요?"

"그래야지."

신검은 즉시 적에게 싸움에 응하겠다고 죽간을 보냈다. 왕건이 이곳에 있는 줄 알았는데 왕건은 이미 오씨와 함께 송악으로 떠난 모양이었다. 신검은 박술희를 생각했다. 어떤 작자이기에 감히 겁도 없이 결투를 걸어오는 것인가?

그때 적진에서 말 한 필이 달려 나왔다. 이에 질세라 신검도 말을 타고 달려나갔다. 적장 박술희는 장비처럼 몸집이 크고 얼굴이 험악하게 생겼다. 눈도 크고 코 밑에 기른 수염이 팔(八) 자로 늘어진 것이 꼭 산적처럼 보였다.

"네가 백제의 왕자 신검이로구나! 네 이놈, 여기가 어디라고 왔느냐?"

"네 이놈, 네놈이 궁예 부하 박술희구나! 덤벼라, 이놈."

넓은 벌판에 칼과 칼이 맞닿는 소리가 쩡쩡하게 울렸다. 말 위에서 곡예를 하듯이 두 사람이 칼싸움하고 있었다. 하지만 애초부터 싸움은 신검에게 불리하게 돌아갔다. 몸집이 거구인 박술희에 비해 신검은 왜소해서 어른과 아이의 싸움만 같았다. 그러나 신검도 만만찮았다. 박술희가 휘두르는 칼을 막아내며 역습을 하기도 했고 몸을 날려 박술희에게 비수를 꽂으려고 말의 안장에서 벌떡 치솟기도 했다. 칼과 칼이 맞닿는 소리가 요란하더니 갑자기 멈추었다.

"아니, 이런, 이럴 수가?"

박술희가 내리친 칼을 신검이 받아 막았는데, 칼이 힘없이 뚝 부러져 내렸다. 신검이 재빨리 여유 있게 말 안장에 놓았던 다른 검을 빼 들었다. 박술희도 점점 지치는 듯했다. 다시 싸움이 시작되었다. 날카롭게 기합이 들어가고 칼과 칼이 맞닿은 소리가 요란하게 울렸다. 신검이 재치 있게 박술희의 옆구리를 찌르고 뒤로 돌아 안면에 칼을 꽂았지만 쉽게 당할 박술희가 아니었다.

"아니, 이런, 이럴 수가?"

신검이 쥐고 있는 칼이 또 부러지고 말았다. 여분의 칼마저 다 쓴 신검은 급히 말을 되돌리려 했다. 그러나 말이 너무 급하게 도는 바람에 그만 말에서 떨어지고 말았다. 칼도 없이 말에서 떨어진 신검은 꼼짝없이 포로가 되었다. 그러나 말에서 내린 박술희는 칼을 거두고 신검을 일으켜 세웠다.

"그만하면 훌륭한 솜씨다. 돌아가라."

"싸움에 졌으니 어서 목을 베어라!"

"아직 죽을 목숨이 아닌 듯하니 군사를 물리고 돌아가거라!"

"내 이 치욕을 반드시 갚아주마!"

박술희는 신검의 말이 채 끝나기도 전에 말머리를 돌려 성안으로 돌아갔다. 신검의 칼이 두 번이나 부러지고, 말에서 떨어지는 모습을 본 군사들은 사기가 크게 떨어져 싸울 의욕을 잃고 있었다. 이때 성문이 열리고 박술희의 군사들이 밀물처럼 밀려온다면 신검은 속수무책으로 당할 수밖에 없었다. 신검은 회군을 결정하고 군사들을 이끌고 완산주로 향했다.

송악에서는 왕건이 무사히 금성을 접수하고 돌아와 연회가 열렸다. 오다련의 딸 오씨도 왕건을 따라 송악에 왔으므로 왕씨 가문에는 경사였다. 궁예는 그런 왕건을 궁으로 불러 연회를 열고 함께 술을 마시며 금성의 이야기를 경청했다.

"호족 오다련이라는 자의 도움이 컸습니다."

"그런가? 참 귀중한 사람이구먼. 게다가 그분의 따님을 배필로 얻었으니 이보다 더 기쁜 일이 어디 있단 말인가?"

"황은이 망극하옵니다."

"자, 들게나."

궁예는 왕건에게 술을 따라주고 자신도 마셨다. 왕건이 금성에서 돌아왔으니 문득 취하고 싶었다. 그동안 마음 터놓고 얘기할 사람이 없었는데, 왕건이 돌아오자 궁예는 허심탄회하게 속내를 말했다.

"송악은 물이 가까이 있어 왕궁으로 쓰기에 안 좋아. 내 그래서 이참에 철원으로 수도를 옮길 참이오."

"천도하신다는 말씀입니까?"

"그렇소. 내 송악에 있어보니까 해상권은 좋으나 앞이 바다라 뻗어 나갈 땅이 없지 않소."

"천도는 신중하게 생각하셔야 하옵니다."

"그동안 많이 생각해본 것이외다."

궁예는 이제 신라는 오합지졸이고 후백제는 후미를 쳤으니 대륙으로 뻗어 나가는 일이 시간 문제라 여겼다. 이 때문에 수도를 철원으로 옮겨 대륙으로 진출할 발판을 마련하고자 했다.

궁예는 실제로 904년에 국호를 마진(摩震), 연호를 무태(武泰)라고 정한 뒤 적잖은 무리를 감수하면서까지 철원으로 천도한다. 철원은 한 나라의 수도로는 적합하지 못한 곳이었다. 왜 궁예가 삼 년 만에 철원으로 천도하는 동시에 국호와 연호를 새로 정하였는지에 대해서는 의견이 분분하지만 대체로 왕건을 필두로 한 고구려계의 패서 호족들의 세력이 건국과 초기에는 큰 도움이 됐지만 몇 년 지나자 궁예의 왕권 강화와 정책에 걸림돌이 되었고, 이를 타개하기 위해 고구려 유민 의식이 없거나 희박한 철원 지역으로 천도를 시행했다고 보는 시각이 대부분이다. 마진이란 이름 자체가 불교 용어 마하진단(摩訶眞檀, 마하를 큰 나라로, 진단을 동방으로 해석하면 동방의 큰 나라라는 의미가 있다)의 준말, 혹은 마한과 진한을 의미한다. 다시 말해 궁예는 국호를 변경함으로써 고구려의 색채를 줄이고 패서 지역의 고구려계 호족들의 입김에서 조금이라도 벗어나고자 한 것으로 보인다. 천도도 그런 맥락에서 보면 충분히 납득이 가는 행동이었다. 단지 궁예가 수도로 옮긴 곳의 입지가 좋지 않을 뿐이었다.

"하오면 폐하! 천도한 것이 패서인을 멀리하기 위함입니까?"

"이 땅에는 고구려 유민만 있는 것이 아니잖소. 신라와 백제 유민까지도 아우르려면 중립적인 땅이 필요한 것이오. 그래서 철원으로 천도를 한 것이오."

"하오나 철원은 산세가 높고 흐르는 물이 없어 도읍으로는 마땅치가 않사옵니다."

"아니오. 내가 보기엔 이곳이 명당 자리요."

철원은 동부 고지와 중부 평야, 서부 구릉지로 나눌 수 있는 지형이다. 태백산맥과 광주산맥의 영향으로 동남부에는 흰바우산(1,179미터), 적근산(赤根山, 1,073미터), 대성산(大城山, 1,175미터), 복주산(伏主山, 1,152미터) 등 1,000미터 이상의 고산(高山)들이 연이어 솟아 있는 고지대다. 궁예가 이런 험난한 지형으로 천도를 한 것은 아마도 대륙 정벌의 꿈을 꾼 것과는 달리 호족들부터 지지를 얻고자 함이었던 것으로 보인다. 고구려가 옛 삼국 중 한 개 나라의 이름일 뿐이라 이 정체성을 너무 강조하면 청주, 충주, 나주같이 과거에 백제였던 지역과 옛날부터 원래 신라였던 지역에서도 호의적인 반응을 끌어내기는 어려웠다. 그러므로 고구려라는 틀을 넘어 백제와 신라까지 공통으로 아우를 수 있는 더 넓은 의미의 불교적이고 추상적인 이름인 마진을 국명으로 정한 것이다.

궁예는 야심에 찬 이상주의자로 자신과 백성들의 이상형이 될 새로운 나라를 세우는 데까지는 성공했지만, 아이러니하게도 이 결과 때문에 자신의 이상을 실현하는 데 큰 제동이 걸린다. 새로운 나라를 세우기 위해서는 패서 고구려계 호족의 협조가 무엇보다 절실했는데, 그들은 이상형보다 자신들의 현실적인 이익만을 중시했다. 단지 재산과 목숨을 보전하기 위해 궁예에게 협조하고 그의 정통성에 힘을 보탰지만, 진심은 궁예를 따른 것이 아니었고 패서 지역 민심도 딱히 궁예에게 순종적이지 않았다. 궁예의 정책 중 호족의 이익과 상반되는 것에는 여과 없이 제동을 걸었다.

"어떤가? 이 정도면 훌륭하지 않은가?

"제가 보기에는 신라와 백제가 너무 멀어서 교류나 전쟁이 쉽지가 않을 듯합니다."

"무슨 소리? 그래야 적들이 공격을 못 하지 않는가?"

"지당하신 말씀입니다, 폐하."

궁예는 철원으로 천도하고 매우 만족해했다. 대신들은 이를 탐탁잖게 여겼지만 내색은 하지 않았다. 궁예가 애민(愛民) 정신이 강한 지도자지만, 정치가에게 꼭 필요한 덕목인 인내심, 친화력, 융통성을 갖지 못했다. 평생 승려로 살았던 궁예는 백성들의 열광적인 지지를 바탕으로 절대 권력을 행사하는 데는 별 어려움이 없었지만, 지배층을 포섭하는 데 필요한 정치력은 갖추지 못했다. 신라를 멸도(滅都)라 부르고 귀부해온 신라인들을 첩자로 의심하여 족족 살해했다. 궁예가 개인적으로 신라를 엄청나게 증오한 것은 사실이다. 그러나 궁예 역시 신라 지배층 출신이었고, 중앙에서 배제된 지배층이나 골품제의 제한에 절망한 육두품, 일반 백성 정도는 쉽게 포섭할 수 있었는데도 무조건 감정만 앞세워 자충수(自充手)를 두고 말았다.

"이곳에 오니까 마음이 편안하구먼. 송악에 있을 때는 말이야, 패서인들 눈치 보느라 정책을 제대로 하지도 못했어. 그렇다고 강압적으로 할 수도 없고 말이야?"

"그렇습니까, 폐하."

"암, 그렇고말고. 이 나라에 어디 패서인들만 있는가? 인재를 고르게 등용해야 나라가 잘 되는 법이오."

"명심하겠습니다, 폐하."

궁예의 급진적인 고구려 색깔 제거 정책에 대해서 고구려계 호족들이 막후에서 은근히 저항한 것은 당연지사였다. 궁예는 자신의 새로운 정치가 지지부진한 상황에 큰 염증을 느꼈다. 궁예는 이 상황을 타개하고자 고구려계 호족들의 근거지를 떠나 새로운 수도의 백성과 친위 세력을 육성하고자 했던 것이다. 실제로 궁예는 패서 고구려계 호족들의 협조를 끌어내기 위해 901년에 보였던 친고구려적 성향을 철원으로 천도하면서부터 완전히 버렸다. 신라의 5소경 중 하나이던 청주 주민들을 철원으로 이주시키고, 아지태를 위시한 백제계 호족인 청주 세력들을 적극적으로 등용한 것 등은 궁예가 고구려계 패서 호족들을 견제하고 왕권을 강화하려는 맥락에서 이해가 되는 것이다. 하지만 궁예의 이런 움직임은 결국, 철원 지역의 백성들을 피폐하게 만들어 도리어 자신의 몰락을 초래하고 만다.

"청주에서 살 때가 좋았지. 이곳에 오니까 생활이 더 궁핍하네."

"그러게 말이야. 궁궐을 짓는다고 동원된 날이 얼마나 많았는데, 여태까지 노임도 못 받고 있잖은가?"

"말하면 뭐 하는가. 끌려가서 곤장이나 안 맞으면 다행일세."

철원 곳곳에서 백성들의 원망이 터져 나왔다. 궁예는 아무런 대책도 없이 백성들을 이주시켜놓고 궁 짓는 공사와 터전 가꾸는 일에 동원령을 내리는가 하면 죄 없는 백성을 잡아다가 간첩이라는 죄목을 씌워 몰매를 치거나 옥에 가두는 일이 많았다.

"정말로 대왕 폐하를 시해하려 했단 말인가?"

"글쎄, 그렇다니까. 간밤에 출처를 모르는 놈들이 곡간에 불을 질러 군사들이 불을 끄려고 몰려간 사이에 대왕 폐하께 활과 표창을 던지고 사라졌다는 거야. 그래서 간자를 색출하기 위해 죄 없는 백성들을 문책한다네."

"분명히 백제나 신라의 소행인데 왜 죄 없는 백성을 물고를 낸단 말인가?"

"낸들 아나. 몸조심하게."

철원 천도 후 궁예를 제거하려는 무리가 있었다. 그들은 후백제의 견훤이 몰래 파견한 무사들이었다. 신검이 금성을 치러 간 것을 궁예가 알고 마음 놓고 경계를 하지 않을 것을 파악하고 견훤이 은밀하게 철원으로 무사들을 보내 궁예의 목을 베어오라고 명한 것이다. 무사들은 밤마다 이동하여 마침내 철원 땅에 닿았고, 칠흑 같은 어둠을 이용해 궁에 숨어드는 데 성공했다. 그러나 궁예의 침실은 경계가 철통같아서 도저히 침입할 수 없었다. 궁을 에워싼 병사만 오십여 명은 되었다. 아무리 무사라 하지만 오십여 명이 한 번에 달려들면 무사할 수 없었다. 게다가 병사들은 최정예 병사였고 활과 창, 검으로 무장하고 있었다.

"우리가 침실로 숨어들기란 불가능하니 궁예를 밖으로 불러내야 하오."

"어떻게?"

"곡간에 불을 지릅시다. 곡간은 매우 중요한 곳이니, 병사들이 불을 끄러 몰려가면 궁예가 밖으로 나올 것이오. 그때 제거하면 될 것이오."

"곡간이 어디요?"

"내가 봐두었소."

어둠 속에서 무사들이 민첩하게 움직였다. 곡간 앞에는 두 명의 병사가 긴 창을 들고 서 있는데, 무사들이 품에서 표창을 던지자 퍽, 소리와 함께 둘 다 땅에 고꾸라졌다. 무사들이 잽싸게 시신을 치우고 곡간에 기름을 부었다. 순식간의 일이었다. 무사들이 부싯돌로 불을 켜 곡간에 던지자 금세 불길이 활활 타올랐다. 누군가가 불이야! 하고 외쳤다. 무사들은 잽싸게 어둠 속으로 몸을 피했다.

"불이야!"

"불이다, 불이 났어!"

병사들이 바가지에 물을 담아 급히 곡간으로 달려갔다. 막 잠을 청하려던 궁예도 곡간에 불이 났다는 소식을 듣고 문을 박차고 밖으로 나왔다. 눈앞에서 곡간이 활활 타고 있었다.

"어서 불을 꺼라! 어서 꺼!"

"불길이 워낙 거세어 끌 수가 없습니다."

"대체 어느 놈이 불을 지른 것이냐?"

그때였다. 예리한 비수 한 개가 날아와 궁예가 서 있는 기둥 옆에 박혔다.

"웬 놈이냐?"

그 순간 다시 비수와 표창이 날아들었고, 병사들이 앞으로 나와 궁예를 감쌌다. 여러 개의 표창과 비수가 날아와 궁예 앞을 막았던 병사들이 힘없이 쓰러졌다. 병사들의 비명을 듣고 병사들이 우르르 몰려오자 무사들이 재빨리 어둠 속으로 몸을 날려 자취를 감추었다. 궁예가 분명히 나를 노린 놈들이라고 찾아서 목을 베라고 명했지만, 무사들은 얼마나 날쌘지 흔적도 보이지 않았다.

"그놈들이 땅으로 스몄느냐? 하늘로 솟았느냐?"

"귀신이 곡할 노릇입니다. 아무리 어둠 속이었다고 하나 퇴로를 막고 에워싸는데, 귀신같이 없어졌습니다."

"필시 궁에 첩자가 있음이다."

궁예의 명으로 군사들은 멀쩡한 백성들을 잡아다 문초하였다. 궁에는 억울하게 비명을 지르는 백성이 많았고, 몰매를 견디지 못해 죽어 나가는 백성도 많았다. 더 잘 살려고, 더 편하게 살려고 멀리서 철원까지 이주해온 대가가 몰매와 죽음뿐이라고 민심이 점점 궁예를 떠나고 있었다. 궁에는 폐하가 점점 미쳐간다는 소문이 은연중에 퍼지고 있었다.

"뭐라! 칼이 부러져? 칼이!"

"그렇사옵니다, 아버님."

신검은 금성에서 박술희와 대적한 것을 견훤에게 알렸다. 견훤은 칼이 부러졌다는 신검의 말에 심히 분노했다. 신검의 말로는 이미 다 이긴 싸움이나 다름없는데, 칼이 부러지는 바람에 말에서 떨어졌다는 것이다. 견훤은 칼을 두 개나 가지고 나갔음에도 칼이 다 부러졌다는 게 이해가 되지 않았다. 칼이 연속해서 부러졌다면, 후고구려 군사들이 가지고 있는 칼에 비해 우리의 것은 한없이 나약하다는 것인데, 견훤은 원인을 알고 싶었다.

"당장 장안의 대장장이들을 모두 궁 안으로 불러들여라!"

"예, 폐하."

군졸들이 우르르 궁 밖으로 나가 대장장이들을 궁으로 불러들였다. 그들은 영문도 모른 채 궁으로 불려와 몸을 떨었다. 폐하께서 직접 찾는다는 말에 대장장이들은 지레 겁부터 먹고 있었다.

"대장장이들은 들어라!"

"예, 폐하."

"내 일찍이 너희들의 장인정신에 깊이 감탄하였노라. 특히 내게 용검(龍劍)을 제작하여 바친 대장장이에게는 큰 상을 내리지 않았더냐? 그런데 이번에 심히 큰 실망을 가질 수밖에 없었다. 그대들이 만든 검으로 내 아들 신검이가 저 금성까지 나가 후고구려 놈과 대적을 했는데, 검이 무참히도 부러지고 말았다. 그것도 두 번씩이나 말이다. 왜 이런 일이 일어났느냐?"

"……."

"어서 고하지 못할까? 그대들이 만든 칼로 싸우다 내 아들이 말에서 떨어져 목숨을 구걸하고 돌아왔단 말이다."

"황공하오나 폐하, 후고구려는 고산지대가 많아 철광석의 품질이 좋은데, 이곳에서 나는 철광석은 아무리 담금질을 해도 검이 약하옵니다."

"그렇습니다, 폐하."

"어허, 그럼 무슨 방도가 없단 말이냐?"

"적국으로부터 철광석을 수입해 올 수는 없는 일이고, 오월국이나 왜국을 통해 철광석을 수입해 오면 부러지지 않는 검을 만들 수 있습니다. 듣자온대 왜국의 북쪽에는 사시사철 겨울인 땅이 있다고 합니다. 그 동토(凍土)에서 나는 철광석으로 검을 만들면 아무리 내리쳐도 부러지지 않는다고 하옵니다."

"그런가? 당장 왜국과 무역을 하여 그 철광석을 확보하라."

"예, 폐하."

견훤의 명을 받고 후백제의 상단이 만경강 상류에서 왜국으로 출발했다. 왜국의 동토 땅까지 가지 않아도 동토의 땅에서 캐낸 철광석을 왜국 본토에 야적해놓아서 뱃길로 나흘이면 왜국에 닿았고, 열흘이면 철광석을 싣고 후백제의 포구를 돌아올 수 있었다. 상단이 떠났다가 돌아오고, 다시 상단이 여러 번 왕래하자 철광석은 금세 산을 이루었다. 견훤은 이렇게 쌓인 철광석을 각지의 대장간으로 보내 무기와 농기구를 만들게 했다. 각지의 대장간에서 철 익는 소리와 철을 두드리는 소리가 밤낮없이 들렸다.

"네가 이 나라에서 제일가는 대장장이냐."

"그렇사옵니다, 왕자님."

"이름이 뭣이냐?"

"예도라 하옵니다."

"예도라."

"그러하옵니다."

"내게 아홉 개의 검을 만들어다오. 꼬리가 아홉 개 달린 구미호처럼 날쌔고, 민첩하며, 바람도 가를 수 있는 칼 말이다. 할 수 있겠느냐?"

"예, 왕자님. 분부대로 거행하겠사옵니다."

예도는 장안에서 손꼽히는 대장장이였다. 그는 철을 물처럼 다루는 도인이었다. 아버지 때부터, 아니 그 할아버지의 할아버지 때부터 대대로 철을 주무르며 살아왔는데, 흔한 철광석만 보아도 어떤 무기가 나오는지 그려지곤 했다. 예도는 신검의 명을 받고 구검(九劍)을 만들기 시작했다.

철이란 강하면서도 부드러운 것이다. 철이 굳으면 철이 되지만 철이 불을 만나면 물처럼 흐물거린다. 이때를 놓치지 않고 각을 세우고 날을 만들고 문양을 넣어야 한다. 예도는 왜국의 동토에서 가져온 철광석을 불로 녹이기 시작했다.

"아니, 뭔 돌이 이리도 강하단 말인가?"

예도는 철광석을 보며 감탄의 소리를 내었다. 아무리 철광석이지만 불에 아무리 데워도 도시 녹을 기미가 보이지 않았다. 괴이한 일이었다. 예도는 더 크고 더 넓은 가마에 불을 지펴 온도를 높였다. 찰흙으로 만든 가마에서 철광석이 조금씩 녹아 나오기 시작했다. 몹시 높은 온도에 철광석이 녹았다. 예도는 이런 광경은 처음 보았다. 만 사흘 동안 가마에 불을 피워 겨우 왜국에서 가져온 철광석을 녹였는데, 그 양은 몹시 적었다. 이런 속도로 무기를 만들면 일 년 내내 만들어야 검 오십여 개도 못 만들 듯했다. 예도는 밤낮없이 검을 만들어 마침내 아홉 개의 검을 만들었다. 각기 길이가 다른 것으로 장검과 중검, 단검까지 고르게 분포되어 있었다.

"수고했다. 구검이 마음에 쏙 드는구나."

"감사합니다, 왕자님."

"이것은 그동안 수고한 대가니라."

신검이 예도에 금화를 내려주었다. 예도는 금화를 받고 크게 만족해했다.

"이 검들은 정의롭게 써야 하옵니다. 신의를 저버리면 검도 주인을 버립니다."

"뭐라 했느냐?."

"옳은 일에 검을 쓰셔야 한단 말입니다."

"그래, 알았다."

신검은 검들을 몸에 차보았다. 장검 두 개를 양쪽 허리에 차고, 주검 네 개를 그 위에 찼다. 그리고 단검 세 개를 정수리 너머, 그러니까 목덜미 뒤에 꽂았다. 검을 다 착용하자 무게만도 열 근이나 되었다. 신검은 아홉 개의 검을 다 차고도 날렵하게 움직였다. 검은 칼날이 시퍼렇게 빛났고 손잡이에는 하늘을 나는 용의 문양이 그려져 있었다. 신검은 이 검만 있으면 누구와 대적해도 무찌를 수 있을 듯했다. 신검은 검을 꽉 움켜쥐었다.

한편, 궁예는 911년 국호를 태봉(泰封)으로, 연호를 수덕만세(水德萬歲)로 고쳤다. 속설에 따르면 오행설(五行說)에 근거한 것으로 금생수(金生水)의 원리로 금의 기운으로 일어난 신라의 음덕을 이기겠다는 의도에서였다고 전해진다. 여기에 더하면 만세는 황제에게 부르는 찬양 어구이기 때문에 은근히 자주성도 내세우고 있다.

이즈음부터 궁예는 왕권 강화를 위해 무리수를 남발하기 시작한다. 914년에는 연호를 다시 정개(政開)로 고친다. 『고려사(高麗史)』에는 집권 후반기에는 자신을 미륵(彌勒)이라 지칭했으며, 관심법(觀心法)으로 사람의 마음을 뚫어본다고 주장하고, 법봉(法棒)을 사용하여 신하들을 때려 죽이는 등, 광기를 일으켰다고 기록되어 있다. 하지만 대강 유추해본다면 모두 왕권을 갑작스레 강화하기 위한 방책으로 볼 수 있다. 자신을 '미륵'으로 칭한 것은 신라 후기 혼란한 시대에 백성들에게 널리 퍼져 있던 미륵 신앙을 활용해 자신을 신격화하여 황제의 권위를 높이기 위한 것이고, 관심법은 거기에 더해 딴마음 안 먹고 절대 복종하도록 호족들을 강력하게 통제하려는 방법이었다는 것이다.

"나는 미륵이니라. 미륵이란 현재는 보살이지만 다음 세상에는 부처로 나타날 것이라고 믿고 있는 미래의 부처다."

"……."

"그러므로 나는 저 세상에서 이 세상을 구원하고자 왔느니라."

"……."

"알겠느냐?"

"예, 미륵보살님."

"그래, 좋다. 따라서 나는 미륵이기 때문에 너희의 마음속을 들여다볼 수 있느니라. 내가 관심법으로 너희들의 마음을 들여다볼 수 있으니, 나를 잘 따라야 한다. 알겠느냐?"

"예, 폐하."

원래 미륵은 불교에서 말하는 미래불(未來佛), 석가모니가 열반에 든 이후 56억 7천만 년이 되었을 때, 후에 부처가 될 것이라 수기(예언)를 받은 보살들이 거주하는 도솔천(兜率天)에서 이 세상으로 하생(下生)한다고 한다. 미륵은 하생하기 전까지 도솔천의 보살로 머물며 중생을 교화하고 있다. 이 때문에 미륵을 보살이라고도 하고 부처라 부르기도 한다. 사실 이 부분은 좀 복잡한데, 미륵삼부경(彌勒三部經) 중 미륵하생경(彌勒下生經)과 미륵대성불경(彌勒大成佛經)에서는 미륵이 수기를 받고 도솔천에 있다는 미륵불설을, 미륵상생경(彌勒上生經)에서는 석가의 제자 미륵이 미래불이라는 미륵보살설을 따른다. 그런데 석가모니를 더 높이는 현 불교계에서는 관습이란 이름으로 그냥 미륵불 또는 미륵보살로 혼용한다. 그리고 미륵불이 하생 하는 장소는 용화수(龍華樹) 아래라고 한다. 이에 따라, 미륵부처를 모신 법당을 특별히 용화전(容華展) 또는 미륵전(彌勒展)이라고 한다. 또한 일반적으로 가부좌(跏趺坐)를 틀고 앉아 있는 보통 불상들과 달리, 미래에 중생을 구제하기 위해 명상을 하는 반가상(半跏像)이나 중생을 구제하기 위해 설법하러 갈 때 움직이기 쉽도록 서 있는 입상이나 걸터앉은 모습이 좌상을 주로 취하고 있다.

"내가 미륵이고 부처이고 여래이고 석가니라."

"폐하, 미천한 중생들을 굽어 살피소서."

"암, 그래야지. 그래야 하고말고."

그러나 이런 궁예의 무리하고도 성급한 왕권 강화책은 상당한 부작용을 일으켰다. 미륵 신앙을 활용해 자신의 왕권을 높이려는 생각은 당시 미륵 신앙의 총산인 법상종 교단과 갈등을 일으키는 요인으로 작용했다. 법상종은 앞으로 세상을 구하러 올 미륵불을 주불(主佛)로 삼는 종파이다. 그런데 뜬금없이 이상한 젊은 외눈 중놈이 나타나서 미륵을 자칭하는데 '아, 그렇군요. 미륵님이시군요. 미륵부처님 만만세' 하고 따를 리가 없다. 궁예 또한 순순히 뜻을 꺾을 생각이 없어서 결국 자기 신격화 목적의 '미륵 신앙 왜곡'에 대한 반감을 노골적으로 드러낸 법상종의 거두 석총(釋聰)을 백주 대낮에 재판도 없이 처형해버린다.

"아니, 저, 저, 석총을 처형하다니?"

"석총이 어디 보통 대사신가?"

"이러다가 우리도 무사치 못하겠어!"

"빨리 이 난국이 사라져야 하는데."

신료들과 백성들은 궁예의 폭정에 치를 떨었다. 궁예는 제 마음대로 철퇴를 휘두르고 불경도 조합하였다. 『삼국사기』에 따르면 궁예가 이십여 권의 불경을 손수 지었는데, 이게 요망스러운 불쏘시개여서 이 불경을 주제로 한 강설을 듣던 석총이 "이런 해괴한 이야기로는 남을 가르칠 수 없다"라고 말하자 그 자리에서 철퇴를 휘둘러 끔찍하게 살해했다고 한다. 궁예가 썼다는 경전의 내용은 현재 전해지지 않지만, 그 내용이 어쨌건 대놓고 경전을 제멋대로 찬술한 것은 불교 입장에서는 도저히 용납할 수 없는 행위였다. 궁예가 경전을 새로 저술하는 것을 보고 대신들이 경전은 오로지 부처님만이 쓰는 것이라고 진언하자 궁예는 오히려 철퇴를 든다.

또한, 궁예의 관심법은 공포정치였다. 궁예는 호족들에게 없는 죄를 뒤집어씌워 죽이는가 하면 왕권 강화책을 반대하는 목소리를 내던 황후 강비를 잔인하게 처형했다. 이를 말리던 아들 청광까지 살해하는 잔혹한 일을 벌였다. 『고려사』는 이를 궁예의 광기로 규정하지만, 궁예는 옛 고구려계 호족인 신천 강씨 출신의 딸로 패서 고구려계 호족들의 목소리를 대변하던 강비가 제위 계승권을 가진 자신의 아들들을 앞세워 궁예를 무력화시키려는 시도, 아니면 더 나아가 반역을 했기 때문에 강비와 두 아들까지 처형한 것이다. 특히 궁예의 첫 번째 아들인 청광은 이미 황태자로 책봉된 상태에서 죽음을 맞았다.

"세상에 어찌 제 처자식을 죽인단 말이오."

"저런 사람을 어찌 군주이고 미륵이라 하겠소."

"말조심하시오. 그러다가 우리도 무사하지 못할 것이오."

강비의 죽음 이후 패서의 고구려계 호족들은 궁예가 조만간에 자신들을 모조리 제거하거나 모든 힘을 빼앗을 것을 두려워했다. 이들의 우려는 근간 왕건만은 건드리지 않았던 궁예가 왕건마저도 반역했다며 죽이려 드는 사건을 통해 현실화되었다. 당시 왕건은 호족 중의 일인자로 태봉에서 궁예 다음 가는 실권자였다. 그런 왕건마저 죽이려 하는 궁예를 보고 호족들은 더는 안 되겠다는 공포를 느낀 것이다. 패서의 호족들은 자신들이 살기 위해서 결단을 내리지 않으면 안 되었다.

"언제까지 이렇게 계속 당해야만 합니까?"

"아직은 때가 아닌 줄 아옵니다."

"때가 아니라니, 그럼 다 죽은 다음에 때가 오면 무슨 소용이란 말이오."

"왕건을 찾아오시오. 왕건과 의논을 해보아야겠소이다."

"잘못하면 역모죄로 다 죽습니다."

"이판사판 아니오?"

"좀 더 살펴보며 기다려봅시다."

궁예가 수도를 철원으로 옮긴 것은 민생 면에서도 큰 오판이었다. 한반도에서 전 근대의 주요 물자 이동 수단은 수운(水運)과 해운이었던 만큼, 도성이라면 원활한 물자 수급을 위해 응당 배가 다닐 수 있는 큰 강이나 항구를 끼고 있어야 했다. 철원은 근처에 큰 강도 항구도 없는 내륙이기 때문에 교통이 너무도 불편했다. 한탄강은 그다지 큰 강이 아닌 데다 고저 차가 심하고 물살이 세서 수운이 제대로 작동하지 못했다. 멀지 않은 곳에 임진강이 있기는 하지만 임진강 수계의 수문은 임진강 본류에서만 가는 듯하다. 동서고금을 막론하고 대체로 수도는 큰 강을 끼고 있으며, 평양, 송악, 서라벌, 완산주, 웅진, 사비, 등 주요 왕조의 수도였던 곳치고 배산임수(背山臨水) 지형이 아닌 곳이 없었다. 방어와 교통 양자에 모두 유리해야 비로소 수도의 요건을 갖추지만, 철원은 방어는 몰라도 교통은 영 좋지 않은 곳이었다. 패서 호족들을 견제한다는 목적은 좋았지만 좋은 입지를 가진 송악을 버린 것은 엄청난 실책이었다.

야사에 의하면 이 무렵 왕창근(王昌瑾)이라는 상인이 길을 가던 중 오른손에 큰 거울을, 왼손에는 도마 세 개를 들고 있는 늙은 거한을 만났는데, 거한이 왕창근에게 쌀 두 말이라는 거액을 제시하며 거울을 팔고자 했다. 상인 왕창근은 원래 당나라 사람이었다. 당나라에서 와서 철원의 시전(市廛)에서 살고 있었다. 그런 그에게 모양이 괴위(魁偉)하고 모발이 모두 희고 왼손에는 자완(磁椀)을, 오른손에는 고경(古鏡)을 들고 온 사람을 만나 예사로운 거울이 아니라는 것을 느낀 그는 그 제의를 받아들여 쌀을 주고 거울을 샀다. 그런데 그 거한은 왕창근에게 받은 쌀을 저잣거리의 거지들에게 나누어주는 게 아닌가? 그리고 거울이 햇빛을 받으니 글씨가 나타났다. 왕창근은 천천히 글을 읽어보았다.

세 물길 가운데 네 모퉁이 아래
옥황상제께서 아들을 진마에 내리셨으니
그가 먼저 닭을 잡은 후에 오리를 잡을 것이다.
三水中四維下 上帝降子於辰馬 先藻鷄後縛鴨

그가 두 마리의 용 중 하나로 나타나니

한 마리는 푸른 나무 뒤에 잠시 몸을 숨겼고,

한 마리는 검은 금의 모습으로 나타날 것이다.

於巳年中二龍見 一則藏身靑木中 一則現形黑金東

괴이히 여긴 왕창근은 거울을 왕궁으로 가져가 궁예에게 바쳤다. 궁예는 왕창근과 함께 사람을 풀어 이 거울을 판 거한을 찾게 하였는데, 어찌 된 일인지 도저히 나라 전체를 뒤져도 그 사람은 고사하고 아는 이조차 찾을 수 없었다. 그러던 중 잠시 쉬고자 허름한 절간에 들어간 왕창근 일행이 벽에 걸린 불도를 보니, 놀랍게도 치성광여래의 좌우에 있는 수호신 중 하나의 모습이 그 거한의 모습, 도마 세 개를 들고 있는 것까지 정확히 일치하였다. 보고를 받은 궁예는 '이는 하늘의 계시'라고 여겨 송함홍, 백탁, 허원 같은 궁내 박사들을 시켜 거울에 적힌 말을 해석하라 명하였다.

'진마'란 진한과 마한을 뜻하며, '푸른 나무'는 소나무이므로 송악을 뜻하는 것이고, 그 뒤에 숨은 '용'은 송악 출신의 왕건, '검은 금'은 쇠를 뜻하니 철원이며, 철원에 천도한 궁예를 뜻하는 것이다. 또한 '닭'은 계림(鷄林), 즉 신라를 뜻하며, '오리'는 압록강, 즉 북쪽으로 그 세력이 나아간다는 것을 의미한다. 한마디로 철원에 자리 잡은 궁예를 피해 송악에 숨어 있던 왕건이 일어나 신라와 백제를 손에 넣게 된다는 예언이었다.

"세 물길과 네 모퉁이 아래 옥황상제가 진마에 아들을 내려보냈다는 것은 진한과 마한 땅에 아들을 내려보냈다는 뜻이 아니겠소? 또한, 사년(巳年)에 두 용이 나타나서 그 하나는 청목 속에 모습을 감추고 다른 하나는 흑금 동쪽에 모습을 나타냈다는 것은 청목은 곧 소나무니 송악을 일컫고, 흑금은 철을 이른 것이니 철성(鐵城, 철원)기반을 마련한다는 뜻입니다."

"그렇다면 두 용이란 송악 출신의 왕건과 철성에 계신 폐하를 일컫는 게 아닙니까?"

"그렇소이다."

"어허, 이거 또 한 번의 피바람이 일게 생겼소이다."

"특히나 이 글에 따르면 '축(丑)'이 멸하고, '유(酉)'가 일어난다고 했으니, 이는 정축년에 태어난 폐하가 멸하고, 정유년에 태어난 왕 대인이 일어난다는 뜻이 아니오리까? 이 내용을 폐하께서 아시면 당장 왕 대인을 죽이려고 들 것인데, 이를 어쩌면 좋습니까?"

죽고 싶지 않고서야 그 미치광이 상태인 궁예에게 이런 내용을 그대로 논할 수는 없으므로, 박사들은 적당히 궁예에게 아부하는 말로 날조하여 보고하였다. 그렇잖으면 박사들이 먼저 궁예가 휘두르는 철퇴에 맞아 죽기 때문이었다.

세 학자가 논의 끝에 자신들과 왕건에게 피해가 가지 않는 선에서 궁예에게 보고했으나, 이미 역모에 대해 신경을 곤두세우고 있던 궁예는 아무래도 왕건을 불러 다짐을 받아두는 것이 좋겠다고 생각했다. 그래서 궁예는 왕건을 불러 다그쳤다.

"그대가 어젯밤에 사람들을 모아서 반란을 일으키려고 했다는데, 이 말이 사실인가?"

궁예의 물음에 왕건은 얼굴빛이 조금도 변하지 않았다. 왕건은 오히려 태연하게 웃으면서 대답했다.

"어찌 그럴 리가 있겠습니까."

궁예가 다그치며 말했다.

"그대는 나를 속이지 말라. 나는 능히 사람의 마음을 꿰뚫어 볼 수 있도다. 지금 곧 정신을 집중시켜 그대의 마음을 꿰뚫어 보리라."

궁예는 이렇게 말하며 눈을 감고 뒷짐을 지더니 한참 동안 하늘을 우러렀다. 이때 장주(莊周) 최응(崔凝)이 옆에 있다가 고의로 붓을 떨어뜨리고 그것을 줍는 척하면서 왕건에게 귀엣말로 속삭였다.

"장군, 복종하지 않으면 목숨이 위태로워집니다."

이 말을 듣고 왕건은 거짓으로 역모를 인정하였다.

"사실은 제가 모반을 계획했습니다. 죽을 죄를 지었습니다."

왕건의 이 말에 궁예는 껄껄 웃으면서 말했다.

"그대는 과연 정직한 사람이다."

궁예는 기꺼워하며 금은으로 장식한 말안장과 굴레를 왕건에게 주었다. 그리고 이렇게 덧붙였다.

"그대, 다시는 나를 속이려 들지 말라."

『고려사』는 왕건이 이렇듯 거짓으로 모반 계획을 인정하여 목숨을 건졌다고 기록하고 있다. 하지만 이 내용을 통해서 알 수 있는 것은 궁예는 왕건을 죽일 계획이 없었다는 점이었다. 그는 오히려 왕건을 더욱 확실하게 자신의 사람으로 만들려고 했던 것 같다. 궁예는 왕건의 충성심을 시험했을 뿐이라는 뜻이다.

그러나 궁예의 행동은 왕건에게 위기감을 느끼게 하였고, 역모의 뜻을 품게 만들었다. 그러던 차에 홍유, 배현경, 신숭겸, 복지겸 등이 왕건을 찾아와 모반을 도모하자고 하였다. 왕건은 망설이다가 부인 유씨의 설득에 힘입어 마침내 군사를 모아 왕성(王城)을 공격하기에 이른다.

왕건이 군사를 몰고 왕성으로 쳐들어오고 있다는 소리를 듣고 궁예는 싸워봤자 승산이 없다는 판단을 했던 모양이다. 그는 변복하고 왕성을 몰래 빠져나가 겨우 목숨을 건졌다. 하지만 산야를 전전하다가 강원도 평강에서 살해되었다.

918년 무인년(戊寅年) 6월 병진일, 왕건은 드디어 왕으로 등극하여 국호를 고구려의 뒤를 잇는다는 의미에서 '고려(高麗)'라 하고 연호를 '천수(天授)'라 하였다.

6

포구의 칼

포구의 칼

"금강아! 너도 이제 무예를 익혔으니 출전하여 공을 세워보아라."

견훤은 신검이 심히 못마땅했다. 금성을 정벌하여 왕건의 목을 가져오라 했더니 박술희인가 뭔가 하는 후고구려국의 장수와 겨루다 칼이 부러져 목숨을 구걸하고 왔다는 게 영 탐탁지가 않았다. 견훤은 처음부터 신검이 마음에 들지 않았다. 자신처럼 체격이 우람하지도 않고 성격 또한 호탕하지 않았다. 무엇인가에 토라지면 며칠씩 가는 그 성격이 영 마음에 들지 않았다. 북쪽에서는 이미 왕건이 궁예를 몰아내고 국호를 고려(高麗)라 바꾸고 세력을 한창 키우고 있는데, 신검은 금성조차 도모하지 못하고 있었다. 이에 견훤은 이번에는 금강이를 선두로 내보내 금성을 도모할 생각이었다.

"저, 저, 칼을 찬 꼴 하고는."

견훤은 신검이 아홉 개의 검을 차고 검술을 익히는 것을 보며 가소롭다고 여겼다. 아홉 개의 검을 차서 검의 무게 때문에 몸이 비틀거리는 꼴을 보고 견훤은 웬 오리 새끼가 지나가나 생각했다. 미운 사람은 아무리 곱게 보아도 밉게 마련이었다. 신검은 왜소한 몸매며 초승달 같은 눈매며 소심한 성격하며, 뭐 하나 마음에 드는 게 없었다. 장자에게 태자의 자리를 맡겨야 한다는 대신들의 간청 때문에 마지못해 태자의 자리를 내주었지만, 은연중에 금강이가 태자가 되었으면, 하는 바람이 불끈 솟곤 했다. 그것은 아마도 금강이가 견훤 자신을 쏙 빼닮았기 때문에 오는 연민이었다.

"신검아! 너는 이 길로 사불성(沙弗城, 사벌주)으로 가서 내 편지를 할아버지께 드리고 오너라."

"예, 아버님."

"그리고 금강이는 군사를 일으켜 출병하고."

"예, 아버님."

그길로 신검은 사불성으로, 금강이는 군사를 이끌고 금성으로 떠났다. 신검은 말을 타고 사불성으로 가면서 폐하께서 금강이만 이뻐해주고, 금강이에게만 전공을 세울 기회를 주고, 금강이만 격려한다고 투덜거렸다. 그도 그럴 것이 사람이나 짐승이나 자신을 이뻐하는 것을 예감으로 다 아닌데, 견훤은 노골적으로 신검을 미워하는 듯했다.

"내가 빨리 왕위에 올라야지, 원."

"태자 전하, 너무 조급하게 생각하지 마옵소서."

"그러하옵니다. 태자에 책봉되셨으니 군왕의 자리는 일찌감치 따놓은 것이나 마찬가지입니다."

"하오나 아버님은 나만 미워하고 있지 않은가?"

"오해이실 겁니다. 태자 전하를 싫어했다면 태자로 책봉했겠습니까?"

"그럴까?"

"그러하옵니다, 너무 심려치 마옵소서."

사불성을 향하여 달려가는 신검은 여전히 아홉 개의 검을 차고 있었다. 검의 무게 때문에 힘들지만 검을 차고 있으면 천하를 다 가진 것처럼 기분이 으쓱했다. 어느새 완산주를 떠난 지 이틀이 되었다. 그동안 쉬지 않고 달려와 말에게 먹이도 주고 요기나 하려고 신검은 허름한 주막집에 들렀다. 주막집을 지나면 산세가 험한 고개를 넘어야 했다. 신검이 이끄는 병사는 말을 탄 십여 명에 불과했다.

"오늘은 여기서 쉬었다 자가. 저 산만 넘으면 사불성이다."

"예, 태자 전하."

"말 먹이를 찾아보아라."

"예, 태자 전하."

십여 명의 병사들이 각자 말에서 내려 말에게 줄 풀을 베어 왔다. 말이 지치고 배가 고팠던지 물을 한없이 들이켜고 풀을 삼켰다. 주막집은 지나는 사람이 없어서 그런지 한산했다. 하기야 저 높은 산을 넘는 사람이 몇이나 될까 싶었다. 바로 그때였다. 한 무리의 군사들이 신검 일행을 에워쌌다. 순식간의 일이었다.

"어디서 온 병사인가?"

"네 이놈들, 무례하다. 태자 전하시다."

"어느 나라에서 온 태자냐?"

"뭐라? 그런 네놈들은 어디서 왔느냐?"

"우리는 신라군 국경수비대다."

여기가 신라의 땅이었나? 신검은 길을 잘못 들었다고 생각했다. 그러나 미적거릴 시간이 없었다. 적들은 이미 칼을 빼 들었고 창으로 겨누고 있었다.

"태자 전하, 적들이옵니다."

"내가 상대해주겠다."

"적들이다, 쳐라."

주막의 넓은 마당이 순식간에 전쟁터로 변했다. 그러나 싸움은 그리 오래가지 않았다. 신라군의 장수가 '쳐라' 하고 내뱉자마자 신검의 비수가 그의 목에 박혔다. 짧은 비명과 함께 신라군 장수가 땅에 고꾸라지자 삼십여 명이나 되는 병사들이 움찔했다. 신검은 천천히 장검 두 자루를 뽑아 들었다. 그때 신라의 군사들이 신검을 향하여 달려들기 시작했다.

"얏!"

"합!"

몇 번의 기합과 함께 칼이 지나가자 병사들이 추풍낙엽처럼 쓰러졌다. 삼십여 명의 병사가 신검이 휘두른 칼에 손 한 번 못 쓰고 쓰러져갔다. 신검이 붉게 핏물이 든 검을 거두었다.

"신라군이 더 몰려오기 전에 어서 이곳을 떠야 합니다."

"알겠다. 가자."

삼십여 구의 시체가 바닥에 널려 있는 것을 보고, 신검은 산속으로 말을 몰았다. 한동안 싸우는 광경을 부엌에 숨어서 보던 주모가 밖으로 나오자 피비린내가 진동했다. 주모는 바닥에 털컥 주저앉았다.

"아이고, 나보고 이 많은 시신을 어찌 감당하라고."

주모의 울음소리가 바람을 타고 산속까지 스며들었다. 신검이 말을 세우고 뒤돌아보자 주모는 땅을 치며 통곡하고 있었다. 병사들 속에 자신의 남편이 있는 것마냥 큰 소리로 곡을 하고 있었다.

"저 여인을 데리고 가거라."

"예?"

"보나마나 신라군에게 잡혀 죽을 것이다."

"예, 태자 전하."

군졸이 말을 돌려 주모를 태우고 돌아왔다. 남편이 원종과 애노의 난 때 죽어서 혼자 수절하며 산다고 했다. 그러고 보니 주모는 나이가 많아 보였다. 신검은 주모에게 사불성으로 가면 안전할 거라고, 그곳에서 살라고 했다. 주모가 그러잖아도 장사가 안 되어 이사하려던 참인데, 저런 끔찍한 광경을 봐서 시신을 다 수습해가도 그곳에서는 살 수 없을 거라고 했다.

말은 천천히 산을 넘어갔다. 산은 모든 것을 품고 있었다. 아름드리나무가 끝없이 이어지며 그늘을 만들고, 계곡물이 맑은 소리를 내며 흐르고 있었다. 산의 정상이 보였다. 신검은 말에서 내려 말의 고삐를 붙잡고 앞에서 걸었다. 경사가 급하여 말이 힘들어 할까 봐 말을 배려하는 것이다. 신검이 말에서 내리자 일행들도 말에서 내렸다. 주모도 말에서 내려 일행을 따라가고 있었다. 그때였다. 어디선가 화살 하나가 날아와 신검이 지나는 앞의 고목에 박혔다.

"웬 놈이냐?"

"오라! 오늘은 큰 게 걸렸네."

"누구냐?"

"보면 모르는가? 목숨이 아깝거든 다 내놓거라!"

"네 이놈들, 태자 전하시다."

"산적에게 태자는 없다. 우리가 원하는 것은 돈과 재물이다. 말과 여자까지 다 내놓아라. 그러면 목숨만은 살려주마!"

덩치가 큰 산적들은 우르르 몰려와 신검 일행을 에워쌌다.

"이번에는 산적이란 말인가?"

"반항하면 모두 죽음뿐이다. 어서 무기를 내려놓거라."

산적의 규모도 신라군과 같았다. 수적으로 열세였고, 산적 중에는 활을 지닌 놈도 있었다. 게다가 신라군과 다르게 무엇을 약탈해서 먹었는지 하나같이 덩치도 크고 얼굴에 기름기가 잘잘 흘렀다. 신검은 일단 장소를 확보하기 위해 산적의 앞으로 나가며 비수를 뽑으려고 몸을 낮췄다.

"나에겐 죽음은 있어도 항복이란 없다."

찰나와 같은 순간, 신검이 몸을 웅크림과 동시에 비수를 뽑아 활을 들고 있는 두 명의 산적에게 던졌다. 활을 든 두 명의 산적이 '욱—' 소리를 내며 거대한 나무가 쓰러지듯 땅으로 푹 쓰러졌다. 이것을 신호로 두목이 '쳐라' 외치자 산적들이 일제히 신검에게 달려들었다. 그러나 신검이 날렵하게 장검을 뽑아 휘두르자 산적들의 목이 똥장군 마개처럼 잘려나갔다. 삽시간에 열 명의 산적들이 목이 없어졌고, 스무 명의 산적들이 혼비백산하는 사이에 신검은 장검을 마저 휘두르며 산적들의 목을 거둬들였다. 스무 명의 산적이 피를 토하며 쓰러지자 나머지 산적들이 칼을 내려놓고 두 손을 머리 위로 올렸다.

"모두 포박하라!"

신검의 명에 병사들이 민첩하게 오랏줄로 산적들을 포박했다. 산적생활 수십 년을 해봤지만 이렇게 칼을 잘 쓰는 사람은 처음 보았다며 산적들이 신검의 칼솜씨에 혀를 내둘렀다. 신검은 산적의 시체들을 돌무덤을 만들어 묻고 다시 길을 재촉했다. 오늘따라 피비린내가 진동했다.

하지만 신검은 앞으로 얼마나 많은 피를 보아야 하고, 얼마나 많은 목숨을 빼앗아야 하는지를 알 수 있었다.

"하, 이걸 고려국에서 가지고 왔다고?"

"그러하옵니다, 상보 어른."

사불성에서는 고려국에서 온 박술희가 아자개와 마주하고 있었다. 사불성은 신라로 가는 길목이고 서쪽 평야 지대로 가는 길목이라 고려에서도 진작부터 눈독을 들이고 있는 곳이었다. 하지만 사불성은 아자개가 국가처럼 든든하게 성을 지키고 있고, 아자개가 후백제의 견훤왕 친부라 섣불리 성을 빼앗았다가 후백제의 공격을 받을 수 있어 왕건을 화친을 맺는 쪽을 택해 박술희를 사불성에 보낸 것이다.

"이렇게 진귀한 것을 보내주다니!"

아자개는 고려국에서 보내온 물건들을 보며 매우 흡족해했다. 당나라에서 만든 도자기와 비단이 수레에 한가득 실려 있었다. 고려국에 비해 보잘것없는 사불성에 이렇게 많은 선물을 보내오다니, 아자개는 몸들 바를 몰랐다.

"저 처자는 뉘십니까?"

"응, 저애 말인가? 내 여식일세."

"아, 그렇습니까? 절세미인이십니다."

이때 대주가 박술희의 곁에 다가와 인사를 했다.

"대주라 하옵니다."

"아! 하하. 박술희라 하옵니다."

"고려국에서 어인 일이십니까?"

"폐하께서 상보 어르신께 드리는 선물을 가지고 왔습니다. 저와 사귀는 것이 어떻겠습니까?"

"무례하오."

사실 대주는 박술희가 초면은 아니었다. 사불성 밖 외곽으로 시찰을 나갔던 대주는 그곳에서 고려군 정찰병과 맞닥뜨려 싸움을 한 적이 있었다. 그때는 대주도 갑옷을 입고 투구를 쓰고 있어서 적진에서 남자로 보았을 것이다. 박술희와 대결을 벌이는데, 대낮임에도 박술희는 반주를 했는지 칼을 한번 휘두르다 거칠게 숨을 몰아쉬며 뒤로 도망쳤었다. 덩치도 크고 힘깨나 쓰는 장수 같았는데, 별 싱거운 사람도 다 있다 싶었다. 그런 박술희가 지금 대주의 앞에 나타낸 것이다.

"그러고 보니 구면이구려? 그때는 촌부 집에 들러서 낮술을 마셨더니 그만, 폐하께 심한 꾸중을 들었소이다. 사내대장부가 여장군에게 폐하여 쫓겨온 게 말이나 되냐고 말입니다. 하하하."

"볼일이 끝났으면 어서 돌아가시오."

"대주야, 넌 어찌 손님을 그렇게 대하느냐? 내가 보기엔 박술희 장군처럼 늠름하고 듬직한 사람이 어디 있다고. 저러니까 여태까지 시집을 못 가고 있지. 호호."

"황공하옵니다, 남원부인."

"내가 어디 틀린 말 했나."

"어머니?"

아자개가 박술희를 좋아하자 남원부인도 박술희가 사위가 되었으면 좋겠다고 말했다. 이에 대주는 박술희가 적이라며 대노한다.

사실 대주는 박술희에게 별 감정을 느끼지 못했다. 박술희는 본래 호족 가문 출신이었으며, 18세의 나이에 궁예의 호위관 생활을 시작했다. 왕건이 고려를 건국하자 후삼국 통일을 위한 전쟁에서 큰 공을 여러 차례 쌓아서 그 벼슬도 높아졌고 무엇보다 왕건의 절대적인 신임을 얻었다. 그것이 얼마나 엄청났는가 하면 장남인 왕무를 태자로 삼을 적에 그의 출신과 지지 배경이 미약한 것을 염려하여 박술희에게 태자의 후견인을 맡겼을 정도였다. 왕건이 사망했을 때는 군국대사(軍國大事)의 큰 직책을 맡기고 직접 훈요 10조를 전수할 정도였으니 그 신임이 얼마나 컸는지 짐작할 수 있다.

그런 박술희는 장수로서 무예는 갖추었지만, 덕망을 갖추지 못했다. 특히 그의 식성은 남달라서 살아 있는 뱀이나 들쥐, 두꺼비, 개미와 개구리까지 닥치는 대로 잡아먹었고, 이를 본 대주는 기겁을 했다.

"상보 어르신, 이것은 폐하께서 친히 내리신 머루주이옵니다."

"아이고, 이렇게나 많이. 내 생일상을 이렇게 많이 받아보기는 처음일세, 처음이야."

"쌀과 고기를 충분히 가져왔으니 군사들에게도 많이 먹이십시오, 상보 어른."

"그래, 고맙네. 고마워."

박술희는 대주의 마음을 얻지 못하고 빈 수레를 이끌고 발길을 돌렸다. 대주는 비록 검을 차고 남자처럼 싸움도 하고 전쟁터를 누비지만 박술희는 그런 대주의 모습이 마음에 들었다. 눈매가 무섭고 앙칼지게 쏘아붙이는 말투와 대장부처럼 행동하는 그 속에는 가냘픈 여자의 몸이 숨어 있었다. 박술희는 멀리서 대주만 보아도 가슴이 방망이질하는 것을 느꼈다. 대주만 보면 입술이 바싹바싹 타고 목이 말랐다. 아자개가 대주의 아버지고 견훤이 대주의 오라버니라 결국 적을 사랑하는 것이지만 사랑 앞에서는 어쩔 수 없었다.

"할아버님, 문안 인사 드리옵니다."

박술희가 돌아가고 얼마쯤 있다가 신검 일행이 사불성에 도착했다. 신검은 아자개에게 반갑게 인사를 했다. 예전에 두어 번 이곳에 와보고 처음 와보니 어느덧 오 년이 흘러 있었다. 오 년 만에 와보지만 아자개는 조금도 변한 게 없었다. 신검이 인사를 하자 아자개가 여담을 하였다.

"옳거니, 먹을 복이 있구나. 마침 고려국에서 고기와 머루주를 가져왔는데."

"예, 고려국에서 여기까지 사람이 옵니까?"

"그렇다. 방금 떠났다."

신검은 무심코 검을 빼 들었다. 두 번이나 싸움을 한 칼에는 핏자국이 선명하게 묻어 있었다. 함께 온 군사들도 막 뒤쫓을 기세로 서 있었다. 말을 타고 뒤쫓으면 금방 따라잡을 수 있을 듯했다. 더군다나 이곳에 온 고려국 사신이 박술희라는 말에 신검은 온몸을 부르르 떨었다.

"적이옵니다. 잡아야 합니다."

"뭐 하는 짓이냐? 내 손님이었다."

신검이 아자개의 말을 듣고 검을 거두었다. 아자개의 반발에 박술희를 사로잡을 수 있는 절호의 기회를 놓치고 말았다.

"그래, 여긴 어인 일이냐?"

"아버님의 서찰을 가지고 왔습니다."

"견훤의 글, 에이, 견훤이라면 말도 꺼내지 마라."

아자개는 견훤에게 서운한 점이 많았다. 사벌주에 남아서 자신의 일을 도와달라고 할 적에도 출세하겠다고 혼자 서라벌로 떠났고, 서남쪽으로 발령받아 간 다음부터는 아예 부자간의 인연을 끊은 것처럼 왕래도 없었다. 그런 견훤이 무진주와 완산주를 거쳐 후백제라는 나라를 세우더니 한층 더 기고만장해졌다.

"뭐라고? 사불성을 내놓으라? 고얀 놈 같으니라고."

아자개는 견훤의 편지를 읽고 불같이 화를 내었다. 견훤이 쓴 편지는 신라와 후백제와 고려밖에 존재하지 않으니 사불성을 자신에게 바치라는 내용이었다. 그러잖아도 미운 자식놈인데 이렇게 아비를 능멸하다니, 아자개는 신검에게 음식도 주지 않고 내쫓았다.

"고얀 놈들, 그 아비에 그 아들이고만. 에라 이놈들, 다시는 오지 마라."

"이러시면 안 됩니다. 오라버니의 자식입니다."

"안 되기는 뭐가 안 되느냐? 견훤이가 하는 꼴을 봐라."

"어머니는 나서지 마십시오."

아자개는 신검 일행을 성 밖으로 내보내고 하인들을 시켜 소금을 한 대접 뿌리게 했다. 그리고 그들이 데리고 온 산적들과 주모도 재수 없는 인간들이라며 성 밖으로 내보냈다. 신검은 할 수 없이 빈손으로 완산주로 향했다. 대주가 배웅하며 오라버니께 안부를 전하라 했으나 신검은 못 들은 체했다. 할아버지가 저리도 완강하니 신검은 뭐라 아버지께 말해야 할지 몰랐다. 더구나 고려에서 장수까지 왕래하지 않았는가. 필시 할아버지의 마음이 고려로 기운 게 분명했다.

"저기가 바다란 말인가?"

"그러하옵니다, 왕자님."

"하! 넓기도 하구나."

금강은 내륙에서 나와 바다를 보고 있었다. 마침 바다는 밀물 때라 만조를 이루고 있었다. 발아래까지 꽉 들어찬 바다를 보여 금강은 수군을 키워야 한다고 생각했다. 고려국이 해상으로 우회해서 후백제의 후미를 쳤듯이 수군을 길러 바닷길을 열어야 왜국과 오월국, 당나라와의 무역이 활성화되고 해상에서 기선을 잡아 대동강을 따라 올라가면 평양성도 점령할 수 있었다. 이미 고려국은 송악을 중심으로 해상 무역을 주도하여 해상을 장악하고 있고 수군도 많이 양성하여 막강한 군사력을 지니고 있었다.

바다가 한눈에 보이는 절벽에서 금강은 바닷길만 막으면 금성이 고립될 수 있다고 생각했다. 현재는 왕건이 군사회의를 하느라 각지의 장군들을 송악으로 불러들여 금성에도 명장이 없었다. 덕분에 금강은 금성 주변의 작은 성들을 아홉 개나 접수하고 바다로 나온 것이다. 금성을 도모하려고 하였으나 금성만큼은 오다련이 완강하게 저항하는 바람에 뚫지 못했다. 나머지 성들은 후백제가 앞에서 버티고 있고 옆에는 신라가 붙어 있어서 금성을 위시한 성들이 곧 후백제로 넘어가리라 생각하고 싸움도 하기 전에 금강에게 서둘러 항복을 보내왔다. 금강은 바다를 보다 말머리를 돌렸다. 완산주를 떠나온 지 달포나 지났다.

"이만 돌아가자, 여러 성을 빼앗았으니 군사들도 지쳐 있을 것이다."

"예, 왕자님."

군사들의 희생은 고작 수 명에 불과했다. 금성을 도모하려고 싸우다가 전사한 병사들이었다. 시신을 거두어 우마에 싣고 금강은 행군을 시작했다. 적군의 피해는 아군의 배에 달했다. 비록 금성을 도모하지는 못했어도 적에게 타격을 입히기는 했다. 성 외곽에서 진을 치고 화살을 허공으로 쏘며 돌진하자 적들이 쉽게 공격하지 못하였다. 이 틈새를 노려 성벽에 사다리를 놓고 군사들이 기어오르는데, 어디서 나타났는지 적군들이 돌과 뜨거운 기름을 퍼붓는 통에 후퇴하지 않으면 안 되었다. 아마도 적군은 군사들이 성벽에 오르기를 기다리고 있었던 모양이었다. 두어 번 공격했으나 승산이 없자 금강은 이내 말머리를 바다로 돌렸다.

"최선을 다했으니 아버님도 이해하실 것이다."

"그렇습니다, 왕자님."

"박술희가 금성을 떠나 송악으로 갔지만 역시 금성은 만만한 상대가 아니었다. 저 금성을 무너트려야 서남 해안까지 영토를 넓힐 수 있는데, 금성이 발목을 잡고 있으니 아쉬운 일이다."

"돌아가서 폐하와 의논해보시지요."

"그래야겠구나."

완산주로 돌아간다고 해서 패잔병은 아니었다. 금강이 이끄는 군사들이 꼬리에 꼬리를 물고 북으로 올라가고 있었다.

"사불성을 가져오랬더니 왜 빈손으로 온 것이야?"

신검이 완산주에 도착하자 견훤은 덜컥 화부터 냈다. 기가 찰 노릇이었다. 아자개에게 잘 이야기해서 사불성을 후백제가 다스리려고 했는데, 아자개가 완강하게 버티고 있고, 고려국에서 아자개의 생일에 맞춰 선물을 가득 안기고 돌아갔단 말에 부아가 치밀어 올랐다.

"사불성을 넘겨받고 오랬더니 그깟 신라 병사 조무래기와 겨우 산적이나 베고 왔어? 에이고, 내 참 기가 차서."

"황공하옵니다."

"왜, 자꾸 신검이만 나무랍니까, 사불성에 계신 아버님의 고집이 센걸, 신검이에게 덮어씌운다고 될 일입니까?"

"됐어. 임잔 좀 빠져 있어."

그때, 능환이 최승우(崔承祐)를 견훤 앞에 데리고 나타났다. 최승우는 나말여초 시기의 대표적인 유학파 지식인으로서, 당대에는 이른바 일대삼최(一代三崔-최치원 최언위 최승우) 중 한 사람으로 명성을 떨쳤다. 890년에 당나라에 들어갔다가 893년에 이르러 시랑(侍郎) 양섭(楊涉) 하에서 급제하였다. 이후 당나라에 머물며 많은 시를 짓고 절강성과 강서성 일대를 유람하며 지내다 신라로 돌아오지만, 신라는 이미 조정의 지방 통제권이 붕괴되어 각지에서 성주, 장군을 지칭하는 호족들이 난립하는 등 군웅할거(群雄割據)의 난세가 펼쳐지고 있었다. 이런 상황에서 신라의 지식인들은 누구의 편에 서야 할지 선택의 기로에 놓여 있었다. 최치원은 기대와는 달리 신라에서 중용되지 못하자 세상에 대한 실망감만 가득 떠안은 채 해인사에 은둔하였고, 최언위는 신라에서 벼슬살이하다가 결국 고려로 투항하였다. 때가 이런 시국이라 최승우는 일찍이 견훤의 휘하로 자청해서 들어온 것이다.

"신라에서 온 대학자 최승우라 하옵니다."

"하, 그런가? 잘 왔네. 잘 왔어."

견훤은 최승우를 아주 반갑게 맞았다. 책사 능환이 있지만 이제 나이가 들어 사리판단을 쉽게 하지 못해 견훤은 갑갑해하고 있던 참이었다. 전쟁을 수행하려면 책사의 판단이 아주 중요한데, 능환은 그러지 못했다.

"폐하, 소신은 뒤에서 폐하를 보좌하고 앞으로는 최승우가 앞에 나서는 것이 어떻습니까."

"암, 그래야지. 최승우가 어디 보통 사람인가?"

"과찬의 말씀이십니다."

"아냐, 아닐세. 세상에 이만한 인물을 만나기가 어디 쉬운 일인가?"

"성은이 망극하옵니다."

이로써 최승우는 신라를 버리고 견훤의 책사가 되었다. 최승우는 먼저 금성을 도모하려면 뱃길을 차단해야 한다고 했다. 당나라에서 생활해보니 뱃길이 얼마나 소중한지 알았고, 비록 돌아서 가지만 뱃길처럼 안전한 것이 없다고 했다.

"아이고, 우리 금강이가 돌아왔구나. 수고했다, 수고했어."

"아니옵니다 아버님, 금성을 함락시키지 못하고 돌아와서 송구하옵니다."

"아니다. 그만하면 됐다. 신검아! 금강이를 보아라. 비록 금성은 점령하지 못했지만 말이다. 주변에 있는 성을 아홉 개나 빼앗았어."

"폐하, 왜 자꾸 신검이만 나무라십니까?"

"황후는 좀 빠지시오."

황후 박씨는 견훤이 금강만 감싸고 도는 게 기분이 상했다. 신검이 태자로 책봉되어 왕위 계승을 해야 하는데, 자꾸 금강만 이뻐하는 게 거슬려 금강의 에미인 고비가 눈엣가시 같았다. 황후 박씨가 보아도 금강은 신검보다 더욱 덩치가 우람하고 제 아비를 많이 닮아 보였다. 양검과 용검, 그리고 능예보다 골격이 크고 장수처럼 생겼다. 그래서 견훤이 금강을 이뻐하는 것일까? 황후 박씨는 점점 고비가 낳은 금강과 능예, 딸 쇠복이 미워졌다.

"자식들 단속을 잘 좀 하시게나."

"그게 무슨 말씀이시옵니까."

"신검이가 어엿하게 태자 책봉을 받았는데, 폐하께서 금강이만 편애하며 이뻐하여서 하는 말일세."

"그럴 리가 있겠습니까."

"아무튼, 조심하게."

"예."

황후 박씨의 암투가 궐 안을 싸늘하게 만들었다. 고비는 그런 황후의 말투가 신경에 거슬렸으나 은연중에 자기 아들인 금강이 보위를 물려받기를 기대하고 있었다. 덩치로 보나 용맹성으로 보나, 학식과 덕망으로 보나 태자 신검에게 뒤질 게 하나도 없었다. 다만 이미 책봉된 태자를 어떻게 폐하고 금강이가 태자로 책봉되느냐는 것이 문제였다. 신료들은 이미 장자인 신검이가 태자로 책봉되었으니, 그 문제는 다시 거론하지 않을 것이다. 고비는 땅이 꺼지라고 한숨을 내쉬었다.

"바다를 공략하심이 옳을 것입니다. 바다만 지키고 있으면 고려국이 영산포로 들어가지 못해 결국 금성의 오다련이 우리에게 항복해 올 것입니다."

"아하! 그게 정말인가? 바다만 지키고 있으면 저절로 금성이 떨어진다 그 말이지."

"그렇사옵니다, 폐하."

견훤은 최승우의 진언에 감탄했다. 역시 천하에 둘도 없는 책사다 싶었다. 이미 금강이도 와서 바다를 막아야 한다고 했는데, 그때는 대수롭잖게 여겼었다. 그러나 최승우의 말을 들어보니 일리가 있어 보였다. 영산강 하구에서 길목을 지키고 있다가 고려 수군이 오는 길을 차단하면 자연히 내륙으로 이어지는 길이 끊기고 금성은 고립되어 성주 오다련이 자진해서 성을 자신에게 들어 바치리라 견훤은 생각했다.

"서둘러서 배를 만들어라. 금성을 도모하는 길은 그 길밖에 없다."

견훤은 즉시 군함을 수십 척 만들고 수군을 오천여 명 증강하라 명하였다. 고려국의 수군은 해상에서 무역을 해서 지리에 밝다고는 하나 송악에서 물길로 영산강 하구까지 내려오면 지칠 대로 지쳐 있을 것이다. 견훤은 그때를 노려 일시에 공격하면 고려 수군을 전부 수장시킬 수 있으리라 생각했다.

"신검아, 이번에는 너도 전쟁에 참여하여 공을 세워 보아라."

"예, 아버님."

"금강이는 금성에 출전했다 온 지 얼마 안 됐으니 궁에 남아 있거라."

"예, 아버님."

배가 건조되자 견훤은 출병을 서둘렀다. 어차피 눈엣가시 같은 금성을 점령하면 후미에 대한 걱정이 없었다. 왕건이 금성을 점령하지만 않았어도 벌써 금성은 후백제의 땅이 되었을 것이다. 견훤은 직접 배에 올라 영산강 하구로 배를 출발시켰다. 출정식에서 병사들을 점검해보니 화살도 충분했고, 물과 음식물도 넉넉하게 실어서 전투를 하는 데는 지장이 없을 듯했다.

견훤이 탄 배는 순조롭게 남으로 내려갔다. 바다는 정지된 듯 조용히 출렁이고 있었다. 미풍이 부는 탓에 군선들은 종이배처럼 가볍게 남으로 흘러갔다. 견훤은 갑판에서 멀리 바다를 보았다. 망망대해였다.

"아버님, 이처럼 바다가 넓은 줄 몰랐습니다."

"그러니까 큰 사람이 되려면 세상의 견문을 넓혀야 하느니라."

"명심하겠사옵니다."

"왕건이도 이참에 금성을 자신들의 영토로 확고히 하려고 직접 출전하여 영산강 하구로 내려온다는구나. 볼 만한 싸움이 될 것이야."

"제가 왕건이의 목을 베어 올리겠습니다."

"그렇게만 된다면야 더 이상 뭘 바라겠느냐?"

며칠 동안 군선이 남으로 내려오자 어느새 남해에 닿았다. 견훤은 섬 근처에 배를 정박하고 군사들을 편히 쉬게 하였다. 마음 같아서는 당장 영산강을 거슬러 올라가 저 금성을 치고 싶었으나 곧 고려 수군이 도착하므로 일전을 준비해야 했다. 군사들은 뱃길로 먼 곳에 오자 벌써 멀미와 피로가 오는지 각자 자리를 잡고 휴식을 취하고 있었다.

"고려군은 필시 가란도를 지나 구례도로 올 것입니다. 이곳에서 적을 섬멸시키면 됩니다. 구례도 앞은 물살이 빨라 저들이 지나는 길목에서 화공을 쓰면 충분히 승산이 있습니다."

"어허, 그러한가?"

"그렇사옵니다. 섬을 등지고 있으므로 앞면이 훤히 뚫린 적보다는 유리합니다. 은폐물이 없으므로 적들은 공격을 당하면 허둥댈 것입니다. 그때 일시에 나가 공격을 퍼부으면 적은 섬멸될 것입니다."

"듣고 보니 괜찮은 전략이야. 신검아, 너도 이런 계략을 잘 배워둬야 할 것이야."

"예, 아버님."

신검은 자신이 찬 아홉 개의 검을 보며 꼭 자신이 고려왕의 목을 베겠다고 다짐했다. 자신이 큰 공을 세워 보란 듯이 보위를 물려받고 신라와 고려국의 항복을 받아내 삼국을 통일하고, 저 요동성까지 진출하고 싶었다.

이틀을 더 기다리며 배 위에서 무위도식하자 군사들의 사기는 한층 높아질 줄 알았는데, 점점 나태해졌다. 일부는 배에서 내려 헤엄을 쳐서 섬에 갔다 오기도 했고, 일부는 물고기를 잡는 삼매경에 빠지기도 했다. 견훤은 군사들의 사기가 빠지고 기강이 헤이해졌다는 것을 알고 있었지만, 선박이라는 좁은 공간 때문에 훈련할 수 없었다. 그사이에 고려 수군이 서서히 다가오고 있었다.

"적선이옵니다."

"그렇구먼, 저들은 비록 숫자는 많으나 송악에서 여기까지 오느라 녹초가 되었으니 전의도 상실했을 것이다. 그러니 바다 저편에서 닻을 내리고 꼼짝도 안 하고 있지 않은가?"

"그러게나 말입니다. 그러나 무슨 꿍꿍이가 있을지도 모르는 일입니다. 고려 책사가 태평이라고 하는데 그는 천문에 능한 자이옵니다."

"아무리 천문에 능하면 뭐 하는가? 여기는 바다 한가운데일세."

"우리 군이 선제공격하는 것이 어떻습니까?"

"그럴 필요 없다. 바람이 불지 않아 화살이 적선까지 날아갈 수 없고, 가까이 진격하면 저들이 숫자가 많아 포위될 위험이 있어."

적선이 서서히 다가오다 닻을 내리고 바다에 떠 있자 견훤은 이러지도 저러지도 못하고 있었다. 앞으로 나아가며 공격을 하면 저들이 재빨리 닻을 올리고 포위를 해올지 몰라 공격을 못 하고 있었다. 그렇다고 저들이 공격을 해오면 일전을 치르는 수밖에 달리 방법이 없었다.

"갑자기 웬 바람인가?"

"그러게나 말입니다. 파도가 크게 이니 필시 큰 바람이 지나는 모양입니다."

잔잔하던 바다에 난데없이 바람이 불었다. 큰바람이었다. 바람 때문에 파도가 일고 군사들이 이리저리 흔들리는 배 때문에 구역질하고 토하기 시작했다. 견훤은 배가 움직이지 못하게 닻을 내리라 명하였다. 배가 좌우로 심하게 흔들리는 바람에 군사들이 멀미가 심하여 전의를 상실하고 있었다. 바람이 부는 것은 자연의 섭리라 어쩔 수 없지만, 배가 흔들리는 것은 닻으로 고정하면 어느 정도 막을 수 있었다. 그러나 그것은 견훤의 오판이었다. 닻을 내리자 배가 움직일 수 없어 적의 공격을 가만히 앉아서 당하는 처지가 되었다. 바람이 일기를 기다리고 있었다는 듯이 고려의 수군은 일제히 닻을 올리고 앞으로 돌진해 나왔다.

"폐하, 적들이 몰려오고 있습니다."

"궁수는 뭣들 하느냐? 어서 화살을 쏴라, 불화살을."

"폐하, 바람이 심하여 화살이 적에게 날아가지 못하옵니다."

"이런, 이 일을 어쩐다."

그때, 적의 진영에서 화살이 날아들기 시작했다. 적의 화살은 바람을 타고 휙—휙—허공을 가르며 날아와 후미에 있는 배까지 날아들었다. 적의 화공으로 배에 불이 붙기 시작했다. 견훤이 급하게 외쳤다.

"불을 꺼라. 닻을 올리고 후퇴하라. 퇴각하라."

그러나 이미 늦었다. 적의 불화살이 허공을 까맣게 뒤덮었고, 곳곳이 화염에 휩싸였다. 신검을 칼을 뽑아 들었다. 이 기세라면 곧 고려군이 배로 올라올 듯했다.

"아버님, 피하셔야 하옵니다."

"사방이 불길인데 어디로 피한단 말이냐?"

"저를 따라오십시오."

어느새 고려군이 뱃전으로 올라오고 있었다. 신검이 날렵하게 몸을 놀려 적의 목을 쳐나갔다. 불이 활활 타는 뱃전에서 신검은 병사들에게 닻을 올리고 배를 섬으로 대라 명했다. 섬으로 상륙하여 위기를 모면해 볼 생각이었다.

"대장선이다. 견훤왕을 잡아라."

이미 적들에게 견훤이 노출되어 있었다. 신검은 군사들에게 급히 노를 저으라고 명했다. 적선이 견훤이 타고 있는 배를 에워싸고, 적들이 배에 오르고 있었다. 신검이 휘두르는 검에 적의 목이 추풍낙엽처럼 우수수 잘려나갔다. 적들은 그래도 배에 오르고 있었다. 신검은 장검 두 자루를 마구 휘저으며 앞으로 나갔다. 얼마나 그렇게 검을 휘둘렀을까. 겨우 섬에 닿아 상륙하자 병사들은 절반밖에 보이지 않았다. 모두가 연기를 흡입해서 기침을 해대고 있었다. 전선이 다 타서 이제 돌아갈 배도 없었다. 견훤이 활활 타는 전신을 보며 크게 노하였다.

"어쩌다가 일이 이 지경이 되었단 말인가? 어쩌다가?"

"전열을 다듬어야 합니다. 쉽게 물러설 적이 아닙니다."

"전열을 다듬어라. 궁수는 앞으로 나와라."

고려 수군도 섬에 상륙하려고 배를 섬으로 대고 있었다. 견훤은 고려군이 섬에 상륙하기 전에 불화살로 공격하여 섬멸할 생각이었다. 그러나 이미 사기가 하늘을 찌르는 고려군은 무서울 게 없었다. 수십 척의 배가 일시에 해변으로 몰려와 수백의 군사가 배에서 쏟아져 나왔다.

"쏴라, 화살을 쏴라."

후백제의 군사들은 해변에 상륙한 고려군을 향해 일제히 활을 쏘아 올렸다. 화살에 맞아 쓰러지는 군사들을 밟고 군사들이 계속해서 밀려들었다. 견훤의 군사들은 화살을 있는 대로 다 퍼부었지만 역부족이었다. 고려군은 개미 떼처럼 밀려오는데 화살마저 떨어져 제각기 창과 칼을 들고 대적할 수밖에 없었다. 마침내 칼이 부딪치는 소리가 쩌렁쩌렁하게 울렸다. 고려군은 계속 밀고 섬으로 올라왔다. 견훤의 군사들은 유리한 고지에 있었지만 점점 뒤로 물러나기 시작했다.

"아버님, 피하셔야 하옵니다."

"어디로 피한단 말이냐?"

"제가 작은 어선을 몰래 숨겨놓았습니다. 일단 섬을 빠져나간 다음에 후일을 기약해야 하옵니다. 어서 저를 따르시오소서."

"그렇사옵니다. 적들이 너무 많아 지체하면 목숨을 부지할 수 없게 되옵니다. 서두르시오소서."

"이런, 이런. 이러려고 이 먼 곳까지 출병했단 말인가. 이러려고."

신검이 다시 검을 휘두르며 길을 뚫었다. 고려군은 눈앞에 견훤이 있었지만, 워낙 빠른 신검의 칼 놀림에 선뜻 다가가지 못하고 있었다. 이

틈을 타서 신검이 포위망을 뚫으며 앞으로 나가 갯바위 옆에 숨겨놓은 어선 앞으로 나갔다. 배는 물살에 휩쓸리지 않게 굵은 삼끈으로 단단히 묶여 있었다. 신검이 그 끈을 비수로 잘라내고 재빨리 노를 저었다. 고깃배는 마침 불어오는 바람을 타고 빠르게 바다로 나갔다. 섬 저편에서 함성이 들리고 화살이 날아왔지만, 고깃배까지 미치지는 못했다. 고깃배는 견훤 일행을 태우고 유유히 바다 깊은 곳으로 사라졌다.

"여기가 백제 땅이 맞는가?"

"그렇사옵니다. 비록 작은 배였지만 물살을 거슬러 멀리도 왔습니다."

견훤 일행이 탄 배는 구례도를 떠나 남쪽으로 내려가다 마침 불어오는 북서풍을 타고 비안도를 지나 만경강 하구에 와 있었다. 구사일생으로 살아 돌아온 것이다. 후백제의 수군 오천여 명이 다 죽고 견훤과 신검, 최승우와 노 젓는 병사 몇 명만이 만경강 하구로 올라와 후백제 땅을 밟았다. 실로 치명적인 패배가 아닐 수 없었다.

"신검아! 네가 나를 살렸느니라."

비록 군사를 다 잃었지만 견훤은 신검을 칭찬하였다. 신검의 검이 아니었다면 지금쯤 고려군에 잡혀 포로가 되었거나 죽음을 맞았으리라. 견훤은 해상과 섬에서의 전쟁을 떠올리며 치를 떨었다. 군사적으로 보면 후백제가 우세였으나 하늘이 도와주지 않았다. 일껏 잠잠하던 바다에 강풍이 불고 파도가 높게 일어 군사들이 멀미하고 우왕좌왕하는 사이에 적들이 기습하여 싸움 한번 제대로 해보지 못하고 배가 불길에 휩싸이고, 섬으로 급히 후퇴했다가 몰려오는 적에게 퇴로도 막혀 겨우 몸만 빠져나왔다. 이 치명적인 패배를 만회하고자 견훤은 다시 수군을 양성하여 바다로 나갔지만, 번번이 왕건에게 패배만 하였다. 옛날부터 해상에서 무역해온 뱃사람들이라 패서인들은 해상의 지리에 밝았고 기후에도 민첩하게 대응하고 있었다. 이 때문에 군사적 우세에도 불구하고 견훤은 매번 패배의 쓴맛을 보아야 했다.

"아무래도 해상에서는 적을 무찌를 수 없으니 육로에 승부를 걸어야겠습니다."

"어떻게?"

"신라가 고려와 화친을 맺고 북동쪽에서 우리를 위협하니 신라를 먼저 쳐서 기세를 잡아야겠습니다."

"그게 좋겠어. 일단 신라를 쳐서 고려가 더 이상 남진을 못 하게 해야겠어."

견훤은 바다에서의 전투보다 그게 더 효과적이라 생각했다. 북동쪽에서 계속 남진하는 고려는 이미 신라와 동맹 관계를 맺고 후백제의 영토를 이삭 줍듯이 야금야금 잠식하며 들어오고 있었다. 견훤은 수군을 거두고 육군을 양성하라 명하였다.

7

대야성

대야성

해상에서 고려 수군에 대패한 견훤은 다시 군대를 조성하여 신라 공략에 박차를 가하고 있었다. 고려의 주력군이 수군이라 육지에서는 후백제군이 월등하게 우세함에도 고려와 신라가 화친을 맺고 경상도 일대의 성들을 가로채고 호시탐탐 남서진하며 후백제 땅을 쥐새끼처럼 야금야금 갉아먹고 있어서 견훤은 여간 신경이 쓰이는 게 아니었다. 게다가 연거푸 해상에서 고려 수군에 패하자 작은 놈부터 쳐버리고 큰 놈을 잡을 생각이었다. 그러기 위해서는 우선 신라로 가는 길목에 있는 대야성(大耶城)을 점령해야 했다.

대야성은 지금의 합천군 합천읍 합천리 읍내 지역에 해당한다. 이 주변의 지리를 살펴보면, 일단 아래쪽은 낙동강의 지류치고는 큰 강인 황강이 둘러서 흐르고 있어서 반도에 가까운 지형이다. 북쪽과 서쪽은 산이므로 후백제군이 육로로 쳐들어올 수 있는 길은 서북쪽과 동북쪽 두 곳뿐이다. 그런데 둘 다 산줄기 사이의 좁은 길이라 막으면 뚫기가 어렵고, 그 산은 가장자리가 강에 깎여서 비탈이 바위 절벽이다. 그렇다고 황강을 건너서 상륙하기에는 방어군의 방해가 있다면 당연히 힘들고, 황강 위로 배를 띄워서 수군으로 공격하려고 해도 황강 서쪽, 즉 후백제 쪽은 강폭이 좁고 얕아서 뗏목 수준이 아니면 군선을 띄우기 어렵다. 물의 흐름마저 동에서 서쪽을 향하고 있어서 후백제군은 강을 거슬러 올라가야 한다. 반면에 강 동쪽, 신라 쪽은 강폭이 넓어서 신라 본진에서 낙동강을 타고 지원군과 보급품을 보내기가 쉬웠다. 강 옆이니 식수 확보도 쉽고 성 근처에 평야도 꽤 있어서 평시에 몇천여 명을 먹여 살릴 군량미도 쌓아둘 수 있었다. 후백제군이 어쩌다가 좁은 길과 외벽을 돌파해도 내성을 함락해야 하는데, 그것도 만만하지가 않다. 신라군은 외성을 방어하다가 정 안 되겠으면 산성으로 들어가 최후의 저항을 할 수 있다. 덤으로 언제든 신라 지원군이 동북쪽 육로와 동쪽 수로로 달려와 후백제군이 퇴각해야 할 상황이 오면 좁은 출입구로 한꺼번에 나갈 수 없어서 오히려 독에 갇힌 생쥐 꼴이 될 수 있다. 결국, 후백제군은 적 지원군이 도달하기 전에 대야성을 포기하고 철수해야 하므로 공격에 신중할 수밖에 없었다.

"요새 중의 요새구먼."

"그렇사옵니다, 폐하."

"저 성을 어찌 점령해야 한단 말인가."

"……."

견훤은 군사를 일으켜 대야성 맞은편, 그러니까 황강의 건너편에 진을 쳤지만, 도저히 성을 점령할 방도가 생각나지 않았다. 배를 띄워 도강을 하려 해도 이쪽 수심이 얕아 배가 뜰 수 없고 헤엄쳐 건너기엔 강폭이 너무 길었다. 게다가 헤엄쳐 강을 건너다 적에게 발각되면 화살에 맞아 죽을 게 뻔했다.

"대야성을 우회해서 신라 진영에서 공격하면 어떠한가?"

"그것도 옳은 방법이 못 되옵니다. 신라의 지원군이 몰려오면 앞뒤로 포위될 위험이 있습니다. 그동안 여러 번 공약하였으나 실패하지 않았사옵니까?"

"그럼, 어쩌면 좋은가?"

"우선 좀 더 적을 알아본 연후에 작전을 짜보아야겠습니다. 선대왕께서도 대야성을 공약할 때 대야성 내부에서 분열이 일어나 쉽게 점령하지 않았사옵니까? 뭔가 방법이 있을 것입니다."

최승우는 642년 때의 일을 생각하고 있었다. 640년대로 접어들면서 백제는 신라에 대해 적극적인 공세를 취하였다. 642년(신라 선덕여왕 11년, 백제 의자왕 2년) 7월에 백제 의자왕은 친히 군사를 거느리고 신라 서쪽 40여 개의 성을 함락시켰으며, 8월에는 고구려 군사와 연합하여 신라의 대중국교통 거점인 당항성(黨項城, 경기도 화성)을 공격하였다. 대야성 전투는 이러한 백제의 공세가 절정에 달한 사건이었다. 8월에 의자왕은 장군 윤충(允忠)에게 군사 일만을 주어 신라의 대야성을 공격하게 하였다. 대야성 도독(都督)은 김춘추(金春秋)의 사위인 김품석(金品釋)이었다. 김품석은 사지(舍知) 검일(黔日)의 아내를 빼앗음으로써 대야성 지방의 상당한 세력들이 이탈하였다. 검일은 이 일을 원망하다가 백제군과 내통해 창고에 불을 질렀다. 백제 군사가 대야성을 공격해 왔을 때 죽죽(竹竹)과 용석(龍石)은 백제군에 대항하여 끝까지 싸우다 전사하였으나 김품석은 싸우지도 않고 보좌관인 아찬(阿飡) 서천(西川)의 주장에 따라 항복하여 부인과 함께 죽임을 당했다. 그리고 대야성의 남녀 천여 명이 사로잡혀서 백제의 서쪽 지방으로 천사(遷徙)되었다. 이 전투의 공으로 윤충은 의자

왕으로부터 말 스무 필과 곡식 일천 석을 받았다. 반면 신라는 죽죽과 용석에게 각각 급찬(級湌)과 대나마(大奈麻)의 벼슬을 추증했으며, 처자들도 상과 함께 왕도인 서라벌로 옮겨 살게 하였다.

"그때야 성주 김품석이 나쁜 짓을 해서 내분이 일어났지만, 지금이야 어디 그런가?"

"그러니까 빌미를 만들어야 하지 않겠습니까?"

"어떻게."

"조금만 기다려주십시오, 폐하."

견훤은 최승우가 무슨 계략을 꾸미려는지 알 수 없었다. 여러 날째 서로 진을 치고 대적하고 있을 뿐 싸움은 없었다. 적들에게서도 특이한 정황은 포착되지 않았다. 그러나 이미 강 저편에 후백제군이 몰려와 진을 치고 있다는 것을 서라벌에서도 알고 있을 것이다. 대야성 성주가 궁으로 파발을 띄운 게 분명했다. 이제 여러 날이 지나면 서러벌에서 지원군이 올 것이다. 그전에 대야성을 접수해야 하는데 아직은 뾰족한 묘책이 없었다.

"신라는 이미 쇠락했기 때문에 지원군이 오지 않을 수도 있습니다."

"그렇다면야 좋지만……."

"필시 저들은 군사가 없어 지원군보다는 고려국에 의존할 것입니다."

"고려군이라면 사불성 밖에 머물고 있어서 이곳에 오지 못한단 말이야."

"그렇사옵니다. 그래서 시간을 갖고 생각해보자는 것입니다."

920년, 신라는 신덕왕이 폐위되고 경명왕이 즉위해 있었다. 경명왕은 이름이 영승(昇英)이고 신덕왕의 태자이며, 어머니는 의성왕후(義成王后)

이다. 후삼국이 정립하여 패권을 다투던 때에 왕위에 올라 기울어가는 국운을 건지려고 후당(後唐)에 조공을 바치며 구원을 청하였으나 실패하였다. 견훤의 압박이 심했으므로 새로 건국한 고려 태조 왕건의 도움으로 견훤의 침공을 격퇴하는 등 전과도 올렸으나 국세를 떨치지 못하고 죽었다.

"신검아! 네가 한번 계략을 꾸며보아라."

"예, 아버님."

어차피 점령해야 할 성이라면 넘어야 한다. 그러나 어떻게 넘는단 말인가? 성 내부에 첩자가 있는 것도 아니고 적군이 얼마나 있는지도 모르는데 어떻게 성을 점령한단 말인가. 신검은 한참 동안 생각하다 잔꾀가 생각났다. 어차피 배로 강을 건널 수 없다면 뗏목을 쓰면 되는 일이었다. 대낮에 뗏목을 띄우면 적에게 쉽게 발각될 수 있으므로 어둠을 이용하여 뗏목을 띄운다면 충분히 가능한 일이었다. 그러나 강을 건너도 성문을 못 열면 무용지물이었다. 적을 알아야 적을 이길 수 있다. 우선 강을 건넌 다음 성벽에 갈고리를 엮어 던지고 성벽을 타고 올라가 적의 보초병을 베고 성문을 열면 어떨까. 신검은 설레설레 머리를 저었다. 아무래도 희생이 많이 따를 듯했다.

"여기가 대야성으로 가는 길목이렷다."

"그렇사옵니다, 태자 전하."

"과연 좁기는 좁은 길이구나!"

"길도 좁고 협소한 데다 양쪽이 전부 산세가 험한 곳이라 적이 매복하고 있다면 전멸하기 딱 좋은 곳입니다."

"그렇구먼, 그래서 이 길로 들어가야겠어."

"이 길은 신라에서 대야성으로 가는 길목이 아니옵니까?"

"그러니까 이 길로 대야성에 들어가면 안전하단 말이다."

"그게 무슨 말씀입니까?"

"내게 생각이 있으니 나만 믿으라."

신검은 상단에 일러 신라 군사들이 입는 군복 백여 벌을 구입하라 하였다. 그리고 군사들에게 명하여 황장목을 베어 뗏목을 엮으라 명하였다. 황장목은 예로부터 궁궐을 짓거나 임금의 관을 만들 때 쓰던 나무였다. 이 나무는 나뭇결이 곱고 나이테의 폭이 좁아 잘 뒤틀리지 않고 송진이 분출되어 벌레도 꼬이지 않는 나무였다. 길이가 삼십 보나 되어 뗏목을 엮으면 사람이나 물건을 많이 싣고 갈 수 있어 물자와 사람을 나르는데 제격이었다. 신검의 명에 따라 군사들이 민첩하게 움직였다. 각자 하늘 높이 솟은 황장목을 베어 가지를 다듬고 삼나무 껍질을 벗겨 동아줄을 만들어 뗏목을 엮었다. 한 개의 뗏목에 대략 스무 명의 군사가 타야 하므로 어림잡아 오십여 개는 엮어야 했다. 강 건너편 대야성 위에서 신라군이 이 광경을 보고 코웃음을 쳤다.

"아니, 나무를 베고 있잖아, 나무를 베어 엮고 있는데 뭐 하려는 거지?"

"성벽에 오르려고 사다리를 만드는 모양이야. 하지만 어림도 없지. 깊은 강물과 절벽이 버티고 있는데 신이 아니고서야 어떻게 성벽에 올라. 안 그래?"

"그러게 말이야. 미친 짓 하는 거지."

대야성 성벽 위에서 신라 군사들이 서로 낄낄거리며 강 건너편에서 뗏목을 엮는 후백제 군사들을 보며 핀잔을 주었다. 그도 그럴 것이 성 위에서 강 건너편을 내려다보면 큰 황장목을 베어다 뗏목을 엮는 것이 조그마한 사다리를 엮는 것처럼 보였다. 대야성을 지키는 신라군은 강 건너에서 후백제군이 도강하려고 뗏목을 엮는 것을 보면서도 태연하게 쉬며 상부에 보고하지 않았다. 이는 후백제군이 그동안 여러 차례 대야성을 공략한다며 쳐들어왔지만, 강과 산에 막혀 제대로 싸워보지도 못하고 물러나서 신라군의 군기가 땅에 떨어졌음을 볼 수 있었다.

"백제 놈들이 할 일이 그렇게도 없나. 벌써 이레째 저렇게 강 건너에서 놀고 있으니 말이야."

"그러게 말이야. 오죽 할 일이 없으면 멀쩡한 나무를 베어다 사다리를 만들겠나."

신라군은 성 위에 있는 게 지겨웠다. 싸움도 안 하고 놀고 있는 후백제 놈들 때문에 보초를 안 설 수도 없고, 보초를 서면 따분했다. 이 때문에 신라군은 밤이면 아예 바닥에 이불을 갖다 놓고 잠을 청하곤 했다. 최승우는 신라군의 이런 습성을 알고 신검보다 먼저 계략을 세워보려 했지만, 도강해도 높은 절벽 때문에 망설이고 있었는데, 신검이 먼저 계략을 세우고 진행하고 있는 것이다.

"상보 어르신, 그동안 편안하셨사옵니까."

사불성에는 고려 장수 박술희가 다시 아자개를 찾아와 면담하고 있었다. 왕건이 사불성 성주 아자개는 후백제 대왕 견훤의 아버지이므로 특별히 화친을 맺고 돌보라는 명을 내려서 박술희도 어쩌지 못하고 생각날 때마다 들르곤 했다. 아자개는 박술희가 올 때마다 비단이며 값비싼 도자기와 생활에 필요한 물품들을 가득 가져와 기쁨이 절로 났다.

"자식놈보다 낫군 그래. 암, 낫고말고. 견훤이 놈은 몇 년이 흘러도 어디 코빼기 한번 디미나? 안 그런가, 임자?"

"그러다마다요, 대주는 이런 박술희 장군이 뭐가 싫다고 토라져서 원."

"그러게 말이야. 성깔머리하고는."

"괜찮습니다, 상보 어른. 대주 낭자도 뭔가 생각이 있는 듯합니다."

박술희는 고려국에 대해 아자개에게 자세히 알려주었다. 고려국은 송악을 중심으로 북으로는 평양까지 영토를 넓혔고, 남으로는 배를 타고 내려가 금성과 진주까지 거대하게 영토를 확장했으며, 신라와도 돈독히 지내고 있어 멀지 않아 신라의 영토도 고려국에 귀속될 것이라고 말했다. 아자개가 크게 기뻐하며 왕건이란 사람이 위대한 대왕이라고 칭찬하였다. 그도 그럴 것이 사불성 주위의 성주들이 약속이나 한 듯이 왕건에게 기대고 있으니 말이다.

"그래서 말인데요, 상보 어른. 고려국으로 오시지요."

"뭐? 고려로?"

"그렇사옵니다, 상보 어른. 그렇게 하시면 왕건 대왕께서 극진히 보살펴드릴 것입니다. 이미 철원의 옛 황궁 터에 상보 어른이 지내실 곳도 마련해두었습니다."

"뭐! 황궁 터에, 하— 그게 정말인가?"

"무례하오. 지금 무슨 수작을 벌이는 것이오?"

대주가 나서서 아자개와 박술희의 대화를 잘랐다. 사불성 주변의 성들이 고려국에 귀순하였다고는 하지만 여전히 사불성은 독립된 곳이었다. 엄밀히 보면 박술희는 적장인데 은근히 아자개에게 고려에 항복하라고 조롱하고 있는 것이다. 이를 보다못해 대주가 검을 뽑아 박술희에게 겨누었다.

"뭐 하는 짓이냐?"

"아버님, 이자는 적장이옵니다."

"칼을 거두어라! 사절 자격으로 온 것이다."

"아버님!"

대주가 칼을 거두고 밖으로 나가 마구간에서 말 한 필을 꺼내 말 등에 몸을 실었다. 이때 박술희도 말 한 필을 타고 대주의 뒤를 따랐다. 사불성의 길목을 지나 두 필의 말은 너른 벌판을 달리고 있었다. 말이 땅을 박차고 달릴 때마다 벌판에 서 있는 억새가 제멋대로 흔들렸다. 얼마쯤 달렸을까? 말이 멈춘 곳은 벌판을 지나 나지막한 언덕 위였다. 저 멀리 사불성이 보였다. 대주가 말에서 내리자 박술희가 힘차게 말에서 뛰어내리며 대주의 앞에 무릎을 꿇고 두 손을 모았다.

"대주 낭자, 사랑하오. 진심이오."

"난 장군의 마음을 받아들일 수 없으니 어서 돌아가시오."

"대주 낭자, 사랑하오."

"몰라서 하는 말이오. 난 사불성 성주이신 아버님의 딸인 동시에 백제의 견훤 대왕의 누이동생이오. 적과 적으로 만났으니 우린 절대로 이루어질 수 없단 말이오."

"대주 낭자!"

"이래도 못 가겠소?"

대주가 다시 검을 빼 들었다. 대주가 시퍼렇게 날이 선 칼을 뽑아 들고 있음에도 박술희는 그대로 앉아 대주에게 애원했다. 대주가 보기에는 박술희가 턱 위에 팔자로 기른 수염이며, 산적 두목처럼 우락부락하게 생긴 것이 영 마음에 들지 않았지만, 박술희가 하도 애원하는 바람에 조금씩 마음이 움직이고 있었다. 바위처럼 단단하게 빗장을 걸어 잠근 마음이 자신도 모르게 쥐구멍에 든 햇살처럼 애간장을 녹여오고 있었다.

"대주 낭자! 차라리 제 목을 베십시오."

"대체 왜 이러는 게요. 나더러 어찌하라고요."

"낭자!"

박술희가 벌떡 일어나 대주를 와락 끌어안았다. 살며시 미풍이 불어 대주의 머리칼이 박술희의 얼굴을 간지럽혔다. 그 순간 박술희의 뜨거운 혀가 대주의 입술 속으로 빨려 들어갔다. 긴 심호흡이 있고 점점 대주의 발이 떨렸다. 아무리 사내대장부 같은 여걸이라도 사랑 앞에서는 햇살에 눈이 녹듯이 사르르 몸이 무너져 내렸다. 단단한 박술희의 팔이 대주의 어깨를 오랫동안 감싸 안았다. 대주의 커다란 앞가슴이 박술희의 넓은 가슴에 안기며 출렁거렸다. 누가 먼저랄 것도 없이 둘은 풀밭에 쓰러지고 말았다. 박술희의 커다란 혀가 대주의 입속에서 나와 귓불이며 목덜미며 사정없이 돌아다니며 끈적한 침을 바르고 있었다.

"어머, 어머, 이러시면 아니 되옵니다."

마침내 대주의 겉옷이 벗겨지고 영영 열리지 않을 것 같은 가슴살이 보였다. 박술희의 혀가 미친 듯이 달려들어 포근한 대주의 젖가슴을 핥았다. 대주가 긴 호흡을 하며 체념한 듯 박술희의 어깨를 힘껏 끌어안았다. 이미 대주의 몸은 달궈질 대로 달궈져 있었다. 대주의 입에서 뜨거운 입김이 흘러나왔다. 박술희가 대주의 속옷마저 걷어내자 대주가 몸을 파르르 떨었다. 그리고 파도가 거칠게 일었다. 박술희와 대주의 몸이 한 몸이 되어 오랫동안 파도처럼 출렁거렸다.

"장인어른, 이제 물러가 봐야겠습니다."

"장인이라니, 그럼 대주가 허락한 건가?"

"아니옵니다, 아버님. 저자는 여전히 적국의 장수이옵니다."

"대주야? 좋으면 좋다고 하지 왜 자꾸 박술희 장군을 미워하느냐?"

"다시는 이곳에 오지 마시오."

말을 타고 대주와 함께 사불성으로 돌아온 박술희는 대뜸 아자개에게 장인이라 불렀다. 말을 타고 둘이 나간 것은 알고 있었지만, 갑자기 하는 박술희의 말에 아자개와 상원부인은 대주의 마음이 바뀐 줄 알고 깜짝 놀랐다. 그러나 여전히 대주가 냉담하게 나오자 아자개와 상원부인은 박술희가 김칫국부터 삼키고 있다고 생각했다. 박술희는 아자개와 상원부인에게 또 뵙겠다고 인사를 올리고 고려국으로 돌아갔다. 이 모습을 대주가 오랫동안 바라보았다.

— 저리 가면 또 언제 오는가?

대주는 박술희의 뒷모습을 보며 이루어질 수 없는 사랑에 눈물을 보였다. 어찌 적의 장수와 만나 이토록 가슴 아프게 한단 말인가? 어차피 이승에서는 이뤄질 수 없는 인연인데 어이하여 미련을 버리지 못한단 말인가? 인생이란 무념무상(無念無想)이며 덧없는 것을 어찌하여 적의 장수에게 마음을 열려는 것인가? 대주는 여전히 박술희가 떠난 먼 곳을 바라보며 눈물을 훔치고 있었다.

한편 대야성은 칠흑 같은 어둠 속에 고요히 잠들어 있었다. 강 저편에 후백제군이 몰려와 진을 치고 있었으나 강심(江心)이 깊고, 강을 건너도 사방이 절벽이라 대야성까지는 얼씬도 할 수 없었다. 이 때문에 보초병들이 교대로 단잠을 자고 있었다. 성 내부는 적군이 코앞에 와 있어도 한바탕 잔치가 끝난 것처럼 고요하기만 했다. 벌써 이레가량 적이 머무는데도 싸움 한번 걸어오지 않았다. 그러니까 강 건너에 적이 있는데, 없는 것이나 다름없었다.

"뗏목이 완성되었고 지금쯤 신라 진영에서는 우리 군사들이 신라군으로 변장을 하여 대야성으로 향하고 있을 것입니다."

"그래, 오늘따라 초저녁임에도 달도 없고 어둠이 짙구나. 출병하거라."

"예, 아버님."

신검이 이끄는 뗏목 부대는 물 밖에 있던 뗏목을 강물로 조심스럽게 드리우기 시작했다. 어둠 속에서 군사들이 물을 밟는 소리가 첨벙첨벙 들렸으나 대야성까지는 거리가 있어 아무 소리도 들리지 않았다. 오십여 개의 뗏목에 일천여 명이 넘는 군사들이 타고, 무기와 식량까지 싣고 뗏목은 어둠이 내린 강물 위를 유유히 흘러가고 있었다. 불빛 한 점 없었기 때문에 대야성 위에서는 강물 위로 흘러가는 뗏목이 하나도 보이지 않았다.

"여기는 강심이 깊으니 뗏목이 완전히 땅에 닿으면 내리거라."

"예, 태자 전하."

뗏목이 닿은 강 건너편은 대야성 절벽에서 한참 떨어진 곳이었다. 그곳은 평지라 군사들이 쉽게 땅에 오를 수 있고, 대야성에서 떨어져 있어서 적에게 노출되지 않았다. 일천여 명의 군사들과 무기와 식량이 뗏목에서 다 내려지자 신검은 뗏목을 하구로 흘려보냈다. 도강하였으니 이제 뗏목은 필요 없었다. 어둠 속에서 군사들은 민첩하게 대야성으로 다가가 성문이 보이는 곳에서 낮게 엎드려 있었다. 성문 반대편에서 변장한 후백제 군사들이 무사히 성문을 열고 들어와준다면 이쪽에서도 성문을 열고 밀고 들어갈 수 있었다.

"뭔 길이 이토록 으스스한 게냐?"

"원래 이 길은 낮에도 으스스한 길이옵니다."

"꼭 귀신이 나올 듯하구나."

"그래서 대야성을 공략하기가 힘든 것이지요."

신라군으로 변장한 금강이 이끄는 후백제 군사들은 길게 줄지어 대야성으로 들어가는 길목을 행군하고 있었다. 황강을 올라와 대야성을 우회해서 신라 진영에서 오는 군사들이었다. 맨 앞에 백여 명의 군사들만 신라 군복을 입고 있었고, 그 뒤에는 후백제군의 모습이었으나 간격도 떨어져 있고, 칠흑 같은 어둠 때문에 쉽게 분간이 안 되었다. 군사들은 일곱 날 동안 먹고 쉬기만 해서 기세가 등등했다.

"어디서 오는 군사들인가?"

"강 건너에 적군이 진을 치고 있다고 하여 서라벌에서 온 지원군이외다."

"그런가?

"어서 성문을 여시오."

"징표를 보여주시오."

"대야성이 위급하다 하여 급히 달려오는 길이오. 어서 성문을 여시오."

"징표가 없으면 성문을 열 수 없소이다."

"좋소. 그럼 회군하리다."

군사들이 뒤로 돌아서 서너 발쯤 걸어갔다. 성문지기가 깜짝 놀라 크게 외쳤다.

"무슨 짓이오?"

"우릴 믿지 못하는데 돌아갈 수밖에요."

"아니올시다. 열어드리리다."

성문이 열리자마자 신라군으로 변장한 군사들이 갑자기 칼을 뽑아 들고 내리치기 시작했다. 뒤를 이어 군사들이 밀물처럼 들이닥치며 칼을 휘둘렀다. 사방에서 비명이 들리고 여기저기서 군사들이 쓰러졌다.

성주는 성에서 비명이 들리는 것도 모르고 술상을 받고 있었다. 적들이 강 건너에서 진을 치고 있다가 지치면 그냥 돌아갈 줄 믿고 있었다. 기생 서너 명과 장수 서넛을 데리고 술상을 받아 한참 흥을 내고 있었다. 송진이 타는 등 밑에서 댕기를 동여맨 기생이 웃고 있었다. 저고리 사이로 나온 기생의 살갗을 보며 장수가 마른침을 삼켰다. 그때였다. 관아를 호위하는 병사가 느닷없이 성주가 받아놓은 술상 앞으로 뛰어들었다.

"무슨 일이냐?"

"크, 큰일 났습니다. 적들이 몰려오고 있습니다. 어서 피하소서."

"뭐라! 강 건너에 있는 적들이 어찌 여기까지 왔단 말이야."

"빨리 피하셔야 하옵니다."

금강이 이끄는 후백제군은 벌써 관아 주위까지 쳐들어와 있었다. 금강이 성문을 열면 신검이 기다리고 있는 서쪽 성문도 자연적으로 열릴 줄 알았는데, 성문이 열리지 않았다. 결국, 성안에서 비명이 들리고 칼이 부딪치는 소리를 듣고서야 신검은 금강이 무사히 성문을 열고 들어가 성을 정복하고 있음을 알았다.

"가자! 금강이가 벌써 성문을 열고 들어가 성을 점령하고 있다."

신검의 외침과 동시에 일천여 명의 군사들이 고함을 지르며 앞으로 달려나갔다. 그러나 성문이 잠겨 있어서 또 시간이 지체되었다. 성문을 지키던 신라군은 금강이 군사를 이끌고 쳐들어오자 전부 그쪽으로 가고 없었지만, 성벽을 넘어 안으로 들어가야 성문을 열 수 있으므로 당연히 시간이 지체되었다. 신검이 날렵하게 밧줄에 갈고리를 엮어 성벽으로 던졌다. 갈고리는 여러 번 던진 후에야 제 위치에 걸렸다. 신검이 밧줄을 타고 올라가 성벽을 넘자 이미 싸움은 끝나가는지 소란도 차츰 잦아들고 있었다. 성문에 걸린 지지대를 풀어 성문을 열자 기다리고 있던 군사들이 우르르 몰려들었다.

"가자! 나를 따르라."

신검이 앞장서 달려나가자 군사들이 뒤를 따랐다. 관아 쪽으로 달려가며 성주를 사로잡으라고 외치는데, 약 백여 명의 군사들이 서성거리고 있었다. 신라군이었다. 그런데 이상한 것은 신라군이 전의를 상실했는지 후백제군을 보고서도 전혀 싸울 기색이 없어 보였다.

"저런 쓸개 빠진 놈들을 봤나?"

신검이 군사들을 이끌고 달려나가는데도 신라군은 칼도 빼 들지 않고 비실비실 웃고 있었다. 별 이상한 군사들도 다 있다 싶었다. 그러나 분명한 것은 복장이 신라군이었다. 신검이 가차 없이 명을 내렸다.

"적이다. 쳐라!"

신검의 명이 떨어지자 일천여 명의 군사들이 순식간에 달려들어 백여 명의 신라군을 쓰러트리기 시작했다. 순식간의 일이었다. 신검이 먼저 명을 내리고 검을 뽑아 적의 목을 치고 나갔는데, 이상하게도 적들은 목이 떨어져도 저항도 하지 않고 있었다.

"멈추시오! 우린 백제군이오."

"뭐라 했느냐?"

"우린 신라군으로 변장한 백제군이란 말이오. 즉시 칼을 거두시오."

"이놈들이 죽기 싫어서 악을 쓰는구나. 거짓이다. 쳐라."

신검이 다시 명하며 검으로 적들의 목을 베어나갔다. 그때야 적들이 반항하기 시작했다. 신검이 적들의 목을 베며 앞으로 나갔고 일부 군사들은 벌써 금강의 군사와 합류하고 있었다.

"태자 전하, 아군이옵니다."

"아군이라니?"

"신라군으로 변장하고 성문을 연 군사들이옵니다. 아군을 이리도 무참히 죽이셨으니, 뒷감당을 어찌하시렵니까?"

"누가 이런 줄 알았느냐? 왜 성안에서 신라 군복을 벗지 않고 있었단 말이냐?"

"성주를 잡느라 바빠서 벗으라는 명을 내리지 않았나 봅니다."

"미련한 것들."

신검이 목을 벤 적들은 실은 아군이었다. 금강이의 선발대라서 성문을 열고 적과 혼돈되지 않게 후미로 물러나 있으라 명한 것을, 서문 쪽에서 밀고 올라오던 신검이 적으로 오인하여 전부 목을 베어버린 것이다. 그러나 이미 엎질러진 물이었다. 목이 베어진 백여 명 군사들의 목을 붙인들 살아날 리가 만무했다.

싸움은 술시(밤 8시) 이전에 시작해서 자시(밤 11시)에 끝났다. 그리고 견훤에게 승전보가 간 것은 묘시(새벽 6시)경이었다. 어차피 승리한 마당에 어둠 속에서 전령을 띄울 필요가 없다고 판단한 모양이었다. 그러나 견훤은 전령을 통해 신검이 한 짓을 낱낱이 알고 있었다. 견훤은 전령의 연통을 받고 곧바로 대야성으로 들어왔다. 그리고 관아에서 성주의 목이 베어진 것을 보았다. 신검이 벤 것이라고 했다. 이미 일백여 명의 군사의 목을 벤 신검은 피 맛을 알았는지 포로로 잡힌 성주의 목까지 단숨에 베어버렸다.

"목까지 벨 필요가 있었느냐?"

"어차피 거두어야 할 목숨이었습니다."

"산 채로 내버려두었다면 서라벌에 대한 정보라도 얻었을 게 아니냐? 그리고 신검아, 대야성을 공략하는 계략은 잘 짰다만은 우리 군사를 백 명씩이나 죽였어. 어찌 그리도 판단력이 없는 게냐. 금강이를 보아라. 침착하게 성문을 열고 들어가서 성주를 포로로 잡지 않았느냐? 그런데 넌, 백 명이나 되는 우리 군사를 죽이고 공을 세우려고 다 잡아놓은 포로의 목을 베지 않았더냐?"

"아니옵니다. 성주를 죽이지 않으면 훗날에 보복을 당하기 때문이었습니다."

"시끄럽다. 일개 장수였다면 군법으로 다스려 관직을 박탈하고 옥에 가두거나 귀양을 보내련만 넌 태자이기 때문에 벌을 내리지 않느니라.

앞으로는 사리 판단을 잘하고 금강이처럼 너그러운 마음을 가지거라."

"명심하겠습니다, 아버님."

"자, 대야성을 도모했으니 주변을 정리하고 병사들에게 쉬도록 하게. 이제 서라벌이 얼마 안 남았어."

견훤의 명에 따라 군사들이 민첩하게 움직였다 성에 널려 있는 시체들을 치우고 우물에서 물을 길어다 핏물을 닦았다. 견훤은 영영 성문이 열리지 않을 것 같은 대야성을 점령하자 기뻐서 잔치를 베풀었다. 대야성 인근 호족을 불러 이미 신라는 세력이 약화되어 국운이 다해가고 있고, 고려는 저 멀리 있어서 구원을 못 하니 후백제에 충성하라 하였다. 그리고 호족들이 바친 술과 고기로 이틀이나 잔치를 열었다.

"아버님은 언제나 금강이만 이뻐하신단 말이야. 대야성을 도모하는 계략도 내가 세우고 성주의 목을 벤 것도 난데 말이야."

"태자 전하, 고정하시옵소서."

"내가 지금 흥분을 안 하게 됐소. 내가 세운 공은 금강이 놈이 다 가져갔잖소."

신검은 이틀 내내 술독에 빠져 있었다. 아침에 깨어나면 술이었고, 취하면 아무 데나 쓰러져 잤고, 깨어나면 또 술이었다. 취중인지 꿈인지 대야성 성주가 나타나 울고 있었고, 억울하게 죽은 일백여 군사들이 자신을 에워싸고 칼을 겨누기도 했다. 견훤은 그런 신검이가 곱게 보일 리가 없었다. 태자라는 게 체통머리 없이 밤낮없이 술이나 찾으니 장차 이 나라를 잘 이끌지 의문이었다.

견훤은 대야성을 수습한 후 다시 군사를 일으켜 진례성(창원)으로 향했다. 그러나 이미 신라가 대야성이 함락된 것을 고려에 알리고 지원군을 요청하였으므로 견훤은 더 들어갔다가 고립될 위험이 있어 진례성을 포기하고 회군을 한다.

"아버님, 견훤이옵니다."

"네가 여긴 어쩐 일이냐?"

"사불성을 내어주시고 완산주로 가십시오. 제가 모시겠습니다."

"일 없다, 이놈아."

신검이 아자개를 찾아가 아자개를 완산주로 모셔오도록 했으나 실패하자 이번에는 견훤이 직접 나섰다. 그러나 아자개는 완강했다. 군에 간다며 서라벌로 떠난 후로, 그리고 서남 지방으로 발령받아 떠난 후로 견훤은 나라를 개국한다며 한 번도 오지 않다가 영토를 확장한다며 찾아온 것이다. 이런 견훤을 아자개가 반갑게 맞을 리가 없었다. 아자개 입장에서는 견훤이 남보다 더한 불효자식이었다.

"자, 자, 노여움을 푸시고 완산주로 가십시오. 이곳은 고려와 신라가 있어서 위험한 곳입니다."

"일 없대도, 이놈이."

견훤은 아자개를 달래도 보고 얼래도 보았지만 아자개는 꼼짝도 하지 않았다. 오히려 견훤을 반기는 것은 대주였다. 대주는 견훤이 온 게 반가웠다. 고려 장수 박술희가 자주 찾아와 아자개를 고려로 귀속시키려고 감언이설(甘言利說)을 늘어놓았지만 대주는 사불성을 오라버니에게 넘겨주고 완산주로 가서 살고 싶었다. 고려와 후백제와 신라에 끼어서 사는 것도 지겨웠다. 그렇다고 아버님을 홀로 남겨두고 박술희에게 시집가서 고려국에서 살 수도 없었다. 오라비의 철천지원수와 살을 맞대고 산다면 훗날 오라비의 얼굴을 어찌 볼 수 있단 말인가? 그러나 대주는 가끔 박술희가 생각나곤 했다. 비록 적국의 장수지만, 그리고 무뚝뚝하고 재미없는 사람이고 인연도 아닌 듯하지만, 가끔은 멀리서 잘 있는지 궁금함이 가슴속에서 봄날의 아지랑이처럼 피어오르곤 했다.

"오라버니, 정말 오랜만입니다."

"오, 대주구나. 그동안 잘 있었느냐?."

아자개가 불같이 화를 내므로 대주는 견훤을 별채로 안내했다. 뒤란에 대나무가 있고, 새가 우는 곳이었다. 대주가 직접 주안상을 마련하고 그동안 있었던 일을 견훤에게 말했다. 이제 아버님은 옛날의 아버님이 아니다, 사불성 주변의 호족들이 다 고려국에 귀속되었고, 고려에서 사불성으로 사신이 자주 온다고 말했다. 견훤이 이 소식을 듣고 무릎을 쳤다.

"그럼 아버님의 마음이 고려로 돌아섰단 말이냐?"

"그런 것 같습니다, 오라버니."

"이런, 이런, 군사를 일으킬 수도 없고."

견훤이 한숨을 내쉬었다. 마음 같아서는 당장이라도 대야성에 있는 일만여 명의 군사들을 움직이고 싶었지만, 지식이 아버지를 칠 수는 없는 일이었다. 견훤은 아자개를 생각해보았다. 비록 자신이 자주 찾아오지는 못했으나 한 나라의 군주로 살아가며 마음만은 아자개에게 가 있었다. 너무 멀리 떨어져 있어서, 그리고 정사가 너무 바빠서 찾아뵙지는 못했지만, 자식 된 도리로서 인편에 편지와 선물을 가끔 보내곤 했었다. 그런 아버지가 이렇게 서운하게 나올지는 미처 몰랐다.

"제가 아버님을 잘 달래보겠습니다."

"그래보려무나, 대주야! 너만 믿는다."

"예, 염려 놓으셔요."

"그나저나 대주야! 이제 나이도 찼는데 신랑감은 있느냐?"

"전, 시집가는 것은 관심 없습니다."

까닭 없이 대주의 얼굴이 빨개졌다. 견훤이 후백제국에서 신랑감을 찾아본다고 하자 대주가 손사래를 쳤다. 견훤이 그런 대주의 표정을 보며 웃음을 토했다. 견훤은 대주가 싫지는 않은 모양이라고 생각했다. 그러나 대주는 정말로 손사래를 친 것이다. 이미 혼기가 넘었지만 여생을 아버님을 모시며 살고 싶었다.

"그래, 대주야. 또 오마."

"벌써 가시게요."

"아버님의 뜻이 저리도 완강하시니 더 있고 싶어도 있을 수가 없구나."

"그럼, 먼 길인데 조심해서 가셔요."

"그래, 또 보자꾸나."

아자개는 견훤이 가는데도 인사도 받지 않았다. 견훤은 아무 소득도 없이 사불성을 떠났다. 이미 고려로 마음이 기울어진 아자개를 보니 분통이 터질 것 같았다. 견훤은 사불성 주변의 호족들부터 혼내주고 싶었다. 감히 백제를 배신하고 고려로 붙은 호족들을 일망타진하고 새로운 호족들을 내세워 다시는 배반하지 못하게 못을 박아버리고 싶었다.

대야성을 점령한 후 이 년 동안 많은 호족들이 고려로 복속하여 민심이 고려로 돌아서고 있었다. 고려가 후백제의 북진(北進)을 차단하였고, 창원과 김해 지역으로 진출을 시도하는 후백제의 동진(東進)을 저지하였다. 고려가 후백제의 동진 정책을 신라와 연대하여 저지하자 명주 지역의 호족들은 왕건에게 호의를 보이며 귀부하기 시작했다. 922년, 명지성의 성달(城達)과 경산부(京山府)의 양문(良文) 등도 연이어 고려에 복속하였다. 안동과 청송, 성주 등 경북 내륙 지역의 호족들이 고려에 투항하자 견훤은 위기의식을 느끼게 되었다. 후백제는 웅주 지역에서는 금강 이북의 십여 개 주(州)와 현(縣)을 차지하는 등 주도권을 장악했지만, 명주 지역에서는 고전을 면치 못해, 조물성을 공격하여 전세를 반전시키려 하였다.

"상보 어른, 제가 바로 고려의 왕건이올시다."

그동안 박술희를 보내 아자개를 고려에 복귀시키려 했으나 뜻이 이뤄지지 않았기에 왕건이 사불성에 직접 내려왔다. 아자개는 놀란 토끼 눈을 하고 왕건을 바라보았다. 그동안 박술희를 통해 왕건의 이야기를 들어서 왕건이 어떻게 생긴 사람인가 궁금하던 차에 왕건이 몸소 찾아오니 아자개는 기뻐서 어쩔 줄을 몰랐다.

"듣던 대로 기품이 있어 보이는군."

"감사하옵니다, 상보 어른."

"내 아들 견훤이보다 훨씬 낫네, 얼씬 나아."

"아버님, 적국의 왕이옵니다. 오라버니를 그와 비교하다니요?"

"대주야, 넌 좀 빠져 있거라. 난, 왕건이와 할 말이 있다."

아자개와 왕건은 다과상을 앞에 놓고 무려 반나절이나 대화를 이어갔다. 주로 말하는 것은 왕건이었고, 듣는 쪽은 아자개였다. 왕건이 찬찬하게 고려로 귀부하면 아자개가 어떻게 살게 될지 말해주었고, 그때마다 아자개는 두 귀를 쫑긋 세웠다. 왕건이 입바른 소리만 늘어놓아서 아자개는 앉아서 감탄만 하고 있었다.

"뭐라고, 내가 고려로 가면 부왕(父王)이 된다고. 그게 정말인가? 헤헤 — 나보고 부왕이래. 아이고, 신나라."

"어떻습니까, 상보 어른. 마음을 정하셨습니까?"

"암, 정했고말고. 가자고, 당장 가."

"고맙사옵니다. 상보 어른."

"고맙긴, 내가 고맙지."

이로써 아자개는 사불성을 통째로 왕건에게 바친다. 왕건은 피 한 방울 흘리지 않고 사불성을 얻었다. 사불성이 고려로 넘어가자 지방 호족들은 더욱 고려를 신임하였고, 고려의 영토는 점점 남서쪽으로 확장되었다. 사불성은 고려와 신라를 잇는 중요한 길목이었으므로 고려는 더욱 쉽게 신라와 연합할 수 있었고, 후백제를 압박하였다.

이에 견훤은 다시 군사를 일으켜 조물성(曺物城)을 공격한다. 때는 924년이었다.

"신검이와 금강이는 들어라."

"예, 아버님."

"네 할아버지가 사불성을 고려에 내주고 고려로 가버렸다. 그리고 그 주변에 있던 호족들이 우릴 배신하고 고려로 귀속되었다. 너희 둘이서 군사를 이끌고 가서 조물성을 점령하고 호족들을 혼내주고 오너라."

924년 7월, 견훤은 신검과 금강에게 군사를 주어 조물성을 공격하게 하였다. 조물성의 위치는 경상북도 안동 지방, 구미 금오산성(金烏山城), 김천시 조마면, 의성 등으로 추측되나 『고려사』「태조세가(太祖世家)」에 '죽령(竹嶺)의 길이 막혀 왕충(王忠) 등에게 명해 조물성에 가서 정탐하도록 하였다'라는 기록이 있는 것으로 보아 죽령에서 가까운 경상북도 지역일 것이다.

"분부대로 거행하겠습니다, 아버님."

"어서 가보거라."

"예."

신검과 금강은 서로 선봉에 서며 군사를 이끌고 조물성으로 향했다. 견훤은 조물성을 치라고 했지만, 신검은 조물성을 점령한 후 할아버지가 고려에 넘긴 사불성까지 쳐들어가 성을 되찾고 싶었다.

7월이라 날씨는 무척 후덥지근했다. 이 더운 날씨에 갑옷을 입고 투구까지 쓰니 싸움도 하기 전에 몸이 천 근은 나가는 듯했다. 그러나 신검은 이를 악물었다. 아버님께서 이번 전투에서 공을 세우면 옥좌를 물려주신다고 했기 때문에 신검은 이번에는 죽을 각오로 싸울 생각이었다. 옥좌라, 옥좌라. 이 얼마나 가져보고 싶은 말인가? 하기야 아버님도 환갑을 바라보고 있으니 늙기는 많이 늙었다. 신검은 당장 자신이 옥좌에 앉아 있는 기분이었다.

"형님, 저기가 조물성이옵니다."

"그렇구나. 척후병을 보내 적군의 동태를 살펴보고 나머지 군사들은 행군하느라 지쳤으니 쉬게 하라."

"예, 형님."

"내일 전투가 벌어질 것이니 경계를 늦추지 말라."

"잘 알고 있습니다."

"그래, 가보거라."

"예, 형님."

신검도 말에서 내려 투구를 벗고 개울에 가서 몸을 씻었다. 곧 있을 일전을 위해 군사들에게 배불리 먹이고 휴식을 취하자 군사들이 싸움하러 온 게 아니라 마치 소풍을 나온 것 같았다. 사위는 그만큼 편안하고 조용했다. 척후병이 돌아와 성을 지키고 있는 적은 숫자가 얼마 안 된다고 고하였다. 신검은 조물성의 동쪽을, 금강은 서쪽을 공략하기로 하고 각자 군사를 절반씩 나눠 위치로 이동했다. 한낮의 땡볕에서 싸우느니 차라리 해가 막 떠오른 묘시(아침 5~7시)에 전투를 하는 것이 군사들에게 유리하다고 생각한 신검은 군사들을 일찍 재웠다.

조물성에는 성주 애선(哀宣) 장군이 머무르고 있었고, 왕건의 명을 받고 왕충(王忠) 장군이 내려와 진지를 구축하고 있었다. 이들은 곧 후백제군이 몰려올 것에 대비하여 성안에 비상식량을 비축하고 성벽에 돌과 기름, 각종 무기를 쌓아놓고 전쟁에 대비하고 있었다. 누구 하나 허튼짓 하지 않고 자신의 역할에 충실하고 있었다. 보초병은 보초병대로, 성문을 지키는 문지기 병사도, 각자 제 위치에서 충실하게 병역의 임무를 다하고 있었다. 게다가 성안의 모든 주민도 전시에는 총동원령을 내려 전쟁에 참여하기 때문에 수시로 군사훈련을 받고 있었다. 나라가 있어야 내가 삶으로 수시로 동원되는 군사훈련에도 주민들은 누구도 불평하는 자가 없었다. 대야성과는 달리 그야말로 군민 일심동체(一心同體)였다.

"내가 동쪽 성벽을 타고 올라가 진격할 것이니, 아우는 서쪽에서 적을 맡아라. 양쪽에서 공격하면 성이 쉽게 점령될 것이다. 알겠느냐?"

"예, 형님. 최선을 다해 공격하겠습니다."

"그래, 좋다. 이번 전투만 승리한다면, 내가 너에게 큰 상을 내려주마."

"고맙습니다, 형님."

"일찍 쉬고, 내일 결판을 내보자."

"예, 쉬십시오, 형님."

신검은 쉽게 잠을 이룰 수가 없었다. 내일 치를 전투를 생각하며 계략을 머릿속에 그려 넣었다. 조물성의 동쪽은 산세가 험하고 시야가 확보되지 않아 적에게 접근하기가 용이했고, 적이 화공이나 화살을 쏠 수 없었다. 반면에 서쪽은 벌판이라 시야가 넓고 적이 화살을 날리기 좋은 곳이었다. 신검은 날이 밝는 대로 검을 잘 다루는 군사들을 뽑아 성벽에 올라 적을 무찌르고 성문을 열 생각이었다. 금강이 보다 먼저 성을 점령하여 견훤으로부터 옥좌를 물려받고 싶었다. 주위에는 어느새 7월의 어둠이 짙게 내리고 있었다.

8

조물성 전투

조물성 전투

인시(寅時, 새벽 4시)를 약간 넘은 시각, 조물성 동쪽 성문 옆 성벽에는 민첩하게 성벽을 오르는 열두 명의 자객이 있었다. 모두 검은 옷을 입고 있었는데, 이들은 어둠 때문에 가까이서도 보이지 않을 정도로 검은 옷으로 몸을 감싸고 있었다. 신검이 이끄는 자객들이었다. 신검이 군사 중에서 검을 잘 다루는 사람을 열한 명 추려서 별동대를 꾸렸다. 숫자가 많으면 적에게 노출될 위험이 있으므로 최소의 인원으로 성벽을 넘어 성문을 열 계획이었다.

"웬 놈이냐?"

신검은 아홉 자루 검 중에서 단검 두 자루와 장검 한 자루만 가지고 성벽에 올랐다. 갈고리가 달린 밧줄을 성벽을 향해 힘껏 던지자 성 위에서 보초병이 쇳소리를 들었는지 고함을 지르며 밑을 내려보았다. 신검이 한 손으로 밧줄을 잡고 다른 한 손으로 몸속에 품었던 표창을 꺼내 던졌다. 보초병이 욱— 소리를 내며 성벽에서 떨어졌다. 다행히 다른 보초병은 없는 모양이었다. 신검 일행은 흡사 거미가 거미줄을 타는 것처럼 능숙하게 성벽을 기어올랐다.

막 성벽을 넘어서자 다른 곳에서 경계를 서던 보초병이 신검 일행이 성벽을 넘어오는 것을 발견하고 고함을 기르며 창을 들고 달려왔다. 신검이 다시 표창을 꺼내 던지자 달려오던 보초병이 앞으로 폭 고꾸라졌다.

"욱— 욱—"

서로 경계를 하며 성문 쪽으로 다가가자 여러 명의 병사가 굳게 입을 다문 성문을 지키고 있었다. 신검이 먼저 표창을 날리고 무사들이 단칼에 해치웠다.

"출병이다. 성문이 열렸다."

성문 밖에서 은신하고 있던 군사들이 신검의 신호에 일제히 성문 안으로 달려들었다. 날이 밝기도 전에 싸움이 시작된 것이다. 조물성 안에서 곤히 자고 있던 고려군은 아닌 밤중에 홍두깨라고, 날벼락을 맞았다. 옷도 제대로 입지 못하고 창을 들고 뛰어나오는 사람, 사방에서 함성을 지르며 칼날이 부딪히는 소리를 들으며 넋 나간 듯이 서 있는 사람, 후백제 군사에 쫓겨 도망치는 사람, 성안은 아수라장이었다.

이때 말 한 필이 성문을 박차고 밖으로 내달렸다. 조물성이 침략당하고 있으니 속히 지원병을 보내 달라는 전갈을 들고 고려군으로 향하는 파발마였다.

"아니, 벌써 형님이 성으로 들어가 전투를 벌이지 않느냐?"

"그렇사옵니다, 금강 왕자님."

"너무하는군. 묘시에 협공을 하기로 해놓고 먼저 공을 세워 아버님께 잘 보이려고 선공을 한 게 아니냐?"

"그렇사옵니다. 어서 출병을 서두르시지요."

"알았다. 어서 출병을 알려라."

"예, 왕자님."

조물성 서쪽에서는 금강이 군사를 일으켜 출병하였다. 전군이 전력 질주하여 성벽에 사다리를 놓고 기어올랐다. 그러나 적의 기세도 만만찮았다. 긴 장대로 사다리를 밀어 쓰러뜨렸고, 성벽을 기어오르는 병사들을 긴 창으로 찔러 땅에 고꾸라지게 했다. 성벽을 오를 때마다 돌이 날아들고 뜨거운 기름이 쏟아졌다. 신검의 군사들이 서문 쪽으로 와서 성문을 열어주면 싸움은 쉽게 끝날 것 같은데, 서쪽의 성문은 열리지 않은 채 군사들의 희생만 따르고 있었다.

"도대체 신검 형님은 안에서 뭐 하는 거야? 성문을 열지 않고."

"왕자님, 일단 퇴각하셔야겠습니다."

"아니오. 신검 형님은 성안에서 저리도 공을 세우고 있는데, 퇴각이라니요. 어서 저 성문을 여시오."

"아니 되옵니다. 군사들의 희생이 너무 많사옵니다."

"그럼 군사를 물리고 재정비합시다."

금강은 일단 후퇴하여 군사를 재정비하였다. 이상한 일이었다. 성안에 군사들이 거의 없다고 했는데, 어디서 그리 많은 군사가 왔는지 성벽을 뚫어도, 뚫어도 뚫리지 않았다. 협공하기로 했던 신검은 아직도 성안에서 싸우고 있는데, 금강은 성문조차 열지 못하고 있으니 속이 타들어갔다.

"네놈이 성주 애선이구나."

"그렇다, 네 이놈. 기다리고 있었다."

"오냐, 잘 만났다. 오늘이 네놈의 제삿날이다."

"무례하구나. 어디서 입을 함부로 놀리는 게냐?"

신검은 관아의 뜰에서 성주 애선과 마주쳤다. 애선은 날이 새기도 전에 적들이 쳐들어와 급히 갑옷을 입고 나오는 길이었다. 애선이 먼저 긴 칼을 뽑아 신검에게 내리쳤다. 신검이 잽싸게 피하며 몸을 돌려 애선의 목을 노리고 검을 길게 뻗어 찔렀다. 애선이 눈치채고 신검의 검은 칼로 막았다.

"내 검을 막다니, 제법이구나."

"덤벼라!"

"오냐, 죽여주마."

신검이 다시 몸을 날려 애선의 목을 노렸다. 애선이 몸을 낮춰 신검의 칼날을 피했다. 처음에는 막상막하였던 싸움이 점점 애선에게 불리해졌다. 애선은 신검의 노련한 칼 놀림을 피하기에 급급했다. 신검은 예전에 『무오병법』 열다섯 권을 닳도록 읽고 외워서 웬만한 적장 한두 명은 상대가 안 되었다. 물론 애선의 칼 솜씨가 제법이지만 신검의 상대는 아니었다.

"얏!"

신검의 기합 소리와 함께 애선의 목이 뚝 떨어져 바닥에 나뒹굴었다. 이 모습을 본 고려의 군사들이 줄행랑치기 시작했다. 이제 성을 점령한 것이나 마찬가지였다.

하지만 성의 서쪽에서는 금강이 고전을 면치 못하고 있었다. 성주 애선이 죽고 고려 병사들이 기겁하고 줄행랑쳤지만, 왕충이 이끄는 서문의 고려 군사들은 민간인과 똘똘 뭉쳐 금강의 돌격을 잘도 막아내고 있었다.

"태자 전하, 고려의 지원군이 도착했습니다. 어서 성 밖으로 나가셔야 하옵니다."

"뭐라? 다 빼앗은 성을 내줄 수는 없다. 성문을 닦고 적의 공격을 막아내자."

"아니 되옵니다. 적의 지원병이 너무 많아 성이 포위되면 꼼짝없이 죽습니다. 어서 성 밖으로 나가셔야 하옵니다."

"이런, 다 된 밥에 재를 뿌리다니, 적장은 누구라 하더냐?"

"박술희라 하옵니다."

"이런, 이런, 분하다. 어서 서문을 뚫어라."

"예, 태자 전하."

신검이 성주 애선을 죽이고 막 군사들을 서문 쪽으로 돌려 후미에서 왕충을 칠 때였다. 갑자기 말 울음소리와 함께 수천의 군사들이 조물성으로 몰려왔다. 박술희가 이끄는 고려의 지원군이었다. 신검은 다 빼앗은 성을 버리고 탈출할 수밖에 없었다. 신검은 군사들을 정비하여 서문을 향해 진격하였다. 이미 동문으로 적들이 들이 닥치고 있어서 서문이 열리지 않으면 몰살을 당할 처지에 놓였다.

"대체 금강이 놈은 뭐 하는 것이냐?"

"성 밖에서 고전을 면치 못하는가 보옵니다."

"한심한 놈 같으니라고."

신검은 금강을 생각하면 울화가 치밀어 올랐다. 자신은 성에 침투하여 동문을 열고 성주까지 사살했는데, 아직까지 성문도 못 열고 군사들의 희생만 키우는 금강을 도저히 용서할 수 없었다. 신검은 군사들을 거느리고 서문을 공략하기 시작했다. 고려군은 뒤에서 신검의 군대가 쳐들어오자 갑자기 뒤로 돌아서서 신검의 군대와 싸우기 시작했다. 군사들이 서로 뒤엉켜 칼과 창을 휘두르고 있었다.

"신검 형님이 마침내 서문을 열려고 적의 뒤에서 공격하신다. 공격하라. 사다리를 놓고 성벽을 넘어라. 적의 뒤에서 백제군이 공격하고 있다. 어서 서둘러라."

금강이 급히 말을 몰아 앞으로 나갔다. 이것을 신호로 군사들이 일제히 공격하였다. 이상한 일이었다. 적들은 군사들이 사다리를 타고 성벽에 올라와도 아무 반응이 없었다. 아마도 뒤에서 따라붙은 신검의 군사들을 막느라 앞을 방치한 모양이었다. 벌써 군사들이 성벽을 넘고 있었다. 금강은 곧 성문이 열리고 성을 점령한다는 기대감에 부풀어 있었다.

그런데 바로 그때였다. 갑자기 성 위에 궁수가 나타나 비 오듯이 화살을 퍼부었다. 그때 성문이 열리고 신검이 거느리는 군사들이 벌떼처럼 달려 나와 앞으로 달려가고 있었다. 금강은 그때야 사태가 심상찮음을 느꼈다.

"뭣들 하느냐, 어서 공격하라. 공격하라."

금강은 도망치는 군사들을 향해 소리쳤다. 그러나 신검이 이끄는 군사들은 금강의 소리에도 불구하고 앞으로 내달리지만 했다. 금강은 다시 앞을 보았다. 어디서 나타난 군사들인지 성 위에는 궁수들이 가득 서 있었다.

"악!"

바로 그때였다. 적병이 쏜 화살 하나가 금강의 오른쪽 눈에 박혔다. 금강이는 오른쪽 눈을 감싸며 말에서 고꾸라졌다. 비 오듯이 쏟아지는 화살이라 피할 겨를도 없었다. 장수들이 금강을 일으켜 세웠다. 오른쪽 눈에서 붉은 핏물이 뚝뚝 떨어지고 있었다. 성 위에서 이 광경을 보고 있던 박술희가 크게 외쳤다.

"백제의 왕자가 화살에 맞았다. 어서 쏴라, 화살을 마구 퍼부어라!"

고려의 궁수들이 다시 화살을 날렸다. 군사들이 여기저기서 비명을 지르며 쓰러져갔다. 금강은 화살이 빗발치는데도 공격하라고 악을 쓰고 있었다. 아마도 고려의 지원병이 온 것을 모르는 모양이었다. 장수들이 금강을 안전한 곳으로 옮기자 그때야 금강이 안정을 찾았다. 금강이 아픔을 참지 못하고 눈에 박힌 화살을 힘껏 당겨 뽑아내자 눈알이 딸려 나왔다.

"왕자님, 눈알이옵니다."

"그렇다. 옛날 조조의 부하 하후돈이 눈에 화살을 맞았을 때, 눈알을 부모님이 주신 것이라 하여 씹어먹지 않았느냐, 나도 그러할 것이다."

하후돈은 자는 원양으로 옛날 패국 초나라 사람이다. 조조의 사촌뻘 된다. 원래 조조의 할아버지는 환관이다. 환관은 남자로서의 구실을 제대로 하지 못하는 사람이다. 당시 환관은 이런 이유로 양자를 들여 자신의 세력을 세습하게 했는데, 조조의 아버지 조숭이 그렇게 양자로 들어간다. 본시 조숭은 하후씨 집안의 사람이었고 하후돈은 조조 아버지의 생가로 따져 조조의 사촌이 된다. 하후돈은 어렸을 적부터 품성이 밝고 겸소하여 인근에 이름을 떨쳤다. 그가 열네 살 때 서당에 나갔는데 어느 날 누가 자기 스승을 욕하는 것을 보고 그 자리에서 때려 죽여버린 일이 있었다. 그때부터 그의 이름이 알려지기 시작한다. 하후돈은 조조가 처음 거병할 때부터 그의 비장으로서 거의 모든 전투에 나가 공을 세우고 190년에는 동군 태수가 된다. 조조가 도겸을 정벌하기 위해 원정을 나갔을 때 하후돈을 복양에 머무르게 하여 복양의 수비를 맡긴 적이 있었다. 이때 여포가 복양을 공격하여 조조가 사태의 위급함을 알고 달려오는 하후돈에게 대군을 주어 여포를 정벌하게 하였는데, 이 전투에서 하후돈의 왼쪽 눈에 화살을 맞고 애꾸눈이 된다. 이때 하후돈이 눈에 박힌 화살을 빼다 빠져나온 눈알을 보고 부모님이 주신 눈알이니 함부로 하면 아니 된다고 입에 넣어 삼킨다. 그 후 애꾸눈이 된 하후돈을 사람들이 맹하후라 불렀고, 위왕이 된 조조는 그런 하후돈을 불러 항상 수레에 함께 타고 행동했으며, 특별히 친근하고 존중하여 침상에까지 출입하는 것을 허락했다. 다른 장수와는 비길 바 없는 조조의 신임을 받은 것이다. 조조가 죽고 그의 아들 조비가 왕위에 오르자 하후돈은 대장군에 임명되나 몇 개월 후에 병을 얻어 생을 마감한다. 이 유례를 금강이 어찌 알았는지 눈에 맞은 화살을 뽑아내자 딸려 나온 눈알을 부모님이 주신 몸을 어찌 함부로 버리느냐며 눈알을 삼킨 것이다.

누가 말릴 사이도 없이 금강이 핏물이 뚝뚝 떨어지는 눈알을 입안에 넣고 오물거리다 이내 삼키었다. 그리고 옷소매를 찢어 한쪽 눈알이 빠진 눈을 칭칭 감았다. 적의 화살 사정거리에서 벗어나자 그때야 머리가 깨지는 진통이 오기 시작했다. 성 밑에는 시체들이 쌓여 시산혈해를 이루고 있었다.

"뭐라? 금강이가 애꾸가 됐다고?"

"그렇사옵니다, 폐하. 오른쪽 눈에 화살이 박혀 눈알이 빠졌다 하옵니다."

전령을 통해 금강이 애꾸가 되었다는 말을 들은 견훤은 큰 충격에 빠졌다. 금강은 누구보다도 늠름하고 믿음직했는데, 하루아침에 눈알이 빠졌다는 게 믿기지 않았다. 이 일을 고비가 알면 어떻게 할까. 멀쩡했던 자식이 눈이 멀어 온 것을 고비가 보면 하늘이 찢어지라 통곡할 것인데 이를 어쩐다. 견훤은 자신도 모르게 초조하게 서성였다. 화살이 눈에 박혔다면 얼마나 아팠을까? 어이구, 신검이 놈은 뭐 하고 있었기에 금강이가 눈에 화살을 맞는가? 고얀 놈 같으니라고. 견훤은 당장이라도 신검의 태자 자리를 빼앗고 싶었다.

"어디 보자, 금강아. 그래 얼마나 아팠냐?"

"황공하옵니다, 아버님."

"정말로 눈알이 빠졌구나. 그래 그 눈알을 부모님이 주신 것이라며 삼켰다고."

"그렇사옵니다, 아버님."

"아이고, 불쌍한 것."

견훤은 애꾸눈이 되어 돌아온 금강을 보자 가슴이 찢어지는 듯했다. 멀쩡한 눈으로 출병했다가 한쪽 눈을, 그것도 오른쪽 눈을 잃어 애꾸가 되어 돌아온 금강을 보자 당장이라도 군사를 일으켜 조물성의 고려군을 박살 내고 싶었다.

"그래, 신검아. 너는 금강이가 저 지경이 되도록 뭐 했느냐?"

"성주 애선을 죽이고 성을 거의 다 함락시켰는데, 고려의 지원군이 오는 바람에 그리되었습니다. 폐하!"

"지금 내가 그것을 따지는 것이냐? 금강이는 애꾸가 되어 돌아왔는데, 어찌 너는 멀쩡하냐 그 말이다. 이는 네가 최선을 다하여 싸우지 않았다는 증거니라. 알았느냐?"

"……."

신검은 할 말이 없었다. 성주 애선을 죽이고 서문 쪽을 공략하여 성을 완전히 점령하려던 찰나에 고려의 지원군이 성으로 밀고 들어와서 어찌할 방법이 없었다. 금강이는 혼자 욕심을 부리다 저리된 것이었다. 앞에도 고려군이고 뒤에도 고려군이라 성을 빠져나가지 못하면 포위되어 전멸할 판이라 서문을 뚫고 나와 후퇴하는데, 금강이만은 공격하라고 버티고 있다가 적이 쏜 화살에 맞은 것이다. 이 일을 두고 견훤이 자신만 나무라니 신검은 어서 옥좌에 앉아야 이런 치욕에서 벗어날 수 있다고 생각했다. 어서 옥좌에 앉는 것만이 살길이라 생각했다.

"뭐라! 우리 금강이가 어찌 됐다고?"

"한쪽 눈에 화살이 박혀 눈알이 빠져나왔답니다."

"뭐, 뭐야? 눈알이 빠져나와?"

"그렇사옵니다."

"자세히 말해보아라. 아니다. 어서 금강이를 들라 이르라."

"예."

금강의 어미인 고비는 궁녀가 고하는 것을 이해할 수 없었다. 멀쩡한 금강이가 애꾸가 되어 돌아오다니, 필시 신검이 놈 때문일 거야. 그놈이 우리 금강이를 그렇게 만든 거야. 고비는 당장이라도 대전으로 달려가 신검에게 벌을 내리라고 주청을 올리고 싶었다.

"아니, 금강아! 이게 어떻게 된 일이냐? 이게 정녕 네 모습이냐?"

"송구하옵니다, 어머님."

"아이고, 이를 어째. 이를 어쩌냐 말이다."

"어머님, 진정하십시오. 소자는 괜찮사옵니다."

오히려 금강이 고비를 위로하였다. 고비는 금강을 안고 한동안 울고 있었다. 자기 아들이 적진에서 이런 화를 당하고 돌아올 줄은 미처 몰랐다. 더욱이 금강은 눈에 화살이 박혀 애꾸가 되어 돌아왔는데, 신검은 손가락 하나 다친 곳이 없다니 화가 더욱 치밀어 올랐다. 자기만 살려고 도망쳐온 사람이 권좌에 오르면 무슨 짓을 할 건지 훤히 보였다. 고비는 어떻게 해서든지 신검을 태자의 자리에서 끌어내리고 말겠다고 어금니를 옥물었다.

제1차 조물성 전투에서 성을 함락하지 못하자 견훤은 그해 8월에 왕건과 화친을 하고자 절영도(부산 영도)에 총마 한 필을 보낸다. 총마는 총이말이라고도 부르며 흰 바탕에 푸른 빛깔이 섞인 말이다. 표현만 봐도 귀한 말임을 알 수 있는데, 이 총마를 공격 대상인 적 왕건에게 선물로 보낸 것이다. 화전(和戰) 양면전술, 즉 앞으로는 평화를 내세우며 뒤에서는 전쟁을 준비하는 것으로 봐야 하며 이런 견훤의 능청맞음은 아직 후백제가 고려보다 군사적으로 우위에 있다는 자신감을 보인 것이다. 견훤이 총마 한 필을 왕건에게 보낸 바로 그달에 신라에서는 경명왕이 죽고 그의 동생인 박위응이 왕위에 오른다. 그가 바로 신라 55대 경애왕이다.

"신라의 경명왕이 죽고 경애왕이 즉위하더니 더욱 고려와 긴밀하게 가까워졌어. 고려 놈들이 신라의 왕궁을 제집 드나들 듯하고 있단 말이야."

"폐하! 조문단을 보내야 하지 않겠습니까?"

"조문은 무슨. 고려 놈들에게 찹쌀떡처럼 붙어서 아부하는 걸 보면 당장이라도 가서 작살을 내고 싶구먼 그래."

"참으시오소서, 폐하! 저들도 살 궁리를 하고 있는 것뿐이옵니다."

"무슨 살 궁리?"

"나라가 망해가는데 어찌 살 궁리를 안 하겠사옵니까?"

"에헴, 괘씸한 놈들."

견훤은 신라의 행동을 보면 울화가 치밀어 올랐다. 신라가 힘이 없으니까 아주 작정하고 고려에 기대고 있었다. 고려와 연합하여 호족들을 고려로 귀속시키지 않나, 두 나라가 협공하여 후백제를 치려고 호시탐탐 노리고 있었고, 여러 성들을 공격하기도 했다. 이 때문에 견훤에게는 신라가 눈엣가시 같은 존재였다.

견훤은 일단 조물성을 점령하여 금강의 원수부터 갚아주고 싶었다. 애꾸가 된 금강을 생각하면 밤잠도 설쳤었다. 어떻게 키운 자식인데, 어떻게 보듬으며 키운 자식인데, 견훤은 화살이 눈에 박히는 금강의 모습이 자꾸 뇌리에 그려져 자다가도 벌떡 일어났다.

"금강아! 한쪽 눈을 잃었다고 너무 실망하지 말라."

"예, 아버님."

"저 태봉국의 궁예도 어려서 한쪽 눈을 잃었는데, 국왕이 되지 않았더냐?"

"예, 아버님."

"비록 왕건에게 쫓겨났지만, 애꾸눈을 하고도 국왕이었어. 그러니 너도 낙심하지 말고 희망을 품거라."

"알겠습니다, 아버님."

"그래, 그래야지."

견훤도 고비와 같은 마음이었다. 태자라는 게 동생은 눈에 화살이 박혀 죽어가는데, 저만 살려고 도망쳐왔다는 게 영 눈에 거슬렸다. 게다가 무예는 좀 익혔다고 하나 금강보다 체격도 왜소하고 사내가 무엇이든 믿음직하게 밀고 나가야 하는데 잔머리만 굴리는 것이 영 마음에 들지 않았다. 금강은 사내대장부로서 기품도 있고 매사에 조심성도 있고, 의리도 있고, 의젓하고 늠름하여 백성들이 우러러볼 상인데, 신검이는 얼굴도 갸름하고, 성질이 급하고, 군주로서의 기품도 없어 보였다. 하지만 견훤의 생각과는 달리 대신들은 옥좌는 마땅히 장자가 물려받아야 한다며 신검을 두둔하고 나서기 때문에 견훤은 신검을 태자로 정하고도 쉽게 옥좌를 내주지 않고 있었다.

"잘 오셨습니다, 상보 어른."

"여기가 고려국인가?"

"그렇사옵니다, 상보 어른."

왕건의 노력으로 아자개가 고려로 오자 왕건이 기쁘게 맞이했다. 아자개는 송악의 모습을 보며 입이 딱 벌어졌다. 황궁치고도 너무 크고 우람하여 어디가 어딘지 종잡을 수 없었다. 이렇게 큰 황궁은 저 멀리 당나라에만 있는 줄 알았다. 여러 개의 건물이 줄지어 서 있어 길을 헤매기도 십상이었다. 아자개는 황궁이 너무 커서 거부감이 들었다. 이런 곳에서 생활하면 복잡해서 매일 길을 헤맬 듯싶었다.

"사불성을 넘겨주니까 마음이 이렇게 편한걸."

"황공하옵니다."

아자개는 마음이 편했다. 사불성에 있을 때는 언제 다시 견훤이 찾아올지 몰라 가슴이 조마조마하고 답답했었는데, 고려국으로 오니 그런 마음이 싹 가셨다. 하필이면 신라와 고려와 후백제의 한가운데 있어서 그동안 혼자 성을 지켜온 것만으로도 다행이었다. 마음만 먹으면 누구나 쉽게 쳐들어올 수 있는 성이었고, 아자개는 적을 막아낼 힘이 없었다. 그런 성을 피 한 방울 안 흘리고 고려로 넘기고 나니 마음이 후련하고 무엇인가 커다란 짐 덩어리가 어깨에서 벗어난 것 같았다.

"하, 이러지 않아도 되는데."

왕건이 아자개를 위해 잔치를 베풀었다. 풍악이 울리고 무녀(舞女)들이 춤을 추었다. 소고기와 돼지고기, 닭고기까지 상다리가 부러지도록 상 위에 음식이 쌓여 있었다. 아자개는 무녀들의 가무에 절로 흥이 나서 어깨까지 들썩였다.

"상보 어른, 제 잔을 받으시지요."

"암, 받아야지."

"아무 걱정하지 마시고 이곳에서 오래오래 살아가십시오."

"싫어. 여긴 너무 복잡해. 철원으로 보내줘. 그곳에 작은 황궁이 있다며. 그곳에서 살래. 여긴 너무 복잡해서 정신이 하나도 없어."

"그렇게 하겠습니다, 상보 어른."

아자개는 송악에서의 생활이 싫었다. 사불성에서는 혼자 통치를 해서 늘 다른 나라들이 침입하는 것이 두려웠으나 송악에서는 그런 걱정은 없는데, 여러 사람들의 눈치를 보며 지내야 했기 때문에 조용한 곳에서 여생을 보내고 싶었다. 이제 늙어서 아무것도 할 수 있는 일이 없는데, 송악에 남아서 이 사람 눈치 저 사람 눈치를 보며 살기란 몹시 괴로운 일이었다.

"아니, 상보 어른 아닙니까?"

"자넨 박술희가 아닌가."

"예, 상보 어른, 하하. 대주 낭자하고 잘만 됐으면 지금쯤 장인어른이 되셨을 텐데 참으로 아쉽습니다. 대주 낭자는 어디에 있사옵니까?"

"몰라. 사불성을 고려에 넘기니 혼자 골이 나서 나갔는데, 이곳으로 온 줄 알았더니 아직 안 온 모양이야."

"예, 그럼 대주 낭자가 행방불명되었단 말입니까?"

박술희는 당장이라도 사불성으로 달려가서 대주를 찾고 싶었다. 아마도 아자개가 상의도 없이 사불성을 통째로 고려국에 넘겨서 화가 단단히 난 모양이었다. 고려국으로 오지 않았다면 도대체 어디로 갔단 말인가? 혹여 후백제의 견훤에게 돌아간 건 아닌가? 아무래도 견훤과는 오누이 사이니 오히려 그곳이 편할 수도 있으리라. 박술희는 혼자 생각을 하고 혼자 정리하고 있었다.

"좀 더 자세히 말씀해보시지요."

"자세히랄 게 뭐 있나. 내가 힘이 부쳐서 성을 더 이상 영유하기가 어려우니 고려국에 넘기고 고려국으로 가자고 하니까 대주가 그런 법이 어디 있느냐고 화를 내더니 갑자기 말을 타고 떠나더군."

"은근히 자기에게 성을 물려주길 바란 모양입니다. 박술희 장군, 우리 대주 좀 찾아주시오."

이번에는 상원부인이 말했다. 박술희는 그 말을 듣고 대주가 정령 후백제로 떠난 것이라 생각했다. 말을 타고 떠났다면 필시 먼 길을 가려고 작정을 한 것인데, 후백제 말고는 갈 곳이 없었기 때문이었다.

"상보 어른, 제가 철원의 작은 황궁으로 모시겠습니다."

"정말, 정말로 박술희가 날 철원으로 데려다줄 거야?"

"그렇사옵니다, 상보 어른. 어서 가시지요."

"그래, 그래. 송악은 너무 복잡하고 싫어."

박술희는 아자개와 상원부인을 모시고 철원으로 떠났다. 고려로 오고부터 아자개는 심경의 변화가 왔는지 매사에 초조하고 불안한 모습을 보였다. 갑자기 고향을 떠나와서 느끼는 불안감인 듯했다. 고려로 오면 극진히 대접하겠다는 왕건의 말에도, 그리고 실제로 왕건을 위시한 대신들이 극진히 모셨음에도 아자개는 그게 짐이라고 느꼈는지 입만 열면 송악을 벗어나고 싶다고 하였다. 하여 왕건이 박술희에게 더 이상 상보 어른을 송악에 머물게 하면 병이 날 것 같으니 하루라도 빨리 철원으로 모시라 명했다. 아자개와 상원부인이 탄 수레는 철원을 향해 천천히 굴러갔다.

"가자, 조물성으로. 내가 선봉에 서겠다."

견훤은 마침내 기병 삼천 명을 일으켜 조물성으로 향했다. 925년 10월이었다. 이때 고려왕건이 유금필(庾黔弼)을 보내 충북의 연산진을 공격하여 전투가 재개되었다. 연산진은 고려가 장악하고 있던 청주에서 대전으로 향하는 중간 길목이며, 후백제의 최일선 요충지였다. 유금필은 연산진 장군 길환(吉奐)을 죽이고 성을 함락하였고, 이어 임존성(任存城)까지 함락시켜 후백제는 수백여 명이 전사하고 이천여 명 이상이 포로가 되는 참패를 당하였다. 이에 견훤은 무너진 전세를 만회하고, 친고려노선을 견지하는 경상 지역 호족을 제압하기 위해 직접 병력을 이끌고 제2차 조물성 공격에 나섰다.

견훤이 기병 삼천여 명을 이끌고 쳐들어오자 왕건도 정병(精兵)을 이끌고 나와 싸웠으나 승패를 가리지 못한다.

"군사들이여! 잘 들을지어다. 저 조물성은 본시 우리의 영토였노라. 또한, 저 조물성 너머 사불성은 나의 아버님께서 성주로 계시던 곳이니라. 그런데 저 고려 놈들이 사악한 꾀로 아버님을 고려고 귀부시켰으며 우리의 영토인 연산진과 임존성을 무참히 짓밟아 수백여 명이 전사했으며 수천여 명의 포로를 잡아갔다. 또한, 내 아들 금강이가 저들이 쏜 화살에 맞아 애꾸가 되었느니라. 군사들이여! 오늘 죽기를 각오하고 싸워 저 성을 함락하고, 죽은 군사들과 포로가 되어 끌려간 군사들, 애꾸가 된 내 아들의 원수를 갚을 것이다."

"와!"

"또한, 아버님이 잃은 저 너머 사불성을 되찾을 것이다."

"와!"

"전원 공격하라!"

"와!"

기마병 삼천여 명이 쏜살같이 성문 쪽으로 달려나갔다. 조물성에서는 왕건이 친히 나와 군사들을 독려하고 있었다. 적이 비록 기병이라고는 하나 높은 성벽을 넘지 못하므로 겁먹을 게 하나도 없었다. 오히려 성 위에서 화공을 하면 되므로 고려군이 더 유리한 상황이었다.

그런데 이상한 일이 벌어졌다. 고려군의 궁수들이 성벽 위에서 달려오는 기병들을 맞아 활을 쏘려고 기다리고 있을 때였다. 기병들이 사정거리에 들어오면 일제히 활을 쏘려고 기다리고 있는데, 갑자기 성 위에 있던 궁수들이 욱 — 욱, 소리를 내며 땅으로 곤두박질쳤다. 달려오는 기병들이 먼저 화살을 날린 것이었다. 기병들은 쾌속으로 달려왔다가 화살을 날리고 쾌속으로 빠져나가 대응할 방도가 없었다. 성 위에 있던 궁수들이 나뭇잎처럼 떨어져 죽자 이번에는 기병들이 긴 사다리를 들고 나타나 성 문을 공략하기 시작했다.

"막아야 한다. 성문이 열려서는 절대 안 된다."

왕건이 다급하게 외쳤다.

"막아라! 적병을 막아라."

말에서 내린 군사들이 새까맣게 성벽을 오르기 시작했다. 거기에는 신검도 끼어 있었다. 신검은 말을 타고 가장 먼저 와서 선봉으로 성벽을 오르고 있었다. 이미 궁수가 모조리 죽어 나간 고려군은 이빨 빠진 호랑이였다. 신검이 먼저 성벽을 넘으려 하자 고려의 군사들이 우르르 몰려왔다. 신검이 표창 두 개를 던져 장창을 들고 있는 병사들을 쓰러트렸다. 그리고 재빨리 성벽을 넘어 검으로 날렵하게 병사들을 쓸어버렸다. 자리가 확보되자 군사들이 속속 성벽을 넘어오고 있었다.

"네 이놈. 여기가 어디라고 감히 온 게냐?"

"네놈은 누구냐?"

"나는 고려 장수 유금필이다."

"뭐라, 유금필. 오냐, 잘 만났다. 한번 겨뤄보자!"

갑자기 나타난 고려 장수 때문에 신검은 진격할 수 없었다. 어차피 앞으로 진격하려면 적장의 목을 베고 나가야 했다. 유금필도 칼을 뽑아 들고 신검의 앞을 막았다. 신검이 먼저 유금필을 향해 공격을 시작했다. 그러나 유금필은 신검의 칼날을 곧잘 피했다. 그만큼 유금필은 고려의 명장 중의 명장이었다.

유금필은 본관은 평산, 왕건을 섬겨 마군장군(馬軍將軍)이 되었으며 여러 번 승진하여 대광이 되었다. 920년(태조 3년) 동북방 국경에 있는 골암진이 여진족의 침공을 당하자, 태조의 명을 받아 개정군 삼천여 명을 인솔하여 성을 축성했다. 923년 골암성과 그 주변의 여진족을 초유(招諭)했다. 925년 정서대장군(征西大將軍)으로 다음해에는 정남대장군(征南大將軍)으로, 그리고 935년에는 도통대장군(都統大將軍) 임명되어 무수히 많은 싸움을 했고 수많은 전공을 세웠다. 그런 유금필과 신검이 맞붙은 것이다.

"각오해라."

"오냐, 어서 오너라!"

신검이 유금필의 목을 노리고 힘껏 검을 찔렀지만, 유금필이 몸을 돌리며 칼로 막아냈다. 다시 신검이 몸을 날려 유금필의 가슴을 내리치고, 돌아서며 머리를 내리쳤지만, 유금필이 잘도 막아냈다. 무려 반 시간을 싸웠지만, 승부는 쉽게 나지 않았다. 성벽을 타고 올라온 군사들도 유금필이 버티고 있는 군사들과 혈전을 벌였지만 좀처럼 길이 뚫리지 않았고, 양쪽이 팽팽하게 맞서고 있었다.

"자, 받아라."

이번에는 유금필이 공격을 자처했다. 박술희처럼 힘이 장사인데 칼을 내리치는 힘이 어마어마했다. 유금필의 칼날을 막아내면 온몸에서 전율이 울렸다. 칼이 부딪치는 소리가 뼛속까지 울려왔다. 여러 번 유금필의 공격을 받아내다 신검은 철수를 결정했다. 서로 힘이 비슷해서 양측이 희생만 있을 뿐이었다.

"다음에 다시 겨루자!"

"왜, 힘에 부치냐?"

"군사들의 희생만 따를 뿐이다."

"좋다, 가거라."

"내, 다음에는 꼭 결판을 보고 말겠다."

"그렇게 하여라."

신검이 검을 거두고 군사들을 데리고 다시 사다리를 타고 성벽을 내려왔다. 신검이 퇴각하는 동안 유금필이 퇴로를 열어주겠다고 약속을 해서 신검과 군사들이 성벽을 무사히 내려와 본대 진영으로 갈 수 있었다. 그러고 보니 유금필은 의리 하나는 잘 지키는 모양이었다. 신검과 군사들은 성벽을 내려와 말을 타고 빠르게 본진으로 달렸다.

견훤이 이 광경을 보고 의아해하며 서 있었다. 군사들이 한참 싸우다 서로 약속이나 한 듯이 칼을 거두고 한쪽에서 사다리를 타고 천천히 성벽을 내려오고 다른 한쪽에서는 마치 배웅을 하듯이 손까지 흔들고 있었기 때문이다.

"뭐라? 성벽을 넘어 진격하다가 그냥 돌아왔다고?"

"그러하옵니다, 아버님. 적들이 워낙 완강해서 진격할 수 없었사옵니다."

"그걸 말이라고 하는 건가? 도대체 어느 놈들이 우리의 길을 막았다는 게냐?"

"적장 유금필이옵니다. 게다가 고려왕도 와 있습니다."

견훤은 왕건이가 조물성에 온 것은 이미 알고 있었다. 자신이 군사를 이끌고 친히 이곳에 오자 왕건도 군사를 이끌고 와서 군사들을 독려하고 있다는 것은 알고 있었는데, 이름도 생소했던 유금필이 그렇게 무예가 뛰어난 줄은 몰랐었다. 다만 저 북방에서 여진족을 상대하더니 기고만장한 게 아닌가 생각했다.

"이런, 이런 젠장. 유금필이면 왕건의 오른팔이 아니더냐?"

"그렇사옵니다. 힘으로는 안 되는 듯하오니 화친을 맺는 것이 어떻사옵니까, 폐하."

"화친이라니?"

"적들이 워낙 완강하게 나오고 설사 조물성을 점령한다 해도 완산주에서 여기까지의 거리가 너무 멀어서 유지하기가 어렵사옵니다. 그럴 바에야 화친을 맺어 서로 싸우지 않는 것이 유리한 방향이옵니다."

"그런가? 그럼 어서 왕건에게 친서를 보내게."

"분부 받들겠사옵니다, 폐하."

왕건은 견훤의 화친 제의에 귀가 솔깃했다. 그러잖아도 조물성을 포기하고 수군을 이용하여 진주와 목포에 있는 군사를 증강해 대야성을 칠 생각이었는데, 견훤이 먼저 화친을 청해오니 마다할 이유가 없었다. 이로써 왕건은 당제(堂第, 사촌동생) 왕신(王信)을, 견훤은 외생(外甥, 조카) 진호(眞虎)를 서로 인질로 교환하였다. 이 화의에 대해 『삼국사기(三國史記)』「견훤전」에는 견훤의 군사가 우세해 태조가 요청했다고 했고, 반면에 『고려사』「태조세가」에는 견훤이 화의를 청한 것으로 되어 있다. 또한,

『고려사』「유금필전」을 인용한 『고려사절요(高麗史節要)』에는 유금필이 군사를 거느리고 와 합세해 병세를 떨치니 견훤이 두려워해 화의를 청했다고 기록되어 있다. 이러한 견해 차이는 『고려사』와 『고려사절요』의 편찬자나 그 원본이 되었던 사료에서 태조의 위신을 고려하여 후백제가 먼저 화의를 제안한 것으로 왜곡하여 서술하면서 발생한 것으로 보인다. 제2차 조물성 전투의 전세는 후백제가 유리하게 전개되고 있었기에 태조 왕건이 사촌동생 왕신을 인질로 보내며 견훤을 상보(尙父)로 높여 부르면서 화의를 청했고, 견훤은 그에 답례하기 위해 조카 진호를 파견한 것으로 생각된다.

"아하, 왕건이 조물성을 내게 넘긴다는구만. 조물성을 말이야."

"적진 깊숙이에 있는 성이라 그리 좋은 일만은 아니옵니다."

"좋은 일이 아니라니?"

"조물성을 내어주고 적들은 분명히 다른 전략적 요충지를 점령하려 할 것입니다. 적들이 속임수를 쓰는 것이옵니다. 이곳을 포기하면 적들은 후방이나 웅주 쪽을 공략할 계산이 크옵니다. 폐하, 헤아려주십시오."

"아니야, 왕건 아우는 절대로 그럴 사람이 아니야. 자신의 사촌 동생을 내게 인질로 보냈어, 사촌동생을 말이야."

"적이옵니다. 너무 믿지 마시옵소서."

최승우의 만류에도 견훤은 왕건을 철석같이 믿었다. 왕건도 멀리 송악에서 조물성까지 와서 피로가 누적되었고, 빨리 화친을 맺고 돌아가고 싶으리라 여겼다. 그러기 때문에 신라의 경애왕이 고려와 후백제가 화의를 맺었다는 소식을 듣고 태조에게 사절을 보내 반대 의사를 표명하였지만, 태조는 화의를 맺을 수밖에 없었다. 고려와 후백제 양국의 화의는 후백제에 유리한 방향으로 체결되었을 가능성이 높다. 고려는 조물성을 후백제에 넘겨주고 후퇴한 것으로 보인다. 이는 928년 8월에 왕충이 왕건의 명을 받고 조물성 부근에서 정탐 활동을 했던 일로 입증된다. 조물성 전투의 결과 후백제가 조물성을 점령하면서 상주와 고령 및 구미 등 인근 지역은 후백제 지배하에 들어가게 되었다. 신라의 경애왕이 고려와 후백제의 화친을 비판하고 나선 것은 경상 지역에 대한 후백제의 영향력이 강화되어 신라에 큰 위협이 되었기 때문이었다. 실제로 후백제는 조물성 전투에서 승리한 기세를 몰아 거창 등 이십여 개 성을 차지했으며, 문경과 예천 등의 경북 서북 지역을 점령하였다.

그러나 고려와 후백제의 화의는 오래가지 못했다. 인질을 교환한 지 몇 달이 지난 이듬해 926년 4월, 고려에 인질로 파견되었던 진호가 병으로 급사하고 만다. 왕건이 진호의 시신을 정중히 수습하여 후백제로 보내주었으나 견훤은 진호가 고려 측에 살해당한 것이 아니냐 의심했고, 크게 노하여 볼모로 와 있던 왕신을 옥에 가둬 죽이고 말았다. 이로 인하여 후백제와 고려의 관계는 악화일로로 치닫게 되었고, 양국의 군사적 대립이 본격화되었다.

"진호가 죽었어! 내 조카 진호가 말이야!"

고려에서 돌아온 진호의 시신을 보며 견훤은 눈물을 흘렸다. 왕건이 자신의 사촌동생 왕신을 친히 볼모로 내주어 할 수 없이 견훤은 조카인 진호를 고려로 보냈는데, 겨우 몇 달 만에 시신으로 돌아오고 말았다. 견훤은 의원을 불러 사인을 밝히라 명하였다. 의원이 진호의 시신을 살피니 첫눈에 보아도 독살로 여겨졌다. 몸에 검은 반점이 있고, 눈알이 파랗고 혀가 탄 듯이 침이 없는 것으로 보아 독살이 틀림없었다. 의원은 견훤에게 사실대로 알리었다.

"뭐라? 독살이라고?"

"그러하옵니다, 폐하."

"틀림없는 사실이렷다!"

"그러하옵니다. 살갗에 검은 반점이 있는 것은 독약 성분이 뭉친 것이고 눈알이 파란 것도 독약 때문이옵니다."

"이런 쳐죽일 놈들. 화의하자고 해놓고 내 조카를 독살해? 그리고 보란 듯이 시신을 보내와? 당장 볼모로 잡혀 있는 왕건이의 사촌동생, 왕신이를 하옥하고 물과 음식을 주지 마라."

"예, 폐하."

후백제에서 볼모로 잡혀 있었으나 비교적 자유롭게 지내던 왕신이 즉시 하옥되었다. 왕신은 자신도 죽을지 모른다는 생각에 몸을 떨었다. 처음에는 잠시 후백제에 들어가 그곳의 풍속을 배우고 학식과 덕망을 쌓고 돌아오라는 왕건 형님의 말만 믿고 후백제로 왔는데, 고려에 볼모로 가 있던 견훤의 조카 진호가 죽어서 돌아오자 자신을 대하는 후백제의 태도가 완전히 바뀌었다. 별채에서 편안하게 지내던 것과 대조적으로 옥에 갇혀 끼니와 물도 못 먹고 있었다. 그러면서도 왕신은 왕건이 이곳으로 쳐들어와 자신을 구해주리라는 한 가닥의 끈을 놓지 않고 있었다.

"어찌 되었느냐?"

"폐하, 벌써 사흘째 물 한 모금 주지 않았사옵니다."

"잘했다. 저놈이 죽거든 말에 태워 고려로 보내거라."

"폐하, 정말로 죽이실 작정이십니까?"

"그렇다. 내 조카 진호가 죽어서 왔는데, 저놈도 죽어서 돌아가야 하지 않겠느냐?"

"물론 그렇사옵니다만, 저들이 가만히 있겠습니까?"

"가만히 안 있으면. 어차피 깨진 화의니라."

며칠 뒤 옥에 갇힌 왕신이 굶어 죽자 견훤은 시신을 말에 태워 고려로 보냈다.

927년 1월이었고, 고려에서 왕신의 동생 왕육(王育)이 시신을 받았다. 견훤은 고려에서 한 짓과 똑같이 해주었다. 견훤은 굶어 죽은 왕신의 시신을 고려로 보냈지만 그래도 분이 풀리지 않았다. 견훤은 어차피 고려와의 화친은 깨졌으니 자신이 보낸 총마를 되돌려달라는 친서를 보냈다. 이에 왕건은 시신이 되어 돌아온 왕신을 보고 이를 악물며 총마를 돌려주었다. 이로써 고려와 후백제가 맺은 화친은 산산이 조각나고 말았다. 태조 왕건은 후에 930년에 원당(願堂)으로 안화선원(安和禪院) 후에 안화사(安和寺))을 창건하여 왕신의 넋을 위로하였다.

"어차피 고려와의 화친은 깨졌다. 고려와는 전쟁뿐이다. 전쟁에서 승리하는 자만이 살아남을 수 있다. 출병한다."

"폐하, 어디로 출병하시는 것이옵니까?"

"웅진(공주)을 공략한다."

견훤은 고려와의 화친이 깨지자마자 군사를 일으켜 웅진을 공략한다. 웅진은 완산주의 지척이므로 후백제가 북진하기 위해서는 필연적으로 거쳐 가야 하는 전략의 요충지고, 적이 남쪽으로 너무 깊이 내려와서 어차피 공략해야 할 곳이었다. 견훤은 다시 고려와의 일전을 위해 출병을 서둘렀다.

9

서라벌

서라벌

신검은 궁 밖으로 나와 완산주의 거리를 걷고 있었다. 평범한 복장에 무장도 하지 않은 채였다. 잠행을 나왔다기보다는 그냥 궁에서 나와 거리를 걷고 싶었다. 도인처럼 긴 머리를 뒤로 묶고 커다란 지팡이를 짚고 소경처럼 눈을 가늘게 뜨고, 게다가 머리에 삿갓까지 쓰니 그를 알아보는 사람은 아무도 없었다.

— 허, 허. 이렇게 하니 오히려 마음이 가볍구나.

신검은 궁에서의 생활을 떠올리며 답답한 심정을 혼자 읊조렸다. 그동안 전쟁터를 누비고 다니느라 난전을 걸어보는 것도 오랜만이었다. 궁에서는 아버님의 눈치를 봐야 했고, 전쟁터에서는 적의 화살이 언제 날아올지 몰라 긴장했는데, 이렇게 혼자 난전을 산보하니까 마음마저 편안하였다.

거리는 한낮인데도 조용하기만 했다. 하기야 청년들이 군에 소집되어 전쟁터로 나가니 거리는 침울할 수밖에 없었다. 허구한 날 전쟁이었다. 신검도 웅진에서 고려군과 일전을 벌이고 돌아온 지 얼마 안 되었다. 고려와 화친을 맺고 평화롭게 살고 싶었지만, 아버님은 고려와 무슨 철천

지원수를 졌는지 환갑이 넘은 나이에도 팔팔하게 전쟁터를 누비고 다녔다.

— 어서 내가 보위에 올라야 하는데.

신검은 자신이 보위에 오르면 당장 고려와 화친을 맺어 전쟁이 없는 나라로 만들고 싶었다. 그러나 보위에 오르지 않는 이상 신검은 아무것도 할 수 없었다. 둘째 동생 양검은 강주도독(康州都督)으로 가 있었고, 셋째 동생 용검은 무주도독(武州都督)으로 가 있어서 신검은 늘 혼자였다.

“이놈의 나라가 어찌 되려고 허구한 날 전쟁이여?”

“그러게 말이야. 자네 아들도 둘이나 전쟁터를 끌려갔지?”

“어찌 우리 집뿐인가? 마을에 젊은이는 씨가 말랐어.”

“임금이 죽어야 전쟁이 멈추려나?”

“누가 들으면 어쩌려고?”

“들으면 어때, 이래 죽으나 저래 죽으나 죽으면 그만이지 뭐가 겁나?”

“어허, 이 사람이 그래도.”

민심은 이러했다. 신검은 사람들의 이야기를 들으며 어서 전쟁이 끝났으면 싶었다. 그러나 아버님은 또 출병하려고 기회를 엿보고 있었다. 이제 싸움을 그만하여도 좋으련만 아버님은 태생이 장군이라 싸움만큼은 자신 있어 했고, 지지 않으려고 계략도 치밀하게 세웠다.

신검은 난전을 둘러보았다. 역시 사람이 없고 물건도 없었다. 전쟁을 치르느라 나라 경제가 땅바닥에서 일어나질 못하고 있었다. 신검은 난전을 천천히 걷고 있었다. 그때였다. 아낙의 다급한 소리가 들렸다.

“아이고, 왜 이래요. 아이고, 사람 살려!”

아낙이 소리치는 곳을 돌아보니 장정 서너 명이 아낙이 펴놓은 물건을 내동댕이치며 행패를 부리고 있었다. 보아하니 자릿세를 뜯는 깡패들이었다. 신검은 오죽할 짓이 없어서 자릿세나 뜯으며 상인을 괴롭히는가 싶어 점잖게 그들을 타일렀다.

"보아하니 사지가 멀쩡한데 농사라도 지으며 살 것이지 어찌 힘없는 아낙에게 행패를 부리시오."

"넌 뭐야?"

"지나가는 사람인데 부당한 일을 보고 묻는 게요."

"다치기 싫으면 어서 꺼져라!"

"그건 내가 할 소리요!"

"뭐야? 이놈이!"

한 사내가 신검을 노려보더니 주먹을 날렸다. 그러나 그 주먹에 맞을 신검이 아니었다. 주먹을 살짝 피하자 사내가 품 안에서 단검을 빼 들었다.

"죽고 싶은 게냐?"

"너야말로 죽고 싶은 게냐?"

사내가 이번에는 신검을 향하여 단검을 휘둘렀다. 신검이 지팡이로 막으며 사내의 머리통이 내리쳤다. 사내가 땅바닥에 폭 쓰러지자 다른 사내들이 일제히 품속에서 칼을 꺼내 신검에게 휘두르기 시작했다. 신검이 사내들의 칼을 피하다 크게 기합을 넣자 단숨에 사내들이 땅바닥에 고꾸라졌다. 동시에 여러 명을 때려눕히는 것을 본 아낙이 크게 기뻐했다.

"이 은혜를 어떻게 갚아야 할지요."

"아니요. 어서 관아에 기별하여 저놈들을 옥에 가두라 하시오."

"관군도 한통속이라 소용 없습니다요."

"뭐요?"

신검은 사내들을 밧줄로 묶어 관아로 끌고 갔다. 백성들의 피를 빨아 먹는 저놈들과 관아가 한통속이라는 말이 믿기지 않았다. 사내들은 관아로 끌려가면서도 분이 안 풀리는지 씩씩거리고 있었다. 줄줄이 묶인 사내들을 끌고 관아로 들어서자 향리가 심히 못마땅한 표정으로 신검을 바라보았다. 신검이 이자들을 아느냐고 묻자 향리가 못마땅하다는 듯이 말했다.

"그렇소만 무슨 일이오?"

"몰라서 묻는 거냐?"

"어디서 온 놈이냐? 뭣들 하느냐? 쳐라!"

향리의 말이 떨어지기가 무섭게 군졸들이 신검을 향해 창을 들이대며 에워쌌다. 그리고 향리가 다시 외치자 군졸들이 사정없이 창을 찔러대기 시작했다. 신검은 다시 지팡이를 들고 군졸들을 내리쳤다. 삽시간에 군졸 서른 명이 바닥에 쓰러져 비명을 지르고 있었다. 신검이 향리의 목에 검을 들이댔다. 신검이 가지고 있는 지팡이는 속에 검이 든 지팡이였다. 그러니까 지팡이로 위장된 검이었다. 향리가 몸을 파르르 떨었다.

"사, 살려주십시오."

"당장 네놈의 목을 베어버려야 하나 네 일정이 바빠서 그냥 돌아가니 다시는 백성들을 괴롭히지 말아라."

"예, 알겠습니다."

"백성을 돌봐야 할 놈이 사리사욕이나 채워서야 되겠느냐?"

"다시는 안 그러겠습니다."

"내 수시로 난전에 나와서 볼 터이니 명심하거라."

신검은 향리를 살려주고 관아를 나왔다. 신검은 자신이 보위에 오르면 비리가 만연하는 세상을 반드시 바로잡겠다고 다짐했다. 공평하고 평등하고 백성이 잘사는 나라를 만들고 싶었다. 그러나 아버지가 이를 허락하지 않았다. 이미 환갑이 넘은 나이에도 권좌에 앉아 전쟁터를 누비는 아버지 때문에 신검은 아무것도 할 수 없었다. 차라리 아버지가 없다면, 신검은 그 생각마저 해보았다. 아버지가 없고 자신이 권좌에 오른다면…… 정말 그럴 수만 있다면…… 신검은 빨리 권좌에 오르고 싶었다.

"뭐라? 대야성이 함락되었어?"

927년 정월, 왕신의 죽음에 크게 노한 왕건은 대대적인 반격에 나서서 직접 군사를 이끌고 용주를 빼앗았다. 이에 상황이 악화될 것을 우려한 견훤은 고려에 사신을 보냈으나, 왕건은 공격을 멈추지 않았고 결국 견훤이 간신히 함락시켰던 대야성마저 함락당하고 말았다. 그해 9월, 왕건의 거센 공격을 받은 견훤은 반격을 위해 환갑에 이른 나이에도 불구하고 몸소 군사를 거느리고 전장에 나타났다. 견훤은 신라의 근품성(문경)을 빼앗았다. 고려군과 신라군은 후백제군의 측면을 공격하려 했지만, 이때 엉뚱하게도 견훤은 북쪽으로 진격하던 군사를 돌려 고울부(高鬱府, 영천)를 습격하고, 신라의 왕도인 서라벌로 빠른 속도로 진격했다.

"폐하, 북으로 진격하는 것보다 우선 신라를 쳐야 하옵니다. 그래야 저들의 협공에서 벗어날 수 있습니다. 신라는 비록 쇠락하였다 하나 여전히 고려와 손을 잡고 우리를 괴롭히고 있습니다."

"북진하여 고려군이 더 이상 남쪽으로 내려오지 못하게 하는 것이 급선무야."

"아니옵니다, 폐하. 이미 고려군은 대야성까지 함락시켰습니다. 신라와 연합하여 완산주로 쳐들어오면 백제는 망하옵니다. 어서 남으로 진군하소서."

최승우의 말에 견훤은 결국 말머리를 돌려 남으로 진격하였다. 고울부를 점령한 후백제 군사는 마치 바람처럼 남으로 내달리기 시작했다. 선두에서 견훤과 신검과 금강이가 말을 타고 달려나갔고, 후미의 군사들도 달리기하듯이 달렸다. 실로 엄청난 기동력이었다. 고려와 신라군이 미쳐 손을 쓸 시간도 없이 후백제군은 무섭게 서라벌로 달려가고 있었다. 후백제 군사들은 사력을 다하여 달리고 또 달렸다. 어디서 이런 힘이 나오는지 알 수 없었다. 마치 돌진하는 멧돼지 같았다.

"폐하, 조금만 더 가면 서라벌이옵니다."

"오랜만에 와보니 신라 땅도 꽤 넓고 조용하구먼."

"그렇사옵니다."

"얼마 안 남았다. 박차를 가하라."

"예, 폐하!"

사실 견훤의 기동은 엄청난 도박에 가까웠다. 후백제군이 정석대로 퇴로와 보급로를 확보하며 신라 지역을 공격하며 진격했다면 문경 일대와 대야성이 있는 합천을 점령한 고려군의 협공을 피할 수 없었다. 그런데 견훤은 이런 협공 따위는 전혀 신경 쓰지 않고 일단 문경 방어선을 뚫은 뒤 멧돼지마냥 서라벌을 향해 돌진해버렸다. 이러니 고려군과 신라군이 도저히 대응할 시간을 벌지 못하였다. 이에 신라의 경애왕은 다급하게 왕건에게 구원을 청하였으나 후백제군이 무서운 속도로 진격하여 도저히 따라잡을 수 없었다. 그럼에도 경애왕은 고려에 구원을 요청했으니 고려군이 후백제군을 퇴각시킬 것으로 믿고 편하게 지내고 있었다. 나라의 앞날이 풍전등화와 같은데 대신들과 포석정에 앉아 술잔이나 돌리고, 시나 읊으며 시간을 죽이고 있었다.

"저기가 서라벌이 아닌가?"

"그렇사옵니다, 폐하!"

"뭔가 이상하지 않은가?"

"무엇이 말이옵니까?"

"여기까지 오는 동안 적의 저항이 한 번도 없었어. 게다가 분명히 궁을 지키는 군사들이 있을 텐데 아무도 대적하려 들지 않아. 함정에 빠진 게 아닌가?"

"그러잖아도 척후병을 보내보았습니다. 서라벌에는 군사가 없사옵니다. 그냥 왕궁으로 납시면 되옵니다."

최승우의 말을 들으면서도 견훤은 왠지 찜찜했다. 아무리 쇠락해가는 나라라지만 적이 수도 서라벌로 쳐들어오는데, 아무도 대적하지 않으니 도리어 견훤은 자신이 함정에 빠진 게 아닌가 하고 겁을 먹었다. 어느 나라나 도성 수비대가 있는데, 신라에는 그런 군대조차 없는 모양이었다.

"이럴 수가. 이렇게 조용할 수가."

"거기가 서라벌이옵니다. 어서 성문을 여시지요."

"암, 그렇구먼. 군사라야 고작 성문을 지키는 조무래기뿐이고만."

견훤이 군사를 이끌고 서라벌에 도착하자 우려했던 것과는 달리 서라벌에는 신라군이 남아 있지 않았다. 성문을 지키는 병사들은 새까맣게 몰려오는 후백제의 군사들을 보고 지레 겁을 먹고 성문도 열어둔 채 줄행랑을 쳐버렸다. 견훤은 아주 태연하게 왕궁 안으로 들어갔다. 벌써 군사들이 성안으로 들어가 적병이 있나 찾는 사이에 거리는 사람들의 비명이 들려오고 있었다. 서라벌 백성들이 후백제군이 들이닥치자 겁을 먹고 비명을 지르기 시작한 것이다.

"여기가 왕궁이지! 하! 천 년의 역사가 살아 있는 곳이야."

"경애왕을 잡아야 하옵니다."

"어차피 독 안에 든 쥐다."

"서두르셔야 하옵니다. 지체하면 고려군이 몰려올 것입니다."

"아니야, 저놈들은 멀리 떨어져 있어서 안전해."

어느새 군사들이 왕궁까지 들어갔다. 신라의 대신들이 차례로 잡혀와 포승줄에 묶였다. 경애왕은 그때까지도 포석정에 앉아 술잔을 돌리고 있었다. 후백제군이 서라벌로 쳐들어온다 해도 왕건에게 서신을 보냈으니 곧 지원병이 오리라 믿고 있었다. 그러니까 경애왕은 후백제군보다 왕건이 이끄는 고려군이 서라벌에 더 먼저 도착할 것으로 믿고 있었다. 오만하고도 무지한 오판이었다. 적이 성으로 들어와 왕을 찾기에 혈안이 되어 있는 이때, 포석정에 앉아 술잔이나 돌리고 있으니 한심하기 짝이 없는 임금이었다.

"자! 자! 듭시다. 여기는 고려의 도움으로 안전합니다. 이제 곧 고려의 왕건 대왕께서 군사를 이끌고 이곳으로 올 것입니다. 백제 놈들이 아무리 뛰어나다 하나 고려는 절대로 못 이깁니다. 하하하."

"그러면요. 후백제군을 어디 고려군과 비교합니까?"

"자! 자! 술잔이 흘러갑니다. 한 잔 드십시오."

경애왕은 후백제군이 궁으로 들어온 것도 모르고 포석정에서 술판을 벌이고 있었다.

현재 경상북도 경주시 배동에 위치한 경주 포석정지가 있다. 통일신라의 의례 및 연회 장소로 이용되었던 정자(亭子) 포석정이 위치했던 터이다. 조성 연대는 전하지 않으나 주로 통일신라 시대의 기록에 등장한다. 『삼국유사』「처용랑(處容郎) 망해사조(望海寺條)」에 보면 '헌강왕이 포석금(鮑石今)에 놀러 나와 남산신(南山神)의 춤을 보고 왕이 따라 추었는데, 이 춤을 어무상심(御舞祥審) 또는 어무산신(御舞山神)이라 했다'라는 기록에 처음 등장하므로 8~9세기에 건립되었다고 추정한다. 관련 기록은 극히 부족한 편이지만, 묘사에 따르면 대체로 국왕들이 유흥을 즐기던 놀이 공간이었던 것으로 여겨진다. 또한, 포석정이라고 하면 포어(鮑漁, 전복)의 형태를 모방하여 만든 석구(石溝)를 말하지만 사실, 이 석구는 포석정의 부속 기물 중 하나일 뿐이다. 본래 이 위에 포석정의 본 건물이었다고 할 수 있는 정자가 있었으나 없어진 것이다. 포석정의 석구는 유상곡수연(流觴曲水宴)을 즐기기 위한 용도다. 유상곡수연의 기원은 4세기 위진남북조시대의 서예가 왕희지에서 비롯되었다. 물이 흐르는 수로의 첫 부분에 술이 담긴 술잔을 띄우면 술잔이 수로를 타고 다른 사람에게 건너가는 구조인데, 수로를 기가 막히게 설계하여 술잔이 떠내려가는 중에도 기울어지거나 부딪히지 않았다. 이 술잔이 떠내려가는 동안 시를 짓고 만약 못 지으면 벌주 석 잔을 마시는 식으로 노는 것이 유상곡수연이었다. 그리 길지 않은 수로에 물길을 꼬고 수로의 깊이까지 계산하여 설계하여 술잔이 오래 떠내려가게 하여 시를 지을 시간을 벌게 하였다.

그러나 일각에서는 경애왕이 포석정에서 술판을 벌였다는 것은 잘못된 견해라고 한다. 경애왕은 이런저런 시도들을 볼 때 분명 무능하진 않은 용기 있고 나름 유능한 임금이었으며, 『삼국사기』 기록을 보면 분명히 후백제군이 경주 코앞 연천까지 왔다는 걸 인지하고 고려에 구원을 요청했다. 이런 마당에 설마 술을 마시고 놀고 있었을까? 일단 후백제군이 어디까지 와 있는지 인지를 했고, 고려에 도와달라는 요청쯤은 할 정도의 상식은 있었다. 아무리 개념 없이 굴어도 저 정도 상식이 있는데 자기 목숨을 걸고 풍전등화의 상황에 술을 마시고 논다는 게 맞지 않는다.

또한, 포석정은 흔히 그 특이한 물의 흐름을 이용해 술잔을 띄우는 유상곡수연 놀이를 하는 곳으로 알려진 곳이지만, 경애왕이 붙잡혀 최후를 맞았을 때는 음력 11월, 양력으로 치면 12월이나 1월의 초이다. 즉 칼바람이 불고 얼음이 어는 한겨울이었으므로 그런 시기에 야외에서 술잔을 띄우면서 한가롭게 놀기는 어렵다. 서라벌은 겨울에도 눈이 잘 안 내리고 얼음도 쉽게 얼지 않는 따스한 남부 지방이라 술잔을 띄우는 것 자체는 가능했을지도 모르지만, 굳이 한겨울에 야외에서 달달 떨면서 떠내려가는 술잔이나 구경하고 논다는 것도 좀 부자연스럽다는 얘기다. 그리고 놀려고 마음먹었다면 다른 곳도 많았다. 월지와 임해전 등의 인공호수들, 이곳들은 신라 말기에도 연회장으로 사용하고 있었고, 실제로 왕과 귀족들의 유희 용품들이 쏟아져 나온 곳이다. 이런 놀 곳이 많은데 굳이 포석정에서 놀 이유가 없었다. 게다가 포석정은 신라의 성산(聖

山)인 서라벌 남산 중심에 있다. 포석정 북쪽 가까운 곳에는 박혁거세가 나왔다는 나정과 신궁이 있으며, 알영부인이 나온 알영정, 박혁거세의 무덤 오릉, 그리고 신라 후기 박씨 왕통의 상징적 장소라 할 수 있는 배동 삼릉 등 여러 성지가 많다. 또한, 기록에도 포석정이란 이름 대신 포석사(鮑石祠)란 이름도 자주 나오고 실제로 이 터에서 포석(砲石)이란 글자가 새겨진 기왓장도 발견되어 포석정이 노는 장소가 아니라는 주장이 점차 설득력을 얻고 있다.

이런 의문을 바탕으로 다음과 같은 설이 제기되었다. 포석정은 사실 연회의 장소가 아닌 일종의 성지로서, 술잔을 띄우는 그 구조물도 사실은 연회용이 아닌 제례용이었다는 것이다. 마침 음력 11월은 신라와 고려에서 팔관회(八關會)가 있었던 시기였다. 즉 나라가 위급해지자 경애왕은 팔관회를 통해 신라의 선조들에게 나라의 평안과 안녕을 빌고 있었던 것이다. 이렇게 되면 나라가 망하는데도 술 마시고 논 막장 왕이 아닌 자력만으로는 운명을 타개할 수 없는 상황이 되었으나 굴하지 않고 이것저것 다 해보려고 하다가 그래도 불안하니 천지신명께 기원할 수밖에 없었던 눈물 나는 망국의 군주라고 말할 수 있다.

"네놈이 경애왕이렷다."

"아니! 어떻게 백제군이 여기까지 왔단 말이냐?"

"네 이놈, 오라를 받아라!"

경애왕은 포석정에서 달려드는 후백제군을 피해 왕비와 함께 후궁으로 도망쳤다가 체포되어 견훤의 앞으로 끌려왔다. 견훤의 앞에 무릎을 꿇고 앉은 경애왕은 잔뜩 겁을 먹고 있었다. 군사들이 대소 신료들을 차례로 붙잡아 견훤의 앞으로 끌고 왔다. 모두가 겁먹은 표정이었다.

"아하, 왕비도 여기 있었구려. 절세미인이시구려."

"대왕 폐하! 살려주십시오."

"뭐라? 살려달라? 네놈이 그러고도 살기를 바라느냐?"

"힘없는 나라를 지키기 위해서는 어쩔 수 없었습니다. 고려국만이 우리 신라를 살릴 수 있다고 믿었습니다. 헤아려주십시오."

"그래, 고려와 손잡고 우리의 영토를 침략한 대가가 이 모양이냐? 어서 자결하여라! 사내답게 자결을 하란 말이다."

"폐하, 목숨만은 살려주십시오."

경애왕은 죽음이 두려워 애원했다. 그러나 견훤은 자결하지 않으면 자신이 직접 경애왕의 목을 치려고 검을 뽑아 들었다. 이 모습을 보고 신검이 나서서 비록 적국의 국왕이지만 목숨만은 거두지 말아야 한다고 견훤에게 진언을 올렸다가 되려 꾸지람만 들었다.

"신검아, 똑똑히 보아라. 패전국의 임금은 바로 이런 모습이니라. 또한 지금 저자를 죽이지 않으면 훗날에 고려와 더욱 밀착하여 완산주로 나를 죽이러 올 것이니라. 알겠느냐?"

"예, 아버님. 하오나 소자가 생각하기엔 아무래도 민심도 생각해야 할 줄 아옵니다. 민심을 잃으면 천하를 얻었다 해도 소용없는 일이라 배웠습니다."

"시끄럽다. 저놈을 죽이고 어서 여기를 빠져나가야 하니 민심 따위는 필요 없다. 저놈이 자결하지 않으면 신검아, 네가 검으로 목을 베거라?"

"……."

신검은 대답하지 않았다. 신검은 그동안 수없이 목숨을 빼앗아보았지만, 경애왕은 차마 죽일 수 없었다. 서른 초반으로 자신과 비슷한 나이이고 얼굴이 어린애처럼 천진하여 차마 자신의 손으로 경애왕의 목을 벨 수 없었다. 신검이 경애왕의 곁으로 다가가 차마 자신이 목을 벨 수 없으니 차라리 자결하라고 비수 한 자루를 쥐여주었다. 경애왕이 신검을 뚫어져라 쳐다보다 결심한 듯이 비수를 움켜쥐었다.

"야아앗—"

경애왕은 그렇게 죽었다. 신검이 쥐여준 비수에 기합을 넣고 자신의 가슴에 비수를 힘껏 밀어 넣었다. 경애왕이 피를 흘리며 힘없이 땅바닥으로 푹 쓰러졌다. 이 모습을 본 대소신료들이 일제히 눈을 감았다. 임금의 참혹한 죽음을 차마 눈뜨고는 볼 수 없었던 모양이었다. 경애왕은 이로써 생을 마감했다.

신라의 55대 경애왕은 휘는 위응(魏膺)이고 신덕왕의 아들이자 경명왕의 동복동생이다. 그리고 신라 박씨 왕조의 마지막 임금이며 실권과 영향력이 어느 정도 있었던 신라의 실질적인 마지막 군주로 볼 수도 있다. 후임 경순왕 시대에는 신라의 통치력이 서라벌 바깥 어느 곳에도 미치지 못하는 도시국가 정도의 안타까운 상태까지 떨어졌기 때문이다.

경애왕은 신라가 멸망이라는 벼랑 끝 위기 상황에 몰리자 이를 타개하기 위해 해외 외교에 공을 들였다. 『요사』「태조본기」에 따르면 926년 1월 거란 태조 야율아보기의 발해 상경용천부 함락 때 거란 편에 서서 공을 세운 나라들로 해(奚), 회흘(回紇), 토번(吐番), 당할, 실위(室韋), 오고 등과 함께 신라가 거론되고 있다. 물론 당시 신라는 서라벌도 겨우 지킬까 말까 하는 수준이었기 때문에 거란에 병력을 보냈다고 해도 깃발만 보내는 정도거나, 기껏해야 매우 극소수의 병사만 파병했을 것이나, 경애왕은 앞으로 발해는 망하고 거란이 승승장구할 것을 용케 예상하고 거란에 잘 보여둬서 나라를 보존하는 데에 도움이 되도록 해뒀던 것이다. 그리고 927년 2월에는 병부시랑 장분(張芬) 등을 후당(後唐)에 보내 조공하면서 중원과도 미리 친분을 맺어둠으로써 만약의 사태에 대비했다. 이때 신라는 서해안과 남해안 지역의 통제력을 아예 잃은 상태였기 때문에 강주(경상남도 서부) 지역을 지배했던 반독립 세력 왕봉규(王逢規)의 도움으로 남해안을 통해 후당으로 사신단을 보낸 것으로 보인다. 왕봉규도 덤으로 후당에 같이 조공을 해 회화대장군(懷化大將軍) 관직을 받았다.

한반도 내부에서도 경애왕은 소극적 방어 또는 방치에 가까웠던 이전 신라 조정의 대응과 달리 비교적 적극적으로 나서는 모습을 보였다. 후백제가 경명왕 시기에 대야성을 함락하는 등 점차 강해지자 고려의 왕건과 굳건하게 동맹을 맺는 한편 후백제와 고려가 대치하는 전선에 신라군을 파견해 고려와 함께 백제를 공격해 승리를 거두기도 했다. 심지어는 후백제와 더 적극적으로 싸워보자고 왕건에게 의견을 전하기도 했다. 이런 경애왕에게 견훤은 서라벌까지 와서 복수한 것이다.

"자, 오늘 밤은 서라벌에서 묵는다. 마음껏 먹고 마시며 즐기거라."

"견훤 폐하 만세!"

"자, 자, 그만하고 완산주로 가져갈 물건들을 모조리 챙겨라!"

"예, 폐하."

군사들이 궁을 뒤지고 일부 전각에는 불을 질렀다. 궁녀들의 비명이 들렸고 곳곳에서 사람들의 비명과 함께 기와집들이 불타올랐었다. 군사들은 집안을 뒤지다 반항하면 가차 없이 목을 베었다. 이 때문에 백성들의 원망이 자자했다. 그래도 견훤은 멈추라 하지 않았다.

"먼 길을 달려왔더니 피곤하구먼. 어떠냐, 오늘 밤 내 수청을 들겠느냐?"

"어서 죽여라, 이 짐승만도 못한 놈아."

"왕비라고 곱게 봐줬더니 안 되겠구먼."

견훤은 초저녁부터 피로가 몰려와 일찍 잠자리에 들려고 했다. 경애왕이 죽자 왕비가 안쓰러워 견훤은 하룻밤을 같이 보내고 싶었다. 완산주에 있는 부인 박씨는 쉰 하고도 후반 줄에 든 여인이라 피부도 쭈글쭈글하고 얼굴도 주름이 깊게 베었는데, 서라벌의 왕비는 살색도 곱고 얼굴이 마치 달밤의 박덩이처럼 고왔다. 게다가 서른 줄도 안 된 나이 때문에 푸짐하게 부풀어 오른 앞가슴과 덩그런 엉덩이가 환갑이 넘은 견훤의 가슴을 들뛰게 하기에 충분했다.

"놔라, 이놈아!"

"어허, 그렇게 반항하지 말고 내 수청을 드시오."

"하늘이 무섭지도 않으냐?"

"내 수청을 들어주면 내 완산주로 데리고 가서 후궁으로 삼으리다."

"미쳤구나, 단단히 미쳤어."

"어허, 왜 이러시오. 자, 듭시다."

견훤은 왕비를 억지로 끌고 침실로 들어갔다. 침실에서도 왕비는 완강하게 수청 들기를 거부했으나 견훤이 힘으로 제압하여 침상에 눕혔다. 처음에는 그저 예쁘다는 생각뿐이었는데, 보면 볼수록 마음에 들었다. 견훤은 재빨리 옷을 벗고 자리에 누웠다. 그토록 수청 들기를 거부하며 완강하게 반항하던 왕비는 체념했는지 등을 보이고 누워서 흐느끼고 있었다. 그런 왕비가 더욱 예뻐 보여 견훤은 왕비를 살짝 옆으로 눕혔다.

그때 왕비의 몸이 힘없이 옆으로 늘어졌다.

"이런 독한 년. 혀를 물고 자결을 했잖아."

견훤은 소스라치게 놀랐다. 수청을 들기 싫어서 돌아누워 눈물을 흘리고 있는 줄 알았던 왕비는 견훤이 모르게 혀를 깨물어 자결하고 말았다. 왕비가 누워 있는 자리로 선혈이 붉게 물들었다. 방금 전까지 눈물을 흘리고 있는 줄 알았는데 이부자리를 적신 것은 왕비의 눈물이 아니라 입에서 쉼 없이 분출되는 피였다. 견훤은 왕비의 시신을 보며 애써 태연한 척했다.

"신라 사람들은 하나같이 지독하군그래."

견훤은 날이 밝는 대로 왕비의 시신을 양지바른 곳에 묻어주라 일렀다. 초저녁이라 그런지 군사들은 아직도 술을 마시고 불을 지르고 노략질을 일삼고 있었다. 마침 침실 밖에서 주변을 경계하던 신검은 방 안에서 내지르는 아버지의 비명을 듣고 황급히 침실로 들어와 보고 왕비가 피를 토하며 죽어 있는 것을 보았다. 아버지의 짓인가 했더니 자결이었다. 얼마나 원통했으면 비명도 지르지 않고 혀를 물고 홀로 죽었을까.

"아버님, 왕비마저 자결했습니다."

"그렇구나!"

"백성들의 원한을 어찌 감당하려 이러시옵니까?"

"어차피 내일 완산주로 돌아갈 것이다."

"백성들에게 원한을 사면 영영 신라를 취할 수 없습니다."

"알았다. 그만 시신을 치우거라."

신검은 왕비의 시신을 오동나무 관에 넣어 정중히 모셨다. 비록 적국의 왕비지만 이렇게 죽은 것이 안쓰러워 견딜 수가 없었다. 경애왕이 자신과 비슷한 나이라 왕비의 죽음도 더욱 슬펐다. 한 나라가 몰락하면 결국 이렇게 되는구나 싶었다. 그러면서 신검은 견훤을 원망하였다. 적에게 항복을 받고 고려와의 연합을 끊고 후백제를 도우라는 각서만 받으면 되었지 목숨까지 거둘 이유가 있을까 싶었다.

"백제 견훤이가 신라 임금을 죽이고 그것도 모자라 왕비도 겁탈하고 죽였다는구만. 세상에 인간의 탈을 쓰고 어찌 그럴 수 있단 말인가?"

"뭐야? 그게 참말이야."

"글쎄, 그렇다는구만. 고려 사람들은 순하고 착한데, 저 백제 놈들은 짐승보다 더한 놈들이라니까."

"빨리 고려군이 와서 저놈들을 몰아내야지, 궁에 남아나는 게 없어."

"그러게 말이야."

서라벌을 침공한 견훤은 수도를 약탈하고 불을 질러 화려했던 신라의 보물들과 문화재들이 안타깝게도 다수 손실되었다. 또한, 이제껏 신라군이 고려와 함께 후백제에 맞서 연합전선을 펼쳤던 것을 뿌리째 뽑아버리기 위해 병기를 제작하는 기반 시설까지도 철저하게 파괴했으며, 이런 참상에 자포자기한 서라벌의 많은 사람이 서라벌을 떠나 완산주로 돌아가는 견훤을 순순히 따라가게 된다. 후에 경순왕이 주도권을 되찾자 경애왕이 했던 것처럼 똑같이 나름대로 직속 병력을 육성해서 고려와 또 다시 연합 작전을 벌여 후백제를 저지하려고는 했지만, 이때 입은 타격이 워낙 심각하여 다시는 공세 작전에 병력을 투입하지 못하고 수세적으로 몰렸던 것으로 보인다. 경애왕의 두 아들은 인질로 견훤이 데리고 갔는데, 장남 금성대군 교순(交詢)의 후손 박윤웅은 울산 박씨의 시조가 되었으며, 차남 계림대군 순현(舜玄)은 경주 박씨의 시조가 되었다.

"이제부터 네가 신라의 왕이다."

견훤은 경애왕이 죽자 문성왕의 후손인 김부(金傅)를 왕으로 세웠다. 그가 바로 56대 신라의 마지막 임금이다. 시호는 경순(敬順)이다. 제46대 문성왕의 후손으로 아버지는 이찬 효종(孝宗)이며, 어머니는 계아태후(桂娥太后)로 제49대 헌강왕의 딸이다. 따라서 헌강왕의 외손자가 된다. 재위 기간은 927년부터 935년까지 팔 년간이다.

"이제 고려와의 연을 끊어야 한다. 알겠느냐?"

"분부대로 따르겠습니다."

"그래, 그래야지. 우리 백제가 버젓이 곁에 있는데 고려와 손잡고 우릴 괴롭혀서야 되겠는가. 이제 새로 왕이 추대되었으니 나라를 잘 다스려보게. 또 한 번 고려와 손을 잡으면 그땐 자네의 목숨을 거둘걸세. 알겠는가?"

"폐하, 명심하겠사옵니다."

"그래, 그래. 그렇게 고분고분해야지."

견훤은 김부를 왕위에 앉혀놓고 마음이 놓였다. 그동안 고려와 손잡고 틈틈이 후백제를 공격한 신리가 눈엣가시처럼 느껴졌는데, 이제 새로 왕을 내세우고 단단히 일러두었으니 신라가 다시는 고려와 화친을 맺지 않으리라 여겼다. 견훤은 이쯤 해뒀으면 충분하다고 생각하고 철군을 준비했다.

서라벌은 남쪽이라 온화할 줄 알았는데 벌써 칼바람이 몰아치고 있었다. 앙상한 나뭇가지 사이로 칼바람이 우우 소리를 내며 지나갔다. 여기서 완산주까지 가려면 대야성이 막혔으므로 다시 왔던 길로 가야 했다. 하지만 그 길은 고려군이 신라를 지원하기 위해 오고 있어 위험한 길이었다. 차라리 다시 대야성을 함락하고 완산주로 가는 편이 더 수월할 듯했다.

"아니옵니다, 폐하. 지금은 겨울이라 싸움을 피하는 것이 좋습니다. 군사들이 서라벌까지 와서 이미 지쳐 있습니다. 왔던 길로 빠르게 움직이면 고려군을 피할 수 있습니다. 북쪽은 높은 산이 많아 우회하며 오기 때문에 고려군의 행군은 그리 빠르지 않을 것입니다."

"그렇겠구먼. 신검아! 네 생각도 그러하냐?"

"아무래도 싸우는 것보다 안전하게 완산주로 돌아가는 것이 옳은 줄 아옵니다."

"그래, 그럼 그리하자꾸나! 군사들을 정비하라!"

"예, 아버님."

군사들은 노획한 물품을 수레에 가득 싣고 있었다. 황궁을 쑥대밭으로 만들어놓고 귀중품이란 귀중품은 모조리 쓸어가고 있었다. 그렇게 후백제군에 짓밟힌 서라벌은 다시는 헤어나지 못할 만큼 황폐해졌고, 민심 또한 고약하게 변해갔다. 후백제 군사들이 진을 치고 있는 와중에도 성난 백성들이 농기구를 들고 저항해왔다.

"이놈들아! 우리 폐하를 살려내라!"

"이 도적놈들! 우리 임금님과 왕비님을 살려내라!"

"왕궁을 그리 만들고도 네놈들이 무사할 것 같으냐?"

성난 백성들이 도끼와 곡괭이, 낫과 삽을 들고 다가오자 견훤이 치라 명했다. 군사들이 몰려오는 백성들을 향해 진격하여 삽시간에 창으로 찔러 죽였다. 겨울 들녘에 아무렇게나 버려진 백성들의 시신이 즐비하였다. 죽음의 냄새를 맡았는지 까마귀가 커다란 느티나무 위에서 쉴 새

없이 울었다. 한곳에 모인 군사들을 향하여 견훤이 큰소리로 외쳤다.

"군사들이여! 장하도다. 우리는 지금 신라의 수도 서라벌을 점령하고 이제 우리의 도읍인 완산주로 돌아가려 한다. 그대들이 이곳을 점령하고 고려에 아부하는 경애왕을 죽였으니 이제 다시는 신라가 고려와 화친을 맺고 우리의 영토를 넘보는 일은 없을지어다."

"와— 와—."

"자, 자, 조용히 하여라. 이제 우리는 승리의 기쁨을 안고 완산주로 돌아갈 것이다. 돌아가는 길이 너무 험하고 머니 각자 임무에 충실하고, 낙오자가 없기를 바란다."

"와— 폐하 만세. 견훤 폐하 만세."

"자, 조용조용. 또한, 적은 어디서든 나타난다. 용기 있는 자만이 살 수 있다. 적을 두려워 말고 백제의 번영을 위해 충성할지어다."

"와— 폐하 만세. 견훤 폐하 만만세."

견훤은 완산주로 돌아갈 준비를 마쳤다. 신라의 왕으로 책봉해준 김부와 대소신료들이 견훤을 배웅하였다. 이제 완산주로 돌아가는 긴 여정이 남았다. 견훤은 서라벌을 정벌하여 기분이 흐뭇하였다. 나라를 세우고 처음 와보는 서라벌이었다. 후백제 깃발을 든 기병들이 벌써 성문을 나서고 있었다. 견훤도 경순왕의 배웅을 받으며 말에 올라 천천히 성문을 나섰다. 이때가 927년 겨울이었다.

"여기가 고려 송악이오?"

말을 탄 여인이 옆에 검을 차고 송악에 나타나 성문을 지키는 문지기에게 물었다. 성문지기는 첫눈에 보아도 여인이 예사롭잖아 어디서 왔느냐고 물었으나, 여인은 아무 말도 하지 않았다. 말을 타고 있어서 그런지 분명히 여인이었지만 남자처럼 골격도 크고 늠름해 보였다. 게다가 옆에 찬 검은 여인의 위엄을 더해주고 있었다. 여인이 사불성에서 오는 길이라고 말하자 문지기가 성문을 열어주고 안으로 모셨다. 여인은 대주도금이었다. 대주는 아버지인 아자개와 어머니가 고려로 떠난 후로 한동안 사벌주에 머물다 고려로 왔다. 생각 같아서는 견훤 오라비가 있는 완산주로 가고 싶었지만, 아버지가 이미 노령이고 병이 있어 어머니께만 맡길 수 없었다.

"먼 길을 오셨습니다."

대주가 마주한 것은 고려의 책사 최응이었다. 최응은 신라가 위급하여 왕건을 비롯한 많은 장수가 전쟁터로 떠났음에도 지병이 있어 궁에 머무르고 있었다. 그리고 최응은 대주를 처음 보지만 용케도 알아보았다. 그동안 박술희에게 누차 들어서 대주의 그림이 자연적으로 그려졌다.

"아버님을 찾아왔습니다."

"일단 안으로 드시지요."

최응은 대주를 내전으로 안내했다. 내전에는 시국이 시국인지라 삼국의 지도가 걸려 있고, 고려국이 우세인 지역과 열세인 지역이 표기되어 있었다. 사벌주는 고려국으로 표기되어 있었다.

대주는 고려국이 된 사벌주에서 혼자 머물며 생각을 많이 했었다. 한 부모 밑에서 태어난 형제들이 나라를 일으키고 서로 믿지 못하고 적이 되는 과정을 지켜본 대주는 모든 것이 부질없는 짓이라고 생각했다. 어찌 부모를 못 믿고 미워하고 자식을 못 믿고 미워하며 살아야 하는지 알 수 없었다. 사벌주가 고려에 넘어갔어도 대대로 지켜온 땅이라 대주는 자신이라도 그 땅을 지키고 싶었다. 그러나 이미 고려의 지배에 들어간 곳이라 이제는 자신이 그곳에 있을 이유가 없다고 생각했다. 그 때문에 대주는 아자개를 찾아 송악으로 온 것이다.

"어르신은 지금 송악에 아니 계십니다."

"고려로 오시지 않았습니까?"

"그렇긴 하오만은 수도인 송악이 너무 복잡하고 싫증 난다며 조용한 곳에서 살기를 원해 철원으로 모셨습니다."

"철원이라면 궁예가 살던 곳이 아닙니까?"

"그렇습니다. 그곳이 옛 황궁이라 살기는 좋을 것입니다."

대주는 아버지를 찾아 철원으로 가야겠다고 생각했다. 부녀지간의 사벌주에서의 질긴 인연 때문에 대주는 아버지의 곁으로 돌아가는 것이다. 완산주에 있는 견훤 오라버니에게는 이미 장성한 신검, 양검, 용검, 금강, 능예 등, 많은 조카가 활약하고 있어 가봐야 짐만 될 듯했다.

"박술희 장군은……."

"얘기 들었습니다. 박술희 장군이 대주도금님을 많이도 사랑하는 모양입니다."

"적국의 장수였을 뿐입니다."

"백제가 서라벌을 점령하였습니다. 그래서 폐하께서 급히 장수들을 데리고 신라를 구하러 갔습니다."

"견훤 오라버니가 서라벌을 점령했다고요?"

"그렇습니다. 첩보가 들어왔는데 경애왕과 왕비가 죽임을 당하고 서라벌 시내가 전쟁터나 다름없었답니다."

"세상에나—"

대주는 최응의 말에 깜짝 놀랐다. 완산주에 있을 오라버니가 서라벌까지 가서 왕과 왕비를 죽이다니? 도대체 왜 거기까지 가서 난리를 친 것일까. 게다가 자신을 사랑한다던 박술희가 오라버니를 치러 서라벌로 내려가지 않았던가? 대주는 뭐가 어떻게 돌아가는지 몰랐다.

"제가 생각건대, 신라는 이미 쇠락하여 돌이킬 수 없는 강을 건넜고, 백제도 곧 국운이 다할 것입니다."

"무례하시오. 어찌 그리 막말을 하시오?"

"사실이옵니다. 천하를 얻는 것보다 민심을 얻는 것이 더 어려운 일인데 백제는 이미 많은 민심을 잃었습니다. 게다가 부자간의 암투가 심하여 고려와 싸우지 않아도 나라가 망하게 되어 있습니다."

"닥치시오. 고려의 책사라 들었소만 무슨 막말을 그리 하시오?"

사실 그랬다. 최응은 책사라지만 말을 냉혹하게 하는 면이 있었다. 왕건의 총애를 받아 지원봉성사(知元鳳省事), 광평낭중(廣評郎中), 내봉경(內奉卿)을 거쳐 광평시랑(廣評侍郎) 등을 역임하며 권력의 핵심부에 자리잡았다. 매일 목욕 재계를 하고 고기를 먹지 않았다고 한다. 병이 나도 고기를 입에 대지 않아 후에 왕건이 태자를 보내 고기를 먹으라고 권유했으나 소용없었다. 결국 왕건이 몸소 병문안까지 나와서 '고기를 먹지 않으면 불충이고 불효'라고 하자 그제야 고기를 먹었다.

최응의 냉혹한 면은 조물성 전투 이후 고려로 오게 된 백제의 인질 진호를 처리할 때도 잘 나타난다. 조물성 전투에서 승리하여 유리한 고지를 점한 후백제가 파죽지세로 신라를 압박해 들어가자 가뜩이나 자존심이 상해 있던 고려의 장수들은 너나 할 것 없이 왕건에게 군사를 일으킬 것을 청한다. 하지만 왕건은 백제에 인질로 가 있는 사촌동생 왕신의 존재 때문에 이들의 청을 들어주지 못한 채 그저 방관만 할 수밖에 없었고, 이를 답답해하던 유금필, 신숭겸, 박술희가 방책을 논의하고자 최응을 찾아간다. 이때 최응이 준비했던 독약을 내놓으며 진호를 독살할 것을 권한다. 그렇게 되면 왕신도 자연히 목숨을 잃을 것이니 아무런 걸림돌 없이 군사를 일으킬 수 있게 된다는 것이었다. 최응이 준 독약을 받은 유금필은 인질을 관리하던 왕시겸을 찾아갔고, 결국 진호는 그렇게 목숨을 잃는다. 그리고 최응의 의도대로 백제에서 왕신이 죽게 되자, 양국 간에 다시 전쟁이 벌어진다.

또 그 냉정한 면모가 다시 한번 드러나게 되는 부분이 고려가 후백제에 세 번째로 패한 삼 년 전 삼성 전투의 뒤처리 때이다. 호족들의 배신으로 또 한 번 대패한 왕건이 격노하여 송악에 있던 배신자 호족들의 가족들을 전부 끌어내 철퇴로 때려 죽이라는 명을 내렸을 때, 다른 신료와 장수들은 폐주가 연상된다며 너무 심하다고 만류하였으나, 최응만은 담담하게 '폐하께서 하시는 일이니 신하가 참견할 부분이 아닙니다'라고 대응하며 그 참혹한 광경을 표정도 변하지 않고 끝까지 지켜보았다.

"박술희 장군이 돌아오면 안부나 전하시오."

대주는 자리를 박차고 일어났다. 이런 냉혹한 사람과는 더 이상 마주하고 싶지 않았다. 그래도 박술희는 얼굴이 무섭게 생겼고, 두꺼비며, 뱀이며, 개구리며, 닫치는 대로 먹어치워도 마음만은 천심이었다. 대주는 송악으로 아자개를 찾아왔지만 내심 박술희와의 만남을 갖고 싶었다.

한때 정분을 나누었던 사람, 이제 사불성을 포기하고 한 남자의 아내로 아버지와 어머니를 모시고 사는 것도 괜찮다고 생각했다.

"가시게요."

"그렇소."

"내 잘 전해드리오리다."

"다시는 백제가 국운을 다했다는 막말은 지껄이지 마시오."

"사실이 그런 것을 어찌하옵니까?"

"뭐요."

"살펴 가십시오."

"이랴!"

대주는 말을 타고 철원으로 달렸다. 아자개와 남원부인을 본 지도 벌써 여러 해가 지났다. 이제 아버지의 나이가 백 살이 가까워져 오니 자신이 모시겠다고 대주는 마음 먹었다. 낳아주고 기르신 아버지를 모시는 게 당연하다고 생각했다. 그러면서 한편으로는 박술희와의 인연은 이제 끝인가 생각했다. 전쟁터만 누비는 그가 송악에 돌아오면 자신을 찾아올지도 모른다는 생각도 들었지만 대주는 머리를 흔들었다. 아마도 더 이상의 인연은 없으리라. 말은 송악을 떠나 힘차게 달리고 있었다.

10

공산 전투

공산 전투

왕건은 발길을 재촉했다. 서라벌이 후백제군에 점령되었다는 믿기지 않는 보고를 받고 장수들을 총동원하여 신라로 달려가는 길이었다. 경애왕의 지원군 요청을 듣고 왕건은 먼저 시중 공훤(公萱)이 이끄는 일만 명의 군사를 원군으로 보냈다. 그러나 정작 고려군이 도착하기도 전에 후백제군이 먼저 서라벌을 점령하여 경애왕을 자결케하고 경순왕을 새 왕으로 세웠다.

이때 경애왕은 포석정에서 연회(일설에는 제사나 팔관회)를 베풀고 있었는데, 이는 후백제군의 기동을 신라군이 제대로 파악할 수 없을 정도로 신속했거나, 혹은 후백제군이 고려군의 지원 소식을 듣고 물러나는 척했다가 전광석화같이 서라벌로 진격했다는 의미일 것이다. 이에 왕건은 오천여 명의 기병을 이끌고 직접 후백제군을 격파하기 위해 출전한다. 그러나 왕건은 필승을 장담할 수 없다고 생각했는지 미적거리다가 대야성을 지키고 있는 김락(金洛)의 군세까지 합류한 뒤에야 견훤을 향해 진격할 수 있었다. 이 때문에 견훤은 그만큼 퇴로를 확보할 시간을 벌었다.

"가자, 계속 진격한다. 저들은 분명히 적은 숫자일 것이다."

왕건은 후백제군을 과소평가했다. 속전속결로 서라벌로 진격했다면 많은 군사를 거느리고는 불가능하다고 판단한 것이다. 본인이 기병 오천여 명을 이끌고 오는데도 진격이 늦은데, 견훤이 수만 명의 군사를 이끌고 서라벌로 갔다면 그리 쉽게 서라벌에 당도할 수 없었을 것이라고 여겼다. 따라서 왕건은 견훤이 이끄는 군사가 겨우 이삼천여 명에 불과하다고 판단한 것이다.

"적군은 불과 이삼천여 명에 지나지 않는다. 한 번에 쓸어버릴 것이다."

"예, 폐하! 어서 진군을 서두르시지요."

"알았다. 계속 진군하라."

왕건은 김락의 군사가 합류하자 기세등등했다. 후백제 군사가 웅진으로 치고 나오고 문경에서 교전할 때 김락 장군은 송악에서 배로 한반도를 반 바퀴나 돌아 진주로 상륙하여 대야성을 빼앗고 후백제의 장수 추허조(鄒許祖)와 삼십여 명의 장수를 사로잡는 대전공을 세웠다. 김락의 대야성 점령으로 후백제는 어느 통로로 가더라도 고려군의 협공에서 빠져나가지 못하는 위치에 놓였다. 왕건은 이 때문에 기세등등하여 후백제군의 앞을 막으려는 것이다.

"서라벌에서 오려면 대야성이 막혔으니 공산(대구)을 거쳐 완산주로 갈 것입니다."

"경들도 그리 생각하시오? 나 또한 같은 생각이오. 백제 군사들과 마주치면 내가 선두에 서서 기병으로 쓸어버릴 것이오."

"폐하! 폐하의 용감함은 익히 알고 있사오니, 선봉은 저희에게 맡겨주십시오."

"아니오. 백제 놈들에게 우리와 동맹을 맺은 신라의 국왕이 자결했소이다. 내 친히 대적하여 원수를 갚으리다."

"하오나, 적을 너무 만만히 보시면 아니 되옵니다."

"아니오. 적은 이미 패잔병이나 다름없소이다."

왕건은 후백제군이 이미 서라벌을 점령하고 돌아오는 길이라 지칠 대로 지쳐 있으리라 생각했다. 하지만 그것은 큰 오산이었다. 왕건의 말대로 후백제군이 기습으로 서라벌을 점령하고 돌아오는 길이지만, 서라벌에 머무는 동안 고기와 쌀밥으로 든든히 배를 채워 후백제군은 힘이 넘쳐나고 있었다. 게다가 빼앗은 보물과 군량미가 가득 실려 있었다.

"지금쯤 백제군은 영천을 지나 계속 북으로 올라오고 있을 것이오. 우리가 앞을 막아서면 백제군은 퇴로가 막혀 독 안에 든 쥐가 될 것이니 그때 협공을 하면 견훤왕을 사로잡을 것이오."

"하오나 폐하, 영천에서 북으로 오는 길이 여러 갈래이고 적들의 병력이 얼마나 되는지 가늠하지 않았사옵니다."

"내가 말하지 않았소. 저들은 최소한의 기동대를 이끌고 서라벌을 점령해서 기껏해야 이삼천여 명일 것이오. 게다가 저들은 지금쯤 걷기도 어려울 만큼 많이 지쳐 있을 것이오. 그러니 저들이 오는 길목에서 매복하고 기다리면 저들이 그물 안으로 들어오는 물고기와 같은 존재이니 그저 건지기만 하면 될 것이오."

왕건은 말 그대로 후백제군이 오는 길목의 양옆과 앞을 막아서 그물에 물고기가 들어오는 것처럼 일망타진할 생각이었다. 이렇게 쉽게 적을 일망타진할 거면 공연히 장수들을 다 데리고 왔다고 왕건은 행복한 미소를 지었다.

고려군은 계속 남으로 진군하였다. 하지만 팔공산을 지나 영천이 다가와도 후백제군은 나타나지 않았다. 앞으로 척후병을 보냈지만 돌아오는 답변은 개미 새끼 한 마리 보이지 않는다는 것이었다. 왕건은 크게 실망하여 군사를 세웠다. 기병을 오천여 명이나 이끌고 진군했지만 가도 가도 후백제군이 보이지 않자 군을 정비하고 후백제군의 위치를 확인해 보려는 의도였다.

"아무래도 샛길로 빠져나간 것 같사옵니다."

"뭐라? 여기에 샛길이 어디 있다고."

"필시 저들만이 아는 길이 있을 것입니다."

"사방이 산으로 둘러싸였는데, 샛길이 어디 있단 말이냐?"

"여기는 신라의 영토라 하나 적의 진영이옵니다. 저들은 이곳의 지리에 밝아 분명히 우리가 온 길을 지났을 것입니다. 회군하시지요."

"어이가 없군. 어이가 없어. 그토록 정탐하였는데, 개미 새끼 한 마리 보이지 않다니. 그 많은 군사가 샛길로 빠져나갔다니."

왕건은 한숨을 연거푸 내쉬었다. 분명히 좀 있으면 후백제군이 자신이 펼쳐놓은 그물 안으로 들어올 줄 알았는데, 그물을 펴기도 전에 이곳을 빠져나갔다는 게 믿지지 않았다. 어쩌면 책사가 잘못 간파했으리라. 서라벌에서 영천까지의 거리를 생각하면 후백제군은 지금쯤 이곳을 벗어난 것이 아니라 이곳으로 오고 있을지도 모른다는 생각에 왕건은 척후병에게 더 앞으로 깊숙이 나가 동태를 살피라 명하였다. 말 두 필이 척후병을 태우고 전력을 다하여 달려나갔다.

"조금만 기다려봅시다. 척후병이 돌아오면 알 수 있을 것이오."

"회군을 서두르셔야 하옵니다. 벌써 백제군은 이곳을 한참 벗어났을 것으로 사료되옵니다."

"그렇지 않소. 저들은 서라벌에서 노략질한 물품들을 많이 가지고 움직이기 때문에 기동력이 떨어질 것이오. 뿐만 아니라 누누이 말하지만, 저들은 지칠 대로 지쳐 있소이다. 좀 더 기다리면 저들이 올 것이니 양쪽에 군사를 매복시키고, 앞을 막으면 저들은 몰살될 것이오."

왕건은 아직도 미련을 버리지 못하고 있었다. 상식적으로 후백제군은 많은 노획물을 운반하고 있어서 기동성이 떨어지기 때문에 이곳을 결코 벗어날 수 없을 거라고 장담하고 있었다. 왕건의 눈에는 거지처럼 허름한 옷을 입고 비실거리며 걷고 있는 후백제군만 보였다. 왕건의 명에 따라 군사들이 양쪽에 매복하여 활을 겨누고 앞에서도 기병들이 일제히 말에서 내려와 활을 겨누고 있었다. 왕건의 말대로라면 곧 후백제군이 이곳으로 들어오기 때문이었다.

"아니, 이런. 척후병이 칼을 맞았습니다."

왕건이 보낸 척후병 두 명은 시체가 되어 말에 실려 돌아왔다. 척후병이 칼에 맞아 시체로 돌아오자 왕건은 후백제군의 짓이라고 믿고 더욱 경계를 강화하며 적을 기다리고 있었다. 말을 탄 척후병을 화살이 아닌 칼로 벤 것을 보면 필시 기병의 짓이 틀림없었다. 일반 병사들은 말을 탄 척후병을 칼로 대적할 수 없을 것이다. 척후병 앞으로 여러 기병이 달려들어 칼로 베고 시신을 돌려보냈을 것으로 왕건은 판단하고 적을 기다렸다. 척후병까지 베어버리는 지독한 놈들이었다. 왕건은 곧 있을 전투를 위해 잔뜩 긴장하고 있었다.

그러나 후백제군은 몇 시간을 기다려도 코빼기도 보이지 않았다. 그때 말 한 필이 왕건의 앞으로 급히 달려왔다. 북에서 오는 전령이었다.

"웬 전령이냐?"

"폐하, 백제군이 벌써 팔공산으로 접어들었습니다."

"뭐라? 사실이렷다!"

"그러하옵니다, 폐하!"

"저 앞에 있는 백제 놈들이 어찌 팔공산까지 갔더냐?"

"폐하, 어서 회군하시오소서."

왕건은 급히 군사를 거두었다. 분명히 척후병이 칼에 맞아 시신으로 돌아왔는데, 어찌 적이 뒤에 가 있는지 모를 일이었다. 양쪽에 매복해서 후백제군이 사정권에 들어오면 화살을 날리고 날렵하게 뛰어가 칼을 휘두르려던 군사들이 다시 정렬하여 이번에는 오던 길을 뒤돌아 북으로 올라갔다. 왕건은 자신의 생각이 틀렸다는 것을 새삼 인정하며 다시 선봉에 서서 북으로 진격하였다.

"저들이 노획한 물건도 많을 텐데 어찌 저리도 빨리 앞질러 갔단 말이냐?"

"저들이 빠른 게 아니라 고려군이 너무 미적거린 것입니다."

"뭐라?"

"대야성에서 김락 장군이 합세하기 전에 급히 남쪽으로 내달렸다면 분명히 백제군과 마주쳤을 것입니다.".

"아무튼, 더 벗어나기 전에 빨리 뒤쫓아야 한다. 속도를 내라."

"예, 폐하! 전력을 다하여 질주하겠습니다."

고려군은 급히 북쪽으로 내달리기 시작했다. 오천여 명의 기병이 달려가는 말발굽 소리가 우렁차게 산하를 울렸다. 선봉에 선 장수들이 달려가는 말에게 계속 채찍을 휘둘렀다. 말이 달려가는 길에는 흙먼지가 뽀얗게 일었다. 이 모습을 보고 백성들은 또 어디선가 큰 전쟁이 일어나고 있다고 생각했다. 북쪽으로 끝없이 달려가는 군사들이 신라군도 후백제군도 아닌 고려에서 온 군사들임을 확인하자 백성들은 고려군이 북으로 쫓겨가는 것인지, 아니면 신라를 도우러 왔다가 그냥 철수하는 것인지 알 수 없었다.

"여기가 팔공산이군. 자, 좀 쉬었다가 가세."

"아니옵니다, 폐하! 곧 고려군이 뒤쫓아올 것이니 여기를 빠져나가야 합니다."

"아니야. 이쯤 왔으면 많이도 왔어. 좀 쉬면서 적의 동태를 살펴보자."

견훤은 앞과 뒤에 척후병을 보내고 본대를 편히 쉬게 하였다. 이미 고려군이 남쪽에서 올라오고 있다는 것을 척후병을 통해 알게 된 견훤은 곧 있을 전투를 위해 군사들을 쉬게 한 것이다. 견훤은 책사 최승우의 전략에 따라 후미에 평복을 한 무사를 봇짐장수로 위장시켜서 적의 척후병을 제거하라는 명을 내렸다. 고려의 두 척후병은 말을 타고 한참 달리다 비실비실하게 걸어오는 봇짐장수 두 명을 보고 말을 멈추었다.

"웬 놈들이냐?"

"웬 놈이라니 누굴 보고 하는 소리요??"

봇짐장수는 대낮부터 술을 마셨는지 걸음걸이가 서툴렀고 몸도 휘청거렸다. 게다가 어디서 나뒹굴었는지 허연 베옷에 진흙이 묻어 있었다. 두 명의 척후병은 가도 가도 후백제군이 보이지 않자 애먼 봇짐장수에게 분풀이하려고 말에서 내렸다. 말에서 척후병이 내리자 봇짐장수는 긴장하며 걸음을 멈추었다.

"왜 이러십니까요."

"어디서 오는 길이냐."

"서, 서라벌에서 오는 길이오만은……."

"서라벌이라면 백제 놈들에게 짓밟힌 곳이 아니더냐?"

"저흰 모르옵니다요."

"그 봇짐에는 무엇이 들었느냐?"

"방물장수라 생필품이옵니다요."

"어디 좀 보자!"

척후병이 다가가자 봇짐장수가 몸을 획 틀었다. 척후병이 이상하게 생각하고 칼을 뽑아 들었다. 봇짐장수가 미리 예측하고 있었다는 듯이 척후병을 노려보았다.

"간자가 틀림없다. 쳐라."

척후병의 칼날이 하늘을 갈랐다. 몇 번의 기합 소리가 허공을 가르는가 싶었는데 나가떨어지는 것은 척후병이었다. 봇짐장수는 척후병이 휘두르는 칼을 술에 취한 듯 몸을 휘청거리면서도 요리조리 잘도 피하며 앞차기로 척후병의 가슴을 차서 척후병이 길바닥에 나가떨어졌다. 화가 머리끝까지 오는 척후병이 이번에는 칼로 봇짐장수가 지고 있는 봇짐을 베어버렸다. 봇짐이 베어지자 그 속에 구겨 넣어져 있던 천조각들이 바람에 날렸다. 봇짐이 천 뭉치임을 알자 척후병은 더욱 기세 좋게 몰아붙였다.

"봇짐장수로 위장한 간자다. 베어라."

천 뭉치로 위장한 봇짐이 터지자 봇짐장수가 올 것이 왔다는 듯이 봇짐을 벗어던지고 품 안에서 비수를 꺼내 들었다. 이 모습을 본 척후병이 칼을 높이 쳐들어 봇짐장수의 목을 힘껏 내리쳤다. 그러나 가슴에서 붉은 피를 내뿜으며 땅바닥으로 고꾸라지는 것은 척후병이었다. 척후병이 칼을 높이 들어 내리치는 순간 봇짐장수가 몸을 낮추고 달려들어 척후병의 가슴에 비수를 꽂은 것이다. 봇짐장수는 척후병의 시신을 말에 매달아 앞으로 달려 보냈다.

척후병의 시신이 말에 실려 오자 왕건은 분명히 적이 앞에 있다고 판단하고 잔뜩 긴장했다. 앞에서 올라오는 적을 섬멸하려고 매복까지 시켰는데, 갑자기 대야성에서 출전한 김락 장군이 전령을 보내 적이 이미 공산 입구까지 와 있다고 알려왔다. 왕건은 급히 군사를 돌려 후백제군이 있는 곳으로 행군을 시작한 것이다.

"폐하, 고려왕이 친히 기병을 이끌고 이곳으로 오고 있다는 척후병의 연통이옵니다."

"자! 이제 군사들을 무장시키고 전투 준비해라."

"예, 폐하."

견훤은 한숨 쉰 군사들을 일으켜 전투 태세를 갖추라 명하였다. 첩보에 의하면 고려군은 기병 오천여 명뿐이었다. 대야성에서 출전한 김락 장군과 합류했다가 왕건이 먼저 기병을 이끌고 서라벌에서 올라오는 후백제군을 맞으려고 대열에서 이탈했고, 후미에 고려군이 있어서 자칫하면 후백제군은 완전히 포위되는 형국이었다.

"폐하! 먼저 공산 입구에서 적을 맞으시지요."

"그럼 더 물러나 있자는 말인가?"

"그렇사옵니다. 이곳은 지형이 곳곳에 산들이 포개져 있는 형상으로 지리에 밝지 않으면 헤매기에 딱 좋은 곳입니다. 공산 깊숙이 양쪽에 매복군을 숨겨두시고 앞을 막아놓으면 저들은 분명히 덫에 걸려들 것입니다. 공산 입구에서 적과 싸우는 척하다가 뒤로 계속 후퇴를 하면 분명 적들은 따라오게 되어 있습니다."

책사 최승우의 전략이었다. 최승우는 산세를 이용하여 적을 그물 안으로 들어오게 해서 일망타진하는 전략을 세우고 독 안에 든 고려군을 외부와 고립시키기 위해 이미 근품성(문경)에 있는 군사로 하여금 대야성에서 출전한 고려군을 막도록 했으며, 북에서 고려의 지원군이 올 것까지 계산하여 북쪽에도 군사를 보내 대적하게 하는 등 만발의 준비를 해놓고 있었다.

"군사들을 매복시켰으니 남은 군사는 얼마 안 되오나 이곳은 협곡이라 군사들을 길게 늘어뜨리고 깃발을 높이 세우면 군사들이 많아 보입니다. 적들은 우리가 매복한 줄을 모르고 협곡 깊숙이 들어올 것입니다. 이때 궁수를 동원하여 기병을 쓰러트리면 적들은 몹시 당황할 것입니다."

"좋다. 매복의 우측은 신검이가 맡고 좌측은 금강이가 맡아라. 이번에는 꼭 왕건을 잡아야 하느니라."

"명심하겠습니다. 아버님."

한편 고려의 군사들은 후백제군의 매복을 전혀 눈치채지 못하고 앞으로 행군만 하였다. 앞서 척후병을 보냈지만 별다른 동태는 없다는 연통만 왔다. 이 때문에 후백제군은 정말로 서라벌까지 다녀와서 힘이 빠지고 지친 줄만 알았다. 왕건은 군사들을 계속 진격시켰다.

"좀 있으면 공산에 다다르는데 아직도 적이 보이지 않는가?"

"그렇사옵니다. 적이 이미 겁을 먹고 도망친 모양입니다."

"그 많던 백제 군사들이 하늘로 솟았단 말이냐 땅으로 꺼졌단 말이냐? 거참, 귀신이 곡할 일이로다."

다시 한참을 진군하여 마침내 왕건은 공산 입구에 다다랐다. 그토록 기다리던 후백제군이 공산 입구에서 진을 치고 있었다. 후백제 깃발을 높이 치켜세우고 있지만, 병력은 그리 많아 보이지 않았다. 왕건이 돌격 명령을 내리자 기병들이 단숨에 말을 타고 달려나갔다. 후백제군이 궁수를 앞세워 화살을 날리자 달려나가던 기병이 땅으로 고꾸라졌다.

그러나 이상한 일이었다. 후백제군은 궁수가 화살을 한 발씩 쏘고 뒤로 물러나 후퇴를 하였고, 군사들도 장창을 세우고 기병을 막아야 하는데 싸울 생각은 않고 슬금슬금 뒷걸음질치더니 도망치기에 급급했다. 왕건은 적이 기병을 보고 전의를 상실하여 도망치는 것이라고 생각하고 더욱 박차를 가해 후백제군을 뒤쫓았다. 이때 대야성 쪽에서 온 고려 군사들이 서라벌로 내려가려다 왕건이 탄 기병들이 적을 쫓는 것을 보고 뒤를 따라 진격하여 들어갔다. 고려군은 이리하여 기병 오천여 명에 보병 칠천여 명을 더해 합이 일만이천여 명에 달했다. 왕건은 뒤에서 보병이 들어오는 것을 보고 흐뭇해하였다. 기병만으로도 충분히 적을 제압할 수 있는데, 보병까지 합세했으니 천하를 얻은 기분이었다. 적은 이제 완전히 독 안에 든 쥐였다.

왕건이 적을 추적하자 저 멀리에 견훤왕이 보였다. 그러나 견훤은 궁지에 몰려 있으면서도 당당하게 말을 타고 마치 왕건을 기다리고 있었다는 듯이 너무도 태연하게 서 있었다. 왕건은 견훤을 향하여 급히 말을 몰았다.

“폐하, 적의 함정일지 모르니 그만 쫓으시지요.”

“아니다. 저기 견훤왕이 보이지 않느냐? 저 견훤왕을 베어야 전쟁이 끝난다.”

“폐하, 그렇지만……”

“저기 견훤왕이 있다. 견훤왕을 잡아라.”

“견훤왕을 잡아라. 적들은 이미 전의를 상실했다. 나를 따르라.”

“와— 와—.”

왕건과 신숭겸, 김락 장군이 선봉에 서서 도망치는 견훤을 잡기 위해 말을 달렸다. 얼마나 달렸을까 협곡이 거의 끝나고 막다른 곳이었다. 그동안 달려온 길에 비해 폭이 좁고 이제부터는 산속으로 올라가야 하는 지형이었다. 견훤은 막다른 길목에 갇혀 있었다. 여기서 공격을 받으면 산속으로 흩어져 각자 알아서 도망치는 것밖에 방법이 없었다. 왕건은 견훤에게 순순히 항복하라고 조롱했다.

“거기, 견훤왕이 아닌가?”

“그렇다. 왕건 아우야! 기다리고 있었다. 오늘은 춥지만, 햇볕이 따스하니 아우의 목숨을 거두기에 딱 좋은 날이로구나. 어서 와서 내 칼을 받아라.”

“뭐라. 도적놈 주제에 함부로 입을 놀리는구나!”

“뭐, 도적놈. 참으려니까 안 되겠구나!”

“우리와 동맹을 맺은 신라의 수도 서라벌에 가서 도적질을 일삼고 왕과 왕비를 자결시킨 죄가 너무 크도다. 네 이번에는 절대로 묵과하지 않을 테니 어서 항복하고 오라를 받아라.”

“고얀 놈, 내 여태껏 아우로 생각하여 봐줬더니 막말이 너무 심하구

나. 어서 오너라. 오늘이 네놈의 제삿날이니라."

"뭐라! 공격하라. 적은 궁지에 몰린 쥐와 같다. 쳐라!"

왕건이 선두로 좌우에 김락과 신숭겸이 잇달아 말에 채찍을 휘두르며 앞으로 돌진해 나갔다. 바로 이때였다. 갑자기 어디선가 화살이 날아들어 기병들이 땅바닥으로 퍽 — 퍽 — 떨어졌다. 그리고 뒤이어 요란한 함성과 함께 길 양쪽에서 화살과 돌, 통나무가 굴러오고 삽시간에 퇴로가 막혀버렸다.

"폐하! 매복이옵니다. 어서 피하소서."

"아니, 이런. 어쩌다 매복에 걸려든 것이냐."

"적의 계략에 당했습니다. 빨리 이곳을 벗어나야 합니다. 폐하를 모셔라. 퇴각하라. 퇴각하라."

선봉에 섰던 신숭겸이 주춤하며 외치자 기병들이 말에서 우왕좌왕하였다. 그사이에도 후백제군의 궁수들이 쏜 화살이 계속 날아들었다. 기병들이 화살에 맞아 퍽 — 하고 땅에 떨어졌다. 이때 궁지에 몰려 웅크리고 있던 후백제 군사들이 앞으로 달려 나오며 칼을 휘둘렀다. 고려군은 앞과 옆과 뒤의 모든 퇴로가 막혀버렸다. 신검은 화살을 쏜 궁수를 물리고 군사들을 이끌어 가장 먼저 고려군을 향해 돌격하였다. 고려군은 어느새 퇴로를 열려고 후미까지 와 있었다.

"네놈이 고려 장수 김락이렷다."

"아니, 네놈은 백제 태자 신검이 아니더냐?"

"잘 만났다. 그러잖아도 검을 쓴 지 한참 되어 무료하던 참이었다."

"좋다. 덤벼라."

신검과 김락이 말 위에서 싸움을 벌였다. 사위에는 고려군과 후백제군이 서로 뒤엉혀 싸우고 있었다. 신검은 빨리 적장의 목을 베어 고려군의 사기를 떨어뜨리고 싶었다. 그러나 김락도 결코 만만한 상대가 아니었다. 이미 전쟁터에서 잔뼈가 굵을 대로 굵어 싸움에는 자신감이 있었다.

"보통 실력이 아니로구나!"

"너야말로 칼 쓰는 솜씨가 대단하구나!"

한참 동안 칼을 주고받다 신검이 친 칼끝에 김락의 갑옷이 찢어지고 말았다. 불길한 생각이 든 김락이 찢어진 갑옷을 보는 찰나에 신검의 칼날이 바람을 가르며 날아와 김락의 목을 치고 나갔다. 김락이 말에서 땅으로 고꾸라졌고 머리통이 떨어져 나가 땅바닥에 굴렀다. 이 모습을 본 고려 군사들이 일제히 도망치기 시작했다.

고려군은 협곡에 갇혀 오도 가도 못 하는 신세가 되었다. 왕건이 이 난국을 타개하기 위해 지휘관 회의를 소집했다.

"뭐라? 김락 장군이 전사했어?"

"그렇사옵니다, 폐하. 어서 여기를 빠져나가야 하옵니다."

"무슨 수로 여길 빠져나간단 말이오."

왕건은 김락 장군이 전사했다는 말이 눈물을 흘렸다. 불과 몇 시간 전까지만 해도 사기가 하늘을 찌를 듯했던 군사들이 패잔병이 되어 언제 죽을지 몰라 불안해하고 있었다. 하기야 장수의 목까지 떨어져 나간 마당에 군사들의 목숨은 파리 목숨과 다르지 않았다. 왕건은 이 일을 수습하려 했으나 도무지 답이 나오지 않았다.

"매복에 걸려도 단단히 걸렸습니다."

"벌써 군사들을 절반이나 잃었습니다. 군사들의 사기도 땅에 떨어졌고 이대로 있다가는 전멸을 당할 것입니다."

"유금필 장군이 이끄는 군사는 어디쯤 오고 있는가?"

"이곳이 포위되어 알 수가 없습니다."

왕건은 답답하기만 했다. 그렇다고 여기서 항복을 할 수는 없었다. 만약에 여기서 항복을 하게 되면 신라는 물론 고려까지 견훤에게 바치는 것인데, 그렇게 될 바에야 차라리 죽음을 택하고 싶었다. 왕건은 혼자 책망했다.

"다 내 잘못이다. 내 판단이 흐려서 많은 군사를 죽음에 몰아넣었고, 사태를 이 지경에 이르도록 만들었다. 다 나 때문이야. 다 나 때문이라고."

"폐하, 이러고 있을 때가 아니옵니다. 우선 여기서 탈출해야 하옵니다. 적들은 소장이 맡을 테니 빠져나가소서."

"어떻게 말인가?"

"제게 좋은 생각이 있사옵니다."

이때 신숭겸이 왕건의 앞에 나서며 어금니를 사려 물었다. 신숭겸은 자신이 왕건으로 위장하여 적과 대치하고 있을 테니 어둠을 이용하여 이곳을 빠져나가라고 주청했다. 왕건의 갑옷을 입고 적과 대적하면 적들은 어둠 때문에 속아 넘어갈 것이니 이때를 이용하여 왕건이 병사의 옷을 입고 도망치면 생명은 구할 수 있다고 진언을 올렸다. 그러나 왕건은 팔짝 뛰었다. 자신 하나 살자고 부하 장수를 죽일 수 없다며 막무가내로 신숭겸을 막았다.

"폐하, 시간이 없사옵니다. 날이 밝으면 이곳은 몰살이옵니다. 부디 훗날을 기약하소서."

"훗날을 기약하소서."

왕건은 장수들의 힘에 떠밀려 간신히 수락하였다. 하지만 자신의 목숨 하나 살리자고 장수와 군사들을 죽음 앞에 내몬다고 생각하니 통탄할 일이었다. 왕건은 다시 눈물을 흘리며 갑옷을 벗어 신숭겸에게 내주었다.

"꼭 살아서 돌아와야 한다. 반드시 살아서 돌아와야 한다. 이건 어명이다."

"폐하! 성은이 망극하옵니다."

왕건은 호위무사 두 명과 함께 말에 올랐다. 이것을 시작으로 신숭겸과 군사들이 일제히 후백제군을 향해 진격하였다. 선봉에 선 신숭겸은 왕건의 갑옷을 입고 있었으므로 적들이 보기에는 영락없는 왕건이었다.

"적들이 마지막 발악을 하는구나!"

이번에도 신검이 선봉에 서서 고려군을 맞았다. 신검은 빨리 전과를 세워 견훤에게 인정받고 싶었다. 이미 김락 장군의 목숨을 빼앗고 수많은 군사의 목을 베었지만, 더 많은 공을 세워 아버님에게서 옥좌를 빨리 물려받고 싶었다.

"저기, 저놈이 고려왕 왕건이다. 저놈의 목을 베어 아버님께 바치면 후한 상이 내려질 것이다. 어서 총공격하라."

"와— 와—."

"고려왕을 잡아라! 왕건을 잡아라!"

"와— 와—."

후백제의 군사들이 벌떼처럼 몰려가 고려군을 에워쌌다.

"비켜라! 내가 상대해주겠다."

군사들이 에워싼 것을 뚫고 신검이 달려들어 신숭겸을 맞았다.

"네놈이 고려왕 왕건이렷다."

"그렇다. 어서 덤벼라."

"하룻강아지 범 무서운 줄 모른다더니 네놈이야말로 하룻강아지구나!"

이번에는 신검이 고려 장수 신숭겸과 맞붙었다. 그러나 신검은 신숭겸을 왕건으로 보고 잔뜩 긴장했다. 어둠 속에서 왕건이 입던 갑옷을 입고 나타났으니 당연히 왕건으로 알았던 것이다. 신검은 신숭겸을 향해 검을 휘두르기 시작했다. 군사들이 횃불을 비추고 있어서 대낮처럼 훤한 땅에서 칼과 칼이 부딪치는 소리가 고요한 밤하늘에 울렸다. 신검이 돌아서며 여러 번 공격했는데, 그때마다 신숭겸이 잘 막아내었다.

"얏— 이야앗—."

"합— 하이얍—."

막상막하의 싸움은 점점 신숭겸이 불리해졌다. 신검은 칼 쓰는 솜씨가 보통이 아니었다. 몸을 돌려 앞으로 칼을 뻗었다 싶었는데 어느새 다시 돌아서 칼이 허공에서 번쩍이다 이내 신숭겸의 옆구리를 베고 나갔다. 신숭겸의 옆구리와 왼쪽 팔에서 핏물이 툭툭 떨어졌다. 몹시 고통스러워하던 신숭겸이 다시 허공에 칼날을 세우는 순간, 신검의 칼날이 목을 베고 지나갔다. 말에서 땅바닥에 굴러떨어진 신숭겸은 이미 머리가 떨어져 나가 있었다. 신검은 신숭겸의 머리를 왕건의 것으로 알고 삼베 보자기에 잘 싸서 함에 담았다. 견훤에게 바칠 생각이었다.

"이제 왕건의 목을 베었으니 고려는 없다."

"그러하옵니다, 형님. 이제 우리 백제가 저 평양성까지 지배할 것입니다."

"암, 그래야지. 날이 밝는 대로 고려왕 왕건의 머리를 아버님께 바치자꾸나."

"예, 형님."

신검이 김락 장군의 목을 베고 왕건으로 위장한 신숭겸의 목을 베자 아우인 금강도 신검을 받들었다. 신검은 이제야 옥좌에 오를 수 있다는 기대감에 부풀어 있었다. 이 얼마 만에 느껴보는 쾌감인가. 허구한 날 자신을 구박만 하던 견훤에게 왕건의 머리를 바치면 금세 대우가 달라질 것이라 여겼다.

신숭겸이 신검과 한창 격투를 벌이고 있을 때, 한편 고려의 진영에서는 세 필의 말이 어둠 속으로 질주해 나갔다. 후백제 진영에서는 그 말들이 고려국으로 지원병을 요청하러 가는 파발마인 줄 알고 급히 뒤를 따랐다. 그러나 신검과 금강은 크게 신경 쓰지 않았다. 이미 고려왕 왕건의 목을 베어서 함 속에 넣었으니 지원병이 와도 별 위력은 없으리라 생각했다.

"이랴, 이랴."

세 필의 말은 전력으로 질주하는데 뒤에서 후백제의 기병이 무리를 지어 달려왔다. 맨 앞서 달리는 말이 왕건이 탄 말이었다. 이들은 신숭겸과 군사들이 후백제군과 싸우는 사이에 이곳을 탈출하려고 내달리는 중이었다. 그러나 후백제의 추격군과 점점 거리가 좁혀지고 있었다. 이때 막 굽이를 돌며 말이 휘돌아가는 사이에 맨 앞에서 달리던 말의 고삐를 당기며 왕건이 말에서 수풀 속으로 몸을 던졌다. 왕건이 탄 말은 왕건을 떨어트리고 앞으로 질주해 나갔다. 왕건은 수풀 속에 숨어서 앞으로 달려가는 후백제의 추적군을 똑똑히 보았다. 모두 열두 명의 기병이었다. 오래 못 가서 자신을 호위하던 무사들은 추적군에게 붙잡혀 목이 달아날 것이 분명했다. 왕건은 칠흑처럼 어둠이 깔린 산을 혼자 올랐다. 빨리 이 곳을 벗어나야 했다.

"게 섰거라!"

마침내 후백제의 추적군이 세 필의 말을 따라와 세웠다. 두 명의 무사가 칼을 뽑아 들고 추적군과 대적하였다. 추적군은 고려의 패잔병을 금방 알아보았다.

"어찌하여 하나는 빈 말이냐?"

"물건을 싣고 오다 떨어졌소."

"정말이냐?"

"그렇소."

"어디로 가는 길이냐?"

"고려로 지원병을 부르러 가는 길이오."

"그렇다면 여기가 네놈들의 무덤이다. 쳐라!"

추적군이 호위무사를 에워싸고 칼을 휘둘렀다. 몇 분 만에 두 무사가 칼에 맞아 땅에 떨어졌다. 추적군은 두 호위무사의 죽음을 확인하고 아무런 의심도 없이 후백제 진영으로 말을 돌렸다.

"여기가 도대체 어디란 말인가? 도무지 종잡을 수 없구나."

왕건은 산 하나를 넘어 계속 산속을 걸었다. 깜깜한 밤이라 한 치 앞도 보이지 않았지만, 사지에서 벗어나야 한다는 일념 하나만 생각하며 걷고 또 걸었다. 어디선가 승냥이 울음소리가 간헐적으로 들려왔다. 피 냄새를 맡고 저리도 크게 우는 모양이었다. 왕건은 나무에 기대어 잠깐 땀을 식혔다. 한겨울이지만 어찌나 급하게 산을 탔는지 등골에서 식은 땀이 흐르고 있었다. 산중에 혼자 남겨진 것도 처음이었다. 도처에서 짐승의 무리가 울고 동목(冬木)처럼 칼바람을 맞으며 산속을 헤매는 자신이 얼마나 처량하고 무서운지 왕건은 뼛속 깊이 새기고 있었다.

동이 트자 왕건은 자신이 산을 두 개나 넘어 어느 계곡에 이르렀음을 알았다. 그러나 동쪽으로 왔는지, 서쪽으로 왔는지, 남쪽으로 왔는지, 북쪽으로 왔는지 감을 잡을 수 없었다. 다만 겨울산이라 나뭇잎이 다 떨어진 활엽수가 앙상한 나뭇가지를 매달고 있지만, 남쪽으로 뻗는 가지는 햇빛을 더 받아서 북쪽의 가지보다 더 길게 늘어져 있으므로 남과 북의 위치는 파악할 수 있었다. 왕건을 나뭇가지가 짧게 뻗은 것이 북쪽임을 깨닫고 다시 산을 타기 시작했다. 산의 정상으로 올라갈수록 나무가 작고 산도 작아 보였다.

"아니 이게 누구야? 이게 왕건의 머리라고?"

날이 밝기가 무섭게 신검은 함에 넣은 왕건의 머리를 견훤에게 바쳤다. 신검이 바친 함을 보며 견훤은 만면에 미소를 지었는데, 함을 열고 보자기를 펴보고는 크게 실망하며 신검을 꾸짖었다. 목이 잘린 왕건의 머리가 들어 있어야 할 함 속에는 다른 장수의 머리가 들어 있었다.

"어찌 된 것이냐?"

"아버님, 분명히 간밤에 고려왕 왕건의 목을 베어서 함에 넣었습니다."

"그런데 어찌하여 신숭겸의 머리가 이곳에 들어 있는 게냐?"

"그게, 아무리 적의 시신을 살펴도 왕건은 없었습니다."

"혼자서 탈출을 한 것이야. 쥐새끼 같은 놈."

"아버님, 어찌하옵니까?"

"뭘 어찌하느냐, 잡아야지. 멀리는 못 갔을 것이다. 당장 군사들을 풀어 왕건을 잡아라!"

"예, 폐하!"

장수들이 먼저 견훤에게 허리를 굽혀 인사를 하고 산하로 말을 몰았다. 신검과 금강도 군사들을 데리고 달려나갔다. 왕건이 밤새 산을 탔다 해도 산세가 험해 십여 리도 못 벗어났으리라 생각하고 고려의 지원군이 오기 전에 아예 산을 에워싸고 후백제 군사들이 이 잡듯이 산을 훑어 올라갔다.

왕건은 이 모습을 산의 저편 등성이에서 보고 있었다. 날이 밝는 대로 나뭇가지가 짧은 방향으로 급히 뛰어서 후백제군의 포위망을 벗어날 수 있었다.

"산 정상까지 샅샅이 뒤졌으나 없습니다."

"이상한 일이다. 분명히 밤이라 아무리 날쌘 놈이라도 십여 리 이상은 못 벗어났을 텐데 말이다."

"어디서 죽은 게 아닐까요?"

"죽었으면 시신이라도 있어야 할 게 아니냐?"

"그건 그렇습니다. 산짐승에게 잡아먹혔다면 옷가지나 무슨 흔적이 있어야 하는데 현재로서는 아무것도 찾지 못했습니다."

후백제군은 큰 산을 포위하고 정상까지 올라갔으나 노루와 승냥이 몇 마리가 산등성이로 튀는 것밖에 보지 못했다. 작은 동굴이 서너 개 있어서 동굴까지 들어가 살펴보고, 혹시 구릉진 곳에서 낙엽을 덮고 숨어 있지 않았나 하여 낙엽 더미도 창으로 찌르며 살폈지만 끝내 왕건을 찾을 수 없었다.

"철수하라."

신검과 금강은 군사들을 물렸다. 큰 산까지 포위하고 훑었지만, 왕건이 발견되지 않아 신검과 금강은 왕건이 이미 고려로 탈출했으리라 믿었다. 밤새 말을 타고 달렸다면 가능한 일이었다.

다 잡은 왕건을 놓치자 견훤은 또 신검을 나무랐다. 밤이었지만 신검이 왕건의 옷을 입은 신숭겸을 알아봤다면 틀림없이 말을 타고 도망가기 전에 왕건을 생포할 수 있었다고 생각했다. 하지만 이미 엎질러진 물이었다. 다 잡은 왕건을 놓친 것은 어쩔 수 없지만, 공산 전투에서 후백제군은 거의 군사를 잃지 않고 대승한 것에 만족해야 했다. 고려 기병 오천여 명 중에 살아서 도망친 군사는 겨우 칠십여 명에 불과했다. 그중에 왕건도 끼어 있었다.

"어디서 오는 병사요?"

"아, 네. 산중에서 길을 잃었소이다. 도와주시구려."

"겨울 산이라 별로 채취할 게 없어 막 내려가던 길이오. 따라오시오."

"고맙습니다."

왕건은 산속을 헤매다 약초꾼을 만났다. 나이가 쉰 살쯤 보이는 약초꾼은 왕건을 데리고 산속 오두막집으로 향했다. 이런 곳에 민가가 있으리라고는 상상도 못 했다. 그만큼 약초꾼이 사는 곳은 산중의 산중에 있었다. 약초꾼이 짐 지고 있던 망태기를 내려놓았다. 망태기에는 더덕과

잔대, 산마와 도라지가 들어 있었다. 겨울에도 양지바른 곳은 땅이 얼지 않았고, 마른 싹을 찾으면 약초를 쉽게 채취할 수 있다고 했다. 약초꾼이 왕건을 방으로 들게 하고 군불을 지피고 따스한 국화차와 약초 달인 물을 내왔다. 비록 산속이라 대접할 것은 없지만 나름대로 차렸다며 수수밥도 내왔다. 왕건은 마침 허기져 쓰러질 지경이었으므로 정신없이 수수밥을 삼켰다. 그리고 한참 늘어지게 자고 깨어보니 다음 날 아침이었다.

"이제 몸이 좀 풀리시오?"

"감사합니다. 이 은혜를 어찌 갚아야 할지?"

"은혜랄 게 뭐 있소. 밥 한 끼 대접하고 하룻밤 재워준 것뿐인데."

"정말, 이 은혜 백골난망(白骨難忘)이옵니다."

"가시오. 산에서 내려가다 왼쪽으로 꺾으면 고려로 가는 길이오."

약초꾼은 왕건을 배웅하며 길까지 알려주었다. 약초꾼은 왕건을 한낱 패잔병에 지나지 않는 군졸로 보았던 것이다. 왕건은 이 약초꾼 덕분에 무사히 후백제군의 진영에서 빠져나올 수 있었다. 훗날에 약초꾼은 자신이 구해준 사람이 군졸이 아니라 고려왕 왕건이란 사실을 알고 땅을 치며 후회하였다 한다.

"지금까지도 행방이 묘연한 것으로 보아 폐하께서 틀림없이 돌아가셨을 것입니다."

"무슨 막말을 그리 함부로 하느냐?"

고려 장수 유금필은 공산 전투에서 대패하였다는 전갈을 듣고 군사를 이끌고 공산으로 달려오는 길이였다. 김락과 신숭겸, 김철, 전이갑을 포함한 여덟 명의 장수가 전사했다는 말을 듣고 유금필을 왕건마저 잘못되었나 하고 노심초사하고 있었다.

"서둘러라, 폐하를 찾아야 한다."

"예, 장군. 최선을 다하고 있습니다."

유금필은 왕건을 이해할 수 없었다. 도대체 어떻게 싸웠기에 기병과 보병이 전원 몰살당할 수 있단 말인가? 적어도 일만이 넘는 군사가 전멸되었다는 말에 유금필은 혀를 내둘렀다. 전갈을 보니 고려의 기병이 먼저 후백제군이 쳐놓은 매복지로 들어갔고, 보병이 그 뒤를 따라 들어갔다가 전멸을 당한 것이었다. 유금필이 군사를 이끌고 공산으로 돌아오자 고려군의 시신이 즐비하여 차마 눈 뜨고는 볼 수 없는 참혹한 현장이었다. 유금필이 군사들에게 구덩이를 파고 시신들을 매장하고 장수들의 시신은 거두라 명하였다. 군사들이 일사천리로 움직였다. 유금필은 군사들이 현장을 정리하는 사이에 기병을 이끌고 왕건을 찾아 나섰다. 1조는 서쪽으로, 2조는 동쪽으로 그리고 자신이 이끄는 기병은 북쪽으로 각자 흩어져 왕건을 찾아 출발했다.

왕건은 약초꾼이 알려준 대로 북쪽으로 바삐 걸어가고 있었다. 이때 어디선가 말발굽 소리가 요란하게 들려왔다. 왕건은 재빨리 덤불 속에 몸을 숨겼다. 북으로 한참을 올라왔는데 아직도 후백제의 추적군이 나돌고 있으니 앞날이 깜깜하였다. 왕건은 귀를 쫑긋 세우고 말발굽 소리에 귀를 기울이고 숨까지 참아가며 동태를 살폈다. 멀리서 달려오던 기병들이 순식간에 왕건의 곁을 지나칠 찰나였다.

"아니! 저건 유금필이 아닌가?"

후백제의 추적군인 줄 알고 덤불 속에 몸을 숨기고 있는데 유금필이 달려오자 왕건은 이제야 살았다며 덤불을 박차고 나왔다. 그사이에 기병들은 막 왕건의 곁을 빠르게 지나고 있었다.

"멈춰라!"

왕건이 큰 소리를 지르자 달려가던 기병들이 말을 세웠다.

"웬 놈이냐?"

"유금필 장군! 날세, 왕건이란 말이야?"

"아니, 폐하!."

"폐하, 이 꼴이 어인 일이십니까?"

"어서 폐하를 모셔라!"

왕건은 유금필에 의해 구조되어 공산으로 돌아왔다. 만여 구의 시신은 치워도 치워도 끝이 없었다. 군사들이 견훤이 버리고 간 신숭겸의 머리도 찾아서 들고 와 왕건에게 바쳤다. 왕건이 자신을 대신하여 죽은 장수라며 머리를 금으로 도금하고 시신을 찾아 후하게 장례를 치르라 일렀다. 겨울이라 양지바른 곳 말고는 땅이 파지지 않아 군사들이 시신을 쌓아놓고 덤불로 덮거나 돌무덤을 만들어 시신을 수습해 나갔다. 왕건은 수많은 시신을 보며 모두 자기가 죽인 것이라고 울부짖었다.

공산 전투는 그렇게 끝났다. 이 전투를 계기로 후삼국의 주도권은 확실히 후백제에 돌아간다. 신라를 실질적인 속국으로 만든 동시에 영토 역시 신라 9주 중 6주에 이르러서 최대 판도를 이룬다. 구체적으로는 전주(전북), 무주(광주 전남), 강주(경남 서부), 웅주(충남 충북 일부), 양주(경남 동부)의 일부이다. 한편 신라는 서라벌과 양주의 일부만으로 근근이 버티고 있었고, 고려는 변두리 한주(경기도와 황해도), 삭주(영서 지방) 두 주만을 점유하고 있었다. 그것도 땅만 넓지 산지가 많고 경제력이 좋지 않은 지역이었다. 한편 명주(영동 지방)는 독립 세력이었던 김순식이 점유하고 있었다. 견훤은 이 무렵 오랫동안 눈엣가시였던 금성(나주) 점령에도 성공한다.

이렇게 더없이 치솟던 견훤의 패기는 고창(古昌) 전투가 벌어지기 전까지 계속된다. 견훤이 왕건에게 '나는 평양성 성루에 내 활을 걸고, 패강(대동강)의 물로 내 말의 목을 축이게 할 것이다'라고 패기 있게 국서를 보냈던 게 후백제 후세기에 있었던 일이다.

그러나 왕건에게 손해만 있었느냐면 그것은 아니다. 공산 전투는 견훤의 군사적 천재성을 여실히 보여주는 전투였으나, 왕건의 지원군 때문에 신라에 확실한 친후백제 세력을 결집하는 데는 실패했다. 오히려 왕을 죽이고 왕비를 능욕한 사건으로 신라의 귀족들과 호족들은 견훤에게 큰 반감을 보였으며, 역으로 신라의 민심은 신라를 도와주려다 일격을 당한 왕건 쪽으로 기울었다. 경순왕도 즉위 후 얼마 안 되어 고려와 돈독한 관계를 맺었으며, 고창 전투에서도 신라 호족들이 왕건의 편을 든 것이 결정타가 되었음을 고려하면 견훤이 군사적 능력과 비교하면 정치적 능력이 부족했음이 여실히 보이는 것이었다.

11

고창 전투와 예성강

고창 전투와 예성강

"내 생애에서 이렇게 통쾌한 싸움은 처음이었다."

견훤은 공산 전투를 회고하며 완산주로 돌아와 큰 잔치를 베풀었다. 신라의 서라벌까지 점령하고 각종 금은보화를 싣고 와서 기분이 절로 났다. 게다가 왕건을 사로잡거나 죽이지는 못했지만, 공산 전투에서 대승을 거두자 후백제가 삼국을 통일하는 날도 얼마 남지 않아 보였다.

겨울이라 날씨는 추웠지만, 군사들이 참나무 장작불을 피워놓고 돼지와 소를 잡았다. 궁녀들이 전을 부치고 떡을 준비하였다. 술을 여러 동이 내와도 모자라서 더 내왔다. 오랜만에 군사들이 실컷 마시고 놀았다. 이런 자리가 있어야 전쟁에 나가는 것에 보람을 느낀다며 군사들이 깔깔거렸다.

"내가 말이야, 고려왕 왕건이가 도망치는 모습을 봤다니까."

"참말이야?"

"그려, 말 세 필이 후다닥 달려가는디, 엄청 빠르더구먼."

"에이, 그게 왕건이었는지 어떻게 알아?"

"참말이야. 병졸 옷을 입고 있었지만, 눈빛이 왕건이가 맞았다니까.

하! 내가 그놈만 잡았다면 지금쯤 폐하께서 상금을 엄청나게 내리셨을 텐데.”

군사들은 추위에도 아랑곳하지 않고 무용담을 늘어놓았다. 자신들이 전투에서 세운 공을 떠벌이고, 적들도 사람인데 목을 벨 때는 온몸에서 소름이 솟았다는 말까지 거침없이 늘어놓았다. 이 모습을 보던 견훤이 옆에 있는 신검에게 말했다.

“신검아! 많이 먹어라.”

“예, 아버님.”

“신검아! 네가 신숭겸이 아닌 왕건의 목을 베어왔다면 지금쯤 우리 백제 군사들은 고려의 수도인 송악에서 잔치를 벌이고 있었을 것이다. 아니 그러냐, 신검아!”

“그렇사옵니다, 아버님.”

“그래, 내 나이 이제 일흔이 다가오고 있다. 늙어도 한참 늙었다. 한참 늙었어.”

견훤은 잔치를 벌이는 중에 신검을 불러 은근히 왕건의 목을 베지 못한 것을 질타하였다. 신검은 유독 자신에게만 핀잔을 주는 견훤이 점점 미워졌다. 저 늙은 나이에 아직도 권좌에 머물러 있어서 자기 뜻을 한 번도 꽃피울 수 없었다. 게다가 자꾸 금강의 편만 들고 금강만 예뻐하고 감싸고 노는 것을 더는 못 봐줄 것 같았다.

“그런데 말이다, 신검아! 내가 늙어서 옥좌에서 내려오고 싶지만 네가 하는 행동을 보면 내가 임종할 때까지 권좌에서 물러나지 말아야겠구나.”

“…….”

신검은 이 말을 듣고 두 주먹을 쥐고 몸을 부르르 떨었다. 신검은 아무리 아버지께 잘 보이고 전공을 세워도 아버지는 자신을 그저 철없는 아이로만 취급하고 있었다. 신검은 이러려고 검법을 배웠나 하는 후회마저 들었다. 양검과 용검처럼 아버지의 곁을 떠나 지방에서 편하게 지내는 것도 괜찮은 듯했다. 하지만 자신이 태자이고 앞으로 이 나라를 이끌고 나가야 하는데, 아버지가 저리도 오랫동안 권좌에서 물러나지 않으니 답답하기 그지없었다. 어느 나라에 서른하고도 중반인 태자가 있단 말인가. 신검은 자신이 점점 초라해짐을 느꼈다.

그러나 견훤은 일흔을 바라보는 나이에도 승승장구하고 있었다. 공산 전투에 이어 928년에는 고려가 가지고 있던 대야성을 탈환하는 전과를 세웠다. 그리고 930년 12월에는 군사를 일으켜 고창(안동)으로 진격하여 삼천여 명의 고려군이 주둔하고 있는 성을 포위한다. 고창은 경상도에 남아 있는 고려군의 최후의 보루였다.

"성을 포위했으니 저놈들은 이제 독 안에 든 쥐다."

"그렇사옵니다, 폐하. 이제 성문을 부수는 일만 남았사옵니다."

"그러게 말일세. 저 성에 주둔하고 있는 고려 군사가 겨우 삼천여 명이라지."

"그렇사옵니다. 지금 당장 성문을 부수고 쳐들어가도 저들은 저항하지 못하옵니다. 저들은 이미 전의를 상실해서 조금만 더 버티면 백기를 들고 투항할 것입니다."

"정말 그러한가? 그렇다면야 굳이 피 흘리며 싸울 필요가 있겠는가?"

"그렇사옵니다. 좀 더 기다려보면 순순히 투항할 것입니다."

견훤과 책사 최승우가 나눈 대화였다. 견훤은 고려군에 승승장구하다

보니 고창에 남아 있는 고려군을 너무 깔보았다. 견훤이 이끌고 온 후백제군은 이만여 명이 넘는데, 성에 주둔한 군사는 고작 삼천여 명뿐이었다. 게다가 이만여 명의 후백제군이 성을 에워싸고 있으니 고려군은 싸울 엄두를 못 내고 있었다. 그러나 다행히도 후백제군이 성을 포위하기 전에 전령을 띄워서 고려의 지원군이 오기만을 기다리고 있었다. 만약에 지원군이 오기 전에 후백제군이 성을 공격한다면 전멸할 것은 자명한 일이었다.

"아버님, 고려의 지원군이 오기 전에 성을 공격해야 하옵니다."

"쓸데없는 소리. 송악에서 여기가 어디라고 지원군이 온단 말이냐?"

"틀림없이 성을 포위하기 전에 저쪽에서 전령을 보냈을 것이옵니다."

"시끄럽다. 전령이 갔다 해도 고려군은 공산 전투에서 크게 패하여 무서워서 못 올 것이다. 제놈들이 이곳에 오면 곧바로 무덤인데 올 수 있겠느냐?"

"……아버님."

신검이 성을 공격하자고 견훤에게 건의했지만 받아들여지지 않았다. 견훤은 그렇게 장담하고 있었다. 왕건이 겨우 목숨을 건져 도망갔으므로 다시는 이 지역에서 일어나는 전투에는 나서지 않으리라는 것이다.

그러나 왕건은 고창성이 후백제군에 포위되었다는 전갈을 받고 군사를 일으켜 출병한다. 공산 전투에서 구사일생으로 살아남아서 고창성을 포기할까도 생각했지만, 성에 갇힌 군사들을 생각하면 내버려둘 수는 없는 일이었다.

"폐하, 고창성에 갇힌 군사들을 반드시 구출해야 하옵니다."

"그걸 누가 모르는가? 또 패하면 국운이 흔들린단 말이야, 국운이."

왕건은 패할 것을 걱정하였고, 죽령으로 달아나면 위험하다고 건의한 대상(大相) 공훤과 홍유의 의견을 받아들여 사잇길을 닦으라고 했으나 도망칠 길을 미리 닦기보다는 본격적으로 공격해야 한다는 유금필의 주장에 따라 정면 대결로 전략을 바꿨다. 유금필은 한 번도 싸우지 않고 퇴로부터 만들려고 하는 왕건과 공훤, 홍유의 주장이 어처구니가 없어 혼자서 화를 내었다.

"무기가 흉악한 도구이며 전쟁이 위험한 것은 자명한 것이니, 죽기를 각오하고 싸워야 겨우 승리할 판인데 어찌 적들을 앞에 두고도 지는 것을 겁내는 겁니까?"

유금필의 선봉으로 고려군은 북쪽 지대인 병산에 진을 쳤고, 후백제군은 남쪽 지대인 석산에 진을 쳤는데 진의 사이는 거리가 오백여 보 밖에 되지 않았다.

"거기 왕건 아우가 아닌가? 공산 전투에서 그리 혼쭐이 나고도 또 왔는가?"

"이번에야말로 복수할 것이니 목숨이나 잘 부지하기 바라오."

"뭐, 뭐라? 저, 저 주둥아리하고는."

"어떠한가? 목숨이 두렵거든 어서 완산주로 말머리를 돌리시게."

"저, 발칙한 것 같으니라고. 신검아! 뭐 하냐, 저놈의 주둥이를 막지 않고."

"예, 아버님."

신검이 말을 달려 앞으로 나갔다. 겨우 오백여 보밖에 안 되는 거리이므로 신검은 순식간에 적 앞에 다다랐다. 이때 적의 진영에서도 말 한 필이 쏜살같이 달려 나왔다. 유금필이었다. 유금필이 먼저 칼을 뽑아 신검에게 휘둘렀다. 유금필은 공산 전투에서의 패배를 앙갚음하려는 듯 미친 듯이 칼을 휘둘렀다. 신검이 요리조리 몸을 놀려 유금필의 칼을 피하다 검을 뽑아 들었다. 여러 차례 기합이 있고, 칼과 칼이 맞부딪치는 소리가 하늘을 갈랐다.

"내가 적국의 태자라고 봐줬더니 안 되겠다. 이번에는 네 목숨을 거두리라."

"나야말로 적장이지만 무예 솜씨가 뛰어나 봐줬지만, 이제는 목숨을 거둘 때가 된 듯하구나."

유금필의 칼이 신검의 허리를 세차게 쳐버렸다. 그러나 신검은 검으로 유금필의 칼을 막음과 동시에 다른 손으로 단검을 꺼내 유금필의 가슴을 그어 내려갔다. 하지만 거리가 맞지 않아 갑옷만 찢어져 나갔다.

피를 말리는 싸움은 한 시간 동안 계속되었다. 둘 다 승부를 정하지 못하고 있었다. 검을 쓰는 솜씨는 신검이 우세했고, 힘은 유금필이 우세했다.

"그만 돌아가자!"

"아니다. 어차피 승패를 겨뤄야 끝나는 싸움이다."

유금필이 먼저 싸움을 그만하자고 제의했으나 신검은 공격을 멈추지 않았다. 할 수 없이 유금필이 말머리를 돌려 고려 진영으로 돌아갔다. 이 모습을 본 후백제 군사들이 일제히 함성을 내질렀다.

견훤도 신검이 유금필과 대적하고 돌아오자 만면에 웃음을 지었다. 이제 태자로서 손색이 없어 보였다. 견훤은 이 전투만 끝나면 옥좌를 신검에게 물려줘야겠다고 생각했다. 그동안 너무 오랫동안 권좌에 머물러 있었다. 후백제를 세운 이래 사십 년 넘게 권좌에 앉아 있었으니 이제 쉴 때도 되었다고 여겼다.

“신검아! 너는 군사 일만을 이끌고 고려군의 측면에서 공격하거라. 양면 공격을 하면 적은 당황하여 죽령으로 도망칠 것이다. 그때를 노려 총공격한다면 왕건의 목숨을 빼앗을 수 있을 것이다. 왕건만 죽으면 우리 백제가 삼한을 통일하게 된다. 넌 삼한을 통일한 제국의 임금이 될 것이다.”

“분부대로 거행하겠습니다, 아버님.”

고려군과 대치하고 있는 상황에서 신검은 일만여 군사를 이끌고 고려군의 측면 쪽으로 이동하기 시작했다. 야음을 틈타 군사를 움직이는 것도 아니고, 대낮에 적들이 보는 앞에서 대규모 군사를 이동시키는 것을 본 고려의 책사 최응은 만면에 웃음을 내보였다.

“폐하! 저들이 군사를 둘로 나눈 것은 양쪽에서 협공하기 위함입니다. 이럴 때는 먼저 적을 치는 것이 유리합니다. 유금필 장군으로 하여금 기병을 이끌고 나가 견훤왕이 있는 적 진지를 깨부수라 명하소서.”

“뭐라? 선제공격이 유리하다?”

“그렇사옵니다, 폐하. 이번 싸움은 누가 먼저 기선을 제압하느냐에 따라 승패를 가를 수 있사옵니다.”

“소장도 그리 생각하옵니다. 명을 내려주십시오.”

“좋다. 기병을 이끌고 출병하라. 나머지는 측면의 신검을 경계하라.”

“예, 폐하!”

유금필은 기병들을 거느리고 후백제의 진영으로 빠르게 급습해나갔다. 신검이 적장과 싸우고 돌아와 기세등등했던 후백제군은 잠시 방심하고 적의 기병이 달려오는데 앞에 궁수도 배치하지 않았다. 삽시간에 달려온 고려의 기병들이 후백제의 본진을 뚫으며 지나갔다. 견훤은 달려드는 고려의 기병들에 혼비백산하여 뒤로 도망쳤다. 무서운 속력으로 질주해온 기병들이 마구잡이로 칼을 휘둘러 병사들이 추풍낙엽처럼 떨어지고 있었다.

"폐하, 일단 피하시옵소서."

"아이고, 어디로 피한단 말이냐?"

바로 그때였다. 성을 포위하고 있다가 고려의 지원군이 오자 대치하느라 성에서 철수했는데, 이번에는 성문이 열리면서 성안에 있던 고려군이 기병들과 합세하려고 달려오고 있었다. 후백제군은 고려의 기병과 보병에게 포위되어 공격을 받고 있었다. 이때 신검이 이끄는 일만여 군사가 이곳으로 와서 싸워주거나 고려의 본진을 친다면 승패가 후백제 쪽으로 기울 수도 있지만, 신검은 견훤과 금강이 죽기라도 바라는지 꼼짝도 하지 않고 있었다.

"전원 퇴각하라! 후퇴하라!"

견훤은 군사들에게 후퇴 명령을 내리고 자신도 최승우와 함께 말을 타고 퇴각을 서둘렀다. 견훤과 최승우가 탄 말이 적진을 피해 달리는데 뒤에서 쫓아오는 기병들이 쏜 화살에 말이 맞아 견훤과 최승우는 말에서 떨어지고 말았다. 이때 뒤를 따르던 금강 일행이 견훤과 최승우를 구해 내달렸다. 신검은 그때까지도 고려군을 공격하지 않고 멀리서 고려의 기병들에게 쫓기는 견훤과 금강을 보고 있었다.

"꼴 좋다. 어서 폐하와 금강이가 고려군에게 잡혀 목숨을 잃어야 내가 옥좌에 오르는데 말이야."

신검은 견훤과 금강이가 생사를 다투는데 옥좌만 생각하고 있었다.

신검은 이 때문에 일부러 견훤과 금강이가 위기에 처했는데도 구출하러 가거나 고려군을 공격하지 않았다. 만약에 신검이 일만여 명의 군사를 동원하여 고려군을 쳤다면 전세는 역전되었을 것이다. 고려군이 궁지에 몰리면 기병들이 더는 공격을 못 할 것이고, 견훤은 군사를 정비하여 신검이 이끄는 군사와 합세했다면 충분히 고려군을 무찌르고도 남을 상대였다. 그런데 신검이 코앞에서 전투가 벌어지는데 강 건너 불구경만 하고 있으니 견훤은 속이 뒤집힐 지경이었다.

치열한 전투가 삼사 일 동안 계속되었다. 초기에는 후백제가 우세했으나, 견훤에게 반감을 품은 고창 일대 신라 호족들이 반기를 들고 속속 고려군에 합류하였다. 고창의 호족들은 견훤이 서라벌까지 가서 경애왕과 왕비를 자결시키고 무고한 백성들을 죽이고 불을 지른 것을 두고두고 원수를 갚겠다고 벼르고 있던 참이었다. 호족들과 합세하여 유금필이 정예 기병을 이끌고 다시 총공격하자 견훤은 대패했다. 후백제군의 전사자만도 팔천여 명에 달했고, 견훤은 겨우 목숨만 건져서 후퇴했다. 견훤에게 반기를 든 고창의 호족 중 김행, 김선평, 장정필 세 명은 훗날 삼태사라 해서 고려의 공신에 봉해졌다.

"괘씸한 놈. 네놈은 군법에 따라 사형에 처해도 시원찮은 놈이다."

"아버님, 통촉하여주십시오. 고려 장수 유금필이 버티고 있어서 움직일 수 없었습니다."

"내겐 변명은 안 통한다. 넌 일부러 군사를 움직이지 않은 것이다. 나와 금강이를 죽이려고 말이다. 그래야 네가 옥좌에 앉을 거 아니냐?"

"아버님, 억울하옵니다."

"시끄럽다. 이제부터 네겐 옥좌란 없느니라. 금강이에게 옥좌를 넘겨

줄 것이다."

"아버님!"

"알겠느냐?"

완산주로 돌아온 견훤은 화가 머리끝까지 나 있었다. 고려군을 측면에서 공격하라고 군사 일만을 내주었지만, 자신은 죽을 고비를 넘기며 겨우 도망쳐 왔는데, 태자라는 놈이 제 아비가 죽거나 말거나 미동도 하지 않고 있는 꼴을 보니 당장이라도 달려가 목을 베어버리고 싶었다. 저런 이기심을 가지고 옥좌를 넘겨받은들 제대로 나라를 이끌어갈지도 의문이었다. 하여 견훤은 그동안 듬직해 보였던 금강이 자꾸 마음에 들었다. 금강은 신검보다 더 의젓하고 생각도 신중히 했으며, 무엇보다도 오래 살아서 그런지 황후 박씨보다는 금강의 어미인 고비가 더 정들었다. 황후 박씨는 견훤을 보기만 하면 나이가 이제 곧 칠십인데 왜 태자에게 왕권을 물려주지 않냐고 닦달이었다. 듣기 좋은 말도 한두 번이지 아침, 점심, 저녁, 심지어는 잠자리에서조차 황후 박씨는 신검이 타령이었다.

"우리 신검이한테 언제 옥좌를 물려줄 거예요?"

"그만 좀 하지 그래. 아직 때가 안 됐어."

"때는 무슨 놈의 때요? 폐하의 나이가 이제 칠십입니다. 칠십. 세상천지에 일흔 살이나 먹은 임금이 어디 있습니까? 그만큼 옥좌에 앉아 있었으면 됐지, 무슨 미련이 남아 있다고 더 앉아 있으려고 해요? 분수를 알아야지."

"아이고, 시끄러워서 잠을 못 자겠구먼, 잠을 못 자겠어!"

견훤은 황후 박씨가 잔소리하면 으레 고비에게 갔다. 잔소리를 쏘아붙이는 황후 박씨와는 달리 고비는 항상 견훤에게 상냥하게 대하고 늘 미소로 반겼다. 견훤은 고비만 보면 근심이 금세 사라짐을 느꼈다.

"어서 오소서, 폐하!"

"그동안 잘 있었는가?"

"소첩이야 늘 그렇지요. 그런데 어인 일이시옵니까, 이 밤중에."

"내, 황후하고만 있으면 울화가 치밀어서 원."

"무슨 일이 있으셨습니까?"

"신검이 때문이오. 나만 보면 태자를 언제 보위에 올릴 거냐고 묻는 통에. 아, 그릇이 작은 것을 어떻게 보위에 앉혀. 안 그런가?"

"그렇사옵니다. 폐하, 옥좌는 금강이가 앉는 게 딱 좋을 듯합니다."

"나도 그렇게 생각하네. 그런데 대신들과 호족들이 자꾸 장자가 임금이 돼야 한다고 우겨서. 이거야 원."

"폐하, 심려 놓으시고 폐하의 소신대로 밀고 나가시오소서."

"그래야겠구먼. 그만 자자고."

견훤은 고비와 나란히 잠자리에 들었다. 황후 박씨는 무조건 신검에게 옥좌를 물려주라고 떼를 쓰는데, 고비는 자신에게 아무런 부탁을 하지 않으니 그저 고마울 뿐이었다. 그러나 고비도 내심 금강이가 옥좌에 앉기를 은근히 바라고 있었다.

"어디 보자, 내 오늘은 안아보고 싶구려."

"아이, 폐하. 부끄럽사옵니다."

견훤은 고비를 와락 끌어안았다. 나이가 일흔이 다가오자 잠자리에 들면 잠만 잤는데, 오늘은 왠지 고비가 아름다워 보였다. 허리까지 길게 늘어뜨린 검은 머리칼과 반짝이는 눈방울, 오뚝 솟은 콧대와 분을 바른 듯 고운 얼굴이 견훤의 마음을 사로잡기에 충분했다. 견훤은 이부자리

속에서 고비의 잠옷을 살살 벗겨나갔다. 견훤의 손이 부드러운 고비의 앞가슴을 더듬었다. 오랜만에 더듬는 손이라 고비도 심호흡을 하고 있었다. 견훤은 나이가 일흔의 문턱에 와 있지만, 아직도 여자를 능숙하게 잘 다루었다. 견훤의 입술이 고비의 입술과 포개졌고, 한동안 그렇게 있다, 다시 견훤의 혀가 고비의 귓불과 목덜미를 빨아댔고, 다시 박 덩어리처럼 커다란 고비의 앞가슴을 빨았다. 고비가 마침내 입가에서 신음을 흘렸다.

"폐하, 더 세게 빨아주소서."

"……."

"폐하, 더는 못 참겠습니다."

"……."

밤이 깊도록 견훤은 고비의 몸을 빨갛게 달구었다. 고비가 거칠게 숨을 몰아쉬며 견훤을 감싸 안았다. 견훤은 자신의 몸이 허공으로 두둥실 올라가는 쾌감을 느끼었다. 거칠게 몸이 움직였고, 무엇인가 강한 것이 고비의 몸속으로 들어가는 순간, 고비가 힘주어 끌어안았던 견훤의 몸을 놓았다. 서로가 뜨거운 바람을 입가에 쏟아놓고 있었다. 견훤과 고비는 그렇게 새벽을 맞았다.

"폐하, 태자 전하께 한 번만 더 기회를 주시지요."

능환이었다. 능환은 벼슬이 이찬이었으나 책사 최승우에게 정사를 물려주고 견훤과 다소 떨어져 지냈는데, 신검이 낙심하는 모습을 보고 견훤에게 진언한 것이다. 후백제는 고창 전투에서의 패배를 잊고 다시 군사를 정비하여 932년에 후백제의 후미에 있던 금성(나주)을 탈환하고 진군하여 후미의 영토를 많이 확장했다. 이 무렵에 고려의 책사 최응이 35세의 젊은 나이로 죽고 능환은 예성강(禮成江)을 거슬러 올라가 고려의 수도인 송악을 공격할 계획을 세운다.

"제게 고려를 무너뜨릴 한 가지 묘책이 있사옵니다."

"뭐라? 고려를 무너뜨릴 묘책?"

"그렇사옵니다, 폐하."

"어서 말해보아라."

"폐하, 귀 좀 빌려주십시오?"

견훤은 능환의 말을 듣고 크게 기뻐하였다. 능환이 견훤에게 말한 것은 수군을 이끌고 예성강을 거슬러 올라가 고려의 왕궁을 점령하면 고려에 큰 타격을 입혀 당분간은 후백제로 공격해오지 않으리라는 것이다. 게다가 운이 좋으면 왕건의 목을 가져올 수도 있었다. 그렇게만 된다면 역으로 후백제가 고려를 공격하여 삼국통일을 이룰 기회였다. 견훤은 쾌히 승낙하였다.

"그러면 누가 총사를 맡으면 되겠는가?"

"아무래도 태자 전하께서 총사를 맡으시는 것이 좋을 듯합니다. 지난번에 고창 전투에서 실수한 것을 이번에 공을 세우면 씻을 수 있지 않겠습니까, 폐하."

송악을 치러 가는 수군의 총사령관으로 신검을 추천한 것은 책사 최승우였다. 최승우는 제발 후백제가 무탈하게 정권이 이양되기를 바랐다. 견훤이 장자인 신검을 자꾸 미워하고 일흔의 나이에도 권좌에 머물며 금강에게 옥좌를 물려주려는 눈치가 보이자 최승우는 이번에 신검이 공을 세우고 옥좌에 앉기를 바라며 신검을 총사령관으로 추천한 것이다. 견훤은 최승우의 간청이 내키지는 않았지만 받아들였다. 금강을 총사령관으로 내세우고 싶었지만, 어차피 신검이 장자이고 태자이니 신료들의 뜻에 따를 수밖에 없었다.

신검은 갑옷을 입고 아홉 개의 검을 차고 배에 올랐다. 배에는 책사 최승우와 금강, 장수 상귀(相貴)가 타고 있었다. 신검은 이번에야말로 공을 세워 꼭 옥좌에 앉겠다고 다짐했다.

때는 932년 9월이었다. 이 무렵 후백제에서는 견훤의 심복이었던 공직(龔直)이 고려로 투항해버리는 사건이 일어났다. 공직은 시호는 봉의(奉義)이며, 사후에 고려 태조에 의해 사공(司空) 삼중대광(三重大匡)으로 추증되었다. 그의 맏아들 직달(直達)과 딸은 후백제 견훤에게 인질로 갔다가 죽었고, 그 외에 금서(金舒), 함서(咸舒), 영서(英舒) 등의 아들이 있었는데, 함서가 후사를 이었다. 공직의 귀부를 기뻐한 왕건은 공직을 대상(大相)에 임명하여 백성군(白城郡, 안성시)을 녹읍(祿邑)으로 주었으며, 아들 함서를 좌윤(佐尹)으로 삼고, 또 다른 아들 영서를 왕건의 친족인 정조(正朝) 준행(俊行)의 딸과 혼인시켰다. 고려에 귀부한 후 공직은 왕건에게 후백제의 일모산군(一牟山郡, 청주시 상당구 문의면)의 공략을 청하였고 왕건은 이를 허락하였다.

"아무리 바다라지만 왜 이리도 조용한 것이야?"

"고려는 지금 전쟁을 끝내고 태평성대라 우리가 해상으로 기습하는 것을 전혀 눈치채지 못할 것입니다. 더우나 유금필이 귀양을 가서 고려군은 이빨 빠진 호랑이에 불과합니다."

"유금필이 귀양을 가?"

"그렇사옵니다, 태자 전하."

"무슨 일로 고려 맹장이 귀양을 간단 말인가?"

"권력에는 반드시 암투가 있는 법입니다. 신료들의 모함으로 그리 되었다 들었습니다. 그러나 제 짐작대로라면 곧 복귀할 것입니다. 유금필에 대한 모함은 일찍이 고려왕 왕건도 알고 있는 사항입니다."

"그랬구려. 참 훌륭한 장수인데 말이오."

"그렇사옵니다. 이제 예성강 포구로 들어갈 것이니 어선으로 위장하셔야 합니다. 곧 어둠이 내리면 예성강으로 진입할 것입니다."

"생각보다 빨리 왔구려."

신검을 태운 배는 고려의 어선으로 위장하여 바닷길을 유유히 흘러가 예성강 포구에 닿았다. 후백제 땅을 떠나온 지 사흘이나 지나 있었다. 일부 군사들이 어민이 입는 평복으로 갈아입고 고려의 보초병을 맞을 준비를 하였다. 예성강 어귀에는 적의 군선 삼백여 척이 정박 중이었다. 신검은 적의 군선부터 불태워 없애버리면 고려의 수군이 바다로 나오지 못하므로 적선부터 칠 생각이었다. 그러나 책사 최승우는 달랐다. 적의 군선은 우리가 온 것을 모르니 예성강을 통과하여 송악을 점령한 다음 나오는 길에 부숴야 한다고 했다. 신검이 생각해보니 그것도 옳은 방법이었다. 지금 적선을 부수면 고려군이 벌떼처럼 몰려올 것이고 그리되면 송악의 왕궁은커녕 여기서 뱃머리를 돌려야 할 판이었다.

"어디서 오는 배들이오?"

"어선입니다. 조업을 나갔다가 풍랑을 만나 사흘 만에 돌아오는 것이외다."

"틀림없소."

"어선인데 뭐가 틀림없단 말입니까?"

병사와 고려의 보초병 사이에 언쟁이 길어지자 신검은 품에서 표창을 꺼내 들었다. 그러나 옆에서 책사 최승우가 신검의 손을 내려놓았다. 만약에 표창을 던졌다면 적병 서너 명은 죽일 수 있으나 뒷감당은 자신할 수 없었다.

"좋소. 통과하시오."

고려의 보초병이 길을 열어주었다. 어선치고는 너무 많은 배가 몰려와서 의심이 갔지만, 보초병은 곧 날이 어두워지고 마침 저녁밥을 먹을 시간이라 배들을 통과시켰다. 만약에 여기서 보초병이 배를 막고 검문을 시행했다면 고려의 황궁이 불타는 치욕적인 일은 일어나지 않았을 것이다.

"어찌하여 황궁이 가까워지는데 수도방위군이 보이지 않소?"

"태자 전하, 고정하시옵소서. 송악은 바다가 가로막고 있고, 북으로는 평양성이 시키고 있어서 수도방위군은 따로 있지 않은 줄 알고 있습니다."

"어허, 그래요. 고려의 황궁으로 진입하기가 이리도 쉽단 말이오?"

"자, 상륙 준비를 하시오소서."

"암, 하고말고요. 이번에야말로 공을 세워 아버님께 보란 듯이 보여드리리다."

신검이 탄 배가 예성강을 거슬러 올라가 송악에 당도할 때까지 고려군은 후백제군이 쳐들어온 것을 까맣게 모르고 있었다. 고려국에서는 평소와 다르게 밤이 되자 일찍 잠자리에 들거나 마실을 나가 마음에 맞는 사람끼리 도란도란 얘기를 나누고 있었다. 이때 많은 군사가 어둠을 뚫고 예성강 상류에 상륙하여 황궁으로 몰려가고 있었다. 거리는 텅 비어 있었고 이따금 민가에서 호롱불빛이 흘러나오고 있었으나 군사들의 행군을 방해하는 자는 아무도 없었다.

"어디서 오는 군사들이냐?"

황궁의 성문에 다다르자 문지기가 앞을 막았다.

"저산도에서 폐하의 부름을 받고 오는 길이오. 어서 성문을 여시오."

"그렇소이까? 증표를 보여주시오."

"그런 건 없소이다."

"뭐라? 없다? 어디서 온 놈들이냐?"

"우린 백제에서 왔다. 알겠느냐?"

신검이 앞에 나서서 문지기의 목을 베었다. 문지기의 허리춤에는 성문을 열 수 있는 열쇠가 차 있었다. 신검이 열쇠를 찾아 성문을 열어젖혔다. 군사들이 함성을 지르며 성안으로 달려 들어갔다. 삽시간에 황궁은 전쟁터가 되었다.

"고려왕을 찾아라!"

"분명히 성안에 있을 것이다."

"고려왕을 찾아 목을 베어 완산주로 가져가야 한다. 어서 찾아라!"

"와—!"

황궁은 한마디로 난장판이었다. 후백제 군사들이 들이닥치자 그때야 잠자는 군졸들을 깨우고 성 밖으로 급히 지원군을 요청하러 달려가고, 죽이려는 자와 죽지 않으려는 자의 숨바꼭질이 처절하게 이어졌다. 가는 곳마다 비명이었고, 피 흘리며 쓰러지는 내시와 궁녀가 허다했다. 후백제 군사들은 닥치는 대로 죽이고 불사르고 도적보다 더한 참혹함을 만들었다. 그러나 왕건은 며칠 전에 평양성으로 시찰을 떠났기 때문에 황궁에 남아 있지 않았다.

"아하! 옥좌가 좋기는 좋구나!"

신검은 고려왕이 앉는 옥좌에 앉아 한층 신이 나서 들떠 있었다. 처음 앉아보는 옥좌였다. 보료에 털가죽을 넣었는지 푹신푹신하고 손잡이는 금으로 도금을 해서 꽤 값나가 보였다. 신검은 옥좌에 앉자 마치 자신이 고려왕이 된 기분이었다.

"태자 전하, 서두르시옵소서. 곧 날이 밝사옵니다."

"어허, 그런가. 그럼 할 수 없지. 다음을 기약하는 수 밖에."

신검은 군졸들에게 옥좌도 완산주로 들고 가라 명하였다. 날이 밝으면 고려의 지원군이 몰려올 것이므로 다시 예성강으로 나가 배를 타고 바다로 가야 했다. 신검은 육로는 위험하므로 필요한 것만 들고 철수하라 명하였다. 신검의 명에 따라 군사들은 바삐 움직였다. 신검이 배에 올라 예성강 하구로 내려가다 뒤를 돌아보니 황궁에서는 아직도 연기가 피어오르고 있었다.

"고려의 적선들이다. 불화살을 쏴라!"

예성강 하구로 내려온 신검은 간밤에 보았던 적선을 향하여 불화살을 날렸다. 적선은 그때까지도 후백제군이 황궁으로 쳐들어간 사실도 모르고 태평하게 닻을 내려놓고 잠들어 있었다. 군사들이 쏜 불화살에 적선 삼백여 척이 불에 활활 타올랐다. 그때야 고려 수군이 잠에서 깨어나 군선이 불에 타는 광경을 목격했다.

"적이다! 적군이 출몰했다!"

그러나 때는 이미 늦었다. 군선이 전부 불에 타고 후백제군은 강 한가운데서 유유히 바다로 빠져나가고 있었다. 고려의 수군들은 군선이 소실되어 눈앞에 후백제군이 보이지만 발만 동동 구를 뿐 아무것도 할 수 없었다.

신검은 후백제 수군을 거느리고 예성강에 들어와서 염주(鹽州, 연안), 백주(白州, 배천), 정주(貞州, 풍덕) 세 고을의 배 일백 척을 불사르고 저산도(猪山島)의 목마(牧馬) 삼백 필을 빼앗았다. 고려로서는 큰 손실이고 황궁이 불타는 치욕을 당했다.

"하하— 태자 전하, 이만하면 큰 전공이옵니다. 그만 백제로 돌아가시지요."

"아니오. 내가 알기로는 곡도(鵠島, 백령도)에도 고려 수군의 잔당이 있다고 하오. 그놈들도 공격하여 적선을 파괴하면 다시는 해상으로 우리 백제로 쳐들어오지 못하고 우리의 후미에 있는 적들이 고립되니 일망타진하기 좋을 것이오."

"그렇기는 하오나 우린 너무 멀리 와 있습니다."

"길어야 하루만 지연될 것이오. 이번 기회가 아니면 언제 또 이런 기회가 오겠소?"

그만 완산주로 돌아가자고 책사 최승우가 신검을 말렸지만, 신검은 듣지 않았다. 자신이 총사니까 자신의 마음대로 하면 된다는 식이었다. 신검의 입장에서는 고려 앞바다까지 올라왔는데, 이참에 고려 수군을 완전히 괴멸시켜서 후백제 앞바다로 다니는 길을 끊어버리고 싶었다. 신검은 배를 끌고 곡도로 향했다.

“뭐라? 황궁이 백제 군사의 공격을 받았다고?”

평양성에서 황궁이 공격당했다는 전갈을 받는 왕건은 기가 찼다. 어떻게 적들이 황궁까지 들어올 수 있단 말인가? 왕건은 평양성 시찰을 중단하고 급히 송악으로 내려와 황궁을 둘러보았다. 황궁은 글자 그대로 아수라장이었다. 왕건은 죽은 자는 양지바른 곳에 묻어 제를 올리고 상처가 깊은 자는 치료케 하라 명하였다. 왕건의 명에 따라 황궁은 일사불란하게 움직였다. 시체를 치우고 불에 탄 건물을 수리하고 핏물을 닦아내며 치욕을 씻고 있었다.

“성문을 지키는 수문장과 포구에서 적선을 통과시킨 병졸들을 모조리 목을 베어라.”

“예, 폐하.”

“그리고 유금필 장군에게 연통을 넣어 이 사실을 알리거라.”

“폐하, 유금필은 곡도로 귀양 간 죄인이옵니다.”

“황궁이 도적들에게 유린을 당했는데, 그것을 따질 때인가? 유금필이 누구인가? 적들과 싸워서 한 번도 패한 적이 없는 명장이 아닌가? 그런 명장을 그대들이 모함하여 귀양을 간 게 아닌가?”

“폐하, 명을 받들겠습니다.”

왕건은 피가 거꾸로 솟는 듯했다. 유금필은 가는 곳마다 승리를 이끌었다. 공산 전투에서 패하고 다시 고창 전투에 임할 때, 다들 패할 것을 두려워하여 퇴로를 만드는 데 급급할 때, 유금필이 선봉에 서서 대승을 거두지 않았던가? 그런 유금필이 전장에 나가 너무 많은 공을 세우자 신료들이 오랑캐들이 유금필을 폐하로 모신다며 이는 역적이라고 하도 우기는 바람에 최응의 설득으로 유배를 보내지 않았던가? 왕건은 유금필이 유배를 가지 않았다면 황궁이 이 지경이 되지는 않았으리라고 통곡했다.

한편 곡도에서는 유금필이 유배 생활을 하고 있었지만 비교적 자유로운 몸이었다. 그는 인근의 어부들과 소통하며 만약을 대비해서 고깃배에 군수품을 싣고 군사들을 훈련하고 있었다. 바다의 폭이 좁은 곳에 밧줄을 설치하여 적선이 들어오면 걸려서 침몰하는 장치도 만들어놓았다.

"분명히 적선은 언젠가는 온다. 전투에서 승리하려면 철두철미한 준비가 필요하다. 이 절벽 위에 화공을 쓸 수 있도록 준비하라!"

"절벽 위에 말입니까?"

"그렇다. 지렛대를 이용하여 될 수 있는 대로 멀리 날아가게 해야 한다."

"알겠습니다. 한데 낭떠러지 밑으로 적선이 올까요?"

"확률은 없지만 준비해두는 것이 좋다."

"분부대로 하겠습니다."

군사들은 유금필의 지시에 따라 절벽 위에도 화공을 쏟아부을 수 있는 장치를 마련했다. 통나무로 지지대를 세우고 밧줄로 묶어서 만든 지렛대였다. 지렛대를 이용하면 절벽 위라 멀리 바다까지 불덩이를 날릴 수 있었다.

유금필은 비록 자신이 유배되어 온 죄인이지만 황궁이 불타고 바다가 후백제 수군에 점령당했다는 소식을 듣고 왕건에게 상소를 올렸다.

"신이 비록 죄를 지어 귀양살이하고 있지만, 백제가 우리 바다를 침략하니 그냥 보고만 있을 수 없사옵니다. 신이 이를 예상하고 곡도와 포을도의 장정과 어부들을 가려 뽑고 전함도 만들어 준비하였사오니 폐하께옵서 윤허해주신다면 적을 무찔러 성은에 보답하겠나이다."

왕건은 유금필의 상소를 읽고 자신의 어리석음을 개탄하였다.

"내, 참소하는 말만 듣고 경을 귀양 보냈거늘 원망을 품지 않고 오직 나라만을 생각하다니 경을 볼 낯이 없구나. 그대의 충성을 기리기 위해 자손 대대로 상을 주게 하리라."

한편 신검은 고려의 황궁까지 점령하여 의기양양하게 곡도를 향해 다가오고 있었다. 곡도에는 원래 고려 수군이 없었는데 유금필이 귀양을 와서 장정들과 어부들을 선별하여 군사훈련을 시키고, 고깃배를 군선으로 개조하고, 일부는 군선을 만들어 수군으로서의 면모를 갖추고 있었다. 신검은 곡도의 고려 수군은 정식으로 인가도 받지 않은 조무래기들이라 이참에 싹을 싹둑 잘라버릴 요량으로 곡도를 공격하는 것이다.

"저기가 곡도니라. 군사들이여! 전투 태세를 갖추라!"

신검의 명에 따라 군사들이 각자 위치에서 전투 태세를 갖추었다. 곡도 앞바다에는 어선처럼 생긴 군선 십여 척이 정박하여 있었다. 그러나 정박한 배들은 하나같이 닻을 내리고 배들끼리 움직이지 못하게 밧줄로 묶여 있었다. 신검은 불화살을 쏘면 정박 중인 배들을 모조리 불태울 수 있다고 판단하고 단숨에 달려들어 군사들에게 불화살을 쏘라 명하였다. 후백제의 수군들이 일제히 불화살을 날렸다. 불화살을 맞은 배들이 삽시간에 불바다를 이루었다.

"하하. 고려의 수군은 오합지졸이구나."

신검은 불타는 적선을 보며 만족의 미소를 지었다. 그러나 그것은 유금필의 위장술이었다. 유금필이 낡아 못 쓰는 배들을 전선으로 위장시켜놓은 것이다. 배들이 화염에 휩싸이자 이것을 신호로 곡도의 우측에서 고려의 군선이 나타났다. 그러나 고려의 군선은 겨우 이십여 척에 불과했다. 신검이 적선을 향해 화살을 쏘며 달려나갔다. 고려군은 지레 겁을 먹었는지 싸우지도 않고 뱃머리를 돌려 도망치고 있었다.

"적선이다. 쫓아라!"

"태자 전하, 함정일 수도 있습니다."

"이 넓은 바다에 무슨 함정이 있단 말이오?"

"그래도 조심하셔야 하옵니다."

"계속 쫓아라!"

후백제 군선은 신검의 명령에 따라 고려의 전선을 급히 쫓았다. 그러나 앞에서는 유금필이 기다리고 있었다. 바다의 폭이 좁은 곳을 고려 수군이 지나자 바닷속에서 서서히 굵은 밧줄이 올라와 후백제 전선이 지날 때는 완전히 물 위로 솟아 있었다. 후백제 수군들은 앞에 밧줄이 설치된 것도 모르고 그대로 배를 돌진시켜 배가 침몰당하기 시작했다.

"배가 갑자기 왜 이러냐? 무슨 일이야?"

"적의 함정입니다."

"바다에 무슨 함정이 있단 말이야?"

"적이 바닷속에 밧줄을 설치해놓았습니다. 어서 이곳을 빠져나가야 합니다."

"아니, 바닷속에 밧줄을……."

"그러하옵니다. 이 상태에서 적선이 공격해오면 몰살을 당합니다. 어서 피하시오소서."

"알았다. 일단 저 절벽 밑으로 가서 배를 숨기고 기다려보자."

"예, 태자 전하."

신검은 배를 절벽 밑으로 이동시켜 은폐하라고 명하였다. 밧줄에 걸려 침몰당한 후백제 전선을 제외한 군선이 다시 절벽 밑으로 숨어들었다. 이때를 놓치지 않고 절벽 위에서 기다리고 있던 고려군이 화공을 해오자 후백제 수군들은 혼비백산하여 바다로 도망치기 바빴다. 고려군은 가는 곳마다 신검이 올 줄 알고 미리 기다리고 있었다는 듯이 공격을 퍼부었다.

"또 패한 것이냐? 이제 아버님을 어찌 본단 말이냐?"

"이미 지나간 일이라 되돌릴 수 없는 일입니다."

"이곳에는 고려 수군이 없다고 하지 않았더냐? 그런데 어떻게 이렇게 당할 수 있단 말이냐?"

"고려 장수 유금필은 비록 유배되어 이곳에 있다 하나 명장 중의 명장이옵니다. 그의 계략에 말려든 듯싶습니다."

"유금필 이놈."

신검은 다시 절망적이었다. 고려 황궁을 불태우고 예성강을 빠져나올 때는 기세등등하여 아무것도 부러울 게 없었는데, 이제 군선을 잃고 빈손으로 완산주로 돌아가게 되었다. 신검은 자신이 생각해도 어떻게 이 지경이 되었는지 알 수 없었다. 이 넓은 바다에서 꼭 무엇인가에 홀린 것만 같았다. 기세등등했던 후백제의 수군이 싸움 한 번 제대로 못 한 채 이렇게 무너질 줄은 꿈에도 몰랐다. 신검은 아홉 개나 되는 검을 몸에 차고도 한 번도 빼보지 못하고 패배를 맛본 것이다.

"신검아, 또 패한 것이냐?"

"고려 수군을 전멸시키러 갔다가 그만……."

"그걸 변명이라고 하는 게냐? 책사 최승우가 그만 돌아가야 한다고 말렸는데도 넌 전공만 세우려고 무분별하게 앞으로 돌진해 나갔어. 군사들과 전선을 다 잃고 혼자 살아 돌아오니 기분이 좋더냐?"

"……."

"차라리 금강이처럼 가만히만 있었으면 군사도 잃지 않고 전선도 잃지 않았을 것이다. 다 이긴 전쟁을 신검아, 네가 또 망쳤어!"

"송구하옵니다, 아버님."

"그놈의 송구, 송구, 지겹지도 않으냐?"

"하오나 고려의 옥좌를 빼앗아 왔사옵니다."

"그깟 빈 옥좌를 뭐 하러 가지고 온 것이냐? 내다 버려라! 꼴도 보기 싫다. 꼴도 보기 싫어!"

견훤은 신검이 고려왕이 앉는 옥좌를 들고 왔어도 하나도 반갑지 않았다. 견훤은 신검을 태자의 자리에서 밀어내고 멀리 귀양이라도 보내고 싶었다. 전쟁에 나갔다 하면 번번이 패하였고, 번번이 실수하여 다 된 밥에 재를 뿌리고 돌아왔다. 이런 신검을 어떻게 믿고 보위를 넘겨줄 수 있단 말인가? 견훤은 할 수만 있다면 금강을 태자로 책봉하고 옥좌를 물려주고 싶었다. 하지만 이미 신검을 태자로 책봉한 지가 오래되었으니 물릴 수도 없고 대신들과 호족들도 신검이 옥좌를 물려받는 것이 타당하다고 입을 모으고 있으니 어찌할 방법이 없었다.

"신검아! 앞으로는 선봉에 서는 일은 없을 것이다."

"……."

"공을 세우는 일도 없고 보위를 물려받는 일도 없을 것이다."

"……."

"또한, 태자의 자리도 폐위할 것이니라!"

"차라리 죽여주십시오."

"목회어근(木晦於根), 춘용엽부(春容燁敷)니라. 나무는 뿌리를 감춰야 봄에 잎이 활짝 피고, 인회어신(人晦於身), 신명내유(神明內腴)라. 사람은 몸을 숨겨야 정신이 안에서 살찌느니라. 신검아, 너는 아직도 정신 수양이 덜 되었느니라."

"폐하, 그만 용서하소서. 전쟁은 얼마든지 있사옵니다."

"저, 신검이 때문에 국운이 흔들리고 있어, 신검이 때문에."

사실 후백제는 고창 전투를 기점으로 점점 세력이 기울기 시작했다. 경상 지역의 상당한 영토를 지배했으나 견훤의 서라벌 점령과 경애왕 부부의 자결로 신라 호족들의 지지와 민심은 이미 고려로 돌아섰고, 견훤이 내세운 경순왕도 후백제 편에서 고려로 완전히 기울어 있었다. 예성강을 거슬러 올라가 고려의 황궁을 점령하였다 하나 그것은 불과 몇 시간뿐이었고, 돌아오는 길에 신검의 잘못된 판단으로 상당수의 전선과 군사를 잃고 돌아왔다. 이에 견훤은 후백제가 신라처럼 점점 세력이 쇠약해지는 것을 보고 신검을 대놓고 질타한 것이다.

"경들은 들으시오."

"예, 폐하!"

"전에는 우리 백제가 전쟁에서 우세하여 고려왕 왕건도 사로잡을 뻔했는데, 지금은 전세가 역전되었다. 비록 고려의 왕궁을 점령했다고는 하나 우리 수군도 고려 유금필 장수에게 당하여 적잖은 피해를 보았다. 게다가 고려군은 날로 팽창하여 우리의 코앞인 운주(홍주)까지 내려와 있다. 이제 나는 결단을 내리겠다. 태자 신검을 폐위하고 금강을 태자로 임명하노라."

"아니 되옵니다, 폐하. 태자를 폐위하는 것은 이 나라 종묘사직을 버리는 일이옵니다. 거두어주시옵소서."

"거두어주시옵소서."

"폐하, 신라의 경순왕이 우리 백제를 무시하고 계속 고려와 화친을 맺고 있으니 이번 기회에 태자 전하를 서라벌로 보내어 전공을 세우게 함이 옳은 줄로 아옵니다."

"허락하여주시옵소서."

"에헴, 신검아, 너도 그렇게 생각하느냐?"

"망극하옵니다."

견훤은 다시 한번 신검에게 기회를 주기로 했다. 신검이 번번이 전쟁에 나가 패하고 돌아왔지만, 견훤은 신료들의 간청에 어쩔 수 없었다. 신검이 제대로 하는 게 있어야지 옥좌를 물려줄 수 있는데, 견훤도 답답하기만 했다.

결국, 견훤은 933년에 신검을 총영사로 명하여 신라의 서라벌을 공격하게 한다. 그러나 다급하게 지원병을 요청한 신라의 부탁을 받고 고려 명장 유금필이 정예 기병 80기를 이끌고 달려오는 바람에 신검은 싸워보지도 못하고 후퇴한다. 이후 유금필은 칠 일간 서라벌에서 환대를 받으며 머물다 돌아오는 길에 신검을 만나 싸워서 장수 환궁과 금달을 사로잡는 등 천하 무쌍을 증명한다. 이에 다시 견훤은 크게 대노한다.

12

신검의 반란

신검의 반란

934년, 고려군은 금성(나주)을 탈환하고 운주(충남 홍성)로 집결하고 있었다. 신검은 신라 서라벌로 진격하려다 고려 유금필 장수에게 쫓겨 꿈도 펴보지 못하고 완산주로 돌아왔다. 요즘은 이상하리만큼 가는 곳마다 패전이었다. 신검을 그것을 견훤의 탓으로 돌렸다. 아버님이 이기기 힘든 전투만 골라서 자신에게 총영사를 맡긴다고 생각했다. 그렇찮고서야 어찌 싸우는 족족 패할 수 있단 말인가?

"이런, 이런, 다시 서라벌을 정복하여 경순왕을 혼내주랬더니 싸워보지도 못하고 유금필에게 패하고 돌아왔단 말이냐?"

"……."

"어디 입이 있으면 말해보아라. 유금필이 이끄는 군사는 겨우 80기의 기병뿐이었어."

"……."

"수천의 군사가 그깟 80기의 기병이 무서워서 싸우지도 않고 돌아오다 패했단 말이냐?"

"……."

"그러고도 네가 태자라고 할 수 있느냐?"

"……."

신검은 견훤의 질책에 침묵만 지키고 있었다. 이제 질책을 받는 것도 이골이 났다. 총영사를 맡고 돌아오면 언제나 견훤의 질책이었다. 반면에 금강은 출병을 했다 패하고 돌아와도 견훤이 탓하지 않았다. 총영사인 신검이 죄를 다 뒤집어쓴 탓이었다. 이상하게도 금강은 전쟁터에 나가면 힘들게 싸우려 하지도 않았고, 공을 세우려고 날뛰지도 않았다. 금강은 그냥 가만히 있으면 칭찬이 들어왔다. 전공을 세우지도 않았는데 견훤은 신검을 보며 '금강이만 닮아봐라! 금강이처럼만 해봐라! 금강이처럼 듬직해 봐라!' 뭐든지 금강과 비교하며 신검의 심기를 긁어댔다.

"그놈의 금강이, 금강이……."

신검은 자신도 모르게 소리를 질렀다. 금강만 생각하면 죽이고 싶도록 미운 분노가 일었다. 신검은 금강 때문에 옥좌에 앉지 못하고 있다고 생각했다. 금강만 없었다면, 아니 그 이전에 금강의 눈에 화살이 박히지 않았다면 신검은 벌써 옥좌에 앉았으리라 생각했다. 금강이 눈에 화살을 맞아 견훤이 금강을 더욱 안쓰럽게 생각하고 있는 것이라 여겼다. 신검은 자신은 아무 잘못이 없는데, 금강 때문에 야단을 맞는다고 생각했다.

"뭐라! 왕건이 군사를 이끌고 운주로 오고 있다고?"

"그러하옵니다, 폐하!"

"내가 친히 군사를 이끌고 나가 왕건을 치리라!"

그해 9월이었다. 왕건은 군사를 이끌고 운주로 오고 있었다. 왕건은 고창 전투의 승리로 이미 경상 지역을 석권하였고 신라의 항복만을 기다리고 있었다. 이제 남은 것은 후백제의 본거지인 완산주와 무주, 웅주뿐이었다. 북으로는 두 달 전인 7월에 발해의 세자 대광현(大光顯)이 무게 있는 신료들과 수만여 명의 주민들을 거느리고 고려에 귀화하였다. 대광현은 발해의 마지막 왕인 대인선(大諲譔)의 아들로 발해의 공식적인 마지막 세자였다. 926년 거란에 의해 발해가 멸망하자 침략자 거란을 피해 다니다가 934년 7월에 고려로 귀화를 결심한 것이다. 이전까지 고려로 귀화하거나 피란 오는 발해 유민들과 대신들과 비교하면 대광현의 귀화는 고려로서는 완전히 발해를 흡수하는 정당성을 확보하는 계기가 된다.

고려 건국 이후 후백제와의 대결에서 발해의 귀화는 전쟁 인력 확보와 정당성 확보 면에서 큰 도움이 되었다. 이런 사정을 잘 알고 있었던 왕건은 대광현의 귀화가 무척 반가웠다. 이에 왕건은 대광현에게 왕계라는 이름을 내리고 종적(왕족의 호적)에 편입시켜주었다. 또한, 원보라는 관등에 제수하고 자기 조상의 제사를 받들게 하였다. 대광현과 함께 온 관료들에게도 벼슬을 주고 그 군사들에게는 전책을 차등 지급하였고, 대광현에게는 백주(황해도 배천군)를 다스리게 했다. 그리고 왕건은 9월에 운주로 내려가 점점 후백제의 목을 조여가고 있었다.

"폐하, 갑자기 고려의 덩치가 너무 커졌습니다."

"그렇지도 않다. 발해는 어차피 거란에 멸망하여 유민들이 고려로 망명한 것뿐이다. 고려가 힘으로 발해를 굴복시켰다면이야 그 힘을 인정하겠지만 겨우 흘러들어온 유민을 이삭 줍듯이 날로 먹은 것이다, 그 말이다."

"하오나 폐하! 수백 명도 아니고 귀화한 유민들이 수만이라 하옵니다.

만약에 이들이 고려군에 편입된다면 엄청난 군사이옵니다."

"허풍 떨 거 없다. 지금 운주로 오는 고려군은 몇천 명에 불과하고 운주성에는 성주 긍준(兢俊)이 굳건히 지키고 있다. 또한, 927년에도 고려의 군사들이 침략했지만, 우리가 방어하지 않았느냐?"

견훤은 고려의 군사들이 몇천 명밖에 안 되다는 말을 듣고 급히 오천의 갑사(甲士)를 모아 운주로 향하는 길이었다. 그러나 이번에는 전쟁에만 나갔다 하면 족족 패해서 돌아오는 신검은 데리고 나가지 않았다. 고창 전투에서 적을 공격하지 않아 구사일생으로 돌아온 것을 생각하면 지금도 울화가 치밀어 올랐다.

"태자 전하, 귀 좀 빌려주소서."

신검은 운주 전투에 참여하지 않아 궁에서 혼자 낙심하고 있었다. 이번 전투에서 승리하면 모든 공로는 금강에게 돌아갈 것이고 견훤은 금강을 옥좌에 앉히려고 대소신료들을 설득할 것이다. 만약에 그렇게 된다면 신검은 태자의 자리에서 폐위되고 옥좌와는 영영 이별이었다. 신검은 화가 나서 뒤란에 허수아비를 세우고 검을 빼 들어 내리치고 있었다.

"이얏— 이얏—!"

"태자 전하."

"무슨 일이오?"

"태자 전하, 얼마나 속이 타십니까?"

"뭘 말이오?"

신검을 찾아온 것은 능환이었다. 능환은 이제 늙어서 견훤으로부터 핀잔을 자주 듣고 있었다. 뭐라고 상소를 올리면 늙은 게 뭘 안다고 하는 식으로 대놓고 무시해서 능환은 견훤이 꼴도 보기 싫었다. 그래서 능환은 견훤을 폐위시키기 위해 신검을 찾아온 것이다. 견훤이 빨리 권좌에서 물러나야 자신이 살 것만 같았다.

"운주 전투에서 돌아오면 폐하께서 금강 왕자님께 보위를 물려주실 것 같사옵니다."

"알고 있소."

"그래서 말인데 제게 좋은 방도가 있습니다."

"좋은 방도라니?"

"폐하를 폐위시키는 것입니다."

"뭐요?"

"쉿, 조용히 하시지요. 생각해보십시오. 폐하의 나이가 일흔입니다. 저리도 늙었는데 보위에 앉아 있으니 이 백제가 망해가는 것입니다. 전쟁할 때마다 패하고 있지 않습니까? 빨리 폐하를 권좌에서 끌어내리고 신검 태자께서 옥좌에 오르셔야 하옵니다."

"그럼 어찌해야 하겠소?"

"반란을 일으켜야 하옵니다."

"반란, 역모를 하잔 말이오?"

"쉿. 쥐도 새도 모르게 하셔야 하옵니다."

"알겠소."

능환의 말에 신검은 흔쾌히 승낙했다. 어차피 견훤은 신검에게 옥좌를 물려주지 않을 것이므로 이제 힘으로 빼앗는 수밖에 없었다. 신검은 가슴이 들뛰었다. 무력으로라도 옥좌를 빼앗을 수만 있다면 그리하고 싶었다.

"거사 일을 잡고 궁을 방어하는 군사와 금강 왕자를 따르는 군사가 많으니 양검 왕자와 용검 왕자에게 연통을 넣어 도와달라 하셔야 합니다."

"알겠소. 내가 두 아우를 만나고 올 터이니 그 일은 염려 마시오."

능환이 반란을 부채질하자 일이 걷잡을 수 없이 번져 나갔다. 능환은 신검과 함께 두 왕자부터 설득했다. 당시 양검은 강주도독으로 나가 있었고, 용검은 무주도독이 되어 있었다. 두 왕자는 그러잖아도 배다른 동생 금강이 옥좌에 오르면 자신들에게도 화가 미칠까 염려하고 있는 마당에 신검과 능환이 찾아와서 반란을 일으킬 것이라 하니 귀가 솔깃하였다. 신검이가 역모에 성공하여 옥좌에 앉으면 자신들도 궁으로 불러 높은 벼슬을 주리라 기대한 것이다.

"반드시 아무도 눈치채지 못하게 야음을 틈타 군사를 이동시켜야 한다."

"예, 형님."

"성문은 우리가 열 테니 밖에서 기다렸다가 밀고 들어오면 된다."

"예, 형님!"

"그래, 너희들만 믿는다."

"예, 형님!"

신검은 양검과 용검이 동의하자 천하를 얻은 기분이었다. 마음 같아서는 견훤이 없는 이때 당장이라도 궁으로 쳐들어가고 싶지만, 견훤이 회군을 하면 화를 면하기 어려워 능환의 말대로 기회를 보기로 했다. 거사는 은밀하고 조용히 치러야 하므로 신검은 점점 마음이 초조해졌다.

거사는 그믐날 술시(밤 8시)로 하였다. 달이 없는 밤, 민첩하게 움직여 기선을 제압하고 견훤을 잡아 가두면 끝나는 일이었다. 문제는 궁에서 견훤과 금강을 따르는 무리였다. 견훤을 호위하는 무사와 군사가 서른 명이고 금강을 따르는 군사가 일백여 명, 그리고 궁을 지키는 군사가 오백여 명 되었고, 신검을 따르는 군사는 고작 일백여 명이었다. 양검이 군사 오백여 명을 이끌고 오기로 했고, 용검 또한 그리하기로 했다. 숫자로 보면 우세하지만 만약에 폐하가 궁으로 지원병을 불러들이면 모든 게 끝장이었다. 신검은 이 때문에 속전속결로 거사를 끝내고 싶었다. 그만큼 거사는 아귀가 잘 맞아야 했다. 만약에 양검과 용검 둘 중의 한 명이 배신만 해도 거사의 성공 확률은 거의 없었다.

"거사가 확실하게 성공할 수 있는 것이오?"

"태자 전하, 너무 심려하지 마십시오. 이미 손 쓸 곳은 다 써놓았습니다."

"내, 능환만 믿겠소."

"폐하께서 돌아오시면 또 역정을 내실 겁니다. 꾹 참으셔야 합니다."

"역정이라니?"

"이번에도 폐하께서는 전쟁에 패하실 것입니다. 그러니 당연히 화살이 태자 전하께 올 것입니다. 금강이는 죽기를 각오하고 싸웠는데, 넌 궁에서 뭐 했냐고 말입니다."

능환의 말을 듣고 신검은 두 주먹을 쥐고 몸을 부르르 떨었다. 출병하지 말고 궁에 남아 있으라고 명한 것이 아버지인데 돌아오면 왜 자신에게 화를 퍼붓는지 신검은 이해할 수 없었다. 이럴 바에야 그믐날 잡은 거사를 당겨서 성문을 잠그고 패잔병이 되어 돌아올 견훤과 싸우는 것도 나쁘지 않아 보였다. 그러나 이 말을 듣고 능환이 팔짝 뛰었다. 만약 그리 된다면 뒤에 고려군이 있어서 자멸뿐이라고 말했다. 신검은 다시 몸을 부르르 떨었다. 아버지만 생각하면 울화가 치밀어 올랐다.

견훤은 책사 최승우와 금강을 데리고 운주로 향하고 있었다. 그러고 보니 왕건과는 지독하고도 질긴 싸움이었다. 후삼국의 패권을 쥐고 하는 싸움이라 한 치의 양보도 할 수 없었다. 운주성에는 성주 긍준이 지키고 있어서 그나마 다행이었다. 긍준과 합세하여 싸우면 충분히 고려군을 막아낼 수 있다고 견훤은 장담했다.

"폐하! 큰일 났사옵니다."

앞서 나갔던 척후병이 한달음에 달려와 견훤에게 고하였다.

"무슨 일이냐?"

"운주성 성주 긍준이 고려에 투항하였다 하옵니다."

"뭐라! 지금 투항이라고 하였느냐?"

"그렇사옵니다, 폐하. 운주성뿐만 아니라 그 주변의 성 삼십여 개가 고려에 투항하였다 하옵니다."

"이런, 이런, 어찌 이런 일이 있단 말이냐?"

"송구하옵니다, 폐하!"

견훤은 군사의 행동을 멈추게 했다. 운주성이 고려로 넘어가고 그 주변의 성마저 고려에 백기를 들었다는 말에 견훤은 갑자기 싸울 의욕이 싹 가셨다. 일이 이렇게 되면 고려가 절대적으로 우세하게 돌아갔다. 운주성과 그 주변에 있는 군사들이 하루아침에 아군에서 적군으로 돌변하는 상황이었다.

그러나 견훤은 회군할 수 없었다. 왕건이 멀리 고려에서 군사를 일으켜 여기까지 왔는데, 맞아주는 것이 예의였다. 운주성 성주가 그리 배신할 줄 알았다면 미리 제거했어야 했는데 이미 늦었다. 그놈의 목을 베고 다른 성주를 내정했어야 했는데, 열 길 물속은 알아도 한 뼘의 사람 속은 모르는 것이라더니 내 어찌 성주 긍준이 놈의 배신을 예측이나 했던가? 견훤은 성주의 배신에 억장이 무너졌다.

"전열을 가다듬고 계속 행군하라!"

견훤은 다시 행군을 시작했다. 운주성이 고려로 넘어갔다지만 여기서 멈출 수는 없었다. 견훤은 군사들을 정비하여 앞으로 계속 행군하였다.

"조금만 가면 운주성이다. 계속 앞으로 나가라!"

"예, 폐하!"

"척후병은 성이 어찌 되었는지 나가 살펴보거라!"

"예, 폐하."

척후병이 말을 박차고 앞으로 나갔다. 견훤은 척후병의 말이 사실이 아니길 바랐다. 긍준은 후백제의 충신이었다. 그런 긍준이 싸움도 하지 않고 고려에 성을 바칠 리가 없었다. 하지만 성을 잃은 것은 엄연한 현실이었다. 이미 운주성에는 고려의 군사들이 들어가서 진을 치고 있었다.

"폐하, 저기 좀 보시오소서, 성안에 온통 고려군뿐이옵니다."

"그렇구나! 내 성주 긍준이 놈을 믿은 게 잘못이다. 그놈을 믿은 게 잘못이야."

"그러게나 말입니다. 저 혼자 살려고 우리 백제를 버린 놈입니다."

견훤은 이러지도 저러지도 못하는 상황이었다. 앞에서 왕건이 버티고 있고, 측면에는 운주성에서 고려군이 버티고 있었다. 견훤이 공격을 개시하며 앞으로 나가면 측면에 있는 운주성 문이 열리고 고려 군사들이 공격을 해오면 견훤은 앞뒤로 적에게 포위되는 형상이었다. 이 때문에 견훤은 왕건에게 화친을 맺고자 전갈을 보냈다.

"백제에서 싸울 의향이 없다는 전갈을 보내왔습니다."

"그렇구먼, 저들은 이미 전의를 상실한 게야."

"그렇사옵니다, 폐하. 어찌하면 좋겠사옵니까."

"이미 우리는 싸워보지도 않고 운주성과 그 주변의 성들을 얻었으니 이만 돌아가는 것이 어떻소."

"아니 되옵니다, 폐하. 승리는 아무 때나 오는 것이 아니옵니다. 기회가 있을 때, 적을 섬멸해야 후환이 없사옵니다."

"하하 — . 유금필 장군은 언제나 전쟁만을 고집하는구려."

견훤의 전갈을 받은 왕건은 그리하려고 하였으나 유금필의 반대가 심하였다. 유금필은 기회가 올 때 적을 쳐부수어 후환을 없애고 삼국통일을 빨리 실현하고 싶었다. 대야성으로, 공산 전투로, 고창 전투로, 하도 전쟁터로 나돌아 유금필은 신물이 날 정도였다. 유금필의 말을 들은 왕건은 그것도 나쁘지 않은 생각이라고 여겼다. 고창 전투에서 이미 소백산 일대와 경상도를 다 회복한 왕건은 이제 운주를 포함한 내포를 얻으려 하고 있었다. 그런데 뜻밖에도 고려군이 이곳에 당도하기도 전에 운주성 성주 긍준이 고려에 투항할 의사를 밝혔고, 왕건은 화살 한 번 쏘지 않고, 칼 한번 휘두르지 않고 성을 고스란히 넘겨받았다. 성주 긍준이 고려에 투항해오자 인근의 작은 성주들도 고려에 속속 투항해서 왕건은 손

쉽게 내포를 손아귀에 넣었다.

"헤헤, 왕건이 싸우지 않고 돌아갈 모양이네그려."

"하기야 저들은 화살 한번 날리지 않고 운주성과 주변 성까지, 내포를 통째로 손아귀에 넣었으니까요."

"아쉽기는 하지만 성이야 다음에 빼앗으면 되는 일이고, 저들이 순순히 물러가려 하니 그나마 다행이야."

"그러게나 말입니다. 오늘은 우리도 회군하고 훗날을 도모해야겠습니다."

"그래야겠네……."

바로 그때였다. 고려에서 아무런 답이 없기에 화친을 맺고 돌아가려는 줄 알고 있었는데, 갑자기 고려의 진영에서 기병들이 달려 나오는 것이었다. 눈 깜짝할 사이에 기병들이 일제히 칼을 빼 들고 후백제군을 행하여 돌진해오고 있었다. 기병의 선두는 유금필이었다. 유금필은 이참에 후백제군을 무찌르지 않으면 또 언제 이런 기회가 올까 싶어 왕건이 잠시 머뭇거리는 사이에 기병을 이끌고 나와 선봉에 선 것이다.

"적이다. 막아라!"

"적의 공격이다. 궁수들은 뭐 하냐?"

"화살을 쏴라! 장창을 준비해라!"

"적의 기병을 막아라!"

그러나 그뿐이었다. 후백제군이 달려드는 고려의 기병을 보고 어, 어, 하며 우왕좌왕하는 사이에 기병들이 후백제 군사들을 쓸며 지나갔다. 칼에 맞아 죽은 병사, 말발굽에 짓밟혀 죽은 병사, 후백제 군사들은 칼을 뽑기도 전에 적의 칼에 맞아 쓰러지고 있었다. 고려의 기병이 후백제 진영을 한 번 쓸고 지나가자 시체들이 산을 이뤘다. 고려의 기병들은 그래도 공격을 멈추지 않았다. 한번 후백제 진영을 뚫고 지나가더니 다시 뒤돌아 달려오고 있었다.

"폐하, 피하셔야 하옵니다."

"어찌 된 일이냐?"

"적은 화친을 맺지 않고 기습을 노렸습니다. 어서 피하소서."

"어찌 가는 곳마다 패한단 말이냐?"

"벌써 성문이 열리고 적들이 뛰쳐나오고 있사옵니다. 어서 서두르소서."

"이거야 원, 내포까지 내주다니! 대체 어찌해야 한단 말이냐?"

"일단 피하소서."

전투는 시시하게 끝났다. 견훤이 보았을 때, 이 전투가 승산이 없어 왕건에게 화친을 제의했지만, 왕건은 쉽게 답을 주지 않았고, 견훤이 왕건의 답을 기다리며 안심하고 있는 사이에 유금필이 기병을 이끌고 선제공격하여 후백제군은 속수무책으로 당하기만 하였다. 이 전쟁으로 후백제군은 일시에 붕괴되어 약 삼천여 명이 전사하였고, 견훤의 참모였던 술사 종훈과 의자 훈겸이 생포되었고, 용장으로 명성이 자자했던 상달과 최필이 사로잡혔다.

한편 운주성 성주 긍준은 바로 홍주 홍씨의 시조인 홍규(洪規)이다. 운주성을 왕건에게 통째로 바쳐서 대상이라는 관직과 홍규라는 이름을 하사받고 운주라는 지명도 홍주라고 바꿈으로써 긍준이 아닌 홍규는 고려 본관제에 힘입어 홍주 홍씨의 시조가 되었다. 또한, 홍주의 딸이 왕건에게 시집을 가 열두 번째 왕비가 되니 그녀가 바로 흥복원부인이다. 이처럼 궁준이 왕건에게 운주성을 내줌으로써 특별한 대우를 받게 되고 가문의 영광을 얻게 된다. 그러나 후백제는 성주 궁준 때문에 운주성을 잃어 성안에서 진을 치지도 못했고, 크게 패하여 나라의 운명이 사면초가의 위기에 놓이게 된다. 영토는 줄어들 대로 줄고 견훤의 나이는 이미 일흔이 넘어 초췌한 모습이 되어갔다.

"신검아! 게 있느냐?"

"예, 아버님."

"우리가 왕건에게 또 패했다. 이제 왕건이 소백산 일대는 물론 내포 지역까지 점령했어. 우리가 저 한강 유역까지 영토를 넓힌 것이 엊그제인데 말이야!"

견훤은 운주 전투에서 패하고 돌아오자마자 가만히 있는 신검을 질타했다. 궁에서 대기하고 있던 신검은 아닌 밤중에 홍두깨라고 공연히 앉아서 뺨 맞는 꼴이었다. 전투에 나가 지라고 고사를 지낸 것도 아니고 자신이 실수한 것도 아닌데 왜 자신이 꾸중을 들어야 하는지 알 수 없었다.

"신검아! 금강이를 보아라! 이번에도 고려의 기병 놈들이 급습하는 바람에 우리 군사가 맥없이 무너질 때 제일 먼저 달려와서 나를 구했어! 너 같았으면 벌써 너만 살려고 도망쳤겠지? 아니 그러하냐, 신검아?"

"너무하십니다, 아버님."

"너무하긴 뭐가 너무하냐? 난 하나도 안 너무하다."

신검은 도무지 견훤을 이해할 수 없었다. 자신은 전투에 참여하지도 않았는데, 마치 자신이 전투에 참여하여 다 망친 것처럼 말하고 있으므로 이제 견훤이 노망이 나지 않았나 생각했다. 그렇지 않고서야 어찌 전쟁에 참여하지도 않은 자신에게 죄를 뒤집어씌우려 한단 말인가?

"태자 전하, 한 귀로 듣고 흘리소서. 곧 거사의 날이 다가오고 있습니다."

"알겠소."

신검은 거사의 속내를 감추려고 일부러 견훤에게 친근감을 보였다. 견훤이 하는 말은 다 옳은 말이고 견훤이 하는 행동은 다 옳은 행동이었다. 견훤이 금강이에게 옥좌를 물려준다고 해도 옳은 말이라고 하였다. 어차피 죽이고 빼앗으면 되니까.

"그래서 말인데 신검아! 옥좌 말이다. 옥좌는 너에게는 미안하지만 금강이가 가져야겠다. 금강이가 옥좌에 앉는다 그 말이다."

"지, 지당하신 말씀이옵니다."

"뭐라, 지당하다고. 진심으로 그리 생각하느냐?"

"그렇사옵니다, 아버님. 아버님께서 하시는 일은 모든 것이 옳은 일이고, 아버님께서 하시는 말은 모두 옳은 말씀이십니다."

"어허, 내일은 해가 서쪽에서 뜨려나? 신검아! 갑자기 변한 이유가 무엇이냐?"

"변한 것이 아니옵니다. 이 나라의 안위와 아버님의 옥체 보존을 위해 그저 긍정적으로 생각하는 것 뿐이옵니다."

"하하— 그러하냐? 듣던 중 반가운 말이로다."

견훤은 이제야 마음이 놓였다. 금강에게 옥좌를 넘겨줘야 하는데, 신검이 버티고 있어서 늘 눈엣가시 같았는데, 신검이가 자신을 낮추고 옥좌를 금강에게 넘겨줘도 아무런 불만이 없다고 하니 견훤은 그때야 시름을 놓은 듯했다. 견훤은 처음으로 신검이 마음에 들었다. 진작부터 그렇게 나왔다면 신검을 미워하지 않았을 텐데 하는 생각도 들었다. 하기야 장자라 태자의 자리에 책봉했지만 둘째나 셋째, 서자라도 능력만 되면 옥좌에 앉을 수 있다고 견훤은 생각했다. 이제 신검이 불만이 없다고 했으니까 대소신료들을 모아놓고 신검을 폐위하고 금강이를 태자로 책봉하고 서둘러 옥좌를 물려주면 되었다. 견훤은 편전에 들러 내일 당장 대소신료들을 총집합하도록 명하였다. 그리고 날이 밝자 견훤이 무겁게 입을 열었다.

"경들은 들으시오."

"예, 폐하!"

"우리 백제는 고창 전투에 이어 어제 운주 전투마저 패하여 저 소백산 일대와 내포 일대마저 고려에 넘어갔소이다. 이에 우리 백제는 국운이 풍전등화와 같고 내 나이가 이제 일흔이 넘었으니 신검을 태자의 자리에서 패하고 금강을 태자에 책봉하고 옥좌를 넘겨주려 하니 경들은 어찌 생각들 하시오."

"아니 되옵니다, 폐하. 신검 태자는 폐위될 만큼 잘못한 일이 없사옵니다."

"그렇사옵니다, 폐하. 폐위라니요. 당치 않은 말씀이옵니다."

"옥좌를 넘겨주시려거든 신검 태자께 넘겨주시면 되는 일인데, 왜 굳이 태자의 자리를 폐위하고 금강 왕자님을 태자로 책봉하고 보위를 물려주려 하십니까? 이는 정통성에 어긋나는 일입니다. 통촉하여주십시오!"

신료들의 반대가 만만찮았다. 우선 신검이를 폐위할 명분이 없었다.

일국에서 명색이 태자인 사람을 폐위하려면 그만큼의 대의명분이 있어야 하는데, 신검은 이번 전쟁에 참여하지 않아 패배에 대한 죄를 물을 수 없었다. 그러나 견훤은 더욱 목소리를 높였다.

"어허, 진정들 하시오. 지금 이 나라의 국운이 달린 문제외다. 신검은 스스로 태자 자리에서 물러날 테니 금강을 옥좌에 앉히라고 이미 동의했소이다."

"그렇다면 별문제가 없는 줄 아옵니다. 어서 금강 왕자를 태자로 책봉하고 보위를 물려주시지요."

"그러하옵니다, 폐하. 인품으로 보나 덕망으로 보나 신검 태자보다는 금강 왕자께서 보위에 오르는 게 지당하다고 보옵니다."

"그리들 생각하는가? 고맙네. 어서 보위에 오르게 날짜를 잡아들 보시게."

"분부대로 거행하겠사옵니다, 폐하."

견훤은 무릎을 치며 좋아했다. 대소신료들이 신검만 옹호할 줄 알았는데, 의외로 금강 편을 드는 신료들도 많았고, 이대로 밀고 나가면 금강이 무난히 세자에 책봉되고 보위를 물려받을 수 있을 듯했다. 그리만 된다면 견훤은 권좌에서 내려와 편하게 여생을 보내고 싶었다. 금강이 권좌에 오르면 분명히 잃었던 옛 영토를 회복하고 저 멀리 평양성까지 함락할 수 있으리라 믿었다.

그날 밤이었다. 달이 저문 그믐밤인데, 성 밖에는 군사들이 운집해 있고, 성안에서는 군사들이 분주히 움직이고 있었다. 신검을 따르는 군사들이었다. 군사들은 술시가 되기도 전에 완전 무장을 하고 신검의 지시에 따라 집결하고 있었다.

"군사들이여, 들어라. 나는 오늘 밤에 거병하노라! 이미 폐하께서는 일흔이 넘은 나이라 정사를 제대로 볼 수 없고, 밖으로는 고려군이 고창과 운주를 점령하여 우리의 턱밑까지 왔노라. 국운이 풍전등화와 같고 폐하는 노망이 들었으니 내가 이 나라를 짊어지지 않으면 나라가 곧 망하느니라!"

"와~ 와~"

"자, 그만. 이제부터 우리에게 대적하는 자들은 무조건 목을 베어라."

"와~ 와~"

"공을 세운 자는 그만큼 대우할 것이며 살고자 도망치는 자는 죽음을 면치 못하리라. 또한, 항복하는 자는 모두 살려주어라. 똑같은 백성이고 군사이니라."

"와~ 와~"

황궁에 삽시간에 함성이 터져나갔다. 역모를 눈치채고 금강을 따르는 장졸들이 급히 군사를 모으려 했으나 이미 때가 늦었다. 신검이 이미 금강을 따르는 군사들의 발을 꼭 묶어놓고 있었다. 금강을 따르는 군사들이 서둘러 무장을 하고 금강의 곁으로 달려갔으나 그 수가 일백도 안 되었다.

이 무렵 성문에서는 양검이 이끄는 군사 오백여 명과 용검이 이끄는 군사 오백여 명이 성문이 열리기를 기다리며 대기하고 있었다.

"어디서 오는 군사인가?"

"폐하께서 부르셔서 오는 길이다, 어서 성문을 열어라."

"그런 전갈을 못 받았소이다."

"네 이놈, 죽고 싶으냐? 어서 성문을 열라!"

"아무 연락을 못 받았으니 돌아가시고, 낼 날이 밝으면 다시 오시오."

"네 이놈, 목숨이 아깝지 아니한 게냐?"

"글쎄, 목숨이고 뭐고 난 모르니 돌아가시오."

성문지기는 아무래도 이상하여 성문을 열어주지 않고 실랑이를 벌이는 중이었다. 아무 연락도 받지 않았는데 갑자기 어디서 나타났는지 큰 무리의 군사들이 집결하여 성문을 열라 하니 우선 상부에 알아볼 요량이었다. 성문지기 대장은 병사를 황궁 안으로 보내 무슨 군사인지 알아보게 했다.

"어디서 오는 놈이냐?"

"성문을 지키는 병사이옵니다. 성 밖에 군사들이 몰려와서 성문을 열어달라기에 무슨 병사들인지 알아보려고 왔습니다."

"황궁을 방어할 군사들이니라. 어서 열어주거라."

성문을 지키는 문지기는 하필이면 신검에게 달려가서 성 밖에 군사가 와 있다고 알렸다. 만약에 이 문지기가 금강에게 달려갔다면, 그리하여 금강의 군사들이 성문을 봉쇄했다면 신검의 거사는 실패할 수도 있었다. 그러나 이 문지기는 다시 성문으로 달려가 성문지기 대장에게 황궁을 지키러 온 군사들이니 성문을 열어주라는 태자 전하의 분부라고 고한다.

"분명히 태자 전하께서 그리 말씀하셨느냐?"

"그러하옵니다. 야음을 틈타 고려군이 공격해오는 모양입니다."

"그런가 보다, 어서 성문을 열어주어라!"

"예, 대장님!"

성문이 열리자 군사들이 일제히 성안으로 들어오며 함성을 질러댔다.

황궁을 지키러 온 군사들이 아니라 황궁을 빼앗으러 오는 군사들 같았다. 바로 그때였다. 무장한 군사들이 칼을 빼 들고 달려와 외쳤다.

"어서 성문을 닫아라! 반란군이다."

"반란군이라뇨? 도성을 지키러 온 군사들이랍니다."

"네 이놈, 너도 반역의 한 패로구나."

허공에서 칼날이 번쩍하더니 문지기 병사의 목이 달아났다. 그러나 성문을 닫기에는 이미 늦었다. 양검과 용검이 거느리는 군사들이 일제히 성안으로 쏟아져 들어왔다. 성문을 닫으려고 달려온 금강의 군사들이 슬금슬금 뒷걸음질쳤다. 성문을 밀고 들어온 군사들이 뒷걸음질치는 군사들을 둘러쌌다.

"금강을 옥좌에 앉히려는 역적놈들이다. 쳐라."

"옥좌를 빼앗으려고 온 네놈들이 역적이다. 쳐라!"

삽시간에 칼과 칼이 마주치며 비명이 났다. 금강을 따르는 군사들은 숫자가 적어 금방 제압되었다. 양검과 용검이 이끄는 군사들은 황궁을 포위하고 금강을 찾았다.

금강은 내실에서 고비와 함께 주안상을 마주하고 있었다.

"폐하께서 곧 신검 태자를 폐위하고 금강 왕자님을 태자에 책봉한 후 옥좌를 물려주신다고 하옵니다. 이제 금강 왕자님은 어엿한 이 나라의 임금님이 되시는 겁니다."

"그러하오나 어째 신검 형님이 마음에 걸리옵니다."

"마음에 걸리기는요. 곧 이 나라를 다스리는 임금님이 될 텐데요."

"그래도 왠지……."

"임금이 되면 신검이랑 양검이, 용검이 모두 귀양 보내야 합니다."

"그리 할 생각입니다."

"그래야 후한이 없고 정사가 잘 돌아갑니다."

"잘 알겠습니다, 어머님."

금강은 고비가 따라주는 동동주를 벌써 두 주전자나 비웠다. 오늘 밤은 왠지 편하게 취해보고 싶었다. 오랜만에 어머니와 회포를 푸니까 기분도 좋았다. 옛날의 어린애처럼 고비에게 안겨 재롱도 피워보고 싶었다. 금강은 밖에서 신검이 반란을 일으킨 것도 모르고 고비 앞에서 어린 날을 회상하고 있었다. 궁에서 칼싸움하며 놀던 일, 글공부하며 장차 대장이 되겠다고 하던 일, 연을 날리다가 연줄이 끊어져 어머니께 멀리 날아간 연을 잡아 오라고 울던 일, 기억 속에서 수많은 일들이 지나갔다. 금강은 취해서 고비의 무릎에 머리를 대고 누웠다. 이제 어머니도 많이 늙어 보였다. 금강은 빨리 옥좌에 올라 어머니를 호강시켜드리겠다고 속으로 다짐했다. 황후 박씨 때문에 기지개 한 번 못 펴고 살아온 어머니였다. 이제 어머니를 태후로 승격시켜 궁에서 편하게 지내도록 하겠다고 금강은 고비를 보며 말했다.

"어미는 괜찮습니다. 옥좌에 오르거든 나랏일에 충실하세요."

"어머니!"

금강은 고비의 무릎에 머리를 맡겼다가 몸을 일으켜 고비를 와락 끌어안았다. 곧 옥좌에 오를 수 있다는 것에 금강은 감정이 복받쳐 올랐다.

바로 이때였다. 금강의 호위무사가 갑자기 헐레벌떡 뛰어 들어왔다. 금강은 고비의 가슴에 묻었던 얼굴을 들고 물었다.

"야심한 시간에 무슨 일이냐?"

"왕자님, 큰일 났습니다."

"무슨 일인데 그러느냐?"

"태자 전하께서 반란을 일으켰습니다."

"뭣이?"

"어서 피하시오소서."

"군사는 얼마나 된다더냐?"

"태자 전하뿐만 아니오라 강주도독으로 나가 있는 양검 왕자와 무주도독으로 나가 있는 용검 왕자까지 합세하였다 하옵니다."

"뭐라?"

"어서 피하시오소서."

"내가 너무 방심하였구나."

금강은 급히 갑옷을 찾아 입었다. 그러나 이미 취해서 몸이 움직이지 않았다. 금강의 호위무사가 금강과 고비를 데리고 막 문 앞을 나온 순간이었다. 이미 문 앞에는 신검이 와 있었다.

"태자 전하!"

"호위무사는 비켜라!"

호위무사가 금강을 내려놓고 칼을 뽑아 들었다. 죽어도 금강과 함께 죽겠다는 계산이었다. 칼을 빼 든 호위무사가 금강에게 큰 소리로 어서 피하라고 말했다. 하지만 금강은 이미 취해서 몸도 가누지 못했다. 몇 번 칼날이 부딪치고 기합 소리가 나더니 호위무사가 신검의 칼에 맞아 앞으로 고꾸라졌다. 신검은 호위무사쯤은 가볍게 처리했다. 신검은 이미 오래전에『무오병법』열다섯 권을 섭렵했기 때문에 호위무사 한두 명 따위는 상대가 되지 않았다.

"시, 신검 형님. 왜, 왜 이러십니까?"

"감히 내 옥좌를 넘보다니, 죽어 마땅하다."

"아니옵니다. 아버님께서 물려주신다고 했을 뿐입니다."

"네 이놈, 변명을 필요 없다."

"사, 살려주십시오."

군사들이 고비의 곁에서 금강을 떼어내 땅바닥에 내동댕이쳤다. 고비가 금강의 이름을 부르며 달려왔으나 군사들이 막았다.

"폐하를 모셔오너라! 뭣들 하느냐? 폐하를 모셔오란 말이다!"

그러나 군사들은 꼼짝도 하지 않았다. 이미 금강을 따르는 무리를 다 제압하고 왔으니 폐하가 온다 해도 눈 하나 끔쩍하지 않을 신검이었다. 신검이 피 묻은 칼을 금강의 목에 겨누었다.

"마지막으로 할 말은 없느냐?"

"안 된다. 이놈들아, 하늘이 무섭지 않으냐?"

그러나 그뿐이었다. 신검이 칼을 높이 쳐들며 기합을 넣자 금강의 목이 잘려 머리가 땅에 떨어졌다. 붉은 피가 용솟음치듯 분출되는 금강의 시신을 안고 고비가 울부짖었다.

"태자 전하! 금강의 어미는 어찌하옵니까?"

"일단 살려두거라. 아버님을 모시려면 필요할 것이다."

"예, 태자 전하, 아니, 폐하."

이로써 고비는 목숨을 건질 수 있었다. 그러나 눈앞에서 제 자식의 목이 떨어져 나간 것을 보고 고비는 궁이 떠나갈 듯이 울음을 토해냈다. 그동안 믿고 따르던 자식이, 더구나 곧 보위에 오를 자식이 이처럼 처참하게 생을 마감하는 것을 곁에서 보고 있는 게 고비는 악몽이기를 바랐다. 나는 지금 한밤에 혼자 악몽을 꾸고 있는 것이다. 금강이는 죽지 않았고 곧 보위에 오를 것이다. 고비는 그리 생각하며 빨리 이 지겨운 밤이 가기를 바랐다.

"폐하! 책사 최승우도 잡아 왔습니다."

군사들이 책사 최승우를 잡아다 신검 앞에 무릎을 꿇렸다. 최승우는 잠을 자다가 끌려와서 속옷 차림이었다. 그는 이런 날이 올 줄 알고 있었다는 듯이 입을 굳게 다물고 체념하고 있었다. 자신이 죽을 날을 미리 예언한 것처럼 그는 서재를 정리하고 귀한 책들을 후학들에게 나눠주고 간밤에 목욕까지 하여 육신을 깨끗하게 저승에 가져가야 한다는 듯이 새로 만든 속옷을 입고 죽음처럼 깊게 잠들어 있었다.

"쳐라! 저놈도 아버님과 한 패니라."

"하오나 책사는 그동안 백제를 위해 공을 많이 세웠습니다."

"필요 없다. 공을 세우려고 책사 능환을 아버님께 이간질한 자다."

신검의 명에 군사가 최승우의 목을 베었다. 최승우는 칼이 자신의 목을 치는 순간까지 죽음을 두려워하지 않고 담담히 자리를 지키고 있었다. 이 모습을 보고 신검이 과연 책사는 책사로다, 라고 하였다. 그리고 최승우가 죽은 뒤에야 괜히 인재를 잃었다고 서운한 빛을 내비쳤다. 아무튼, 책사 최승우는 그렇게 저세상 사람이 되었다.

"에헴, 밖이 왜 이리 시끄러운 게냐?"

견훤은 막 잠자리에 들려다 내시를 불러 물었다. 밖에서 군사들의 함성이 들리고 뛰어가는 발걸음 소리와 칼이 부딪치는 소리까지 들려 견훤은 아직 잠들지도 않았는데 꿈을 꾸는 것인가 생각했다.

"폐하, 밤에 군사들이 황궁 방어 훈련을 하는가 보옵니다."

"황궁 방어는 무슨. 시끄러우니 내일 하라고 하여라!"

"예, 폐하. 주무시오소서."

견훤은 그때까지도 신검이 반란을 일으킨 것을 모르고 있었다. 군사들이 하필이면 달도 없는 그믐날 밤에 훈련하여 잠도 못 자게 한다고 속으로 군사들을 원망했다. 견훤은 잠자리에 들며 아무래도 자신이 늙기는 늙었다고 생각했다. 요즘 들어 부쩍 기운이 없고 뼈마디가 쑤셨다. 이제 옥좌를 금강에게 물려주고 자신은 권좌에서 내려와 상왕이 되어 편히 지내야겠다고 생각했다. 견훤은 날이 밝으면 다시 편전에 들러 대소신료들과 함께 금강이를 보위에 올리는 일을 마무리할 생각이었다. 지금이 어떤 시국인가? 고려가 신라를 집어삼키고 후백제의 턱밑까지 쳐들어오지 않았던가? 대소신료들은 뭘 믿고 저리도 태평하단 말인가? 내 일찍이 보위를 물려줬어야 했는데, 늦었어. 늦어도 너무 늦었어. 견훤은 잠자리에서 몸을 뒤척이며 이 생각 저 생각을 하고 있었다.

"아이고 아파라, 이놈의 등창은 언제 나으려나."

견훤은 나이가 나이인지라 등에 종기가 났는데, 염증이 얼마나 심한지 치료를 해도 쉽게 낫기 않아 심기가 영 불편했다. 흔히 있는 병이지만 이리 오래간 적이 없었는데, 등에 난 등창이라 혼자서는 치료할 수 없었다. 의원이 와서 환부를 째고 피고름을 뺐는데 고름이 다시 고이는지 통증이 점점 심해지고 있었다. 견훤은 환관이라도 불러 고름을 짜게 하려다 참아보기로 했다.

바로 이때 신검이 허리에 검을 차고 견훤의 침소로 들어왔다. 견훤은 신검을 보며 무엇인가 심상찮은 일임을 직감했다. 이 야심한 시각에 검을 차고 침소에 들다니, 견훤이 흠칫 놀라 신검을 바라보았다.

"아버님, 다 끝났사옵니다."

"무엇이 말이냐?"

"옥좌를 노리는 놈들을 다 제거했사옵니다.".

"뭐야? 금강이를 죽였단 말이냐?"

"그렇사옵니다, 아버님."

"뭐야? 우리 금강이를 죽여?"

"예, 아버님."

견훤은 그때야 밖이 시끄러웠던 것이 역모였음을 알았다. 견훤은 금강이 죽었다는 말에 통곡했다. 며칠만 있으면 옥좌에 앉을 금강이가 배다른 형의 칼날에 목이 잘리다니, 견훤은 잠이 확 달아나고 등창이 있던 통증도 느끼지 못했다.

"군사들은 어디 있느냐? 당장 이 역적 놈들의 목을 베거라."

"이미 끝났사옵니다, 아버님."

"아니, 넌 양검이와 용검이가 아니더냐? 너희들도 한 패였더냐?"

"그렇사옵니다, 아버님. 이제부터 아버님을 저희가 모시겠습니다."

"일 없다, 이놈들아!"

견훤이 침소에서 일어나 검을 뽑아 들었다. 그러나 군사들에게 쉽게 제압당했다. 신검이 견훤을 모시라고 하자 군사들이 우르르 달려들어 견훤을 체포하였다. 견훤이 완강히 저항했지만 소용없는 일이었다.

"놔라, 이놈들아! 날 어디로 끌고 가는 것이냐?"

황후 박씨가 이 모습을 보고 견훤에게 한 마디 던졌다.

"그러게 신검이에게 보위를 진작 물려줬으면 이런 비극은 안 생겼지요."

황궁에는 날이 밝도록 피비린내가 진동했다. 신검은 반란이 성공을 거두자 안심이 되는지 군사들에게 황궁을 정리하라 명했다. 군사들이 시신을 성 밖으로 옮기고 대대적인 청소를 했다. 그래도 황궁에는 피비린내가 가시지 않았다.

935년 3월, 후백제는 그렇게 무너지기 시작했다. 견훤은 892년 스스로 왕이라 자칭하며 세력을 일으킨 지 43년 만에 아들인 신검에 의해 폐위되고 만다.

『삼국유사』에서는 이 상황을 더욱 자세히 묘사하고 있다. 이른 새벽에 견훤이 잠들어 있다가 대궐 뜰에서 고함이 들려 웬 소란이냐고 묻자 신검이 나타나 말하기를 '왕께서 늙으시어 군국(軍國)의 정사에 어두우시므로 장자(長子) 신검이 아버지의 왕위를 대신한다고 하자, 여러 장수가 기뻐하는 소리입니다'라고 답하였다. 그러고는 곧바로 금산사 불당으로 아버지를 옮기고 파달(巴達) 등 장사 삼십 명에게 지키도록 하였다고 씌어 있다.

13

금산사

금산사

"뭐라! 백제에서 반란이 일어나?"

"그러하옵니다, 폐하."

"소상히 말해보아라!"

왕건은 송악의 황궁에서 후백제에서 반란이 일어났음을 보고받았다. 그러잖아도 나주와 운주에서 연합 작전으로 완산주로 밀고 들어갈 생각이었는데, 완산주에서 반란이 일어났다는 말에 왕건은 박이 넝쿨째 굴러왔다고 기뻐했다. 후백제에서 반란이 일어났다면 필시 견훤왕을 축출하는 반란일 텐데, 그 전모가 아직 생생하게 올라오지 않았다. 왕건은 좀 더 사태를 지켜보기로 하고 전군에 비상 경계령을 내렸다. 이미 신라는 쇠락할 대로 쇠락하여 항복 문서만 받으면 되지만 후백제는 아직도 건재해 있는 표범이었다. 섣불리 건드렸다가 다치기에 십상이었다.

"폐하! 백제에서 변란이 일어났다 하옵니다. 이참에 백제의 수도 완산주로 쳐들어가면 쉽게 삼국이 통일될 것이옵니다."

"아, 박술희 장군의 말도 일리가 있네만 지금은 아니야. 지금 우리가 군사를 일으켜 백제로 쳐들어가면 지방 호족들이 들고 일어날 걸세. 그리되면 민심이 우릴 떠날 것이고, 완산주를 점령해도 크고 작은 난이 계속 일어날걸세."

"하오나 폐하! 천재일우(千載一遇)이옵니다."

"어허, 그만하래도. 신라를 보지 않았는가? 견훤왕이 서라벌을 급습하여 경애왕과 왕비를 자결시키고 직접 내세운 경순왕이 백제를 배신하고 마음이 고려로 기운 게 무엇 때문인가? 바로 민심 때문이었네. 지금 우리가 백제를 친다면 백제의 민심도 이와 똑같다네. 나라가 어려울 때 고려군이 쳐들어왔다고 저들은 똘똘 뭉칠 걸세. 안 그렇겠는가?"

박술희는 안타까움을 금할 수 없었다. 변란이 일어난 후백제를 그냥 놔주는 것은 다 잡은 표범을 놓아주는 꼴이었다. 군사를 이끌고 완산주로 내려가면 후백제는 아직 변란을 수습하지 않아서 우왕좌왕할 것이고 이때를 노려 황궁을 치면 후백제에 항복을 받아낼 수 있을 듯했다.

"폐하! 아직도 늦지 않았사옵니다."

"그래도."

"……."

"박술희 자네는 내 편지를 가지고 철원엘 다녀와야겠네."

"철원에 말씀입니까?"

"그래, 하마터면 자네의 장인이 될 뻔했던 아자개 어른을 만나고 오게. 난 신라에 다녀와야겠네."

박술희는 그때야 대주도금이 생각났다. 항상 남자처럼 씩씩한 그녀가 사벌주에서 송악으로 자신을 찾아왔다는 말은 들었지만 어디로 갔는지는 모르고 있었다. 전쟁터에서 돌아와 최응이 송악으로 대주가 자신을 찾아왔었다고 말했을 때, 박술희는 가슴이 무너져 내렸다. 사벌주에서 아자개 어른과 상원부인, 남원부인이 고려로 귀화하고 곧 따라오겠다던 대주가 오지 않아 박술희는 대주를 찾아 사벌주를 샅샅이 뒤졌었다. 그러나 대주는 하늘로 솟았는지 땅으로 꺼졌는지, 아무리 찾아도 보이지 않았고, 박술희도 끝내 대주를 찾는 것을 포기하고 말았었다. 그런 대주가 제 발로 자신을 찾아 송악으로 왔다는 말에 박술희는 다시 대주를 찾았지만, 인연이 아닌지 끝내 대주는 나타나지 않았었다.

"대주 말인가?"

"예, 상보 어른, 대주를 찾아 예까지 왔사옵니다."

박술희는 대주가 말을 타고 송악을 떠났다는 말을 듣고 분명히 철원에 계신 부모님께 갔으리라 믿고 철원까지 달려갔다. 그러나 대주는 그곳에도 없었다. 상원부인의 말로는 대주가 송악에서 말을 타고 이곳에 왔다가 하룻밤을 묵고 자신을 찾지 말아달라는 말을 남기고 어디론가 훌쩍 떠났다고 했다.

"박술희, 자네하고 우리 대주하고는 안 맞는 모양일세. 대주가 이곳에 왔다가 떠난 지가 언젠데 이제 찾아오나?"

"어디로 간단 말도 없었습니까?"

"없었네. 자네! 도대체 우리 대주하고 무슨 일이 있었던 건가? 우리 대주가 얼굴이 반쪽이 되어 돌아왔었네. 얼굴에 수심이 가득 찼는데, 무슨 일이냐고 물어도 아무 대답도 없이 눈물만 보였다네. 사내대장부가 책임질 일을 했으면 끝까지 책임져야지 연약한 여자의 가슴을 그리도 아프게 해서야 되겠는가?"

"무슨 말씀이신지요?"

"몰라서 묻나? 대주가 자네의 아이를 낳았었네."

"네?"

박술희는 깜짝 놀랐다. 대주가 자신의 아이를 낳았다니, 도무지 믿기지 않았다. 처음 듣는 말이었고, 아이를 본 적도 없었다. 갑자기 아이가 하늘에서 뚝 떨어진 것만 같았다. 상원부인은 한숨을 내쉬며 그동안 대주에게 일어났던 사연을 박술희에게 알려주었다.

어느 날 갑자기 대주의 배가 불러왔고, 대주를 추궁해 물으니 박술희의 아이라고 했다. 그러나 이미 박술희는 고려로 돌아간 뒤였고, 대주는 미혼모가 되자 아버지 없는 아이를 키울 수 없다며 후백제로 들어가 견훤에게 아이를 맡기고 돌아왔다. 견훤은 대주가 사내아이를 안고 오자 아이의 이름을 진호(眞虎)라 짓고 잘 키웠다. 진호는 무럭무럭 자랐고, 신검과 양검, 용검을 잘 따르며 놀았다. 그런데 이게 무슨 운명의 장난인가?

"육 년 전 고려에 볼모로 잡혀갔다가 죽은 진호가 바로 자네의 아들이란 말일세."

"뭐라고요, 그럴 리가, 그럴 리가?"

박술희는 숨이 딱 멎는 듯했다. 925년 10월에 견훤이 기병 삼천여 명을 이끌고 조물성에 나타나 전쟁 대신 화친을 맺자고 해서 고려에서는 왕건의 사촌동생인 왕신을 볼모로 후백제에 보냈고, 후백제에서는 견훤의 외생질인 진호를 볼모로 보내왔는데, 그 진호가 자신의 아들이었다니? 박술희는 두 눈이 뒤집힐 것 같았다. 후백제와 다시 전쟁을 일으키려고 책사 최응의 사주를 받아 독살한 후백제의 볼모가 자신의 자식이었다니. 분하고 원통하여 박술희는 산이 떠나가도록 진호를 불렀다.

— 진호야, 진호야, 내 아들 진호야.

"이미 지난 일일세, 그만하고 진정하게."

"상보 어른, 왜 진작에 알려주지 않으셨습니까? 왜 우리 진호가 그리 허망하게 가게 내버려두었습니까?"

"그동안 찾아보지 않은 게 누군데 그러는가? 그만 돌아가게. 꼴도 보기 싫네그려."

박술희의 말을 상원부인이 받았다. 박술희는 아자개를 원망했다. 사람을 보내서라도 진호가 자신의 아들임을 알려왔다면 자식을 그리 허망하게 보내지 않았으리라. 어쩐지 볼모로 잡힌 진호가 자신을 많이 닮았다고 했는데, 후백제에서 온 볼모라 자신의 아들일 줄은 박술희는 까맣게 모르고 있었다. 아니, 대주가 자신의 아이를 낳았는지도 모르고 있었으므로 진호가 자신의 아들인지 모르는 것은 당연한 일이었다. 박술희는 슬픔을 못 이겨 철원에서 울며불며 송악으로 돌아왔었다.

그게 삼 년 전이었다. 그 후로 박술희는 아자개를 찾아가지 않았고 대주도 찾지 않았었다. 진호를 잃은 슬픔 때문에 박술희는 한동안 전쟁터에도 나가지 않았었다. 이제 삼 년이 지났고 진호가 죽은 지 구 년이 지났다. 박술희는 어느 정도 마음을 추슬렀고, 왕건이 친서를 써줄 테니 철원으로 가서 아자개를 만나고 오라는 명을 내리자 그리하기로 하였다. 철원에만 가면 죽은 진호가 생각나서 발길을 그곳으로 가지 않으려고 했지만, 이번에는 폐하의 명을 받들어야 했다. 박술희는 왕건이 준 친서를 들고 철원으로 말을 몰았다.

"하하 — 옥좌에 앉으니 기분이 날아갈 듯하구나!"

신검은 반란이 성공하여 옥좌에 앉자 그리 말했다. 하지만 대신들과 호족들에게 반란의 정당성을 설득하고 그들의 반대를 잠재워야 했기 때문에 반란이 성공했어도 당장 옥좌에 앉은 것은 아니었다. 신검은 견훤과 견훤의 애첩 고비와 막내아들인 능예와 딸 쇠복을 금산사(金山寺)에 유폐하고 장수 파달로 하여금 군사 삼십여 명과 함께 감시하라 명하고 정사를 대리청정(代理聽政)하였다.

금산사는 김제시 금산면 금산리 모악산 남부 기슭에 있는 절로 599년(백제 법왕 원년)에 창건되었고, 766년(신라 혜공왕 2년)에 진표율사가 다시 지었다. 거대한 미륵존불을 모신 법당은 용화전, 산호전, 장륙전이라고도 한다. 일 층에는 대자보전(大慈寶殿), 이 층에는 용화지회(龍華之會), 삼 층에는 미륵전(彌勒殿)이라는 현판이 걸려 있다. 일 층과 이 층은 앞면 다섯 칸, 옆면 네 칸이고, 삼 층은 앞면 세 칸, 옆면 두 칸 크기로, 지붕은 옆면에서 볼 때 팔(八) 자 모양인 팔작지붕이다. 지붕 처마를 받치기 위해 장식한 구조가 기둥 위뿐만 아니라 기둥 사이에도 있는 다포 양식이다. 지붕 네 모서리 끝에는 모두 얇은 기둥(활주)이 지붕 무게를 받치고 있다. 건물 안쪽은 삼 층 전체가 하나로 터진 통층이며, 제일 높은 기둥을 하나의 통나무가 아닌 몇 개를 이어서 사용한 것이 특징이다. 전체적으로 규모가 웅대하고 안정된 느낌을 준다. 견훤은 이 웅장하고 아름다운 금산사에 갇혀 외롭고 쓸쓸하고 고독하며 잔인한 일상을 보내고 있었다.

"이거 언제까지 대리청정해야 한단 말인가?"

신검은 그게 불만이었다. 옥좌를 탈환하고도 대신들과 호족들의 눈치만 봐야 하니 옥좌에 앉아 있어도 불편하기만 했다. 민심이 아직 신검에게 돌아오지 않고 있었다. 견훤을 따르던 대신들과 호족들은 전쟁에서 연이은 패배로 국운이 기우는데 신검이 반란을 일으켜 견훤을 유폐하자 더욱 불안을 느끼고 있었다.

"이러다가 나라를 통째로 고려에 바치는 거 아닌가요?"

"그러게나 말입니다. 어째 나라가 뒤숭숭합니다."

"신라도 고려에 나라를 바친다고 합니다."

"그래요, 이러다가 이 나라도 고려에 넘어가는 거 아닙니까?"

신료들마저 나라의 앞날을 걱정하고 있었다. 그러나 신검은 반란이 성공하자 자신감에 차 있었다. 지금이야 갑작스러운 일이라 대신들과 신료들이 자신이 왕이 된 것을 인정하지 않고 있지만, 시간이 지나면 자연히 인정하고 따라오리라 믿었다. 실제로 신검은 반란을 일으키고 약 팔개월 만에 정식으로 보위에 오른다.

한편 금산사에서는 견훤이 신검을 향하여 이를 갈고 있었다. 어찌 자식놈이 감히 아비에게 칼을 겨누고 유폐할 수 있단 말인가? 견훤은 신검을 생각하면 당장이라도 달려가 목을 쳐버리고 싶었다. 신검이 반란만 일으키지 않았어도, 아니 그보다 먼저 신검을 지방으로 보냈어도 정사가 잘 풀리고 지금쯤 금강이 옥좌에 앉아 있었을 텐데 신검 때문에 일이 뒤틀리고 나라가 망하게 생겼다.

"우리 금강이가 죽었어, 금강이가 죽었다고."

"폐하, 고정하소서, 이러다 폐하의 옥체마저 잘못될까 봐 걱정이옵니다."

"고비야! 자넨 아들이 죽었는데 억울하지도 않은가?"

"왜 억울하지 않겠습니까. 가슴이 찢어지는 듯하옵니다. 우리 금강이가 누구이옵니까. 장차 이 나라를 이끌 임금이 되려고 하지 않았습니까. 그런 아들을 잃었으니 어미의 가슴이 온전할 리가 있겠사옵니까?"

"어떻게든 여기서 빠져나가서 복수해야 한다, 복수를!"

견훤은 두 주먹을 옥쥐고 몸을 부르르 떨었다. 신검만 생각하면 치가 떨렸다. 어떻게 쥐도 새도 모르게 그런 반란을 꿈꾸고 주도했는지 알 수 없었다. 한낮의 꿈처럼 자고 일어난 사이에 세상이 뒤바뀌어 있었고, 금강이 죽어 있었다. 이 꿈같은 일이 일어나는 동안 견훤은 침소에서 잠이나 자고 있었던 것이 괴로울 따름이었다.

"폐하, 경보대사께서 오셨습니다."

경보대사는 신검의 왕사(王師)였다. 궁에서 신검에게 불교의 교리를 가르치고 정사를 의논하며 신검의 곁에서 불도를 닦는 스님이었다. 신검이 보낸 중이므로 견훤은 달가울 리가 없었다.

"일 없다고 돌아가시라 전하거라."

"잠깐만 뵙고 돌아가신다고 하옵니다."

"지금은 아무도 만나고 싶지 않다고 전하거라."

그러나 경보대사는 견훤이 한사코 만나기 싫다는데도 문을 열고 들어왔다. 견훤은 그런 경보대사와 눈도 마주치지 않았다.

"그동안 옥체 강녕하셨습니까."

"신검이가 또 뭘 알아 오라 한 것이오."

"인제 그만 마음의 문을 여시지요. 흥이 있으면 반드시 쇠락도 있는 법, 나라를 일으켰으면 망하는 법도 있는 것이지요. 나무관세음보살."

"뭐, 뭐요? 망하는 법?"

"그렇습니다. 흥망이 만사에 교체하는데 복수심을 불태운들 무슨 소용이 있겠습니까. 폐하께서는 이미 그 운이 다하여서 이리 된 것이오니 속세를 생각지 마시고 편히 지내시기 바랍니다."

"신검이 놈은 어찌 되었소?"

"권좌에 앉아서 정사를 잘 돌보고 있사옵니다. 나무아미타불 관세음보살."

경보대사는 견훤을 안심시키고 경내를 한 번 둘러보고 금산사를 떠났다. 궁으로 들어가 견훤이 잘 지내고 있다고 신검에게 보고하러 가는 길이었다. 신검은 가끔 이렇게 왕사인 경보대사를 보내 견훤의 안부를 살피게 하였다.

견훤은 경보대사가 떠난 후에도 마음을 가라앉히지 못했다. 어서 여기서 탈출을 해야 하는데, 병사들이 저리도 삼엄하게 경계를 서고 있으니 방법이 없었다. 어느새 금산사로 들어온 지도 한 달이 되었다. 견훤은 한 달 내내 탈출만 생각했다. 여기서 탈출을 해야 신검이 놈에게 복수할 수 있는데, 갇혀 있어서 아무것도 할 수 없었다. 궁에서 동생인 능애가 찾아와 일이 이렇게 되었으니 그만 신검을 용서하고 왕으로 인정해달라기에 갇힌 내가 무슨 힘이 있느냐고, 너희들 맘대로 하라고 하였다. 능애는 견훤은 감금되어 있어서 궁에 대한 아무런 권한이 없음을 알면서도 안부차 찾아온 것이 분명했다.

"이보게 아우, 날 좀 여기서 내보내주게. 내 은혜는 평생 잊지 않을게."

"생각보다 조용하고 좋은데 그냥 여기서 지내시지요."

"아이고, 제발 부탁하네. 내가 여기서 나가야만 우리 금강이의 원수를 갚을 수 있어. 금강이의 혼이 너무도 원통해서 구천을 맴돌고 있어."

"그놈의 금강이, 금강이, 이미 죽은 사람의 이름을 불러서 뭐 하옵니까."

"네 이놈, 능애야! 너도 신검이와 한 패인 게로구나? 네 이놈, 하늘이 무섭지도 않으냐?"

"신검 폐하가 있는데 뭣이 두렵사옵니까? 여기서 조용히 여생이나 마무리하시지요."

"뭐, 뭐, 아이고! 저, 저놈이."

"저놈, 저놈, 하지 마시오. 지금도 폐하인 줄 아시오?"

"네 이놈. 어서 날 풀어주거라 이놈."

"내 칼맛을 보아야 정신을 차리겠소?"

능애가 칼을 뽑아 보이려 했다. 견훤은 어이가 없었다. 폐하, 폐하, 하며 발등이라도 핥듯이 굽신거리던 능애가 자신을 향해 칼까지 뽑으려 하다니, 환장할 일이었다.

견훤은 능애가 돌아가고도 한참 동안 분을 못 참고 고래고래 소리를 질렀다. 아들놈에게 강제로 폐위되자 눈에 보이는 게 없었다. 닥치는 대로 부수고 쓰러트리고 싶었다.

"이놈들아, 내가 누군 줄 알고 여기에 가둔 것이냐?"

견훤의 난동에 장수 파달이 달려왔다. 파달은 견훤이 한두 번 이러는 게 아니라 그냥 주의만 주었다. 오죽했으면 저리도 난동을 부리는가 싶어 가벼운 난동은 그냥 눈감아주었는데, 물건을 던지고 부수는 일은 용납할 수가 없었다.

"조용히 하시오, 이제 폐하가 아니라 죄인이란 말이오."

"뭐, 날 보고 죄인이라고? 그래, 이놈아! 내가 무슨 죄를 지었느냐?"

"신검 태자 전하를 무시하고 폐위하려 한 죄요."

"역적 놈은 바로 신검이와 네놈이니라. 네놈들만 아니었으면 금강이가 보위에 올랐고 나라가 안정적으로 발전했을 것이다. 네놈들이 나라를 망하게 했어! 네놈들이."

"이놈의 노인네가 망령이 들었나. 왜 이리 말이 많아."

파달은 병사들에게 견훤이 방에서 한 발자국도 나가지 못하게 감시를 철저히 하라고 명했다. 견훤은 병사들의 감시 때문에 벌써 한 달째 나들이를 못 하고 있었다. 내부에서만 생활하자 뼈마디가 쑤시고 오금이 저렸다. 유일한 벗이라고는 가끔 찾아와 안부를 묻는 일월 주지스님이었다. 스님도 궁에서 나온 경보대사와 같은 말을 하였다. 신검이 그리 반란을 일으켜 자신을 이곳에 감금한 것은 업보이니 용서하라는 말과 부처님을 섬기라고 말했다.

"모든 것이 인과응보이옵니다. 마음을 내려놓으시면 부처님이 보이실 것입니다. 부처께서는 보이는 것도 보이지 않는 것도, 있는 것도 없는 것도 다 진여실상(眞如實相)하였습니다. 그만 마음을 내려놓으시고 참선하고 베푸시지요. 나무아미타불 관세음보살."

"어떻게 여기서 나갈 방법이 없겠소?"

"그만 잊으시지요."

"아니오, 난 반드시 신검이 놈에게 복수할 것이오."

"참선하라 하지 않았습니까. 복수는 증오를 낳고 증오는 또 다른 복수를 부르는 법입니다. 얼마나 더 많은 피를 흘려야 난세가 편안해지옵니까? 나무아미타불 관세음보살."

"난 여기서 나가야 해, 나가야 한단 말이오."

"그만 잊으시고 자비를 베푸십시오. 모든 것을 움켜만 쥐셨으니 이제 내려놓으실 때도 되었습니다. 나무아미타불 관세음보살."

견훤은 함정에 빠진 짐승처럼 금산사에서 나가게 해달라고 포효했다. 그러나 그 울음소리를 들어주는 사람은 아무도 없었다. 견훤은 혼자서 밤낮없이 울음을 토해내며 탈출하려고 몸부림쳤다. 고비와 능예, 쇠복이 견훤을 만류해도 소용없었다. 견훤은 그만큼 좌절하고 절망하며 하루하루를 보내고 있었다.

"폐하, 신라를 받아주시오소서."

서라벌에서는 경순왕이 고려에서 온 왕건에게 나라를 바치고 있었다. 이미 신라는 천년 사직의 운이 다하여 서라벌만 겨우 영토로 유지하고 있었다. 왕건은 서라벌 바로 위인 통양포(通洋浦, 포항)까지 내려와 성을 쌓고 있었는데, 후백제의 견훤처럼 왕건이 서라벌로 쳐들어오면 수많은 인명 피해와 건물들이 불타는 참상을 겪게 된다. 이에 경순왕이 935년 10월에 고려에 항복하기 위해 신하들과 논의하자 신료들의 태도는 누구는 옳다 하고 누구는 옳지 않다고 하였다. 신라는 이미 다 저문 해임에도 고려에 항복하는 것을 반대하는 신료들이 많았는데, 그 대표적인 인물이 마의태자(麻衣太子)였다.

"나라의 존망은 반드시 천명에 달린 것입니다. 다만, 충신, 의사와 함께 민심을 수습해 스스로 수비하다가 힘이 다하면 그만두어야지, 어찌 천년 사직을 하루아침에 가벼이 남에게 주는 것이 옳은 일이겠습니까?"

"작고 위태로움이 이와 같아 형세가 나라를 보존할 수 없다. 이미 강해질 수 없고 또 약해질 수도 없으니, 죄 없는 백성들의 간과 뇌장(腦漿)이 땅에 쏟아지게 하는 일을 나는 차마 할 수 없다."

마의태자와 경순왕이 나눈 대화였다. 경순왕은 고려와 대항할 군사도 없고, 대항해봐야 백성들의 목숨만 무모하게 앗아가므로 고려에 나라를 바쳐야 한다고 했지만, 마의태자는 군사 한 명이 남더라도 고려에 대항하여야지 그리 쉽게 천년 사직을 이어온 나라를 바칠 수 없다고 버티었다.

마의태자는 신라 마지막 왕인 제56대 경순왕 김부와 죽방부인(竹房夫人) 사이에서 태어난 첫째 왕자이다. 이름은『삼국사기』등의 사서에는 전하지 않으며, 후대 사람들이 삼베로 된 옷을 입고 살았다 하여 마의태자라 불렀다.

"폐하, 신라를 받아주시오소서. 이는 저의 뜻만 아니라 대소신료들과 만백성이 원하는 것입니다."

"아니오, 그럴 순 없소이다. 신라는 천 년의 역사가 깃든 나라입니다. 천 년 사직을 이어온 나라를 어찌 고려에 바칠 수 있단 말이오."

"폐하! 수락하여주십시오. 그 길만이 우리 신라가 살 길이옵니다."

"어허, 아니 될 말이라 하지 않았소이까?"

왕건은 경순왕이 거듭 신라를 받아달라고 요청하였음에도 계속 사양하였다. 이는 신라의 민심 때문이었다. 후백제처럼 전쟁하여 취한 것은 아니지만 경순왕이 신라를 고려에 바치자마자 냉큼 수락한다면 신라의 민심이 고려도 후백제와 다르지 않다고 돌아설 것이고 호족들의 반란을 감수해야 하므로 왕건은 거듭되는 경순왕의 요구에도 불응하고 있었다.

이에 항복을 거부하던 신료들의 마음이 차츰 고려로 돌아서기 시작했다. 왕건을 이때를 노려 슬그머니 신라를 받아들였다.

"신라가 주관하는 화백회의는 만장일치 제도라고 들었소이다. 그런데 과인이 듣기로는 신라가 고려로 귀화한다는 의견에 과반수 정도만 찬성했다 들었소이다. 만장일치가 아닌데 어찌 고려가 신라를 받아들이겠소이까?"

"그것은 신료들의 마음이 다 돌아서지 않았기 때문이옵니다. 지금은 모든 신료가 찬성하고 있습니다. 그러니 제발 신라를 받아주시옵소서."

"정말 괜찮은 것이오?"

"그렇사옵니다, 폐하!"

"허허, 그렇다면 다행이지만 말이오."

신라 경순왕 재위 9년, 고려 왕건 재위 17년인 935년 10월 30일에 신라는 마의태자를 비롯한 김덕지(金德摯) 등 반대파를 뒤로하고 결국 고려에 항복하고 만다. 이에 마의태자는 나라 잃은 설움을 안고 개골산(皆骨山, 금강산의 겨울 이름)에 들어가 바위 아래 집을 짓고 삼베로 된 옷을 입고 초근목피(草根木皮)로 연명하며 일생을 마쳤다. 이 때문에 금강산에는 마의태자와 관련된 전설이 담긴 장소가 많은데, 태자성(太子城), 용마석(龍馬石), 삼억동(三億洞)이 그러한 장소다. 비로봉 정상에서 외금강으로 내려가는 서남쪽 비탈길에 무덤이 있는데 이 무덤을 마의태자의 능이라고 부른다. 그리고 그의 동생 김덕지도 처자(妻子)를 버리고 그와 함께 개골산에 들어갔다가, 이후 화엄종에 귀의(歸依)하여 중이 되어 법수사(法水寺)와 해인사(海印寺)에 거처했는데, 승명이 범공(梵空)이라 했다. 또 다른 설에 의하면 마의태자는 동생 덕지와 함께 월악산에 덕주사(德周寺)를 지어 머물다가 혼자 개골산으로 갔다고 하고, 강원도 인제로 가서 신라의 남은 충신들과 지사들을 규합해 고려에 저항했다는 설도 있다.

어쨌든 935년 12월 1일에 경순왕은 백관(百官)들을 거느리고 수도 서라벌에서 출발했다. 화려하게 장식한 수레에 보물을 실은 말이 삼십여 리에 걸쳐 이어졌고, 도로가 꽉 미어졌으며 지나가는 길에 구경하러 나온 이들이 담을 두른 듯했다. 구경 나온 사람들이 많아 말이 지나가지 못할 지경이었다. 가는 길에 자리한 이미 고려에 편입된 상태였던 고을에서는 매우 융성하게 대접하였다. 12월 10일 경순왕이 개경에 도착하자 왕건은 의장(儀仗)을 갖추고 교외에 나가 맞이하고 위로하였으며, 고려 태자와 여러 재신(宰臣)에게 명하여 호위하여 들어오게 하고, 유화궁(柳花宮)에 묵도록 하였다. 12월 20일에 경순왕은 왕건의 장녀 낙랑공주(樂浪公主)와 혼인해 왕건의 사위가 되었다. 그리고 12월 26일에는 경순왕이 신라국을 양도하고 왕건에게 신하로 알현하기를 요청했지만, 왕건은 일단 거부한다.

"본국은 오래 위란(危亂)을 겪었습니다. 역수(曆數)가 이미 다해 기업(基業)을 보호할 수 없게 되었으니, 신례(臣禮)로써 뵙기를 바랍니다."

"아니 될 말이오. 신라는 비록 지금은 작은 나라가 되었지만, 한때는 한반도를 통일하고 호령했던 나라였소이다. 또한, 역사가 천년이나 된 나라이오이다. 이런 나라가 갑자기 고려에 양도되면 호족들이 반기를 들 것이오."

"그런 염려는 안 하셔도 됩니다. 다행히 천자의 빛을 보게 되었으니 부디 정신(庭臣)으로서 예를 차리고자 합니다."

"어허, 이 일을 어찌한다?"

12월 28일. 여러 신하가 경순왕의 귀순 요청을 받아달라고 왕건에게 아뢰었다. 이에 경순왕이 화답하듯 말했다.

"하늘에 두 해가 없고, 땅엔 두 왕이 없습니다. 한 나라에 두 임금이 있다면 민(民)은 누구를 믿어야 하겠습니까? 부디 신라 왕의 청을 받으시옵소서."

936년 1월 8일, 왕건은 본궐의 정전 천덕전(天德殿)에 거동하여 백관을 모아놓고 말하였다.

"짐이 신라와 피를 입술에 바르며 동맹을 맺은 것은 두 나라가 길이 우호를 유지하고 각자의 사직을 보전하기 위해서였다. 지금 신라 왕이 굳이 신하로 있겠다고 요청하고 그대들도 그것이 옳다고 하니, 짐의 마음이 매우 부끄러우나 여러 사람의 뜻을 거스르기가 어렵다."

경순왕이 천덕전 뜰에서 알현하는 예를 올리니 여러 신하가 하례하여 궁궐이 진동했다. 신하들이 일제히 경순왕을 향해 묵례하고 환영하자 경순왕도 답례를 올리고 신하들의 축하를 받았다. 이로써 신라는 고려에 완전히 양도되었고, 역사 속으로 사라졌다.

고려에 귀순한 경순왕은 귀순 당시부터 지위가 태자보다 더 높았으며, 왕건이 죽은 이후엔 국왕 다음으로 지위가 높은 존재로 인식되어 영향력이 상당했다. 한편 왕건도 신라 귀족의 유화 정책으로 경순왕의 백부인 김억렴(金億廉)의 딸을 아내로 맞이하여 슬하에 아들 왕욱(王郁)을 낳았는데, 그의 아들이 고려 제8대 국왕으로 고려 왕실의 중시조(中始祖)인 현종이다. 그래서 왕욱은 안종(安宗)으로 추존된다. 이처럼 고려 왕실은 마지막 왕인 공양왕(恭讓王)까지 신라 왕실의 피가 섞인 왕으로 대를 잇게 되었다.

"상보 어른, 저 왔습니다."

"박술희 장군이 여긴 어인 일인가?"

"상원부인! 그동안 별고 없으셨습니까?"

박술희가 말을 달려 철원에 당도하자 예전과는 달리 상원부인이 그를 맞았다. 박술희는 예전과 달리 사뭇 다른 분위기 때문에 왕건이 써준 친필을 가지고 왔음에도 주눅이 들었다. 삼 년 전에 대주와 아들 진호의 소식을 듣고 울며 송악으로 간 후로 처음 온 철원은 괜히 낯설어 보였다.

"무슨 일이 있으셨습니까?"

"사는 게 다 일일세. 저이가 이제 백 세라네. 말을 해도 알아듣지도 못하고 방에 누워 지낸다네. 똥오줌 다 받아내며 사는데, 기쁜 일이 어디 있겠나?"

"아, 그러셨군요. 그래도 정신은 말짱하시니 다행입니다."

박술희는 아자개에게 큰절을 올리고 송악에서 가져온 선물을 풀었다. 홍삼과 각종 약초와 소금에 절인 바닷고기였다. 누워 있던 아자개가 선물 보따리를 보자 몸을 일으켰다. 상원부인이 차를 내왔다.

"아니, 이건 굴비가 아닌가? 때깔도 좋구먼 그래!"

"상보 어른께서 편찮으시다는 말을 듣고 폐하께서 친히 하달하셨습니다."

"왕건이?"

아자개는 듣지는 못했지만, 박술희의 입 모양을 보고 대충 말귀를 알아들었다. 박술희가 고개를 끄덕이자 아자개는 사벌주를 고려에 헌납하고 고려로 귀화하여 궁에서 연회를 베풀 때를 떠올리며 눈물을 글썽였다. 연회가 바로 엊그제 같았는데, 벌써 몇십 년이 흘러 있었다.

"자상도 하여라. 이 많은 약초를 다 보내주고."

"상보 어른, 안 좋은 소식을 가져왔습니다."

"안 좋은 소식이라니?"

"백제에서 변란이 일어났습니다."

"뭐?"

"견훤 폐하의 장자 신검이 동생 양검과 용검과 합세하여 변란을 일으켜 이복동생 금강 왕자를 살해하고 견훤 폐하를 금산사에 유폐했다 하옵니다."

박술희는 말과 손짓 몸짓으로 후백제의 변란을 알리다 여의치 않자 글까지 써가며 자세히 알렸다. 아자개가 박술희의 말을 알아듣고 이상한 행동을 했다. 후백제에서 변란이 일어났다는 소식에 충격을 받은 모양이었다.

"뭐야! 그놈, 참 꼴 좋다. 성까지 바꾸며 사불성에서 서라벌로 가서 출세한다고 돌아오지 않다가 백제를 세우더니 결국 제 자식놈에게 망했구나. 아니지. 아이고, 불쌍한 내 아들. 아이고 이를 어찌한다? 이를 어쩐다냐?"

후백제에서 변란이 일어났다는 얘기를 들은 아자개는 기가 막힌지 웃다가 울다가 하며 땅을 치고 있었다.

— 견훤아!

— 내 아들 견훤아!

— 이게 무슨 청천벽력 같은 소리냐?

“상보 어른, 진정하십시오. 폐하께서 서찰을 보내오셨습니다.”

“왕건이가 서찰을.”

“예, 상보 어른.”

박술희는 왕건이 써준 서찰을 아자개에게 내밀었다. 아자개가 서찰을 받아 펴보고 눈시울을 적셨다. 왕건의 서찰에는 아자개가 고려로 귀화했으니 금산사에 유폐 중인 견훤도 고려로 귀화하여 부자가 상봉하여 여생을 함께하라는 배려가 적혀 있었다.

> 상보 어른, 그간 옥체 만강하시옵니까. 저, 왕건은 상보 어른의 걱정 덕분에 잘 지내고 있습니다. 이 서찰을 받을 때면 박술희 장군을 통해 백제에서 변란이 일어난 사실을 상세히 들으셨을 것입니다. 불가에서도 인연은 함부로 자르거나 버리는 것이 아니라 하였습니다. 지금 견훤왕께서는 궁지에 몰려 있는데, 고려로 귀화하여 두 분께서 화해하시고 편히 사시는 것이 저의 작은 소망이옵니다. 부디 견훤왕에게 몇 자 적어주시기를 간절히 바라옵니다.

왕건이 쓴 친서를 아자개는 천천히 읽었다. 이렇게도 고마울 수가 있나. 견훤이 폐위되어 금산사에 감금되어 있으니 고려로 와서 편하게 함께 살라는 왕건의 편지에 아자개는 감동하여 친히 견훤에게 편지를 썼다. 임금이었던 아들이 사찰에 갇혀 초라하게 지내고 있는 것을 생각하면 당장이라도 달려가 손자인 신검이 놈의 뺨을 때리고 견훤을 고려로 데리고 오고 싶지만 아자개는 연로하여 글로 대신하고 있었다. 서찰이 무사히 견훤에게 전달될지는 모르지만 아자개는 허연 종이에 붓글씨를

써 내려갔다.

아들아, 황제가 되어 그동안 백제를 잘 다스려왔음을 안다. 허나 너는 나의 아들이다. 내가 너를 미워했던 것은 네가 황제가 되었기 때문이 아니라, 너의 핏줄을 부정하고 갔기 때문이었다. 이 늙은이는 어느덧 백 살이 다 되어간다. 그동안 네 속을 무던히도 썩였다. 허나 견훤아, 너의 소식을 들으니 참으로 가슴 아프게 되었구나. 내가 너를 떠났는데, 너의 아들이 또한 너를 버렸다 한다. 이 얼마나 비통한 일이냐. 어차피 너는 자식도 잃었고, 나라도 잃었다. 고려 황제는 덕이 있는 사람이야. 너의 일신을 부탁해보마. 깊이 생각하길 바란다.

아자개 아비가 쓰다

편지를 끝내고 아자개는 한숨을 내쉬었다. 인생사 살아보니 별거 아니지만, 말년을 저렇게 갇혀 지내는 견훤이 한없이 안쓰러웠다. 견훤이 고려로 온다면 아자개는 한달음에 달려가 견훤을 반기고 싶었다. 비록 젊어서 아비 곁을 떠나 한 번도 돌아오지 않았던 불효막심한 놈이지만 곰곰이 생각해보니 자신도 견훤에게 해준 게 없었다. 그토록 사벌주를 후백제에 넘기고 완산주 궁으로 들어와 편하게 살라는 견훤의 말에도 아자개는 들은 척도 하지 않았고 오히려 고려에 사불성을 바쳤으니 자식놈에게 미움을 살 만하였다.

아자개는 복받쳐 오르는 감정을 애써 감추며 박술희와 마주 앉았다. 박술희는 워낙 술을 좋아해서 마침 마당에서 모이를 줍는 수탉 두 마리를 잡아 가마솥에 고아 술상을 내와서 백주를 벌써 여러 사발째 들이키고 있었다.

"하—, 이렇게 씨암탉을 앞에 놓고 술상을 받으니, 마치 상보 어른과 상원부인께서 저의 장인과 장모 같습니다그려."

"씨암탉이 아니라 장닭일세, 자네는 암탉과 수탉도 구별할 줄 모르나?"

"그게 그거지요, 헤헤."

"자넨 우리 대주가 불쌍하지도 않나?"

상원부인이 문득 대주 이야기를 했다. 박술희는 대수롭잖게 넘겼다. 이미 지난일이었다. 볼모로 잡혀와 죽은 진호가 자신의 아들이었음을 알았을 때는 하늘이 무너지는 고통을 참아내며 몇 날 며칠을 울었지만, 감정이 수그러들자 운명이라고 여겼다. 운명은 잡을 수도, 잡아서도 안 되는 그것이므로 그냥 물이라 하고 싶었다. 그냥 바람이라 하고 싶었다. 죽을 팔자로 태어나서 죽는 운명을 어찌 사람이 바꿀 수 있을까 싶었다. 진호는 죽을 때가 되어서 죽은 것이고 대주도금은 떠날 때가 되어서 떠난 것이라 여겼다. 그게 세상의 이치이고 삶이라 생각하고 싶었다. 떠난 사람을 잊는다는 것은 자신의 심장을 도려내는 것처럼 큰 아픔이 따르지만 그게 운명이라 생각하고 싶었다. 운명은 만들어지는 것이 아니라 아무도 모르게 오는 것이라 바꾸려 해도 바꿀 수 없고, 잡으려 해도 잡을 수 없는 것이라 여기고 싶었다.

"이미 지난일인걸요. 진호가 죽은 것도 운명이 그리한 것인데 어쩌겠어요."

"그래서 자넨 아무 책임도 없단 말인가?"

"대주도금이 지금 어디에 있는지도 모르는데 저더러 어쩌란 말입니까? 괜히 술맛 떨어지게 대주 얘기는 해서, 말없이 사라져서 저도 찾을 만큼 찾았습니다."

"무상스님! 잠시만 나와보십시오."

상원부인이 부르자 작은 방에서 한 여인이 마루로 나와 박술희의 앞에 섰다. 대주였다.

"아니, 이런. 참말로 대주도금이 맞으시오?"

"그렇사옵니다."

"아니, 이런. 어쩌다가 그 길을 택하셨습니까?"

"부처님이 부른 것이지요."

작은 방에서 나온 대주는 몰라보게 변해 있었다. 길에서 우연히 만나면 서로를 몰라보고 그냥 지나쳤으리라. 박술희는 술 사발을 바닥에 덜컥 떨어뜨렸다. 이럴 수가? 그토록 찾아 헤맸는데, 대주가 스님이 되어 나타나다니? 박술희는 자신의 눈을 의심하며 몇 번이나 눈을 비며 보았다. 그러나 대주는 분명히 여승이 되어 있었다. 삭발한 머리에 승복을 입고 있었다. 박술희는 대주를 와락 안아보고 싶었지만 이미 불가의 몸이 된 대주라 그저 눈으로 바라만 보았다.

"그동안 무탈하셨는지요."

"저보다도, ……그건 제가 묻고 싶습니다."

"저야, 불가에 담은 몸이니 불도의 길을 걷고 있습니다."

"세상이 참으로 원망스럽습니다. 우리가 왜 이렇게 만나야 합니까? 차라리 만나지나 않았으면 그립지나 않았을 텐데, 이게 무슨 인연이기에 맺을 수 없는 길로 인도한단 말입니까?"

"부처님을 섬겨보세요. 슬픔도 애환도 다 버리게 됩니다. 삶이란 그저 떠도는 구름에 불과합니다. 어디로 가는지도 모르고, 다만 한곳에 머물지 않고 흘러가는 것이지요."

"다시 삶을 되돌릴 수는 없으십니까?"

"머무를 만큼 머물러서 이제 가야 합니다. 어디에 계시든 옥체 건강하세요."

대주는 그 말을 남기고 아자개의 집을 떠났다. 박술희는 대주의 뒤를 따르지 않았다. 어차피 이루어질 수 없는 인연이었고, 비구니이 된 대주의 마음이 다시 돌아올 리도 없었다. 박술희는 대주가 떠난 자리에 서서 점점 멀어지는 대주를 보고 있었다. 사찰에 있다가 잠깐 부모님을 뵈러 속세에 내려온 대주라 하마터면 못 만날 뻔했는데, 이렇게 만나고 나니 박술희는 마음만 더 아팠다.

"그러게 진작에 낚아챘으면 이런 일은 없었을 게 아닌가?"

"그러게 말입니다."

"사내대장부가 찌질이같이 울기는."

박술희는 떠나는 대주를 보며 굵은 눈물을 흘렸다. 다시는 볼 수도 만날 수도 없는 대주를 위해 박술희는 아무것도 해줄 게 없었다. 다시 인연이 있다면 죽어서나 만나려나. 박술희가 흘리는 눈물 속으로 대주는 서서히 자취를 감추고 있었다.

박술희도 아자개가 써준 편지를 품고 송악으로 말을 달렸다. 문득 뒤를 돌아보자 대주는 이미 사라지고 없었다. 어디로 간다는 증표도 없이 홀연히 사라진 대주를 보며 박술희는 문득 꿈이 아니었나 생각했다. 인생은 일장춘몽이라지만 대주를 만난 것이 꼭 꿈을 꾼 것만 같았다. 박술희는 힘차게 말을 몰았다.

14

일리천 전투

일리천 전투

"폐하! 신라가 고려에 항복하고 고려에 귀속되었다 하옵니다."

"뭐라! 신라가 고려에 귀속돼?"

신검은 신라가 고려에 귀속됐다는 말에 크게 당황하였다. 신라는 견훤이 서라벌을 점령할 때 신검도 거기에 있었고, 경애왕이 자결하고 견훤이 김부를 경순왕으로 내세우고 후백제에 충성할 것을 요구했는데, 말을 듣지 않고 고려에 붙어서 자신이 직접 군사를 이끌고 서라벌을 치려다 번번이 실패한 곳이 아닌가.

"자세히 말해보아라."

"신라의 경순왕이 나라를 통째로 고려 왕건에게 바쳐서 마의태자가 울며 금강산으로 갔고, 신라 조정이 분해되었다 하옵니다. 또한, 경순왕이 왕건의 딸 낙랑공주와 혼인하여 왕건의 사위가 되었다 하옵니다."

"뭐, 사위? 이젠 혈육으로 똘똘 뭉쳐보겠다는 거로구먼."

신검은 점점 불길한 생각이 들었다. 조정이 안정되면 군사를 일으켜 신라를 정복하고 다시 고려를 공격할 생각이었는데, 그 틈을 주지 않고 고려가 신라를 덥석 삼켰으니 이제 신라의 영토에서 고려와 싸워야 했다. 일이 이렇게 되면 가뜩이나 고려와의 전쟁에서 패배를 거듭했는데, 신라의 영토를 차지하기란 사실상 물 건너간 셈이었다. 신검은 고려의 어디를 쳐야 승산이 있을지 고민이 깊어졌다.

"금산사에서 아버님은 어찌하고 계신다느냐?"

"파달 장군이 잘 감시하고 있어서 무탈하게 계시다 하옵니다."

"잘 감시하라고 일러둬라. 만약에 탈출을 해서 고려로 가면 낭패니라."

"파달 장군과 병사 삼십여 명이 사찰을 에워싸고 있으니 그 점은 염려 마십시오."

"요즘 들어 되는 일이 없구나, 금강이 놈의 혼령도 보이고 말이다."

"폐하, 마음을 편히 가지시오소서."

신검은 보위에만 오르면 뭐든지 술술 풀릴 줄만 알았다. 정치도 잘 돌아가고 민생도 안정되고 국방도 탄탄할 줄 알았는데, 모든 게 제멋대로였다. 금강이 죽자 금강을 따랐던 무리가 은신해버렸고, 견훤을 금산사에 억류하자 견훤을 따랐던 신료들이 뜻을 모으지 않았다. 신검이 화가 나서 그런 무리를 옥에 가두고 처형했지만, 반감은 쉽게 수그러들지 않았다. 신검은 내분이 일어나는 조정의 뜻을 한곳에 모으기 위해 고려와의 전면전도 불사할 생각이었다.

신검은 옥좌에 앉아 있어도 늘 불만이었다. 아버님은 큰소리 한번 치면 대신들이 주눅이 들었는데, 자신이 뭐라고 말만 하면 반기를 들었다. 게다가 아버지를 금산사에 감금한 것은 반인륜적인 패륜이니 즉시 궁으로 모셔오고 사죄해야 한다고 신검의 속을 부글부글 끓게 하고 뒤집어놓았다.

신검은 자포(紫袍)를 벗고 검을 찾아 들었다. 옥좌에 앉은 뒤로 찾지 않았던 검이었다. 그러고 보니 이 검과는 오랜 인연이었다. 전쟁 때마다 수많은 적의 목을 베었고, 자신을 보호해준 검이었다. 신검은 아홉 개의 검 중에서 장검을 제일 좋아했다. 왜에서 가져온 질 좋은 철광석으로 칼을 만들어서 그런지 아무리 칼을 써도 부러지거나 닳지 않았다. 신검은 검을 쥐고 부르르 떨었다. 아버님을 옹호하는 자들을 역모죄로 다스려 기강을 바로 세우고 싶었다.

"이찬께서는 아버님을 곁에서 오래 모셔서 누가 아버님을 옹호하는지 알고 있지 않으십니까?"

신검은 능환에게 자신을 따르지 않는 신료들을 역모죄로 다스리겠다고 명단을 작성해달라고 했다. 그러나 능환은 팔짝 뛰었다. 지금 역모죄로 신료들을 처형하면 반발이 더 거세지고 호족들도 이탈할 것이라고 신검을 달랬지만, 신검은 막무가내였다.

"폐하, 지금은 아니 되옵니다. 국력을 하나로 모아도 시원찮은 판인데, 역모죄로 신료들을 치신다면 반발이 더욱 거세질 것입니다. 차라리 후환을 없애기 위해서는 금산사에 가 있는 견훤왕의 목을 베어야 합니다."

"뭐, 뭐라? 아버님의 목을 베어?"

"그렇사옵니다, 폐하!"

"네 이놈! 네놈이 죽고 싶어서 환장한 모양이로구나! 그러고도 네놈이 살기를 바라느냐?"

"고정하십시오, 폐하! 견훤왕이 죽으면 자연히 그를 따르던 무리도 와해하옵니다."

“시끄럽다. 네놈의 목을 당장 베어버려야 마땅하나 그동안 공을 세운 것을 참작하여 참는다. 다시는 그런 소리 입 밖에 내지 마라.”

“하오나 폐하, 후환을 없애기 위해서는…….”

“시끄럽다 하지 않았느냐? 역모로 다스릴 놈들의 명단이나 내놓거라.”

신검은 능환의 건의를 이해할 수 없었다. 후환을 없애기 위해 아버님의 목을 베라니, 자식으로서 어찌 아버님의 목을 벨 수 있단 말인가? 신검은 능환이 늙더니 망령이 든 모양이라고 생각했다. 금산사에 갇혀 있는 아버님이 무슨 수로 그곳에서 나와 해를 입힌단 말인가?

“어서 반역의 무리를 보고하시오. 내 직접 처형하리다.”

능환은 할 수 없이 견훤과 금강을 옹호했던 세력들의 명단을 신검에게 넘겼다. 반란을 주도했던 황후 박씨와 신덕, 영순, 흔강, 부달, 우봉, 견달, 등 사십여 명은 모두 완산주 호족들이었다. 능환은 이 호족들에 대항하는 자들을 추려 신검에게 보고하였다. 신검은 능환이 올린 살생부를 보고 한번에 모조리 붙잡아 처형하지 않고 수개월 동안 천천히 처형해 나갔다.

“네 이놈, 네 죄를 알렷다!”

“모르오. 대체 내게 무슨 죄가 있는 것이오?”

“아직도 모르겠느냐? 아버님과 죽은 금강에게 충성한 죄니라.”

“살려주십시오. 제발 살려주십시오.”

“닥쳐라!”

신검이 검을 뽑아 단칼에 죄인의 목을 베었다. 잘린 목에서 붉은 피가 분출되며 죄인은 땅바닥에 고꾸라졌다. 신검은 죄인의 목이 달아날 때마다 희열을 느꼈다. 적의 목을 벨 때와 또 다른 느낌이었다. 신검은 점점 피 맛을 느끼었다. 죄인의 목을 내리치면 그동안 쌓인 감정이 복받쳐 올랐고, 아버님께 받은 설움이 씻겨지는 듯했다.

궁에서는 누가 언제 신검에게 처형될지 몰라 전전긍긍하고 있었다. 신검에게 넘어간 살생부에 누구의 이름이 있는지 몰라 서로 눈치만 보고 있었는데, 누가 내 편이고 누가 적인지 알 수 없었다. 어제의 동료가 오늘은 시신이 되어 있었고, 어제의 적이 오늘은 친구가 되어 있었다. 서로 죽지 않으려고 궁에서는 간신배가 완산주의 호족들에게 재물을 바치고 아내를 바치고 딸을 바쳤다.

"죽을 자가 앞으로 얼마나 더 남은 것이냐?"

"폐하! 역적들을 처형하기 시작한 지 벌써 반 년이 지났습니다. 이러다간 신료들이 씨가 마르겠습니다. 통촉하여주시옵소서."

"상관없다. 어차피 후환을 없애려거든 역적들의 뿌리를 뽑아야 한다."

"폐하! 소신은 이제 늙어서 쓸모가 없으니 차라리 저를 죽여주시옵소서."

"아니오. 이찬은 전투 경험이 많고 계략이 뛰어나니 고려와의 마지막 혈전을 위해 필요한 사람이요. 고려와 전쟁을 끝내고 통일이 되면 봉기를 드는 호족들을 없애기 위해서는 역적을 계속 색출하여 처형하는 게 바람직한 일이오."

"폐하! 제발 그 검을 거두어주십시오. 이젠 역적의 무리가 다 처형되었고 대신들이 서로 모함하여 죽고 죽이고 있사옵니다. 어느 역사를 보아도 이런 전례는 없었사옵니다. 통촉하여주시옵소서."

그러나 신검의 살육은 여기서 그치지 않았다. 역적을 색출하여 처벌

한다는 명목으로 벌인 살육전은 무려 팔 개월간 지속하였다. 그 팔 개월은 신검이 반란을 성공시키고도 옥좌에 앉지 못했던 기간이었다. 신검은 옥좌에 앉지 못하는 기간 동안 분풀이로 반대파를 잡아서 계속 숙청한 것이다. 신검이 팔개월 동안 역적이라는 죄목을 씌워 목을 벤 자가 무려 이백여 명이 넘었다. 이는 역적으로 낙인이 찍힌 사람은 물론 그의 자손까지 해했기 때문이었다. 많은 사람을 처형하자 겉으로는 드러내지 않았지만, 민심은 신검을 떠나 고려로 기울고 있었다.

"견훤 임금님을 폐위하여 금산사에 가뒀다는구먼."

"병사들이 금산사를 에워싸서 개미 새끼 한 마리 못 들어간다는 구먼."

"대신들과 가족들을 이백여 명이나 죽었대."

"젊은 임금이 통치해서 좋은가 했더니 순 불한당 같은 사람이구만."

"말조심해, 이 사람아! 그러다가 쥐도 새도 모르게 목이 달아나."

"고려로 도망이나 가버릴까?"

"에끼, 이 사람아! 고려는 별수 있나."

"난리가 없어야 하는데, 허구한 날 전쟁이니 원."

민초들 사이에 그렇게 원망이 쌓여갔다. 전쟁이 잦아 백성들의 삶은 피폐해졌는데, 궁에서는 연일 사람 죽는 소리가 났고 서로 죽이려고 물고 뜯으니 나라가 잘 될 리가 없었다. 백성들은 비록 전쟁은 잦았지만, 견훤이 옥좌에 앉아 정사를 볼 때가 더 편안하고 안정적이었다고 회고했다.

"전쟁을 해야겠다. 고려와 일전을 벌이면 대신들과 호족들이 똘똘 뭉칠 게 아니냐?"

"폐하! 전쟁은 아니 되옵니다. 정사를 안정시키는 것이 급선무이옵니다."

"시끄럽다. 전쟁을 일으켜 고려와 전투를 하면 신료들과 호족들이 죽지 않으려고 내게 충성을 할 것이다."

신검은 대신들과 호족들의 충성을 얻어내기 위해 고려와의 전쟁을 일으키려 하고 있었다. 견훤과 금강을 따랐던 무리를 색출하여 역모죄로 처형해도 대신들과 호족들이 따라주지 않아 신검이 반란에 성공하고도 옥좌에 오른 것도 자그마치 팔개월이나 지난 후였다. 신검은 그게 못마땅했다. 대신들과 호족들이 자신을 얼마나 우습게 봤으면 반란을 일으키고도 여덟 달 동안이나 저들의 눈치를 봐야 한단 말인가? 신검은 이럴 바에야 전쟁을 일으켜 반기를 든 놈들을 색출하여 전쟁터로 보내 선봉에 세우고 싶었다.

"스님이 절을 찾는데 왜 못 들어간단 말이오?"

금산사로 한 스님이 찾아든 것은 견훤이 유배된 지 삼개월로 접어든 때였다. 한 노승이 병사들이 에워싸고 있는 금산사 입구에서 병사들과 실랑이를 벌이고 있었다. 노승은 바랑을 메고 귀목(櫷木)처럼 생긴 지팡이를 짚고 있었는데, 영락없는 평범한 노승이었다.

"신검 폐하의 명이오. 이 절에는 아무도 들여보내지 말라셨단 말이오."

"이 절의 주지스님과 절친한 사이란 말이오."

"그건 우리가 알 바가 아니오."

"주지스님을 만나러 계룡산에서 예까지 왔소이다. 제발 뵙게 해주시오.”

이때 금산사를 지키는 장수 파달이 병사와 언쟁하는 스님을 보고 다가와 물었다.

“신검 폐하께서 아무도 들여보내지 말라는 엄명을 내리셨는데, 이 스님이 자꾸 주지스님을 뵙겠다고 물러서지 않습니다.”

“보아하니 스님인데 몸을 수색해보고 별 이상이 없거든 들여보내거라.”

“장군!”

“주지스님의 친구라 하지 않더냐?”

“하오나 장군.”

“어서 몸수색을 해보아라.”

“예, 장군.”

파달의 지시에 병사가 노승의 몸수색을 했다. 바랑을 빼앗아 열어보니 여벌로 가지고 온 승복과 속옷, 『반야심경』 등 서너 권의 불서(佛書)와 짚신 두어 켤레가 들어 있었다. 병사는 노승의 옷까지 벗겨보았지만 특이한 점은 발견되지 않았다. 병사는 노승의 얼굴을 천천히 살펴본 다음 파달에게 말했다.

“장군, 바랑에는 승복과 불서밖에 없습니다.”

“들여보내드리거라.”

“예, 장군.”

노승은 금산사 입구를 무사히 통과하여 사찰 안으로 들어갈 수 있었다. 노승은 대웅전으로 들어가 부처님께 예불을 올리고 주지스님과 마주 앉았다. 주지 스님은 병사들이 사찰을 에워싸서 한동안 찾아오는 손님이 없었는데, 갑자기 병사들의 포위를 뚫고 손님이 찾아오자 의아하게 노승을 바라보았다.

"고려에서 왔습니다."

"나무아미타불 관세음보살."

"견훤 폐하를 만나게 해주십시오, 밀지를 가져왔습니다."

"나무아미타불 관세음보살."

"왜 나무아미타불 관세음보살만 찾으시오? 다 살자고 이러는 겁니다."

"앞으로 얼마나 더 많은 중생이 죽어야 전쟁이 끝날까요? 그냥 서로 화친을 맺고 평화롭게 살면 안 되겠습니까?"

"어차피 통일이 돼야 끝나는 전쟁이오. 도와주시오."

노승은 고려에서 스님으로 변장하여 온 간자였다. 왕건의 측근으로 가각고(架閣庫)에서 문서를 관리하는 관리인데 도서를 많이 취급하여 학식이 풍부하고 덕망이 있어 스님으로 변장하기에 좋은 인물이었다. 그는 불교에도 교리에 밝고 불서를 정독하여 왕건이 친히 간자로서 금산사에 보낸 것이다.

"좀 있으면 폐하께서 부처님께 예불을 드리려고 법당에 드시옵니다. 그때 뵈면 되옵니다."

"감사합니다, 스님."

간자는 미리 법당으로 가서 견훤을 기다렸다. 사찰 내에도 병사들이 순찰을 돌고 있으므로 조심해야 했다. 마침 견훤은 사찰에 감금되어 있으면서도 지난날을 참회하려는지 하루에 한 번씩 법당에 찾아와 부처님께 예불을 올렸는데, 그 시간만큼은 병사들이 간섭하지 않았다.

"처음 뵙겠습니다, 폐하!"

"고려에서 왔다고."

"그렇사옵니다, 폐하."

간자는 버선 밑에서 밀지를 꺼내 견훤에게 주었다. 아자개가 쓴 편지였다.

> 아들아, 황제가 되어 그동안 백제를 잘 다스려왔음을 안다. 허나 너는 나의 아들이다. 내가 너를 미워했던 것은 네가 황제가 되었기 때문이 아니라, 너의 핏줄을 부정하고 갔기 때문이었다. 이 늙은이는 어느덧 백 살이 다 되어간다. 그동안 네 속을 무던히도 썩였다. 허나 견훤아, 너의 소식을 들으니 참으로 가슴 아프게 되었구나. 내가 너를 떠났는데, 너의 아들이 또한 너를 버렸다 한다. 이 얼마나 비통한 일이냐. 어차피 너는 자식도 잃었고, 나라도 잃었다. 고려 황제는 덕이 있는 사람이야. 너의 일신을 부탁하여 보마. 깊이 생각하길 바란다.
>
> 아자개 아비가 쓰다

"이게 정말 아버님께서 쓴 편지란 말인가?"

"그렇사옵니다, 폐하."

"아이고, 아버님. 살아 계셨군요. 이 못난 아들을 용서하시옵소서."

견훤은 아자개의 편지를 읽고 눈물을 펑펑 쏟았다. 나라를 세우고 정치를 하고 전쟁터를 누비느라 아버지를 까맣게 잊고 있었는데, 이렇게 살아 계셔서 편지를 보내온 것을 보니 기쁘기 그지없었다. 당장이라도 고려로 달려가서 아버지를 만나고 싶었다. 그러나 지금은 사찰에 갇힌 몸이라 견훤은 아무것도 할 수 없었다.

"자, 읽어보시지요. 폐하의 친서이옵니다."

"왕건 아우가 친서를……."

견훤은 편지를 받아 조용히 펴보았다.

> 견훤 형님, 소식 다 들었습니다. 금산사에 갇혀 얼마나 고초가 많으십니까? 저희가 도와드릴 테니 고려로 오셔서 아버님과 편하게 여생을 보내시지요. 신라가 우리 고려한테 항복을 했듯이 백제도 이제 운을 다한 듯합니다. 어찌 아들이 아비에게 칼을 겨눌 수 있단 말입니까? 우리가 견훤 형님의 원수를 갚아드릴 테니 부디 고려로 오셔서 편안하게 지내십시오.

편지를 읽은 견훤은 마음이 조급해졌다. 왕건이 친히 편지까지 써서 신검이 놈을 혼내준다고 하니 막힌 가슴이 뚫리는 듯했다. 정말 왕건 아우가 신검이 놈을 혼내주면 견훤은 원이 없을 듯했다.

"아니, 이게 정말 왕건이 쓴 친필이란 말인가?"

"그렇사옵니다, 견훤 폐하."

"어떻게 여기서 나갈 수 있단 말인가?"

견훤은 아무리 생각해봐도 이곳을 빠져나갈 방도가 없다고 생각했다. 서른 명이나 되는 병사들이 밤낮없이 교대로 문 앞을 지키고 있는데 무슨 수로 이곳을 빠져나간단 말인가? 게다가 견훤은 혼자가 아니라 애첩 고비와 아들 능예, 딸 쇠복까지 데리고 가야 하는데, 곳곳에서 병사들이 지키고 있으니 탈출을 한다 해도 몇 발 못 가서 잡혀올 것은 뻔한 일이었다.

"다 방도가 있사옵니다. 사흘 후면 그믐밤입니다. 그날 오후에 술과 고기를 실은 수레가 당도할 것입니다. 병사들이 배불리 먹고 취하면 그때 이곳을 빠져나가면 되옵니다."

"병사들이 속을까?"

"속게 되어 있사옵니다. 이곳을 빠져나가면 금성(나주)으로 가시면 됩니다. 금성에는 유금필 장군이 기다리고 있습니다. 이미 배를 사십여 척이나 준비해놓았으니 그 배를 타고 고려로 가시면 됩니다."

"이런, 이런, 언제 그런 계획을 다 짜놓았단 말인가?"

견훤은 크게 기뻐하였다. 금산사에 갇혀 죽을 때까지 영영 못 나갈 줄 알았는데, 하늘이 무너져도 솟아날 구멍이 있다고, 고려가 자신을 구해줄 줄은 꿈에도 몰랐다.

간자는 그 말을 하고 돌아갔다. 간자가 돌아간 뒤에도 병사들은 간자가 왔다 가는지를 아무도 모르고 있었다.

사흘 뒤, 술과 고기를 가득 실은 두 대의 수레가 금산사에 도착했다. 병사들이 수레의 앞을 막고 어디서 온 수레인가 살피는 한편 장수 파달에게 보고했다.

"장군, 수레에 술과 고기와 떡이랑 전이 가득 실려 있사옵니다."

"어디서 온 수레인가?"

"궁에서 온 수레이옵니다."

"뭐라? 궁에서. 그런 전갈은 못 받았는데 무슨 일이냐?"

"오늘이 폐하의 작은어머님 생신이라고 폐하께서 내리신 하사품입니다. 그동안 금산사를 지키느라 고생이 많았으니 오늘은 마음껏 드시고 푹 쉬라는 폐하의 명이시옵니다."

"그게 사실이렷다."

"어느 안전이라고 거짓을 알리겠습니까?"

"그렇다면야 고맙게 받겠네."

파달은 궁에서 보냈다는 말에 확인도 안 해보고 물건부터 챙겼다. 스님들은 술과 고기를 먹지 않으니 떡과 전을 싸서 보내주고, 견훤과 가족들에게는 먹을 만큼만 싸 보내주었다. 파달은 삼십여 명의 병사를 두 개 조로 나눠서 한 조가 보초를 서고 다른 한 조는 술과 고기를 먹게 하였다. 병사들이 신이 나서 장작불을 지피고 고기를 구워서 술을 퍼마셨다. 음식을 다 먹고 보초를 교대하러 간 병사는 이미 취하여 자리에 쪼그려 앉아 자고 있었다. 다음 조가 고기와 술을 실컷 먹고 보초를 교대해주려 했으나 취하여 발이 떨어지지 않았다. 파달도 오랜만에 술과 고기를 진탕 먹어서 정신이 가물가물했다. 파달은 이왕 이렇게 된 거 별일이야 있을까 싶어 그동안 고생했으니 병사들에게 오늘 밤은 보초도 필요 없다고 잔치를 베풀라 명하였다. 이미 취한 병사들이 수레에 실려 있는 술동이를 마저 내렸다.

"이렇게 맛있는 술은 처음이다, 처음이야!"

"돼지가 두 마리고 소가 한 마리일세. 이 많은 고기는 처음 보네."

"자, 자, 들게나."

신시(오후 4시)부터 시작한 술판은 술시(밤 8시)가 돼서야 끝났다. 병사들은 모두 취하여 저마다 아무렇게나 쓰러져 잠들었다.

이때를 기다리고 있었다는 듯이 간자가 급히 사찰로 들어와 견훤 일행을 통솔했다. 주지스님도 이 일을 미리 알고 있었다는 듯이 합장을 하며 떠나는 견훤 일행을 배웅하였다.

"부디 부처님의 자비가 있기를 바랍니다. 나무아미타불 관세음보살."

"주지 스님, 잘 있다 갑니다."

"부디 몸조심하십시오, 폐하!"

"이렇게 도와주셔서 이 은혜를 어떻게 갚아야 할지요?"

"손님께서도 살펴 가십시오."

"감사하옵니다, 스님. 통일되면 꼭 찾아뵙겠습니다."

—곧 피바람이 몰아치겠구먼.

주지스님이 떠나는 견훤 일행을 보며 혼잣말을 했다. 견훤이 간자를 따라 사찰 밖으로 나오자 두 대의 수레가 준비되어 있었다. 간자가 견훤과 고비, 능예와 쇠복을 차례로 수레에 태우고 자신을 따라오라며 선두에 서서 말을 몰았다. 견훤 일행이 탄 수레는 어둠 속으로 유유히 사라졌다.

"어이구 추워라. 대체 얼마나 마신 것이냐?"

다음 날 새벽에 파달은 한기를 느끼며 잠에서 깨었다. 병사들이 취해서 여기저기에 쓰러져 있었다. 그런데 이상하게도 어제 고기와 술을 싣고 온 수레가 감쪽같이 없어졌다. 파달은 간밤에 말이 우는 소릴 들었는데, 그게 꿈이려니 했었다. 궁에서 수레를 끌고 왔다는 다섯 명의 짐꾼들도 보이지 않았다. 파달은 뭔가 이상한 낌새를 채고 급히 병사들을 깨워 견훤이 묵는 방으로 달려가보았다. 그러나 이미 견훤 일행은 떠나서 방은 텅 비어 있었다.

"난 모르는 일이외다."

파달은 주지스님이 간자와 내통하여 견훤의 탈출을 도운 것으로 보고 주지스님께 칼을 들이댔다. 그러나 주지스님은 눈 하나 깜짝하지 않았다. 견훤이 어디로 간 줄 알아야 추적을 하든 말든 하는데 주지스님이 입을 다물고 있으니 견훤의 행방을 알 길이 없었다. 파달은 일단 주지스님을 행랑채에 하옥하게 하고 말을 잘 타는 병사를 뽑아 견훤을 추적하였다. 필시 금성(나주) 고려 땅으로 간 게 틀림없다고 생각한 파달은 남쪽으로 급히 말을 몰았다. 그러나 견훤 일행은 이미 국경을 넘어 배웅나온 고려 장수 유금필을 맞고 있었다.

"고려에 잘 오셨습니다."

"여기가 고려 황궁이구먼. 왕건 아우님, 어서 절을 받으시게."

"절이라니요, 상보 어른. 당치도 않사옵니다."

"아닐세, 난 폐주의 몸이니 폐하인 아우님이 내 절을 받는 것은 당연한 일일세. 어서 절을 받으시게."

견훤은 왕건에게 무릎을 꿇고 절을 올렸다. 비록 자신보다 나이는 열 살이나 적지만 이제 각자 나라의 왕 대 왕이 아니라 한 나라의 임금과 백성으로 대하는 처지가 되었다. 금산사에 유폐되어 언제 죽을지 모르는 자신을 구해준 것도 왕건이고, 금성으로 피신시킨 것도, 다시 금성에서 사십여 척의 배로 환대하며 고려에 받아준 것도 왕건이 베푼 은혜였다. 견훤은 이제 죽어도 여한이 없었다. 곧 철원으로 가서 아버님을 뵙고 왕건에게 건의하여 저 후백제의 자식놈 신검을 치라 부탁할 생각이었다. 신검만 생각하면 억울하고 분통하여 도저히 참을 수가 없었다.

"왕건 아우님, 내 청 좀 들어주게나. 저 백제를 공격하여 내 자식놈 신검이를 죽여주게나. 그냥 내버려두면 내가 원통하여 죽어서도 눈을 감을 수가 없어."

"상보 어른, 잘 알겠습니다. 조금만 기다려주시옵소서."

"내 아들놈 신검이만 생각하면 오금이 떨리고 잠이 안 와. 이보시게, 왕건 아우님! 내게 군사를 내어주게나. 나 혼자서라도 저 완산주로 쳐들어가서 신검이 놈의 목을 베야 직성이 풀리겠네."

"잘 알겠습니다, 상보 어른. 때가 되면 원수를 꼭 갚게 해드리겠습니다."

견훤은 왕건에게 후백제를 치지 않으려면 직접 나가 완산주를 점령할 테니 군사를 내달라고 부탁했다. 왕건은 후백제를 공략하기 위해 치밀하게 준비하고 있었다. 후백제 정벌을 위해 뽑을 수 있는 모든 군사를 총출정시킬 생각이었다. 먼저 태자 왕무와 박술희가 함께 고려 본대가 올 자리를 만들고, 왕건은 군대를 좌, 우, 중앙과 지원부대, 네 부대로 편성하여 진격할 계획을 세워놓았다. 그러기 위해서는 왕건은 직할 부대와 고려 소속 호족의 사병들과 기타 성주들의 사병까지 모으고, 흑수말갈족과 철륵, 달고족 등 이민족의 기병까지 모조리 참전케 할 생각이었다. 그뿐만 아니라 왕건 휘하의 왕무, 견훤, 홍유, 박술희, 왕순식, 유금필, 박수경 등의 모든 장수를 총출동시킬 계획이었다.

"상보 어른, 기밀이라 지금은 말씀드릴 수 없으나 백제 정벌을 위해 군사들을 총출동시킬 것이니 안심하고 철원 아자개 상보 어른을 뵙고 오시는 것이 어떨런지요?"

"나도 그리할 생각이네. 그럼 아우님만 믿겠네."

견훤이 철원으로 떠난 후에도 왕건은 수시로 대신들을 불러 회의를 개최하여 후백제 정벌에 대한 계획을 세우고 있었다. 이는 왕건 스스로도 이제 후백제의 운명이 다 했다고 생각하여 언제 어디로 후백제를 공격할까를 논의하는 중이다.

"경들은 들으시오. 이제 신라는 완전한 고려국이 되었고, 백제는 변란으로 인하여 백제의 견훤왕이 우리 고려국으로 귀화하였소이다. 이제 백제를 무너트려 통일된 나라를 세우려 하는데 경들의 생각은 어떻소이까?"

"폐하, 지당하신 말씀이옵니다. 이제 백제는 국력이 분열되었으니 빨리 점령하는 것이 옳다고 사료되옵니다."

"그렇사옵니다, 폐하! 어서 군사를 일으키오소서."

"자, 조용히들 하시오. 이번 전쟁은 백제와의 마지막 전쟁이 될 것이오. 이 때문에 본진의 군사들은 물론 지방 호족과 성주들의 사병은 물론이고 저 북쪽의 말갈족과 철륵, 달고족의 기병들까지 동원될 것이외다."

"폐하! 백제는 국력이 분열되어 이미 군사를 일으킬 힘이 없으니 우리 병력으로도 충분하옵니다."

"아니오. 이번에는 속전속결로 전투가 진행될 것이오. 그 때문에 군사 중 절반을 기병으로 편성하였소이다. 적들이 패하여 후퇴하면 기병들이 먼저 가서 적들을 기다리고 있을 것이오. 그러니 경들도 만반의 준비를 해주시오."

"분부대로 거행하겠사옵니다, 폐하!"

왕건은 이번에야말로 후백제와의 전쟁을 끝내기 위해 전면전을 준비했다. 계속되는 후백제와의 전쟁을 끝내고 통일된 나라를 세우려고 왕건은 잠시도 쉬지 않고 전략을 짰다. 웅진으로 해서 완산주로 들어가는 방법이 자장 빠른 길인데, 평야가 많고 성이 많아 침략하기가 용이하지 않아 보였다. 그렇다고 수군을 이용하여 완산주로 들어가기도 애매하였다. 대군을 싣고 갈 배도 부족하였고, 상륙하여 한참을 행군해야 하므로 적과의 일전은 불가피했다. 왕건은 심사숙고하며 장수들과 오랫동안 전략을 세우고 있었다.

"무엇이라고? 지금 아버님이 탈출했다고 하였느냐?"

"그렇사옵니다, 폐하."

신검은 견훤이 금산사에서 탈출했다는 말을 듣고 깜짝 놀랐다. 군사 삼십여 명이 철통같이 지키고 있는데 어떻게 탈출했는지 답답하기만 했다.

"소상히 아뢰거라!"

"병사들이 술을 마시고 잠들었다 하옵니다."

"뭣이?"

신검은 혀 끝을 세웠다. 고려의 간자에 놀아나 술과 고기를 배불리 먹고 모든 병사가 잠든 사이에 음식을 싣고 온 수레를 타고 모두 탈출했다는 게 믿기기가 않았다. 그런데 더욱 기가 막힌 것은 견훤 일행이 고려가 점령한 금성으로 들어가서 그곳에서 배로 고려로 향했다는 것이었다. 신검은 그 말을 듣고 더욱 화가 치밀어 올랐다. 고려 장수 유금필의 호위를 받으며 유유히 고려로 들어갔을 아버지를 생각하면 분하고 원통했다. 이미 사불성에 있던 할아버지도 고려에 성을 통째로 바치고 귀화했는데, 아버지마저 금산사에서 탈출하여 고려로 귀화하자 신검은 맥이 탁 풀렸다.

"애술 장군은 들으시오."

"예, 폐하!"

"지금 당장 군사들을 이끌고 금산사로 가서 파달을 비롯한 경계근무를 맡았던 병사들의 목을 가져오시오."

"예, 폐하!"

"한 놈도 남김없이 베어야 할 것이오."

"예, 폐하!"

애술이 신검의 명을 받고 군사 백여 명을 이끌고 금산사로 향했다. 궁을 떠나 금산사로 가는 말발굽 소리가 요란하게 울렸다. 애술은 금산사를 지키는 병사들을 반역자라 칭하고 데리고 가는 군사들에게 보는 즉시 목을 베어 수레에 실으라 명했다. 군사들이 역적을 처단하러 가는 길인 줄 알고 잔뜩 긴장하며 금산사로 달려갔다.

한편, 금산사에서는 견훤 일행이 고려로 탈출한 것을 알고 이를 수습하기 위해 파달이 전전긍긍했으나 뾰족한 방도가 없었다. 이미 견훤 일행은 금성을 떠나 배편으로 고려로 들어가서 잡아올 수도 없고, 그렇다고 술을 마시고 모든 병사가 잠들어서 변명할 여지도 없었다. 파달은 이 때문에 자신들이 죽을 것을 알고 있었다.

"병사들은 들어라!"

"예, 장군."

"곧 궁에서 군사들이 우리의 목을 베러 들이닥칠 것이다. 우리가 뭉쳐서 대적한다 해도 궁에서 온 군사들은 기병과 궁수, 보병까지 우리보다 세 배나 많은 군사가 몰려오기에 몰살당할 것이다. 하니 이제부터 군복을 벗고 도망쳐라! 명령이다."

파달이 병사들에게 무장을 해제하고 도망쳐서 살라고 명하였다. 그러나 병사들은 어찌 된 영문인지 몰라 서로 눈치만 보고 있었다. 병사들은 견훤 일행이 탈출하여 고려로 도망쳤어도 아무런 죄책감도 없이 빈 산사를 지키는 중이었다. 파달이 다급하게 다시 말했다.

"시간이 없다. 어서 무장을 풀고 도망쳐 살아라!"

"장군!"

"흐느낄 시간이 없다. 어서 도망쳐라, 어서!."

그러나 이미 늦은 시간이었다. 말발굽 소리가 요란하게 들려오더니 어느새 기병들이 사찰을 지키던 병사들을 에워쌌다. 파달이 미리 판단하고 병사들을 도주시키지 못한 게 큰 실수였다. 파달은 병사들이 실수로 견훤 일행이 탈출했다고 설마 죽이기야 할까 싶었다. 그러나 궁에서 온 전갈을 보니 이상하게 돌아갔다. 애술 장군이 군사를 이끌고 이곳으로 출발했으니 살고 싶으면 도망치라는 밀서를 지인에게 받은 파달은 사태가 심각하게 돌아가는 줄 알고 서둘러 병사들을 대피시키려 했으나 이미 애술이가 사찰에 당도하고 말았다.

"죄인 파달과 병사들은 어명을 받들라."

"무슨 어명이오?"

"네, 죄를 네가 알렷다! 폐하께서 죄인들의 목을 베어 수레에 싣고 궁으로 돌아오라 명하셨다."

"뭣이야?"

파달이 칼을 뽑자 병사들이 일제히 칼을 뽑아 들었다.

"어차피 죽을 목숨인데 어서 쳐라."

"순수히 목을 내놓지 않는다면 할 수 없다. 궁수, 앞으로."

애술의 말이 떨어지기가 무섭게 서른 명의 궁수들이 활에 화살을 메기고 앞으로 나왔다. 발사 명령이 떨어지자 궁수의 손을 떠나간 화살이 병사들의 가슴에 자로 잰 듯이 박혔다. 병사들은 칼 한 번 써보지 못하고 비명을 지르며 땅바닥으로 고꾸라졌다. 죽은 병사들의 목을 취하여 애술은 수레에 싣고 사찰을 떠났다. 잠깐 사이의 일이었다.

— 나무아미타불 관세음보살.

멀리서 이 모습을 지켜본 주지스님은 자신도 모르게 합장을 하며 병사들의 넋을 위로했다. 사찰에는 피비린내가 진동하였다. 여기저기서 목 없는 시신들이 나뒹굴고 있었다. 모두 연고가 없는 시신들이었다. 역적이라는 죄를 쓰고 죽었기 때문에 후환이 두려워 시신을 찾아가지 않았고, 얼굴이 없으므로 연고자를 찾을 수 없었다. 주지 스님은 인근 향리 백성들의 도움으로 목 없는 시신들을 양지바른 곳에 묻어주고 진혼제(鎭魂祭)를 올렸다. 주지 스님이 목탁을 두드리며 염불을 외우자 주위는 숙연하였다. 사람들은 죽은 병사들이 너무 많아 절을 서른 번이나 해야 한다고 했다. 주지 스님이 한참 동안 목탁을 두드리며 염불을 외우고 나자 사위는 고요해졌다. 진혼제를 마친 주지 스님은 마지막으로 허리를 굽혀 무덤에 합장하고 나무아미타불 관세음보살을 외쳤다. 사찰을 지키던 병사들은 그렇게 목 없는 시체가 되어 금산사 입구의 양지바른 언덕에 묻혔고, 다시는 군사들이 금산사에 오지 않았다.

"폐하, 이놈들의 목은 어찌하옵니까?"

애술이 금산사에서 가져온 병사들의 목을 내보이며 물었다. 신검은 머리를 보고 치를 떨었다. 도대체 어떻게 감시를 했기에 한두 명도 아니고 모조리 탈출하는 것도 모르고 취해서 잠만 잤단 말인가? 신검은 아버지 견훤이 고려로 탈출한 것을 가볍게 여기지 않았다. 견훤이 고려로 가서 왕건을 부추겨 군사를 일으키면 후백제는 그야말로 풍전등화와 같은 기로에서 고려와 일전을 벌여야 했다. 신검은 옥좌에 앉은 지도 얼마 안 되어 일단 정사가 안정된 연후에 고려와 혈전을 벌이려고 생각하고 있었는데, 갑자기 견훤이 고려로 탈출하는 바람에 마음이 조급해졌다. 고려왕 왕건이 아버님을 앞세워 공격해올 것은 자명한 일이었다.

"까마귀 밥이 되게 들판에 내다 버리시오."

"예, 폐하."

"꼴도 보기 싫으니 어서 내다 버리시오."

"분부대로 거행하겠사옵니다. 폐하!"

애술은 신검의 지시대로 병사들의 머리를 들판에 내다 버렸다. 어디서 날아왔는지 까마귀 떼가 하늘을 덮었다. 애술을 까마귀 떼를 쫓지 않았다. 송장 냄새를 기가 막히게 맡는 놈들이었다. 애술은 전쟁터에 나갈 때마다 까마귀 떼를 무수히 보았었다. 전쟁을 할 때면 어떻게 피 냄새를 맡았는지 까마귀떼가 커다란 참나무가 들어찬 산에 앉아 까맣게 뒤덮었었다. 애술이 병사들의 머리를 버리고 한참 걸어오자 인적이 없는 것을 알고 까마귀 떼가 내려앉아 병사들의 머리를 쪼아대기 시작했다.

"가자, 역적 놈들이니 까마귀 밥이 되도 싸다."

애술이 병사들의 목을 실었던 수레를 버리고 궁으로 들어오자 신검은 그래도 분이 풀리지 않는지 죽은 병사들의 가족까지 색출하여 처형하라 명을 내렸다. 하지만 애술은 그리할 수는 없었다. 술 취해서 보초를 안 선 것은 병사들이지 그들의 가족들이 무슨 죄가 있는가. 애술은 신검이 저리도 모질어서 견훤이 고려로 탈출한 게 아닌가 생각했다.

936년 2월에는 견훤의 사위이자 신검의 매형인 박영규(朴永奎)가 소리 소문도 없이 아내와 상의하여 왕건에게 고려로 귀화할 뜻을 밝히고, 9월에는 왕건이 군사를 일으키자 삼국통일에 일조한다. 왕건은 박영규를 높이 치하하여 좌승(左丞)을 제수하고 밭 일천 경(頃)을 내려주었다. 이어서 역마 서른다섯 필로 박영규의 부인을 맞이하게 하고 박영규의 두 아들에게도 벼슬을 주었다. 박영규는 뒤에 관직이 삼중대광(三重大匡)에 이르렀고, 그의 세 딸은 각각 왕건의 부인인 동산원부인(東山院夫人), 3대 정종(定宗)의 후비인 문공왕후(文恭王后), 문성왕후(文成王后, ?~?)가 되었다.

“폐하! 큰일 났사옵니다. 고려 왕건이 대군을 이끌고 백제를 점령하려고 출병하였다 하옵니다.”

“뭐라? 어느 쪽으로 온단 말이냐?”

신검은 마침내 올 것이 오고야 말았다는 듯이 자리에서 벌떡 일어났다. 어차피 고려와의 일전을 치러야 하기에 신검도 나름대로 총동원령을 내리고 기다리고 있던 참이었다. 고려에서 움직이면 후백제도 발 빠르게 군사를 일으켜 대응하려고 이미 호족과 성주의 사병까지 동원하여 명만 떨어지면 대군이 군집할 채비를 갖추었다.

“고창 전투가 벌어졌던 안동에서 한참 내려와서 일리천(一利川, 구미)으로 오고 있다 하옵니다.”

“재수 없게 왜 적들이 그쪽으로만 온단 말이냐? 출병 준비를 하여라!”

“예, 폐하! 총동원령을 내리겠사옵니다.”

후백제군도 본대는 물론 호족과 성주의 사병까지 군사를 긁어모았다. 대략 운집한 군사가 오만 오천에서 육만여 명이었다. 신검이 총사령관을 맡고 양검, 용검, 능환, 애술, 명길, 효봉이 분배하여 각자 선봉에 섰다. 고려군이 중앙과 좌군, 우군, 지원군으로 편성되어 있어서 후백제에서도 군을 편성하여 중앙군을 애술과 덕술과 명길, 효봉이 맡고, 우군은 양검이 좌군은 용검이 맡았다. 그리고 후군은 덕술이 맡고 신검은 애술과 명길, 효봉과 덕술이 맞은 중앙군의 선봉에 섰다.

“출병한다. 나를 따르라.”

936년 9월, 왕건이 먼저 일리천으로 출동하자 신검도 최후의 전투를 위해 일리천으로 군사를 일으켜 출동한다. 가을이라 춥지도 덥지도 않은 청명한 날씨가 연속 이어지고 있었다. 갑옷을 입어도 땀이 흐르지 않는 좋은 날이었다.

신검은 고창 전투에서 대패하여 고려군이 그쪽으로 온다는 소식을 듣고 일부의 군사만 보내어 방어하고 대군을 이끌고 송악으로 쳐들어갈까도 생각해보았다. 그러나 예성강을 거슬러 올라가 고려 황궁을 불태우고도 고려의 보복이 두려워 재빨리 후퇴하지 않았던가? 이번에도 일리천에서 일부 군사들이 방어하고 고려의 황궁을 친다면 고려의 회군하는 군사들에게 퇴로가 막힐 것이다. 신검은 차라리 전면전을 택하였다.

“이번 전쟁은 마지막이라고 하고 싸워야 한다. 누가 이기느냐에 따라

이 반도의 주인이 결정되는 것이다. 다들 명심하거라. 이번 전투에서 진다면 모두 목숨을 부지하지 못할 것이다."

"예, 폐하!"

신검은 어차피 피하지 못할 전쟁이라면 여기서 끝내고 싶었다. 양국이 질질 끌며 전쟁을 하느니 어느 한쪽이 무너져 통일된 국가의 기반을 세우고 싶었다. 그 때문에 신검은 이번 전투를 위해 총동원령을 내린 것이다. 이번에야말로 왕건의 목을 베고 저 고려 땅을 접수하든지 아니면 자신이 죽든지 끝장을 내고 싶었다.

"폐하! 저기 고려군이옵니다."

"그렇구나. 벌떼처럼 몰려왔구나."

"그렇사옵니다. 고려도 일전을 위해 총동원령을 내린 모양입니다. 적들이 미리 와서 진지를 구축하고 지형을 탐색하고 있었습니다."

"준비를 많이 한 모양이구나. 하지만 우리의 군대는 강한 군대다. 적들이 아무리 많다고 해도 이 지역은 우리의 영토이고, 우리가 더 지리에 밝으니 염려할 것 없다. 좌군과 우군은 각자 측면에서 적을 공격하고 중앙군은 적을 정면으로 돌파해 들어갈 것이다."

예상했던 것처럼 고려군은 유리한 고지를 점령하려고 미리 와서 터를 닦고 진지를 구축하고 있었다. 평지의 언덕 위쪽에 자리 잡은 고려군은 언덕 때문에 그 숫자가 얼마인지 헤아릴 수 없었다. 언덕 위의 군사들은 대략 파악할 수 있지만, 그 너머에는 얼마의 군사들이 있는지 가늠할 길이 없었다. 신검은 뒤늦게 척후병을 보내 언덕 너머에 있는 고려군이 얼마나 되는지 알아보려 했으나 이미 고려의 경계병에 길이 막혀 있었다. 신검은 비록 적이 언덕 위에 있으나 기병으로 중앙을 밀어붙이고 좌우

양쪽에서 협공하면 적이 우왕좌왕하며 흩어질 것으로 보고 공격 준비를 서둘렀다.

"폐하, 적의 기병이 너무 많사옵니다."

"그러하옵니다. 절반은 기병인 듯하옵니다."

"상관없다. 기병 따윈 궁수가 충분히 막을 수 있다. 문제는 군사들의 사기니라. 절대로 두려워하지 말고 전력을 다해 싸워야 한다."

신검은 장검을 빼 들었다. 신검의 외침에 갑자기 군사들이 함성을 질렀다. 신검은 군사들에게 사기를 심어주고 기병으로 선제 공격을 감행할 생각이었다. 그러나 고려의 진영에서는 별다른 움직임이 보이지 않았다. 신검은 고려군의 좌측과 우측에 배치한 군사에게 중앙군이 공격하면 협공하라 명하였다. 좌군과 우군의 영사 양검과 용검이 신검의 움직임을 주시하고 있었다.

한편 고려 진영에서는 왕건과 견훤이 나란히 중앙군의 선봉에서 고려군을 지휘하고 있었다. 이들은 다소 여유로움까지 보이며 왕건이 견훤에게 아자개의 안부까지 물었다.

"상보 어른, 철원엔 잘 다녀오셨습니까?"

"왕건 아우, 내가 말을 안 했나? 그렇구먼, 백제와의 일전 때문에 내가 말을 안 했네 그려. 아버님은 잘 뵙고 왔네만은 안 본 것만도 못했다네."

"아니 왜요."

"누이동생 대주도금은 출가하여 여승이 되었고, 아버님은 이미 나이가 일백 세가 넘어 치매에 시달리고 있는데, 귀도 막히고 눈도 침침하고 말도 못 하는, 그야말로 반신불수로 겨우 목숨만 부지하고 있다네. 차라리 만나지 않았으면 했었네."

"세월이 그리한 걸 어쨌겠습니까?"

"아버님의 병세가 위중하여 부자간의 화해도 못 하고 돌아왔다네."

"그러셨군요. 자, 상보 어른, 이제 공격할 때가 된 것 같습니다.".

"그렇군. 내가 선봉에 서겠네."

견훤은 왕건에게 선봉에 서기를 자처했다. 아들 신검에게 복수를 하기 위해 일흔의 나이에, 그것도 등에 등창이 심하여 뼈를 도려내는 아픔을 참으며 선봉에 서서 신검을 혼내주고 싶었다.

이로써 고려군은 견훤과 박술희가 기병 일만 명을 거느리고 선봉에 섰고, 제2군은 보명 일만 명, 홍유와 박수문이 거느린 제3군은 기병 일만 명, 명주에서 올라온 왕순식의 기명 이만 명, 유금필이 끌고 온 북방 유목민인 흑수말갈, 달고, 철륵 등의 기병 구천 오백 명, 그리고 왕건의 본군을 합쳐 총동원 병력은 팔만에서 구만에 달해 후삼국 시대 최대 규모였다. 그것도 기병이 사만 칠천 오백에 보병이 약 사만으로 기병이 더 많았다. 왕건이 동원한 군세(軍勢)는 『삼국사기』에는 총 십만 칠천 오백 명, 『고려사』에는 팔만 육천 팔백 명으로 기록되어 있다.

15

후백제의 한

"상보 어른, 군부의 조직은 이미 다 개편해놓았습니다."

왕건은 고려군의 총지휘부를 자신과 견훤으로 하고 다음과 같이 군 조직을 개편하여 전투의 효율성을 높였다.

대상(大相) 견권(堅權)·박술희(朴述希)·황보금산(皇甫金山), 원윤(元尹) 강유영(康柔英) 등에게 마군(馬軍) 일만 명을 거느리고, 지천군대장군(支天軍大將軍) 원윤 능달(能達)·기언(奇言)·한순명(韓順明)·흔악(昕岳)과 정조(正朝) 영직(英直)·광세(廣世) 등이 보군 일만 명을 거느리게 하여 좌강(左綱)으로 삼았다. 대상 김철(金鐵)·홍유(洪儒)·박수경(朴守卿)과 원보(元甫) 연주(連珠), 원윤 원량(萱良) 등에게 마군 일만 명을 거느리게 하고, 보천군대장군(補天軍 大將軍) 원윤 삼순(三順)·준량(俊良)과 정조 영유(英儒)·길강충(吉康忠)·흔계(昕繼) 등에게 보군 일만 명을 거느리게 하여 우강[右綱]으로 삼았다.

명주(溟州)의 대광(大匡) 왕순식(王順式)과 대상 긍준(兢俊)·왕렴(王廉)·왕예(王乂), 원보 인일(仁一) 등에게 마군 이만 명을 거느리게 하고, 대상 유금필(庾黔弼)과 원윤 관무(官茂)·관헌(官憲) 등에게 흑수(黑水)·

달고(達姑)·철륵(鐵勒) 등 제번경기(諸番勁騎) 구천오백 명을 거느리게 하고, 우천군대장군(祐天軍大將軍) 원윤 정순(貞順)과 정조 애진(哀珍) 등에게 보군 일천 명을 거느리게 하고, 천무군대장군(天武軍大將軍) 원윤 종희(宗熙)와 정조 견훤(見萱) 등에게 보군 일천 명을 거느리게 하고, 간천군대장군(杆天軍大將軍) 김극종(金克宗)과 원보 조간(助杆) 등에게 보군 일천 명을 거느리게 하여 중군(中軍)으로 삼았다. 또 대장군인 대상 공훤(公萱)과 원윤 능필(能弼), 장군 왕함윤(王含允) 등에게 기병 삼백 명과 제성군(諸城軍) 만사천칠백 명을 이끌게 하여 삼군원병(三軍援兵)으로 삼았다.

군사 조직을 이렇게 편성한 왕건은 자신이 생각해도 흐뭇하였다. 왕건은 유금필 등이 이끄는 부대를 흑수, 달고, 철륵 등 제번경기라 했는데, 이는 고려 속국인 북방의 강한 기병이란 의미이다. 용맹한 북방 기마민족들의 기병을 속국의 기병이라고 부르면서도 전투에 동원한 당시 고려의 막강한 위세를 확인할 수 있다. 북방의 호랑이였던 유금필 장군의 활약도 있었겠지만, 북방의 강하고 억센 기마민족들이 고려의 부름에 와준 것을 볼 때, 고려(고구려)라는 이름이 만주와 내몽골 등 북방 지역에 여전히 인상 깊게 남아 있었다는 것을 알 수 있다.

"총공격한다."

군사 조직의 개편을 끝낸 왕건이 지시를 내리자 전군이 공격할 자세를 취하였다. 삼군(三軍)이 전고(戰鼓)를 울리면서 앞으로 나가려는데, 문득 칼과 창 모양으로 된 흰 구름이 고려 군사 위에서 일어나 적진 쪽으로 날아갔다.

그때 후백제 진영에서 이상한 징후가 나타났다. 일리천 건너편에 있던 후백제 장수들이 선봉에 선 견훤을 알아보고 일제히 무릎을 꿇어 예를 갖추었다.

"상왕 폐하가 아니시옵니까?"

"그렇다. 저기 서 있는 것이 애술이가 아니더냐?"

"그렇사옵니다, 상왕 폐하! 그동안 옥체 만강하셨습니까?"

"선봉과 효봉, 덕술이와 명길이도 함께 왔구나."

"예, 상왕 폐하!"

"참으로 안됐도다. 상왕의 목에 칼을 겨누고 이복동생과 책사 최승우의 목을 베고 장장 팔 개월 동안 선량한 신료들의 목을 벤 신검이를 폐하라고 따르는 너희가 참으로 한심하구나."

"저희도 그리 생각하옵니다, 상왕 폐하! 용서하여주십시오."

"거기서 뭘 꾸물거리고 있느냐, 어서 투항하지 않고?"

"예, 상왕 폐하!"

견훤의 말 한마디에 후백제 군사들은 사기를 잃고 고려로 투항하거나 무기를 버리고 도주하기 시작하였다. 견훤에 반기를 든 여러 후백제 장수들이 도망치는 군사들의 앞을 막으며 목을 내리쳤으나 군사들은 더욱 빠르게 군영을 이탈하여 달아났다. 견훤은 후백제 군사들이 자신을 보고 무기를 내려놓고 달아나거나 투항해오는 것을 보며 곧 신검을 혼내줄 수 있으리라 여겼다.

"공격하라! 어서 공격하라!"

도망치는 군사들에게 애술이 목청껏 외치며 달려나갔으나 아무도 뒤따르는 군사가 없었다. 애술이 군사들에게 저건 상왕 폐하가 아니라 허깨비에 불과하다고 소리쳤으나 아무도 따르지 않았다. 애술은 화가 머리끝까지 올라 도망치는 부장들을 붙잡아 목을 베었으나 군사들은 그래도 동요하지 않았다. 이때 견훤이 다시 큰 소리로 외쳤다.

"나의 군사들이여! 백성들이여! 어서 오라!"

"……."

"두려워 말고 오라! 어서 오라!"

"……."

"무기를 버리는 자는 모두 살려줄 것이다."

"……."

"버려라! 다 버려라! 버려!"

"군사들이여! 속지 마라. 어서 진군하라! 진군하여 저 늙은이의 목을 베란 말이다!"

애술이 호통을 쳤지만, 군사들은 슬금슬금 뒤로 물러서며 무기를 버리고 있었다. 애술이 크게 분노하여 명을 어기는 자는 목을 벨 것이라고 했지만, 수많은 병사가 도주하는 바람에 애술은 하는 수 없이 견훤에게 무릎을 꿇었다.

"상왕 폐하! 절 받으시오소서."

"오냐. 애술이로구나. 오랜만이로구나."

"그렇사옵니다, 상왕 폐하!"

"다른 장수들도 건너오라고 해라, 어디 얼굴 좀 봐야겠다."

"예, 상왕 폐하."

견훤의 말에 애술이 일리천 강 건너편에 손짓하자 후백제 장수들이 그물에 걸린 코다리처럼 줄줄이 낚여 고려에 투항하였다. 왕건은 장수들을 불러 투항하는 자는 극진히 대하라 명하였다.

"상왕 폐하! 그동안 무탈하셨습니까?"

"어서 오너라, 내 사위!"

후백제의 우군에서 용검과 함께 있던 견훤의 사위 박영규가 용검이 몰래 군사를 몰고 고려로 투항하였다. 박영규는 지난 2월부터 왕건에게 고려로 귀화할 것을 알렸고, 왕건이 의로운 군사를 일으키면 내통하여 맞겠다고 장래를 약속한 금석지약(金石之約)을 맺었는데 박영규는 그 약속을 지킨 것이다.

아무튼, 후백제의 장수들이 줄줄이 투항했는데, 박영규마저 고려로 투항하자 신검은 덜컥 겁이 났다. 싸움도 안 해보고 애술, 효봉, 덕술, 명길 등의 장수들과 군사들이 사기를 잃고 고려로 투항했는데, 박영규마저 고려로 투항하자 신검은 심한 배신감을 느껴 싸울 의욕을 잃었다. 적은 십만에 가까운 군사들이 운집해 있는 반면 후백제군은 육만 가까이 되어 그러잖아도 열세인데 장수들이 모조리 투항하여 본대 삼만 오천여 명밖에 남지 않았다. 신검은 군사들이 더 이상 이탈하는 것을 막기 위해 안간힘을 쓰고 있었다.

"군사들이여! 이곳은 우리의 영토이다. 우리의 영토에서 적을 맞아 싸우는 것은 영광된 일이다. 자! 하늘 높이 창검을 들을지어다."

"와!"

군사들이 다시 함성을 질렀다. 그러나 그것도 잠시였다. 후백제의 군사들이 함성을 지르자 견훤이 고함을 쳤다.

"신검아! 내가 여기에 있다. 네가 그러고도 무사할 줄 알았더냐?"

"아, 아버님!"

신검은 견훤이 나타나자 몸을 벌벌 떨었다. 금산사에 유폐하고 처음 대하는 아버지였다. 아버지가 고려로 간 것은 알고 있었지만, 왕건과 함께 전쟁터에 나온 것은 너무도 뜻밖이었다. 철원으로 가서 할아버지와 함께 살며 여생을 보낼 줄 알았는데, 전쟁터에서 적으로 만날 줄은 꿈에도 몰랐다. 게다가 견훤은 '고려국 황제 상보 견훤'이란 글귀를 깃발에 매달아 후백제의 군사들에게 보게 하였다.

"그래, 아비다."

"아버님! 어찌 거기에 계시옵니까?"

"너를 응징하러 왔다. 백제의 군사들은 들을지어다! 나는 백제를 다시 세운 군주니라. 내가 백제를 재건했지만 이제 그 운이 다하여 내가 백제를 멸하러 왔노라! 살기를 원하는 자는 지금 즉시 투항하거라!"

"아니, 저분은 상왕 폐하 아닌가?"

"그러게. 어서 고려로 투항해야 하지 않는가?"

"그렇게 말이야. 어차피 백제는 망한다는데 목숨이라도 부지해야지."

견훤의 말에 후백제 군사들은 우왕좌왕하고 있었다. 바로 이때를 놓치지 않고 고려군의 중앙에 선 유금필이 말갈과 돌궐로 이루어진 기병 일만을 이끌고 후백제 진영으로 무섭게 돌진하였다. 말갈과 돌궐은 드넓은 초원지대에서 오랫동안 말을 타고 생활한 군사들이라 말에서 자유자재로 칼과 창을 다루는 철인 같은 존재였다. 이런 기병들이 달려드니 후백제는 싸움도 제대로 못 하고 무너졌다.

"적이다. 적군이 몰려온다. 화살을 쏴라. 궁수들은 뭐 하나? 어서 화살을 쏴라!"

그러나 궁수가 화살로 기병을 잡기에는 이미 늦었다. 궁수들이 화살을 한 발씩 쏘고 다시 화살을 시위에 걸려는 찰나에 고려의 기병들이 목을 치며 지나갔다. 궁수가 쏜 화살에 기병 수십여 명이 땅에 떨어졌지만,

단숨에 달려오는 기병은 어느새 후백제 군사들을 정면 돌파하고 있었다. 기병들이 휘두르는 칼에 후백제 군사들이 비명을 지르며 나가떨어졌다. 신검이 물러서지 말고 싸우라고 외쳤지만 이미 전의를 상실한 후백제군은 도망치기에 바빴다.

"폐하, 후퇴해야 하옵니다. 군사들의 희생이 너무 많사옵니다."

"아니다. 끝까지 싸워야 한다."

"폐하! 아니 되옵니다. 훗날을 도모하셔야 하옵니다."

"시끄럽다. 오늘 이 자리에서 저 왕건이와 끝장을 봐야 한다."

"폐하! 어서 퇴각하소서."

능환의 재촉에 신검은 군사를 물려 퇴각을 서둘렀다. 제대로 싸움도 안 했는데 고려 기병의 공격을 받아 전사자가 육천칠백여 명이나 되었고, 사로잡히거나 도망친 자들은 헤아릴 수 없었다. 군사들은 아무리 공격하라고 해도 앞으로 나가지 않았고, 오히려 신검이 보는 눈앞에서 무기를 버리고 도망쳤다. 도망치는 군사들을 반역죄로 처형하려 해도 수가 너무 많아 신검은 이러지도 저러지도 못하고 있었다. 결국, 신검은 남은 군사들을 수습하여 퇴각을 시작했다. 추풍령을 넘어 탄령(탄현이라고도 하며 대전 동구와 충북 옥천군 군서면 경계의 식장산에 있는 고개로 추정된다.)을 넘어 수도인 완산주로 되돌아가는 길이었다.

"추적하는 적들은 없느냐?"

"그렇사옵니다. 적들은 일리천에서 승리를 만끽하고 있나 봅니다."

"분하다. 어찌 싸움도 못 해보고 이리 허망하게 무너진단 말이냐?"

"상왕 폐하가 나오는 바람에 군사들이 사기를 잃었습니다."

신검은 군사들을 정비했다. 이미 많은 장수가 고려에 투항했고, 싸우다 전사했다. 애술이 적군에 포위되어 고려로 투항했고, 김총이 포로로 잡혔다. 군사들에게 끝까지 싸우라고 독촉했던 장수 상애는 배현경에게 처형되었고, 상귀 장군은 유금필에게 죽임을 당했다. 그리고 퇴각하면서 양검은 견훤을 향해 아버지가 아니라 원수라고 고래고래 고함을 질렀다.

"하하 — 상보 어른, 대승이옵니다."

"그렇지만 아직 신검이를 못 잡았소이다. 내 신검이 놈을 꼭 잡아서 목을 베어야 직성이 풀릴 것 같단 말이오."

"꼭 그렇게 해드리오리다."

일리천 전투에서 대승을 거둔 왕건은 크게 만족하였다. 후백제군보다 우세하다고는 생각했지만 이렇게 큰 전과를 올릴 줄은 몰랐었다. 게다가 후백제의 장수들도 스스로 투항하거나 포로로 잡았으니 후백제군의 퇴로와 군사 정보를 알아내는 데도 유리하게 돌아갔다. 왕건과 견훤은 투항한 후백제의 장수 애술과 포로로 잡힌 김총을 불렀다.

"애술아, 신검이가 어디로 퇴각하는지 알고 있으렷다."

"그러하옵니다, 상왕 폐하!"

"어서 말해보아라."

"추풍령과 탄령을 지나 도성인 완산주로 간다고 하였습니다."

"추호도 거짓이 없으렷다."

"그러하옵니다, 상왕 폐하!"

애술을 통해 신검의 퇴각로를 확인한 견훤은 왕건에게 기병을 이동시켜 신검의 퇴로를 막아야 한다고 건의했다. 이참에 전쟁을 끝내려는 왕건은 애술과 김총을 다시 심문하여 적들의 정확한 퇴로를 알아낸 뒤 계략을 짰다. 유금필 장군이 이끄는 흑수, 달고, 철륵의 기병이 먼저 출병하여 적의 퇴로를 우회하여 적들이 완산주로 가기 전에 앞에서 막고 나머지 기병들은 적의 후미를 따라가 포위하도록 했다. 왕건의 명이 떨어지자 유금필이 기병을 이끌고 쏜살같이 앞으로 내달렸다. 이들은 추풍령을 지나 탄령을 우회하여 계룡산과 대둔산의 사이를 지나 황산(논산)의 평야가 끝나는 곳에서 군사들을 은폐하고 있었다.

"이제 출발한다. 가자."

신검은 일리천 전투에서 대패하여 완산주로 철군하고 있었다. 탄령에서 완산주로 가는 길은 계룡산과 대둔산 사이를 지나 황산을 거쳐서 가는 편이 가장 빨랐다. 탄령에서 금산을 지나 완산주로 가려면 많은 군사를 거느리고 갈 길이 없었다. 신검은 유금필이 기병을 이끌고 미리 와서 진을 치고 있는 것도 모르고 발길을 재촉하였다. 그러나 속도는 느렸다. 이미 전쟁에서 대패한 패잔병들이라 부상자가 많았고, 이들까지 완산주로 데려가느라 행진은 느리게 진행되었다. 이런 와중에도 일부 군사들은 무기를 버리고 병영을 이탈하여 도망치기도 했다. 신검은 빨리 완산주에 도착하여 푹 쉬고 다시 군사를 정비하고 싶었다.

"행군을 재촉하라! 적군이 추격할지 모르니 후방 경계를 철저히 하라!"

신검은 전방보다는 후방을 경계하며 계속 행군하였다. 부상병들의 앓는 소리가 자주 들려왔다. 군량미가 떨어져 일부 군사들이 무기를 버리고 진영을 탈출하는 일이 잦았다.

한편 왕건은 유금필에 이어 제2군 기병 일만과 제3군 기병 일만을 황산으로 출정시켜 유금필의 좌우를 맡게 하였다. 이 기병들 역시 신검이 향하는 길을 우회하여 황산에 닿아 유금필의 좌우에 배치되었다. 그리고 기병 이만은 신검의 후미에서 느릿느릿 움직였다.

"폐하! 적이옵니다. 적들이 후미에 따라붙었습니다."

"뭐라! 숫자가 얼마나 되느냐?"

"기병 이만이라 하옵니다."

"그놈의 기병, 기병, 이제 기병 소리만 들어도 진저리가 난다. 어서 서둘러라. 도성으로 들어가야 한다."

"예, 폐하!"

신검은 기병이란 말에 가슴이 철렁했다. 일리천 전투에서 아버지도 아버지지만 고려의 기병 때문에 대패하고 말았다. 기병이 얼마나 빠른지 눈 깜짝할 사이에 앞을 휩쓸고 지나갔고, 또 한 번 눈 깜짝하면 어느새 기병이 다가와 있었다. 신검은 칼 한 번 제대로 써보지도 못하고 퇴각을 거듭하였다.

"폐하! 그런데 이상하잖사옵니까?"

"무엇이 말이냐?"

"적의 기병들이 후미에서 공격하지 않고 강아지처럼 졸랑졸랑 따라만 오고 있사옵니다."

"저들도 지쳤을 것이다. 이곳은 산길이라 좁으니 평지가 나오면 돌아서서 기습할 것이다. 장창을 세우면 기병들도 함부로 덤비지 못할 것이다."

그러나 어찌 된 영문인지 고려의 기병들은 일정한 거리를 두고 뒤에서 느긋하게 따라올 뿐이었다. 평지가 나와서 신검이 군사들에게 명하여 장창을 세우고 전투 태세를 갖추면 적의 기병들은 걸음을 멈추고 꼼짝도 하지 않았다. 신검이 전투 태세를 해지하고 다시 행군을 시작하면 적의 기병들은 그때야 다시 느릿느릿 움직였다. 덕분에 신검은 황산까지 무사히 올 수 있었다. 그러나 완산주까지는 아직도 한참이나 남아 있었다. 신검은 이럴 줄 알았으면 괜히 출병하여 군사만 잃고 돌아온다고 혼자 넋두리했다. 차라리 아버님이 고려에서 운명하신 다음에 군사를 일으켰더라면 이렇게 쉽게 무너지지는 않았으리라고 생각했다.

"하하— 거기 오는 게 신검이 아니냐?"

바로 그때였다. 신검이 황산에 다다라 안심하고 완산주로 향하는데, 갑자기 숲에서 적의 기병들이 나타나 앞을 막아섰다. 신검이 보니 고려의 장수 유금필과 북방의 기병들이었다. 신검은 자신도 모르게 검을 빼 들었다. 유금필, 지독한 악연이었다. 그와 여러 번 대적하였으나 끝내 진 쪽도 이긴 쪽도 없이 헤어진 것이 몇 번이던가? 신검은 이번에야말로 끝장을 내고 싶었다.

그러나 그뿐이었다. 신검이 뭐라 말을 하려 할 때 이번에는 유금필의 좌우에서 적의 기병들이 모습을 드러냈다. 각각 일만 명씩이고 후미의 기병이 이만이니 총 기병 오만에 둘러싸여 있었다. 신검은 언제 적들이 이곳까지 와서 매복하고 있었는지 눈앞이 깜깜했다. 어쩐지 후미에 있던 적들이 공격을 해오지 않고 뒤만 살금살금 밟더니 함정에 몰아넣으려는 계략이었다. 신검이 이 계략을 알았을 때는 이미 대항하기에 늦었다. 적의 기병들은 반항하면 가차 없이 베어버릴 기세로 후백제군을 포위하고 있었다. 신검은 이러지도 저러지도 못하고 땡볕에 떨어진 물고기처럼 난감함을 느꼈다.

"폐하! 백제의 운이 다했나 봅니다. 어서 항복하소서."

"그럴 순 없다. 한 놈이라도 죽이고 나도 자결을 할 것이다."

"폐하! 목숨은 하나뿐이옵니다. 훗날을 기약하소서."

"내겐 후일이란 없다. 나라를 잃었는데, 어찌 후일이 있겠느냐?"

"폐하! 저들이 공격해오면 몰살이옵니다. 소중한 군사들의 생명을 생각해서라도 항복하셔야 하옵니다."

완강하게 버티던 신검은 혼자서 울부짖었다. 대체 이게 어찌 된 일이냐? 이러려고 내가 옥좌에 올랐단 말이야? 나라를 부흥시켜 통일된 나라를 세우고자 했던 것이 고작 이런 꼴을 보이기 위한 것이었더냐?

신검은 한참 동안 울부짖다 고려에 투항하고 말았다. 여기서 더 싸워봐야 승산 없이 군사들의 목만 달아날 것이므로 신검은 고려에 투항하는 것이 상책이라 여기고 능환, 양검, 용검과 함께 순순히 고려에 항복하였다. 이로써 후백제와 고려의 기나긴 싸움이 마침내 황산에서 종지부를 찍는다.

황산은 본래 백제 때의 황등야산현(黃等也山縣)이었는데, 신라의 영토가 된 뒤 757년(경덕왕 16년)에 황산군으로 고쳐 진령(鎭嶺)·진주(珍州)의 두 현을 속현으로 삼았다. 940년(태조 23년)에 이름을 다시 연산(連山)으로 고쳤으므로 황산이라는 명칭은 183년간 사용하였다. 국방의 요지로 금강 북쪽의 논산평야 일부를 차지하는 황산벌로 알려진 곳이다. 신라의 김유신(金庾信)이 백제를 침입할 때 백제의 계백(階伯)이 황산벌에서 맞아 싸우게 되었다. 처음에는 백제군이 이겼으나 반굴(盤屈)·관창(官昌) 등의 어린 군사가 백제 진영에 홀로 들어가 목숨을 버리니 이에 신라 군사가 힘입어 백제군을 무찌르고 계백도 전사하였다. 하필이면 신검도 계백이 전사한 황산벌에서 고려에 항복한 것이다.

"신검이 네 이놈, 네놈이 감히 내게 칼을 겨누고 금강이를 죽여?"

"아버님."

"뭐, 아버님? 난 너 같은 자식 둔 적이 없다. 자결하거라! 어서 자결하여라!"

신검이 고려에 투항하자 견훤이 신검을 보고 소리쳤다. 신검은 머리를 숙이고 있을 뿐 견훤의 고함에 대꾸도 하지 않았다. 견훤은 당장이라도 자신의 칼로 신검의 목을 베고 싶었다. 고약한 놈이었다. 자신이 세운 후백제를 망하게 만든 놈이었다. 견훤은 신검과 양검, 용검, 능환을 뚫어져라 쳐다보았다.

"제장들은 들어라!"

"예, 폐하!"

무릎을 꿇고 있는 후백제 장수들 앞에 왕건이 나타나 고려의 장수들에게 명령을 내렸다. 왕건은 포로가 된 일반 군사들은 모두 고향으로 돌아가 편히 살라 하고, 신검이 참람하게 왕위에 오른 일은 남에게 협박을 당하여 한 것이요, 그의 본심이 아니었으며 또한 귀순하여 죄를 애걸하므로 특별히 그를 용서하기로 하였다. 반란을 도모하여 견훤왕을 폐위하고 이복동생 금강을 죽여 국가를 전복하였으나, 이는 주동자들의 꾀임에 속아 그리하였고, 스스로 고려에 항복하여 귀화하였으니 목숨을 거두지 말고 벼슬을 주라 하였다. 동생들인 양검과 용검은 변방 진주(眞州, 평안북도 정주)로 귀양을 보내라 하였다.

"죄인 능환은 듣거라. 처음에 양검 등과 은밀히 모의하여 대왕을 가두고 그의 아들을 왕위에 세운 것이 너의 꾀였으니 신하가 된 의리로 보아 이렇게 할 수 있는가?"

"……."

"여봐라! 이자의 목을 베어라!"

"예, 폐하!"

능환에게 죄를 물었으나 능환이 대답을 못 하자 왕건은 군사들에게 그자의 목을 베라 하였다. 또한, 고려와 결사 항전을 주장한 몇몇 장수들의 목을 베었다. 이로써 왕건은 후백제의 패잔병들을 정리하였으나 견훤의 반발이 거세었다.

"왕건 아우, 이럴 수는 없네. 주동자는 저 신검이 놈하고 양검이하고 용검이가 맞는데 어찌 저들을 살려준단 말인가. 내 저런 자식들은 일찍이 둔 적이 없으니 그냥 처형해주시게. 그게 내 소원일세."

"상보 어른의 뜻은 깊이 헤아려보았습니다. 허나 죄가 있다 없다를 떠나 상보 어른의 자식들이옵니다. 제가 잘 타일러보겠습니다."

왕건은 견훤이 보는 앞에서 차마 자식들을 처형할 수 없었다. 견훤에게는 자신이 세운 나라를 망하게 만든 천하의 몹쓸 놈들이겠지만 왕건의 처지에서는 후백제의 호족들을 무시할 수 없었다. 견훤이 군사를 일으켜 신라 서라벌을 점령하여 경애왕과 왕비를 자결케 하고 궁에 불을 지르고 무고한 백성들의 목을 베어버려 신라의 민심이 등을 돌렸듯이 왕건이 반란을 주도한 신검과 왕자들의 목을 벤다면 후백제의 민심이 등을 돌릴 것이고, 곳곳에서 후백제의 부흥 운동이 일어난다면 왕건도 감당하기 힘겨웠다. 이 때문에 왕건은 민심을 달래기 위해 포로가 된 군사들을 고향으로 돌려보내고 왕자들을 변방으로 유배 보내는 것으로 마무리할 생각이었다.

"폐하! 철원에 계신 아자개 상보께서 운명하셨다는 전갈이옵니다."

"뭐라! 아자개 어르신께서?"

"그러하옵니다, 폐하. 하여 제가 철원에 다녀오겠사옵니다."

"그렇게 하게. 자네는 한때 아자개 어른의 사위가 될 뻔하지 않았던가. 가서 성대하게 장례를 치르고 돌아오게."

"폐하! 감사하옵니다."

박술희는 그길로 철원으로 떠났다.

아자개가 운명했다는 소식을 들은 견훤은 목놓아 통곡했다. 지난번에 찾아뵈올 때도 아버님이 곧 운명하실 것 같았는데 결국 이렇게 떠나가시는구나 싶었다. 그러나 견훤은 등창이 깊어 철원으로 문상을 가지 못했다. 곧 자신에게도 죽음의 그림자가 다가올 것만 같았다. 간밤에도 저승사자가 나타나서 자꾸만 자신의 옷소매를 끌어서 난 아직 죽을 때가 아니라고 단도로 옷소매를 끊었었다. 그렇게 저승사자가 오는 날이면 자꾸만 얼굴에 저승꽃이 피고, 까닭 없이 설움이 북받쳐 올랐다.

"아이고 아이고, 상보 어른. 저를 두고 이리 먼저 가시면 어찌하옵니까?"

철원에 도착한 박술희는 울음부터 터드렸다. 옛날 사불성에서 성주로 계실 때부터 오랫동안 친분을 맺어온 아자개라 그의 죽음을 확인하자 감정이 북받쳐오르며 와락 울음이 터져 나온 것이다.

박술희는 자식도 아니면서 장례 절차를 진두지휘하며 바쁘게 보냈다. 하필이면 후백제가 멸망하여 통일됐는데, 그 새를 못 참고 세상과 작별할 게 뭐람. 박술희는 하인들을 시켜 산에 가서 나무를 해다 장작불을 피우게 하고 소와 돼지를 잡고 술을 빚게 하여 아자개의 장례를 오일장으로 성대하게 치르도록 했다. 궁에서도 왕건이 보내온 장례용품이 도착하였다. 원래 사불성은 동서남북을 가르는 교통과 군사의 요충지라 삼국이 탐내는 곳이었는데, 아자개가 사불성을 아들인 견훤에게 물려주지 않고 고려로 귀화하여 왕건은 손쉽게 사불성을 얻었고 그 바람에 수많은 전투에서 유리한 고지를 선점하여 많은 전과를 올렸다. 이 때문에 왕건도 아자개를 상보라 칭하고 있었다.

아자개의 집은 초상집이지만 호상(好喪)이어서 그런지 잔칫날 같았다. 연일 귀족과 평민의 격이 없이 아침부터 밤늦게까지 서로 술상을 마주하였고, 노비와 머슴도 상전과 어울려 술잔을 주거니 받거니 했다.

"아자개 어르신이 백 살을 넘겼다며?"

"그렇다니까? 우리네는 많이 살아야 환갑도 못 넘기고 죽는데, 백 세를 넘기셨으니 천수를 누리신 거지. 천수를 누리신 거야."

"에이, 천수를 누렸으면 뭐 하나, 백제는 멸망했고 자식들은 코빼기도 안 비치는걸."

"이 사람아, 무슨 말을 그렇게 하나."

"사실이 그렇잖은가?"

"이 사람이 그래도."

사실 아자개에게는 상원부인과 남원부인 사이에 오남 일녀가 있었는데, 아자개가 천수를 누리는 동안 자식들은 그리 행복하지 못했다. 견훤은 말년에 자식들의 반란으로 고려로 귀화했고, 둘째 아들 능애는 신검과 함께 끝까지 고려에 항쟁하다 황산에서 고려군에 포위되자 항복을 알리는 사자 역할을 하고 처형되었으며, 셋째 아들 용개는 아자개가 떠난 사불성에서 어버이도 임금도 없는 무부무군(無父無君) 성주 노릇을 하며 관비 중에서 미색의 여자를 골라 성폭행하고 유부녀를 꼬여 관계를 맺는 등 문란한 생활을 하다 파직되었고, 넷째와 다섯째 아들인 소개와 보개도 사불성에 있다가 행방이 묘연하였다. 그리고 딸 대주도금은 승려가 되었다. 그러고 보니 아자개의 자식들이 다 불행의 연속이었다.

"상원부인, 얼마나 슬프시겠습니까."

"아닐세. 하도 병수발을 들었더니 이제야 한시름 놓겠네."

아자개의 장례를 오일장으로 성대하게 치르자 박술희는 갑자기 허전함이 밀려들었다. 결국, 인생이란 이런 것이구나 생각했다. 하인들이 꽃상여를 메고 오솔길을 따라 북망산천으로 갈 때 박술희도 뒤에서 상원부인과 함께 꽃상여를 따랐다. 비록 아자개의 사위는 되지 못했지만, 마지막 가는 길은 따라가 영혼을 위로하고 싶었다. 상여를 따라가는 길에 넌지시 상원부인에게 대주에 관해 물었다.

"대주 낭자는 가끔 옵니까?"

"불가에 들어간 사람이 여긴 왜 오겠나?"

"가끔 어떻게 지내나 궁금했습니다."

"이제 잡고 있는 끈을 놓아주게. 인연도 아닌데 잡고 있은들 무엇 하나."

대주는 아버지가 돌아가셨어도 오지 않았다고 했다. 불가에 몸담고 있어서 알리지 않았으리라. 박술희는 비록 아자개의 장례 때문에 이곳에 왔지만, 대주를 한번 만나보고 싶었다.

"초상집이 아니라 장터 같았네. 상전과 하인이 이렇게 함께 어울린 적도 없었네."

"그러게 말일세. 호족도 평민도 하인도 없는 날이었었네."

"귀천(貴賤)이 없는 날은 처음이었네."

아자개의 상이 끝나자 사람들은 다시 일상으로 돌아갔다. 상중이던 닷새 동안 격 없이 마시고 놀던 사람들은 처음으로 호족과 담소를 나누었고, 처음으로 대작했으며, 처음으로 함께 모닥불을 쬐었다. 박술희는 그 모습을 보고 신분이 없는 세상을 만들면 좋겠다고 생각했다. 똑같이 태어나서 똑같이 먹고 성장하는데 신분이 족쇄처럼 채워져 태어날 때부터 노비이고 천민인 세상이 없어져야 한다고 박술희는 생각했다.

"상원부인, 그리고 남원부인, 이제 송악으로 가보겠습니다."

"박술희 장군, 아자개 어르신과는 아무 혈육도 아니면서 이렇게 와서 장례를 도맡아줘서 고맙네. 내 이 은혜 평생 잊지 못하겠네."

"별말씀을요, 상보 어른이 어디 남입니까?"

"그리 생각해주니 고맙네."

박술희는 그길로 송악으로 말을 몰랐다. 그때 저 먼발치에서 한 여승이 바랑을 메고 천천히 걸어오고 있었다. 박술희가 막 길모퉁이를 돌 때였다. 여승이 말을 타고 달려나가는 박술희를 보고 발을 멈추었다. 그러나 박술희는 말을 모느라 앞만 보며 달려서 저 멀리 옆에서 자신을 지켜보는 여승을 보지 못했다. 박술희는 어느새 여승을 멀리하고 앞으로 달려나갔다. 여승이 한동안 멀어지는 박술희를 눈으로 좇다가 다시 발길을 재촉했다. 여승의 발길은 아자개의 집으로 향하고 있었다.

"뭐라 했느냐?"

"이제 폐하의 곁에는 아무도 없사옵니다."

"나도 알고 있다. 어서 여기를 떠나 완산주로 가고 싶구나"

신검은 왕건에게 목숨은 부지했으나 삶은 하인이나 다를 바 없었다. 후백제에서 반란을 일으킨 것이 능환의 꾀에 속아 저지른 일이라 하여 왕건은 반란의 주동자로 능환을 처형하고 신검에게는 관용을 베풀어 작(爵)이라는 벼슬을 내려주고 송악에서 거주하게 하였다. 작이라는 것은 원래 은대(BC. 17~12세기) 및 서주 시대(BC 1046~BC 771)에 걸쳐 만들어진 중국 청동기의 일종으로 작은 주전자 모양의 술을 담는 용기이다. 왕건이 신검에게 내린 벼슬이 얼마나 하찮은 것이었는지 짐작되는 일이다. 게다가 신검은 수시로 감찰을 받고 있었다. 벼슬은 술주전자 정도 되는 작이었고, 군사들을 배치하여 감시하고 있으므로 신검은 송악에 있으면서도 유폐된 것과 다름없는 생활을 하고 있었다.

"양검이와 용검이는 어찌 됐다더냐?"

"변방으로 귀양을 갔다 하옵니다."

"아버님은 어디 계신다느냐?"

"황산에서 백제가 항복하는 것을 보고 등창이 깊어 황급히 인근에 있는 사찰 개태사(開泰寺)로 모셨다 하옵니다."

"모든 게 끝이로구나. 모든 게 끝이야!"

신검은 모든 것을 포기했다. 기회를 봐서 이곳에서 탈출하여 완산주로 내려가 다시 후백제의 부흥을 위해 결집하려 했으나 왕건은 그럴 틈을 주지 않았다. 벼슬을 내려주고 모든 것을 용서한 것처럼 했으나 그것은 견훤 앞에서 눈속임에 지나지 않았다. 송악으로 온 다음부터 신검은 고려군의 감시 속에 살아야 했고 뭐든지 허락이 없이는 할 수 없었다. 동생들과 다른 게 있다면 똑같은 유폐이면서 자신은 변방이 아닌 송악에서 생활하고 있다는 것뿐이었다.

한편, 견훤이 묵는 황산 인근 개태사에서는 견훤이 운명을 맞을 준비를 하고 있었다. 견훤은 이미 등창이 온몸에 번져 죽음을 예감하고 편하게 눈을 감고 싶어서 인근 사찰로 데려달라고 왕건에게 부탁했다. 왕건은 그를 도성으로 모셔 어의에게 치료케 하려 했으나 견훤이 자신의 운명은 자신이 안다며 한사코 거부하는 바람에 견훤의 뜻에 따라 개태사 행랑채에 모시고 수발 들 관비와 호위무사를 남기고 송악으로 올라왔다.

"폐하! 정신이 드시옵니까."

견훤의 수발을 드는 관비가 다급하게 외쳤다. 견훤은 벌써 여러 번 정신이 오락가락하고 있었다. 이미 등창이 온몸에 번져 몸에서는 아무리 닦아도 썩은 내가 방 안에 진동하였다. 후백제의 제왕이었던 폐하의 몰골이 말이 아니었다. 견훤은 두 눈을 감은 채 읊조렸다.

"완산주가 그립구나. 옛날이 그리워."

"폐하!"

"저승사자가 문 앞에 와 있구나, 참으로 모진 세월이었어."

견훤의 눈에서 눈물이 흘러나왔다. 견훤은 혼자서 옛날을 회상하며 눈물을 흘리고 있었다. 어린 나이에 부모님의 곁을 떠나 서라벌로 간 일, 서라벌에서 다시 서남쪽으로 발령받아 떠나간 일, 비장이 되어 관리하다 무진주에서 봉기한 일, 다시 완산주로 와 후백제를 세우고 군왕이 된 일, 그 무수한 전쟁터를 누빈 일, 그러다가 견훤은 울컥하고 복받쳐 오르는 그 무엇인가를 느끼며 가슴을 쳤다. 견훤은 신검이가 반란을 일으킨 것을 생각하고 있었다. 자식놈이 감히 아비의 가슴에 칼을 겨누고, 이복동생이 옥좌에 앉으려니까 죽음을 내리고, 나라를 뒤집은 그놈을 왕건이 살려줘서 견훤은 속이 타들어가는 듯했다.

"신검이 놈은 어찌하고 있다더냐?"

"소상히는 모르나…… 송악에서 작이라는 벼슬을 얻어 편히 지내고 있다 하옵니다."

"뭐, 제까짓 놈이 뭘 했다고 벼슬을 얻어? 당장 목을 벨 것이지 뭐 하러 살려두느냐? 괘씸한 놈."

견훤은 이를 악물었다. 점점 통증이 심해지고 저승사자가 부르는 환청이 가까이서 들렸다. 견훤은 한숨 잘 터이니 물러가라 하며 관비를 자리에서 물리고 자리에 누웠다. 갑자기 숨이 거칠게 쉬어지고 사지가 마비된 것처럼 몸이 움직이지 않았다. 견훤은 이제 자신이 이승을 떠나는구나 생각했다.

—아, 완산주가 그립구나, 완산주가 그리워.

견훤은 조용히 눈을 감았다. 신검이 고려에 항복한 지 한 달 만이었다. 이로써 견훤은 자신이 세운 나라를 자신이 무너뜨렸다는 번민을 안고 이 세상과 작별하였다.

견훤은 원래 신라 사람이다. 그는 타고난 체질이 강건하고 굳세어 전쟁터를 누비는 무장으로 성장했다. 신라 비장으로 승진해 전쟁터를 누볐지만, 자신의 꿈에는 미치지 못했다. 전쟁에서는 성난 호랑이같이 지칠 줄 모르고 적을 몰아붙이는 견훤의 용맹스러운 기세에 군사들도 저절로 힘을 얻어 연전연승하여 부하들이 그를 따랐다.

견훤이 신라에 반기를 든 것은 자신의 상사 때문이었다. 전쟁에서 혁혁한 공을 세우는 그의 무공과 용맹스러운 기질에 반해 따르는 군사가 많아지자 이를 시샘한 장군이 논공행상에서 견훤을 의도적으로 배척했다. 견훤은 어느 날 전쟁에서 승리하고 회포를 푸는 축제장에서 노골적으로 인신공격하는 장군의 목을 베어버리고 따르는 군사들과 함께 신라를 등졌다. 이때 견훤이 신라에 반기를 들지 않았다면 후백제는 탄생하지 않았을 것이다. 견훤은 이 같은 일들을 가슴에 안고 고요히 눈을 감았다.

"지금 뭐라 했느냐? 누가 죽어?"

"개태사에서 요양 중이건 견훤 상보께서 운명하셨다 하옵니다."

"어서 채비를 서둘러라! 내 친히 가볼 것이니라!"

"예, 폐하!"

왕건은 한때 적과 적으로 무수히도 싸웠던 견훤이 죽었다는 말을 듣고 그냥 앉아 있을 수가 없었다. 견훤은 후백제를 일으킨 장본인이면서도 후백제를 멸한 사람이었다. 견훤 때문에 왕건은 쉽게 후백제를 무너트리고 삼국을 통일할 수 있었기 때문에 후삼국 통일의 은인이었다.

왕건은 말을 타고 달려와 개태사에서 죽은 견훤을 확인하고, 불교 의식으로 장례를 준비하고 모든 대소신료에게 궁에도 분향소를 차려놓고 조의를 하라 명하였다. 왕건이 이만큼 견훤에게 경의를 표하는 것은 삼국이 통일되었으나 아직 후백제의 호족들이 고려에 충성하는 것을 머뭇거리고 있기 때문이었다. 옛날의 백제가 신라에 망하더니 이번에는 후백제가 고려에 망하여 후백제의 호족들은 나라가 두 번이나 망하는 것을 두고 고려에 곱잖은 시선을 보내고 있었다. 게다가 두 왕자는 변방으로 유배 보냈고, 후백제의 폐하인 신검은 도성에 초라한 벼슬을 주고 유배보다 더한 감시를 하고 있으니, 후백제의 호족들은 언제든 수틀리면 들고 일어날 기세였다. 이 때문에 왕건은 견훤의 죽음을 접하고 친히 조문을 온 것이다.

견훤의 죽음 역시 일흔의 나이에 죽어서 호상이라 여기고 장례가 아자개의 장례처럼 성대하고 즐겁게 치러졌다. 사찰 내에서는 육식을 금하므로 개태사 밖의 공터에 임시로 움막을 짓고 많은 호족과 문상객들이 거나하게 술잔을 주고받으며 견훤의 이야기로 꽃을 피웠다. 견훤의 장례를 치르는 동안 개태사에는 사람들이 각지에서 구름처럼 몰려들었고, 밤낮없이 잔칫집처럼 가무가 끊이지 않았다. 왕건은 몰려든 호족들에게 일일이 인사를 하며 앞으로 고려가 나갈 방향을 제시했다. 지역에 견제를 두지 않고 인재를 고르게 뽑을 것이며, 한 나라의 백성이니 차별을 두지 않겠다 하였다. 또한, 민족 융합정책으로 신라와 후백제는 물론 발해 유민도 받아들여 강건한 나라가 되었음을 강조했다. 이에 호족들이 왕건을 향해 우레와 같은 박수를 보냈다.

"우리가 직접 폐하를 만나뵈니, 정말로 폐하는 폐하십니다."

"그러게나 말입니다. 신라와 백제가 멸망하여 심히 걱정했는데, 폐하의 정책을 보니 이제 안심해도 되겠습니다."

"그리들 생각해주시니 고맙소이다. 송악으로 올라가면 나라의 안정을 위해 새 규범을 만들어 선포하오리다."

"고맙사옵니다, 폐하."

왕건은 호족들과 대화를 나누며 꼭 새로운 법령을 만들어 그동안 불편하고 억울했던 일들을 고치겠다고 했다. 호족들이 일제히 왕건을 반겼다.

견훤의 장례는 오일장으로 마무리되었다. 장례가 끝나자 개태사 남쪽

구릉의 모퉁이 마을 뒷산 정상부의 평탄면에 커다란 봉분 한 개가 우뚝 솟아올랐다. 견훤의 무덤이었다. 무덤이 조성되자 왕건과 신하, 호족들이 제를 올렸다.

"폐하, 분무대로 장례를 성대히 치르고 견훤릉(甄萱陵)을 왕릉처럼 조성하였습니다."

"수고하였소. 내가 보기에도 무덤이 왕릉 같구려."

"지당하신 말씀이옵니다."

"자, 장례를 다 치렀으면 이제 돌아들 갑시다."

"예, 폐하! 견훤왕도 지하에서 폐하의 은덕을 잊지 않으실 겁니다."

"……내가 뭘 한 게 있냐고 그러나?"

왕건은 다시 송악으로 말머리를 돌렸다. 왕건은 송악으로 떠나며 견훤의 무덤을 바라보았다. 왕릉처럼 웅장하게 서 있었다. 한때 삼한을 호령하던 군주가 등창으로 고생하다 혼자 쓸쓸히 운명을 맞이한 것을 생각하며 왕건은 권력도, 명예도, 보화도 죽음 앞에서는 다 소용없는 일이라 생각했다.

"견훤왕 말일세. 어찌 생각하면 참으로 안되었네."

"그러게나 말이옵니다, 폐하."

"이제 호걸이 죽었으니 더 이상 난세는 없겠지?"

"아마도 그럴 것이옵니다, 폐하!"

"가자! 송악에 가면 할 일이 많을 것 같구나."

왕건은 호위무사들과 함께 말을 달리기 시작했다. 저 멀리서 견훤의 능이 가물가물하게 멀어지고 있었다. 송악으로 달려가는 왕건의 눈에는 눈물이 남몰래 흐르고 있었다.

에필로그

"뭣이? 아버님이 돌아가셨다고?"

신검은 사택에서 견훤의 죽음을 접하였다. 하지만 갈 수가 없었다. 군사들에게 에워싸여 감시를 받고 있으므로 허락이 없으면 밖에 나갈 수 없었다. 할아버지인 아자개가 돌아가셨을 때도 고려에 항복하여 갈 수 없었고, 아버지마저 돌아가셨는데 갈 수 없자 신검은 차라리 죽는 게 낫다고 생각했다. 왕건이 그동안 견훤과 후백제 지방 호족들의 눈치를 보느라 자신을 살려준 게 분명하다고 생각했다.

"하루하루 사는 게 지옥이구나!"

신검은 혼자서 생각했다. 고려에 투항하면 왕처럼 군림하지는 못하더라도 호족들처럼 권세를 누리며 살 줄 알았는데 옥에 갇힌 죄인보다 못한 삶이었다. 후백제로 탈출할까 봐 군사들이 밤낮없이 지켰고, 동태를 수시로 살폈다. 심지어는 용변도 마음 놓고 볼 수 없었다. 신검은 혼자서는 아무것도 할 수 없었다.

"마음대로 죽지도 못하니, 이러다가 내가 미쳐버리겠구나!"

신검은 계속 신세 한탄이었다. 죽으려고 해도 마음대로 죽을 수도 없었다. 대들보에 목을 매려는데, 군사들이 달려들어 목에 감긴 삼끈을 풀었다.

"놔라, 이놈들아! 내 목숨 네가 버린다는데 왜 말리느냐, 이놈들아!"

"조용히 해라. 네놈이 옛날이나 백제 왕이었지 지금도 왕인 줄 아느냐?"

"왜 나를 못 죽게 하는 것이오?"

"네놈이 허락 없이 죽으면 우리가 문책을 받는다. 조용히 있거라!"

"아이고, 미치겠네. 내 맘대로 죽지도 못하고."

신검은 점점 이상한 행동을 했다. 자신의 분을 이기지 못하고 머리로 기둥을 받기도 했고, 넋이 나간 사람처럼 혼자서 낄낄거리기도 했다. 신검을 지키는 군사들은 그의 행동이 미심쩍어 넌지시 말을 붙여보았다.

"네놈이 실성한 거냐?"

"히히히."

"네 이놈, 누가 모를 줄 아느냐? 실성한 척하면 이곳에서 내보내줄 줄 알았더냐?"

"제, 제발 나 좀 내보내주시오. 난 왕이란 말이오."

"왕 같은 소리 하고 자빠졌네."

"믿어주시오. 난 백제의 군왕이란 말이오. 날 이곳에서 내보내주면 내 그대들을 일등공신으로 삼겠소. 날 제발 믿어주시오."

"미친놈, 아직도 백제가 있는 줄 아느냐?

견훤이 죽고 몇 달 후에 왕건은 변방에 귀양 가 있는 견훤의 자식들인 양검과 용검의 목을 베었다. 견훤이 죽고 후백제의 호족들도 고려를 신뢰하며 충성을 하자 이제 견훤의 자식들 목을 베어도 후환이 없었다. 게다가 그들을 살려두면 오히려 훗날에 따르는 무리가 있을까 하여 왕건은 이참에 싹을 잘라버린 것이다.

"뭐라고? 양검 아우와 용검 아우가 처형되었다고? 아이고, 이를 어쩐다?"

"그래, 이놈아. 앞으로는 네 목이 달아날 것이니 잠자코 있거라!"

신검은 양검과 용검이 처형되었다는 말을 듣고 펄펄 뛰었다. 아버지가 돌아가신 지 몇 달 만에 두 동생의 목이 달아나다니? 신검은 더욱 초라해졌다. 자신도 언제 죽을지 몰라 마음이 불안했고 자꾸 머리가 아팠다. 이명(耳鳴)이 들리고 가슴이 답답했다. 어디선가 아버지의 음성이 들렸다.

"신검아~ 신검아~ 네 이놈 신검아~"

신검은 귀를 막고 머리를 세차게 흔들었다. 양검과 용검의 음성도 들려왔다.

"신검 형님~ 신검 형님~ 날 좀 살려주시오."

신검은 점점 알 수 없는 말을 하며 몸을 비틀기도 하고 이상한 행동을 하였다.

"이히히. 이히히."

"미쳤구먼, 미쳤어. 정말로 미쳤어."

"미친 것이 확실하다. 그만 방면해주거라."

"예, 장군. 분부대로 거행하겠나이다."

신검은 그때야 사택에서 방면되어 거리로 나왔다. 처음 보는 따사로운 햇살이 그를 반기었다. 신검은 이제 자유의 몸이 되어 거리를 돌아보았다. 그러나 몸이 말을 듣지 않았다. 귀에 소리가 들리지 않았고, 몸도 제 마음대로 사지가 움직였고, 일부러 하는 소리도 아닌데 입에서 소리가 나갔다.

"히히히, 내가 옛날에는 왕이었어. 히히히."

고려 송악의 거리에 걸인 한 명이 지나가고 있었다. 그는 분명히 사족(士族) 가문의 지체 높은 사람처럼 보였는데, 걸레처럼 너절한 의복과 하는 행동은 분명히 거지였다. 그는 길을 걷다가 희쭉희쭉 웃기도 하고 알아들을 수 없는 말을 늘어놓았다. 걸인은 오가는 사람들에게 자신이 옛날에는 왕이었다고 말하기도 하고, 낄낄낄 웃기도 하였다. 그 걸인이 신검이라는 것을 아무도 알지 못했다. 당신도 우연히 길을 지니다 걸인을 만나면 그냥 모른 체 지나가시기 바랍니다. 바람처럼 구름처럼 그렇게 그도 당신을 모른 체 지나갈 테니까요.

후백제와 고려의 기나긴 싸움이

마침내 황산에서 종지부를 찍는다.

이 길 환

역사소설

후백제의 한